»Arbeitslosigkeit, das ist so etwas wie Zwangsbeschneidung oder Schwindsucht oder Räumungsklage. Sie betrifft Ungebildete, Leute ohne Abschluss oder Hauptschulabgänger vielleicht, dann noch Leute am Fließband oder Gastarbeiter. Aber sie betrifft nicht mich und auch niemanden, den ich kenne.«
So denkt Marnie Hilchenbach, 30, erfolgreiche Hamburger Onlineredakteurin – bis sie von heute auf morgen entlassen wird und hart in der Wirklichkeit aufschlägt.

Tine Wittler, geboren 1973 in Rahden/Westfalen, arbeitet als freie Autorin für Presse, Hörfunk und Fernsehen. Ihr erster Unterhaltungsroman ›Die Prinzessin und der Horst‹ wurde gleich ein Bestseller.
Seit 2003 renoviert sie für die RTL-Doku-Sendung ›Einsatz in 4 Wänden‹ fremde Wohnungen und gilt bei ihren unzähligen Fans als Einrichtungsexpertin Nummer eins. Für diese Show erhielt Tine Wittler den »Deutschen Fernsehpreis 2004« in der Kategorie »Beste tägliche Service-Sendung«. Im Oktober 2004 eröffnete die erfolgreiche Stilberaterin in Hamburg-Ottensen die Szene-Bar »parallelwelt«, die nach dem Roman benannt ist. Tine Wittler lebt in Ottensen.
www.parallelwelt-roman.de

Unsere Adresse im Internet: www.fischerverlage.de

Tine Wittler

Parallelwelt

Roman

Fischer Taschenbuch Verlag

Dies ist ein Roman – eine Parallelwelt eben.
Handlungen, Personen und Dialoge sind frei erfunden.

Veröffentlicht im Fischer Taschenbuch Verlag,
ein Unternehmen der S. Fischer Verlag GmbH,
Frankfurt am Main, Februar 2005

Lizenzausgabe mit freundlicher Genehmigung
des Argon Verlags, Berlin

Satz: deutsch-türkischer fotosatz, Berlin
Druck und Bindung: Nørhaven Paperback A/S, Viborg
Printed in Denmark
ISBN 3-596-16095-2

»Life should be stereo – each day.«
Robbie Williams, *Something Beautiful*

Für meine Eltern

I.

»Jetzt freuen!«
Glamour

Der Vorstandsvorsitzende steht und spricht, ein Mikrophon hat man ihm nicht gegeben, warum auch, wir sind ja schon jetzt nur noch sehr wenige.

Er trägt einen Anzug, als Einziger von allen, wie jeden Tag. Wir anderen tragen keine Anzüge und auch keine zweiteiligen Businesskostüme, denn wir sind die Kreativen in diesem Laden. Frei- und Querdenker. Jung, elastisch, trendy. Obwohl wir nichts darauf geben. Wir geben lieber vor, dass wir einfach so sind, wie wir sind, und wenn andere das trendy finden, dann ist das nicht unser Problem.

Ich, Marnie Hilchenbach, dreißig Jahre alt, nehme mich da nicht aus. Ich und die anderen kommen in den gleichen Klamotten in die Firma, in denen wir nach Feierabend clubben gehen oder vielmehr loungen, denn clubben ist ja auch nicht mehr das, was es mal war. Markenterror wie in jeder x-beliebigen Grundschule gibt es bei uns nicht, aus diesem Alter sind wir raus. Wir kaufen am liebsten in Secondhandshops und auf Flohmärkten, und was die Markennamen betrifft, halten wir uns höchstens noch an Allibert bei Badezimmerschränken oder an Schulte-Ufer bei Kochtöpfen.

Unsere Schreibtische sind immer zugemüllt, wir horten auf ihnen Szenemagazine und Musik-CDs und manchmal auch eine Zahnbürste, denn es kommt vor, dass wir in unserem Büro wohnen müssen. Das haben wir uns so ausgesucht, denn der Spaß an der Arbeit ist uns wichtiger als eine 38-Stunden-Woche. Und als immens viel Kohle sowieso, auch wenn wir uns natürlich darüber freuen, dass wir mit der Zeit immer anständiger verdienen. Aber wir haben ja einiges dafür getan, und wir tun es noch, wenn wir uns im Büro am laufenden Band die Nächte um die Ohren schlagen.

Im Gegensatz zu unseren Eltern oder vielleicht sogar zu älteren Geschwistern haben wir mit der Lehre in unserem Heimatort oft gar nicht erst angefangen, sondern sind gleich in die Stadt gezogen, um unser Glück zu suchen und zu studieren. Samt Auslandsaufenthalten vorher, hinterher oder mittendrin vielleicht, auf jeden Fall aber samt einer Menge Praktika, die uns den Weg in unser Berufsleben ebnen sollten. Das taten sie wirklich, denn viele von uns blieben daraufhin irgendwo hängen, wenn nicht sogar genau hier. Mit einem Mal waren wir Online- oder Print- oder Fernsehredakteure oder Graphikdesigner oder Fotografen oder Produktmanager oder Werber oder in PR und Marketing.

So wie ich. Ich bin Onlineredakteurin. Manche sagen auch »Content Manager« dazu.

Andere machten gleich mit ein paar Freunden ihr eigenes Start-up auf. In den Räumen derjenigen von ihnen, die noch nicht pleite sind, sieht es ähnlich aus wie bei uns. Unsere Büros sind meistens zugequalmt, an den Wänden hängen Konzertposter und Filmplakate, unser Macintosh ächzt unter den vielen Gigabytes amüsanter Attachments, die wir uns gegenseitig zuschicken oder mit Medienmenschen in anderen Agenturen und Redaktionen tauschen, und die vielen Muster und Geschenke von Plattenfirmen, Computerspieleherstellern und Filmverleihen machen aus unserem Arbeitsplatz ein Multimediaparadies. Wer ein Nickerchen braucht, legt sich aufs Sofa, und im Fernseher läuft MTV 2 Pop, weil es Viva Zwei nicht mehr gibt. Der Rest der Welt bleibt draußen, und nur, wenn etwas Großes passiert, schalten wir um auf den Nachrichtenkanal. Für uns ist das normal.

Weiter oben im Gebäude, wo sich die Geschäftsleitung befindet, ist das nicht mehr normal. Wir nennen ihren zweiten Stock die »Flanelletage«, weil wir das Gefühl haben, dass die dort – wie in Watte gepackt – so gar nichts davon mitbekommen, was bei uns unten passiert. Dort wird zwar vielleicht das *Handelsblatt* gelesen, aber die Flure und Büros sind leer, und je höher die Position ist, die einer innehat, desto weniger lässt sein Raum erahnen, was er darin eigentlich bearbeitet.

Auf dem Schreibtisch unseres Vorstandsvorsitzenden steht ein PC, und es liegt noch nicht einmal ein Notizbuch daneben. Nur manchmal, wenn man genau hinsieht, blitzt ein Textmarker neben der vermutlich überflüssigen Schreibunterlage hervor.

Aber eigentlich sieht niemand von uns genauer hin, denn die Arbeit des Vorstandsvorsitzenden interessiert uns nicht, weil wir uns nicht vorstellen können, dass er überhaupt irgendetwas tut. Das ist nicht verwunderlich, denn er berichtet uns davon nur sehr selten. Und wenn, dann ist es uns meistens lieber, er hätte es gelassen.

So wie heute.

Wir ahnen schlechte Nachrichten, also sehen wir uns betreten an und zucken mit den Schultern. Wir sitzen wie festgezurrt auf den kunterbunten Designerstühlen der kunterbunten Kantine und warten auf die Nachricht, dass es jetzt auch uns getroffen hat. Manche grinsen schief, aber niemand macht mehr Witze übers Putzengehen oder Schlangestehen auf dem Arbeitsamt wie in den Wochen zuvor.

Ich habe Herzklopfen. Wie alle anderen habe ich wahrscheinlich Angst, aber ich weiß es nicht genau. Tausend Mal habe ich mir genau diese Situation in den letzten Monaten vorzustellen versucht, bei jeder neuen Hiobsbotschaft von Insolvenzen und Stellenkürzungen.

Als Viva siebzig entlassen hat. Als AOL die erste große Kündigungswelle bekannt gab. Als Premiere mehrere hundert auf die Straße setzte. Als der Verlag Milchstraße sich von Dutzenden trennte. Als bei Edel auf den Umzug in das schicke neue Firmengebäude als Nächstes Entlassungen folgten. Als Kirch endgültig pleite war. Aber nicht ein einziges Mal habe ich sie mir zu Ende vorgestellt, diese Situation, denn ich war ja nicht betroffen.

Der Vorstandsvorsitzende steht und spricht laut von der undankbaren Aufgabe, die er zu erfüllen habe. Sein Anzug passt nicht hierher. Irgendwie passt der ganze Typ nicht hierher. Er passt nicht in diesen Raum, der wie der vorgelagerte Empfangsbereich auf hip getrimmt ist mit seinem spitzen Glasdach, den klitzekleinen Bodenfliesen in Bonbonfarben und den kurvenreichen Lampen. Wechselnde Tagesgerichte unter wechselnden Ausstellungen, jeder soll auf Anhieb sehen, dass wir keine Versicherung sind und keine Behörde und auch kein gediegenes alteingesessenes Hamburger Medienhaus.

Medien ja, Hamburg ja, aber wir sind eine Spur greller, eine Spur jünger, eine Spur innovativer, flexibler und kreativer.

Und trotzdem gibt es auch hier freitags Pommes mit Currywurst, und alle freuen sich drauf.

Der Vorstandsvorsitzende räuspert sich, er heischt um Verständnis, sein Blick buhlt um Erwidertwerden, aber wir tun ihm den Gefallen nicht. Von wegen undankbare Aufgabe. Wer das meiste Geld verdient, der sollte eigentlich den ganzen Tag nichts anderes tun als undankbare Aufgaben erledigen. So sehe ich das und die anderen auch.

Wir sitzen unbewegt da, niemand will es ihm leichter

machen. Wir wollen ihn sich winden sehen, denn wir können uns daran erinnern, dass es uns ohne ihn besser gegangen ist. Das kommt davon, wenn man fett aufgeplustert in AG macht, nur weil alle es tun, denke ich böse. Wenigstens wird der Neue Markt bald abgeschafft.

Dann lässt der Vorstandsvorsitzende die Katze aus dem Sack. Er macht Nägel mit Köpfen, schenkt uns reinen Wein ein, öffnet uns die Augen, schüttet das Kind mit dem Bade aus. Seine Platituden sind albern, aber die Zahl, die er nennt, ist nicht mehr lustig. Vierzig Angeschmierte sollt ihr sein. Angeschmiert statt angestellt. Auch nicht schlecht. Vierzig gleich, na, so was, welch hübsche runde Zahl. Mit so vielen hat niemand gerechnet. Das ist mehr als die Hälfte von uns. Weit mehr.

Wir, aus jener Redaktion, die komplett eingestampft wird, sitzen an einem Tisch, wie um zu demonstrieren, dass es nur uns alle gibt oder keinen. Die Einigkeit hat fast etwas Beängstigendes. Sie ist ungewohnt. Vielleicht haben wir es geahnt und uns deshalb aneinander gedrängt wie eine Kuhherde, die sich vor Wind und Kälte schützen will. In deren Fall haben die, die außen stehen, die Arschkarte gezogen, aber in unserem Fall haben wir eigentlich alle die Arschkarte gezogen.

Jetzt, wo es so gut wie vorbei ist, habe ich zum ersten Mal das Gefühl, ganz dazuzugehören. Fast fühlt es sich an, als kämpften wir gemeinsam für eine gute Sache, als richtiges Team voller Idealismus und Engagement und Einsatz und Feuer, und als wäre der da vorn unser Feind, den wir anzugehen hätten. Ich weiß, dass das nicht stimmt, denn wir kämpfen für nichts Gutes, und unsere Feinde sind höchstens mickrige Page Impressions oder miese Quoten oder geringe Auflagen oder schlechte Umfragen oder zu wenig VÖs.

Trotzdem. In diesem Moment gehören wir zusammen,

und es ist tröstend zu wissen, dass es uns bald allen schlechter gehen wird. Ich denke darüber nach, wer von uns wohl als Erster einen neuen Job findet. Ich hoffe, dass ich es bin. Und dann schäme ich mich und schiebe den Gedanken weg, weil ich lieber noch das Gefühl genießen will, Teil dieses angeschmierten Ganzen zu sein.

So ist es also, wenn man selber dabei ist. Wenn man »vier Komma fünf Millionen« hört und denkt, na, ohne mich wären es immerhin nur noch viermillionenvierhundertneunundneunzigtausendneunhundertneunundneunzig, das ist doch was.

Unser Volontär, der mir im Büro gegenüber sitzt und den ich sehr mag, weint fast. Er hat sich an meinem Arm festgekrallt und ist leichenblass. Er ist der Einzige von uns, der bleiben wird. Weil er in der Ausbildung ist. Irgendwo werden sie ihn schon unterbringen. Vielleicht in der Flanelletage als Kaffeekocher.

Der Vorstandsvorsitzende redet sich um Kopf und Kragen. Die Chefs werden bleiben, allesamt, obwohl sie dann niemanden mehr haben, über den sie Chef sein können. Aber das scheint egal.

»Nur noch Häuptlinge, aber keine Indianer«, schimpft Reto, der Betriebsratsvorsitzende, mit Ende dreißig einer der Ältesten und mit Abstand einer der Vernünftigsten. Er sieht schlecht aus, stoppelig und blass und ein wenig verbittert; wahrscheinlich liegt er schon seit Tagen mit dem Vorstand im Clinch. Diverse Kündigungen lägen schon zur Anhörung vor, erklärt Reto und wirkt dabei ehrlich bekümmert. Aber es sei ja Politik in diesem Hause, fügt er biestig hinzu, alle Informationen immer bis zur letzten Minute zurückzuhalten, um keine Fragen beantworten zu müssen. Die Kündigungen seien allerdings sozialplanpflichtig, das sei das einzig Positive an ihrer hohen Anzahl, ergänzt er dann; die Verhandlungen seien fortgeschritten, man werde bis morgen früh das Beste für uns rausholen, und wenn er sich dafür persönlich die Nacht um die Ohren schlage.

Bingo.

Wie die letzten fünf, füge ich in Gedanken hinzu, denn genau so sieht Reto aus: so, als würde er seit fünf Nächten auf den Vorstandsvorsitzenden einreden und doch immer nur arrogantes Kopfschütteln ernten.

Ein Gesundschrumpfen sei das, sagt der Vorstandsvorsitzende und bläst sich auf dabei, bis er Wind in den Backen hat.

»Unser alter Spirit ist weg«, jammert eine Kollegin aus einer anderen Redaktion. »Früher waren alle stolz, hier zu arbeiten. Und jetzt zählen gute Ideen nichts mehr! Es geht nur noch um Zahlen, Zahlen, Zahlen.«

»Tja«, sagt der Vorstandsvorsitzende, »es sind eben schwierige Zeiten. Ihr wisst ja, es geht niemandem gut. Wir werden uns bemühen, alles so schnell wie möglich abzuwickeln.«

Ein paar lachen kurz hämisch auf, andere schütteln enttäuscht die Köpfe.

Ich gehöre zu den Kopfschüttlern. Es ist nicht schön zu wissen, dass man so schnell wie möglich abgewickelt wird.

Als ich am Abend nach Hause fahre, brauche ich die Rekordzeit von einer Stunde und zwanzig Minuten. Bald ist Weihnachten und die Stadt total verstopft. Sonst komme ich mit weniger als einer Stunde aus für den Weg, aber seltsamerweise macht es mir nichts aus, heute länger unterwegs zu sein.

Ich denke nach. Das kann ich gut beim Autofahren, auch wenn die anderen Verkehrsteilnehmer das anders sehen und mich anhupen. Ich hupe zurück, damit sie sich fragen, ob *sie* nicht vielleicht den Fehler gemacht haben.

Obwohl alles durcheinander ist in meinem Kopf, versuche ich, geordnet zu denken. Eins nach dem anderen. Jetzt mal ganz langsam.

Ich erinnere mich an all die Filme und Bücher, in denen Leute depressiv werden oder Amok laufen oder anfangen zu saufen, weil sie ihren Job verlieren. Ich überlege, ob mir das auch passieren wird, und beschließe, dass ich dazu zu vernünftig bin und zu diszipliniert. Weil ich mir schon lange bewusst bin, dass die Arbeit nicht alles ist im Leben.

Natürlich nicht.

Sehr gut.

Schon im nächsten Moment beschleicht mich allerdings der Gedanke, dass sie das vielleicht doch ist. Ich versuche den Gedanken zu verdrängen, aber das gelingt mir nicht, denn ich weiß, in Wirklichkeit bestimmt die Arbeit mein Leben durchdringend. Sie bestimmt, wann ich aufstehe und wann ich ins Bett gehe. Sie entscheidet, wann ich einkaufen gehe und wann ich Zeit für was auch immer habe und mich überhaupt mit etwas anderem beschäftigen kann als mit ihr. Sie diktiert mir, wann ich mich mit Leuten beschäftigen kann, die nichts mit ihr zu tun haben. Und selbst wenn ich mich mit Leuten beschäftige, die nichts mit ihr zu tun haben, dann verbringe ich viel Zeit damit, diesen Leuten von ihr zu erzählen. Sie legt fest, wann ich mich gehen lassen kann und wann ich mich zusammenreißen muss. Manchmal ist sie verantwortlich dafür, ob andere mich interessant finden oder nicht, und sie ist auch verantwortlich dafür, was ich mir leisten kann oder eben nicht.

Sie schreibt mir vor, mit wem ich Tag für Tag mehr Zeit verbringe als mit meiner großen Liebe oder meinen Eltern oder meiner besten Freundin. Ihretwegen findet der Stadtteil, in dem ich wohne, für mich um diese Jahreszeit nur im Dunkeln statt, und ihretwegen muss ich alle paar Wochen zum Postamt hetzen, um Päckchen oder Einschreiben einzusammeln, weil ich nie zu Hause bin, wenn der Paketbote kommt. Sie ist schuld daran, dass ich, wenn ich mitten in der Woche freihabe und an diesem Tag verzweifelt versuche, alles nachzuholen, staunend durch die Straßen laufe und wie vor den Kopf geschlagen bin darüber, wie viele Menschen an so einem normalen Tag draußen sind und nicht auf der Arbeit.

Einfach so.

Sie macht, dass ich sie an manchen Tagen durchziehe, obwohl es mir schlecht geht, nur weil ich Angst habe, dass andere denken könnten, ich würde mich vor ihr drücken. Sie bestimmt, dass ich Arzttermine und Behördenbesuche aller Art monatelang vor mir herschiebe, weil im Büro so viel zu tun ist, obwohl ich ganz genau weiß, dass ich diese Gänge ganz unbescholten während der Arbeitszeit erledigen dürfte. Überhaupt bestimmt sie, dass ich mich immer dann nicht gut fühle, wenn ich das Gefühl habe, ich wäre jetzt besser bei ihr, auch wenn ich gerade ganz woanders bin. Es gibt in unserer Firma kein Zeitkonto und keine Plastikkarte, die Kommen und Gehen registriert; wahrscheinlich interessiert es niemanden wirklich, wann ich anfange und wann ich Feierabend mache, aber ich habe ein Gewissen und eine Aufgabe, die nie wirklich zu Ende ist, und das ist viel schlimmer.

Nicht nur deshalb bestimmt die Arbeit also auch, wann es mir gut geht und wann schlecht.

Wie es mir ohne sie gehen wird, weiß ich noch nicht. Ich bezweifle allerdings, dass es mir ohne sie besser geht, denn wenn das der Fall wäre, dann wären alle arbeitenden Menschen dumm.

Zu Hause mache ich alle kleinen Lampen an, die ich finden kann. Große besitze ich kaum, und die wenigen, die ich besitze, benutze ich nicht, Licht um diese Tageszeit schadet nur.

Ich mag meine Wohnung. Hier kann ich tun und lassen, was ich will. Meistens lasse ich, aber an diesem Abend verfalle ich irgendwann in hektische Betriebsamkeit und fange an, Sachen zu sortieren. In meiner Schreibtischschublade stapeln sich Kontoauszüge, Versicherungsunterlagen, Briefe und Prospekte. Während ich sie sorgfältig unterteile in einen Abheft- und einen Wegwerfstapel, beginne ich mich zu ärgern, weil der Wegwerfstapel so viel größer ist und weil es schließlich immer schwieriger wird, zwischen Wegwerfen und Abheften zu unterscheiden.

Da ist viel, was ich eigentlich nicht brauche, aber vielleicht eines Tages brauchen *könnte*. Ich stelle fest, dass ich ein Konto habe, mit dem ich Hotels billiger buchen kann und das ein Ausflugs- und Unterhaltungsprogramm für mich bereithält. Es versichert außerdem mein Handy gegen Diebstahl und schickt mir meine Schlüssel zurück, falls ich sie verliere und vorher mit diesem speziellen Anhänger versehen habe. Mein Handyanbieter wiederum bietet mir eine Auslandskrankenversicherung sowie eine vergünstigte Kreditkarte. Die Vielfliegerprogramme diverser Fluggesellschaften schicken mir Listen von Prämien, die ich mit meinen Meilen bisher in Anspruch nehmen könnte, und meine Bahncard hat laut Bahncardkontoauszug schon dreihundertzwanzig Punkte gesammelt, wobei ich keine Ahnung habe, wofür die gut sind. Nachweishefte für Zahnarztbesuche finde ich drei, Bonusformulare vom Pizzaservice fünf. Die Kinokarten von letzter Woche sind gleichzeitig Gutscheine für Milchkaffee zum halben Preis im Restaurant nebenan.

Der zweite Teil von »Herr der Ringe« bricht sämtliche Besucherrekorde. Warum nur wollen sich alle Leute plötzlich am liebsten in einer Welt aufhalten, die es in Wirklichkeit gar nicht gibt?

Ich bewahre die Gutscheine für den Milchkaffee auf;

wenn ich erst arbeitslos bin, muss ich schließlich jeden Cent zweimal umdrehen. Alles andere werfe ich weg, weil es mich nur durcheinander bringt.

Dann habe ich die Nase voll vom Sortieren, also gehe ich in die Kneipe und arbeite dort an einer anderen Art der Vollbeschäftigung.

Lüttje, sie heißt so, weil sie sehr klein ist, versteht meinen Kummer. Sie war Marketingleiterin bei einem großen Tabakkonzern und hat ihren Job schon vor einigen Wochen verloren. Ihre Abteilung gibt es jetzt nicht mehr, aber die Abfindung war anständig, deshalb kann Lüttje dem Arbeitsamt erst mal den Stinkefinger zeigen und bald zu einer langen Reise nach Südamerika aufbrechen.

»Das wollte ich schon immer«, sagt sie inbrünstig. »Ich bin überzeugt, dass die derzeitige Entwicklung etwas Gutes hat. Für uns alle.«

Ich wiederum bin in erster Linie überzeugt davon, dass sich so etwas mit einer anständigen Abfindung sehr viel leichter sagen lässt.

Ich erhalte meine Kündigung schon am nächsten Tag. Fristgerecht, betriebsbedingt. »Persönlich/vertraulich« steht auf dem weißen Umschlag, ein kleiner Scherz der Flanelletage. Der einunddreißigste Dezember ist Stichtag, das ist in etwas mehr als vier Wochen; das Datum ist in der Kündigung fett gedruckt und hat eine ganze Zeile für sich, damit ich es nicht übersehe, wie aufmerksam. Ulla, die Juniorpersonalreferentin, überbringt das Schreiben persönlich. Dazu lächelt sie mich entschuldigend an, und ich lächele ebenso zurück, denn es ist kein Geheimnis mehr, dass Ulla sich demnächst selbst wird abwickeln müssen.

»Was ist mit Freistellung?«, frage ich sie, und Ulla lächelt noch einmal entschuldigend und sagt, »na ja, die Seite läuft ja bis zum Ende des Jahres noch weiter, aber da werden wir sicherlich was regeln können. In ein paar Tagen wissen wir mehr.«

Die Stimmung in der Redaktion ist gespielt übermütig. Alle krakeelen quer durch den Raum und sind aufgedreht, bis auf den Volontär, der uns mit eingezogenen Schultern nur deshalb zuhört, weil er nirgendwo anders hingehen kann.

Gegen vier hat bis auf ihn jeder seinen Umschlag erhalten.

Lautstark unterhalten wir uns über das Arbeitsamt, unsere Ansprüche und darüber, ob es unsere Firma in einem halben Jahr wohl noch geben wird, wenn wir nur noch dreißig sind und niemand mehr da ist, der die eigentliche Arbeit macht.

»Unsere Firma.«

»Wir.«

Das sagen wir tatsächlich, obwohl es längst glatt gelogen ist. Wir können nicht anders, wir sind es so gewohnt.

Manchmal lasse ich meinen Blick vom Schreibtisch aus durch den Raum schweifen, beobachte die anderen und überlege, wohin es sie wohl verschlagen wird. Aber schon im nächsten Moment ist mir klar, dass ich das wahrscheinlich nie erfahren werde. Genauso wenig wie die anderen erfahren werden, wohin es mich verschlägt, außer vielleicht durch puren Zufall. Natürlich werden wir unsere privaten Mailadressen austauschen und uns auf der Abschiedsfeier gegenseitig in den Armen liegen und sentimental werden und uns versprechen, in Kontakt zu bleiben. Vielleicht werden ein paar von uns sich auch tatsächlich darum bemühen und von Zeit zu Zeit eine Rundmail schreiben oder sich sogar untereinander verabreden und treffen. Aber aller Voraussicht nach wird es auch in diesem Fall nicht anders laufen als beim Abiturjahrgang oder den Kommilitonen oder den Kollegen aus dem anderen Job:

Irgendwann vergisst man sich, denn man hat ja seine eigenen Freunde.

Obwohl. Manchmal bin ich mir nicht mehr so sicher, ob ich sie wirklich als Freunde bezeichnen kann, denn sie nehmen in meinem Leben oft über Monate nicht mehr Platz ein als eine Mailadresse in meinem Verteiler, und dann schreibe ich Entschuldigungsmails an sie, weil das vor zwei Monaten festgelegte Treffen doch wieder nicht klappt. Zu viel zu tun, hier ist die Hölle los, es tut mir Leid, wir verschieben es auf ein andermal, ich meld mich wieder, ja?

Und das stimmt entweder, oder es stimmt auch nicht, weil ich einfach denke, Scheiße, ich will einen Abend nur im Bett liegen und sonst nichts, weil ich so groggy bin, und dann muss eben die Verabredung dran glauben, weil die Arbeit schließlich vorgeht. Was diese ganzen Mailadressen vielleicht noch am ehesten zu Freunden macht, ist die Tatsache, dass sie mir nicht böse sind, wenn das passiert, weil sie selbst sich nur zu gut an das letzte Treffen erinnern, das damals *sie* abgesagt haben mit genau der gleichen Begründung.

Für einen Augenblick verspüre ich so etwas wie Vorfreude, weil ich denke, dass das demnächst alles anders werden könnte, und in diesem Moment würde ich am liebsten jetzt schon gehen. Natürlich nicht, ohne vorher in der Flanelletage noch mal ordentlich auf den Putz zu hauen, haha.

Aber dann macht jemand einen blöden Witz über den sozialen Abstieg, der uns allen bevorsteht, und ich lasse mich doch wieder anstecken und habe nichts als Angst.

Wovor genau ich Angst habe, weiß ich noch immer nicht. Vielleicht ist es nur die Angst davor, dass alles anders wird. Anders anders, meine ich, denn bisher habe ich mich immer gefreut, wenn in meinem Leben etwas anders wurde, weil Veränderung Fortschritt bedeutete. Na ja. Bis auf die

Trennungen von meinen Exfreunden vielleicht, aber meistens ist darauf dann ein neuer Freund gekommen, beziehungsweise im Idealfall war der neue schon da, bevor überhaupt die Trennung vom alten kam.

In der derzeitigen Angelegenheit sind die Aussichten schlechter, und das Schlimme ist, ich weiß es schon.

Warum habe ich eigentlich ausgerechnet jetzt keinen Freund? Dann könnte ich wenigstens Kinder kriegen.

Über neue Jobs sprechen wir kaum, weil wir längst wissen, dass es derzeit keine gibt. Trotzdem surfen wir fast ununterbrochen im Internet und versuchen, freie Stellen zu finden. Als die Redaktionsassistentin endlich eine entdeckt hat, schickt sie sie per Mail durchs ganze Büro. »auf nach berlin, viel glück!«, steht in der Betreffzeile. Ich lösche sie gleich weg, samt Anhang, denn ich will nicht nach Berlin. Ich will in Hamburg bleiben, weil ich mich dort wohl fühle, und mein Viertel gefällt mir. Ich bin eine von vielen meiner Art, die dort leben, aber ich habe nichts dagegen. Im Gegenteil. Es hat seine guten Seiten, denn mittlerweile ist der Stadtteil wie zugeschnitten auf Leute wie mich. Die Mieten sind gestiegen in den letzten Jahren, im Zuge dessen ist der Altersdurchschnitt gesunken. Oder andersrum, völlig egal. Was hier tagsüber passiert, ist mir fremd und interessiert mich auch nicht sonderlich, weil ich ja nicht da bin, aber sobald ich abends zurückkehre, fühle ich mich heimisch und willkommen.

Besonders im Dunklen. Ich weiß, wo ich abends hingehen und mit wem ich dort anstoßen kann; ich habe meinen Supermarkt, in dem man mich auch um kurz vor acht noch einlässt; hier und da werde ich gegrüßt; und ansonsten lässt man mich in Ruhe.

Jedenfalls möchte ich nicht von hier weggehen für einen Job, der sowieso schon so sehr über mich bestimmt. Dann will ich wenigstens bestimmen, *wo* er über mich bestimmt.

Die Hartz-Kommission sieht das anders, erfahre ich am Abend in der *Tagesschau*, also sollen Leute wie ich schon bald für einen Job die Stadt wechseln müssen.

Ich hole meine Kündigung aus der Tasche und lege sie demonstrativ auf den großen Tisch im Wohnzimmer. Morgen gehe ich zum Arbeitsamt.

2.

»SCHOCK! 4,6 Millionen ohne Job«
Bild

Das Arbeitsamt Hamburg-Altona liegt fast versteckt; beim ersten Versuch radele ich daran vorbei und muss umkehren.

Ich habe kurz daran gedacht, mit dem Auto zu fahren, weil ich hinterher wieder in die Redaktion muss, aber irgendwie ist mir unwohl dabei gewesen. Also bin ich lieber mit dem Fahrrad gekommen und sehe jetzt, dass es einen ganzen Haufen freier Parkplätze gibt. Wahrscheinlich denken alle, es wäre dekadent, mit dem Auto zum Arbeitsamt zu kommen, und fahren deshalb Fahrrad oder Bus oder gehen zu Fuß.

Ich bin noch nie auf einem Arbeitsamt gewesen und weiß nicht, was mich erwartet. Viel ist es nicht, das Gebäude ist unscheinbar und schlicht, und die weitläufigen Flure sind kahl bis auf ein paar Anschläge an den grau gestrichenen Wänden. Sie verkünden Handy- und Rauchverbote und die Richtung für die Buchstaben E bis J.

Das bin ich.

Fast bin ich aufgeregt. Irgendwie fühle ich mich schuldig, und ich habe keine Ahnung, wofür. Ich weiß ganz genau, dass ich nicht schuld bin; ich weiß, dass ich mich nicht schämen muss; ich weiß, dass ich nichts dafür kann und nur eine von über vier Millionen bin und dass man mich gleich bestimmt nicht behandeln wird wie den letzten Dreck.

Trotzdem fühle ich mich schlecht. Vielleicht, weil ich Geld will.

Schon mehrere Male habe ich zu überschlagen versucht, wie viel ich demnächst zum Leben haben werde, wenn ich Arbeitslosengeld bekomme, und wo ich überall sparen kann. Ich habe einen Kredit abzubezahlen. Wohnung, Auto, das Geld ist natürlich längst weg, aber dafür ist es ja auch da gewesen. Sie hatten mich gefragt bei der Bank, ob ich uns nicht gegen Arbeitslosigkeit versichern wollte, mich und meinen Kredit. Aber das war teuer, und ich hatte es abgelehnt, ohne weiter darüber nachzudenken. Ich kannte zu der Zeit, also vor zweiunddreißig Monaten (in Kreditlaufzeit), sowieso überhaupt niemanden, der über so etwas nachdachte.

»Arbeitslosigkeit«, das war so etwas wie »Zwangsbeschneidung« oder »Schwindsucht« oder »Räumungsklage«. Sie betraf Ungebildete, Leute ohne Abschluss oder Hauptschulabgänger vielleicht, und dann noch Produktionsarbeiter und Zuwanderer. Aber sie betraf nicht mich und auch niemanden, den ich kannte.

Also waren Arbeitslose Männer, die den ganzen Tag fernsehen in voll gekleckerten ehemals weißen Unterhemden, mit dem Bier in der Hand, die ihnen öfter mal ausrutscht, je nachdem, wie viele Dosen Bier sie schon getrunken haben. Oder sie waren Frauen, die direkt nach der Ausbildung oder am besten noch davor schwanger geworden und dann eigentlich auch nie wieder Arbeit suchend gewesen sind. Arbeitslose lebten in einer anderen Welt. Sie schalteten tagsüber jene Sendungen ein – damals Talk-, heute Gerichtsshows –, über die *wir* uns aufregen und die wir höchstens als Redakteure oder Aufnahmeleiter oder Produktionsassistenten selbst zu verantworten haben, die wir aber nie freiwillig ansehen würden. Oder nur, wenn wir krank sind und mal gucken wollen, was für einen Schwachsinn es so gibt, um uns darüber totzulachen und uns besser zu fühlen, weil wir darauf nicht reinfallen und alles durchschauen. Diese Arbeitslosen hatten kein Abitur und nicht seit der Mittelstufe auf ihre berufliche Zukunft hingearbeitet. Sie hatten nicht viel gelernt und schon gar nicht bedarfsgerecht studiert und sich deshalb wohl auch nicht ordentlich orientiert. Sie hatten keine Praktika gemacht und sich nicht ins Ausland begeben und damit ihren Lebenslauf so in Form getrimmt, dass die Personalchefs sabbernd in die Hände klatschten, wenn sie ihn sahen. Sie waren nicht so flexibel und nicht so engagiert und nicht so, na ja, sagen wir mal – *fähig*. Und außerdem *wollten* die meisten von ihnen bestimmt gar nicht arbeiten gehen. Wer Arbeit will, der findet auch welche, so hieß das. Nicht nur in den Talkshows, denn unsere Eltern sagten es ebenfalls gern.

Wir hingegen *dachten* es vielleicht nur, aber im Grunde waren wir der gleichen Meinung.

War es nicht so?

Das hat sich wohl geändert, jedenfalls habe ich es schon lange nicht mehr gehört, aber wenigstens überrascht es mich so gesehen nicht mehr wirklich, dass ich mich schuldig fühle.

Bei der Anmeldung lege ich meinen Personalausweis vor und erwähne, dass ich Akademikerin bin. Jemand hat mir erzählt, dass es bei vielen Arbeitsämtern eine gesonderte Abteilung gibt für Hochschulabsolventen, also frage ich, ob das hier auch so ist.

»Ist es«, sagt die Frau hinter dem Tresen freundlich. »Aber die Frage ist, ob Sie auch in einem akademischen Beruf arbeiten. Ähm. Gearbeitet haben.«

Tja. Gute Frage. Ist Onlineredakteurin ein akademischer Beruf? Printredakteurin vielleicht, aber dann bestimmt auch nur bei den Renommierten wie dem *Stern* oder dem *Spiegel* oder der *Frankfurter Allgemeinen*.

»Ich weiß nicht«, sage ich unsicher und komme mir blöder vor, als ich eigentlich bin. »Ich bin kein Professor oder so was, falls Sie das meinen.«

Die Frau lacht, sie sieht nett aus. Gar nicht wie ein Behördentier. Aber das Arbeitsamt bemüht sich offenbar auch in anderen Dingen darum, nicht wie eine Behörde zu wirken, denn ich bin hier Kundin. Jedenfalls werde ich als solche angesprochen auf dem Hinweisschild neben dem Tresen, das auf neue Öffnungszeiten hinweist. »Liebe Kunden«, steht da, und das bringt mich für einen Moment aus dem Konzept. Fehlt nur noch, dass ich statt Aktenzeichens eine Kundennummer bekomme, haha.

– »Guten Tag, ich brauche dringend einen neuen Job, ach, vielleicht nehm ich gleich ein neues Leben, aber das ist ja dasselbe, was haben Sie denn so im Angebot?«

»Wie soll's denn sein? Geregelt und gemütlich oder aufregend und gefährlich? Mit Anspruch oder ohne? Soll's Sinn machen oder lieber nicht? Den Chef cholerisch oder phlegmatisch? Oder vielleicht eher ganz ohne? Dann aber auch keine Kollegen? Oder wie?«

»Ach, am liebsten wäre mir ja alles, je nach Lust und Laune.«

»Oh, das wäre eine Sonderanfertigung, die haben wir im Moment nicht da. So was geht derzeit nicht gut. Oder können Sie ein paar Jahre warten?« –

»Was arbeiten Sie denn?«, fragt die Frau hinter dem Tresen amüsiert. Ich bin ihr noch immer eine Antwort schuldig.

»Redakteurin«, sage ich dankbar. »Online.«

Die Frau macht kurzen Prozess und tippt wie wild auf ihrer Tastatur herum. »Dann ist das Arbeitsamt Mitte für Sie zuständig.« Sie reicht mir meinen Ausweis zusammen mit ein paar Papierbogen. »Da steht genau drauf, wo Sie sich melden müssen«, sagt sie, »mehr können wir dann hier im Moment nicht für Sie tun.«

»Schade«, murmele ich und wende mich zum Gehen, »trotzdem danke.«

»Ach ja«, sagt die Frau dann noch, »übrigens, Ihr Personalausweis läuft in fünf Monaten ab.«

Wie schön, denke ich, dann habe ich ja noch fünf Monate Zeit, um auszuwandern und mir irgendwo anders ein neues Leben zu suchen.

Unentschlossen mache ich mein Fahrrad los. Was jetzt? Ab aufs Arbeitsamt Mitte oder doch lieber in die Redaktion? Die Entscheidung wird mir abgenommen. Der Volontär ruft an, die Hütte brennt, weil zwei andere krank sind und dringend die Veranstaltungstermine in den Kalender müssen. Eigentlich ein Praktikantenjob, aber der Praktikant ist ja krank, und weil der Volontär schon den Job vom anderen Kranken mitmacht, kann man auf mich nicht verzichten. Diverse User schicken bereits böse E-Mails, weil sie sich ins Leere klicken, uuuh. Wie soll das erst werden, wenn es die ganze Seite nicht mehr gibt? Stürzen die sich dann von der Brücke?

»Ich komme«, sage ich sanft und staune selbst darüber.

Eigentlich sollte ich ihnen allen den Stinkefinger zeigen und einfach zu Hause bleiben, aber ich weiß ganz genau, dass dann der Volontär bis Mitternacht sitzen wird. Irgendwie will ich das auch nicht, also werfe ich mich aufs Rad und strampele nach Hause, zu meinem Auto.

Als ich dort ankomme, bin ich völlig erschlagen. Von dem bisschen Radfahren. Scheiß Bürojob, wie unfit kann man eigentlich sein? Trotz der Kälte stehen mir die Schweißperlen auf der Stirn, ich habe unerträglichen Durst, also kehre ich kurz im Kiosk gegenüber ein, um mir eine Apfelschorle zu kaufen. Ich mag den Kiosk. Manchmal mache ich abends nach Feierabend hier Halt, wenn der Supermarkt schon geschlossen ist, und erstehe eine Dosensuppe oder zwei Rollen Klopapier. An guten Tagen. An schlechten Tagen kaufe ich Bier oder Chips oder Schokolade oder die *Bild* oder alles zusammen, nur um mich hinterher noch schlechter zu fühlen, aber das ist mir vorher egal. Manchmal stelle ich mir vor, selbst so einen Kiosk zu haben und den lieben langen Tag darin vor mich hin zu werkeln, mit Stammkunden, denen ich schon ihre Zigarettenmarke auf den Tisch lege, noch bevor sie den Mund aufgemacht haben. Aber dann fällt mir meistens ein, dass man als Kioskbesitzer noch nicht mal in Ruhe aufs Klo gehen kann: Entweder man schließt jedes Mal die Tür ab und vergrault dadurch potenzielle Kundschaft, oder man lässt die Ladentür offen und pinkelt unter Vollstress, weil ja in der Zwischenzeit jemand reinkommen und die Regale ausräumen könnte und die Kasse gleich mit.

In meinem Job hingegen kann ich aufs Klo gehen, wann immer ich will, und das Einzige, was daran nervt, ist, dass garantiert irgendeine Kollegin zur gleichen Zeit eine Kabine weiter sitzt. Dann hat es sich mit der Ruhe, aber wenigstens räumt währenddessen niemand meinen Schreibtisch leer oder klaut meinen Geldbeutel. Ob sich wohl jemals eine Frau damit bei *Wetten, dass …?* beworben hat, dass sie ihre Kolleginnen an den Geräuschen erkennt, die sie beim Pinkeln in der Kabine nebenan machen?

Ächzend nehme ich die drei steilen Stufen, die in den kleinen Laden führen. Offenbar habe ich jetzt schon Muskelkater. Das leicht schmuddelige Geschäft besteht aus zwei Räumen. Nebenan gibt es drei Stehtische und ein Aquarium mit trübem Wasser auf einem riesigen Uraltradio; vorn riecht es nach Kaffee. Die Zeiten, in denen eine klägliche Brühe hinter der Ladentheke auf einer Warmhalteplatte verdampfte und die bitteren Rückstände in einem dünnen Plastikbecher serviert wurden, sind seit kurzem vorbei. Jetzt gibt es den Kaffee auch hier frisch aus der auf Knopfdruck mahlenden und zischenden Espressomaschine. Samt aufgeschäumter Milch als Milchkaffee oder Latte Macchiato oder Caffè Latte oder Galão, gereicht im festen Pappbecher mit autofahrerfreundlichem Kunststoffdeckel und praktischem Trinkloch, an dem man sich immer den Mund verbrennt.

»Coffe To go«, hat der türkische Kioskbesitzer in ungelenken Buchstaben auf ein umgedrehtes kleines Papptablett geschrieben und liegt damit voll im Trend. Ich denke an die Gala-Werbung und an Stefanie Gräfin von Pfuel und daran, dass die Gräfin sich bestimmt immer nimmt, was sie will, und es damit sehr weit gebracht hat, zumindest bis zu einem adeligen Ehemann, also bestelle ich mir spontan einen Milchkaffee, weil ich denke, ich habe ihn mir verdient. Aber ich will ihn lieber nicht mitnehmen und mir den Mund verbrennen, sondern hier trinken. So viel Zeit muss sein, und deshalb bekomme ich ihn in einem weißen Porzellanbecher und einen Keks dazu.

In dem Raum mit den Stehtischen bin ich nicht allein. Ein Typ steht da und beobachtet das Aquarium, während er versonnen an dampfendem türkischen Tee aus einem kleinen Glas nippt und eine selbst gedrehte Zigarette raucht. Neben ihm liegt ein Walkman ohne Kopfhörer, und manchmal senkt er nachdenklich den Kopf, wie um nachzusehen, ob der Walkman noch da ist und sich nicht in der Zwischenzeit in Luft aufgelöst hat. Sonst tut er nichts. Der Kerl steht einfach da, seitlich an das hölzerne Wandbord gelehnt, und strahlt dabei eine solche Ruhe aus, dass mir von seiner Gegenwart ganz dämmrig wird, noch bevor ich den ersten Schluck Kaffee genommen habe. Ich weiß nicht, woran es liegt. Vielleicht an seiner bedächtigen Art, die Zigarette ganz langsam am inneren Rand des Aschenbechers hin und her zu drehen, bis eine kleine Menge Asche davon abfällt. Vielleicht aber auch schlichtweg daran, dass er keinerlei Eile zu haben scheint, irgendwo hinzukommen.

Er ist viel größer als ich, eins neunzig mindestens, kräftig, und er hat dunkle Locken, die sich auf eigenartige Weise um sein Gesicht ranken. Im Profil wirken seine Haare fast wie eine Perücke. Für einen kurzen Moment frage ich mich, ob es vielleicht eine ist, aber diese Frisur würde niemand ernsthaft als Perücke anbieten. Und überhaupt sieht der Typ nicht aus, als würde er sich jemals mit so etwas wie Haaren beschäftigen. Er sieht nicht ungepflegt aus oder schlampig oder gar verwahrlost, sondern wie jemand, der sich morgens unter die Dusche stellt und sich und seine Haare wäscht und sie dann einfach vergisst, weil sie ja sauber sind und jemand wie er mehr von seinen Haaren nun mal nicht verlangt. Danach geht er wahrscheinlich an den Kleiderschrank und zieht sich an, weil man sich eben anzieht, und dabei ist es ihm egal, was er erwischt, weil er eh nur Sachen hat, die alle zueinander passen, weil sie so einfach sind. Und diese Sachen hat er nicht gekauft, weil sie alle zueinander passen, sondern weil ihm schlichtweg nie etwas anderes in den Sinn kommen würde, als einfache Sachen zu kaufen, die ganz automatisch zueinander passen, und wahrscheinlich hat er noch nicht einmal eine Begründung dafür. Ebenso wie seine Frisur sagt seine Kleidung mir nichts; sie sagt nicht, hallo, ich bin mehr so szenig drauf oder mehr so edel oder mehr so sportlich oder mehr so spießig.

Es schockiert mich, wie jemand so sehr er selbst sein kann, ohne zu sagen, wer er ist.

So wie er da steht, gehört er hierher, und während er die Molche im Aquarium beobachtet, wirkt er selbst wie einer. Gelassen. Voller Urvertrauen. Im Vergleich zu ihm komme ich mir plötzlich vor wie ein panischer, eitler Goldfisch, der aufgeregt durchs Becken pest und sich dabei die Nase am

Glas wund stößt. Aber es nützt ja nichts. In der Redaktion warten sie auf mich.

Abends ruft mich Lüttje an und berichtet mir von ihren Fortschritten in Sachen Reiseplanung. Heute hat sie ihr Flugticket abgeholt, in zwei Wochen geht es los, erst nach Madrid und von dort weiter nach Südamerika. Fast drei Monate will sie bleiben, Ecuador und Brasilien stehen ganz oben auf ihrer Routenplanung.

»Ich beneide dich«, sage ich zu ihr, und ein bisschen traurig bin ich auch, weil ich denke, es wäre schön gewesen, mehr Zeit mit Lüttje zu verbringen, wenn ich erst mal welche habe.

Was macht man wohl mit so viel Zeit? Wofür ist Zeit eigentlich da, wenn nicht dafür, zu arbeiten und die kleinen Momente vorzubereiten, in denen man nicht arbeiten muss?

»Hütest du meine Wohnung?«, fragt Lüttje. »Du wohnst nicht so weit weg ...«

›... und kannst das ja demnächst locker schaffen‹, ergänze ich in Gedanken. Ich weiß, dass Lüttje das sagen wollte, aber ich bin ihr nicht böse drum. Wo sie Recht hat, hat sie Recht.

»Klar«, sage ich, »kein Problem. Kann ich bei dir baden?«

Lüttje hat einen Garten und eine Badewanne, aber dafür nimmt sie auch in Kauf, dass sie keinen Kiosk gegenüber hat und ihr die Nachbarskinder im Sommer auf der Nase herumtanzen. Zwischen ihrer und meiner Wohngegend liegen nur drei Kilometer, aber dennoch Welten. Wo Lüttje wohnt, ist alles ein bisschen größer und weitläufiger und gesetzter; viele Familien, wenig Kneipen, aber dafür ein Park, in dem im Winter der Schnee liegen bleibt und in dem man im Sommer picknicken kann. Ihr gefiele das deshalb, hat sie immer wieder erklärt, als sie noch einen Job hatte, weil tagsüber in der Firma um sie herum genug Trubel herrsche.

In dem Punkt müssen Lüttje und ich grundverschieden sein, denn um mich herum herrscht tagsüber auch eine Menge Trubel, aber gerade deshalb würde es mich umbringen, nicht alles in Sichtweite zu haben, was man so braucht: Supermarkt, Drogerie. Reinigung, Schuster, Änderungsschneider, Schlüsseldienst, für alle Fälle. Bank, Post. Kneipe, Café. Kiosk, Kino. Bushaltestelle, Bahnhof, Taxistand. H&M, Plattenladen, Blumengeschäft. Und ein Kaufhaus für die Dinge dazwischen. Ich bin mir sicher, wenn ich da wohnen würde, wo Lüttje wohnt, ich würde verlottern und vereinsamen, weil ich mich noch nicht mal am Samstag aufraffen könnte, den Weg ins Zentrum anzutreten. Das schaffe ich so schon manchmal nicht, weil ich auch einfach mal im Bett bleiben muss und es samstags immer so schnell vier Uhr ist, wie es an einem normalen Wochentag nie passiert. Nur verhungern würde ich nicht, denn es gibt ja den Internetsupermarktservice, und der liefert bis zweiundzwanzig Uhr, wenn auch oftmals Dinge, die man gar nicht bestellt hat. Aber immerhin habe ich auf diese Art schon gelernt, eine ganze Woche alkoholfrei zu leben, weil statt des Weines Bionade kam, und Schalotten zuzubereiten, die statt Karotten im Warenkorb lagen.

»Logo«, antwortet Lüttje. »Bade meinetwegen so lange, bis du schrumpelig bist. Komm doch morgen Abend vorbei«, schlägt sie vor, »dann zeige ich dir alles und gebe dir schon mal den Schlüssel, und hinterher gehen wir was trinken.«

»Geht auch Freitag?«, frage ich, »ich hab viel zu tun, Endspurt, du weißt schon.«

Lüttje lacht. »Das kenn ich«, sagt sie, »noch schnell die Kohlen aus dem Feuer holen, was? Lass dich bloß nicht unter Druck setzen«, fügt sie hinzu, »selbst wenn du jetzt den ganzen Laden schmeißt, die Kündigung nehmen sie deshalb bestimmt nicht zurück.«

Ich beiße mir auf die Lippen, denn von Zeit zu Zeit habe ich genau das heute gedacht: Zeig ihnen, wie gut du bist, dann wollen sie dich vielleicht doch behalten. Aber das ist natürlich Mumpitz. Der Vorstandsvorsitzende will schöne Zahlen und sonst nichts, und die Abfindungen schüttelt er sich dabei aus dem Ärmel von dem Geld, das der Börsengang gebracht hat, denn wichtig für die Bilanz sind nur die laufenden Kosten. Weg mit den Mitarbeitern, nichts als unnütze Esser, elende, alles nur Kostenverursacher. Heute ist wiederholt das Gerücht gegangen, dass die Braut nur hübsch gemacht wird, um sie zu verscherbeln, an wen auch immer.

Während ich darüber nachdenke, ob dieser Saftladen es überhaupt wert ist, dass ich ihm nachtrauere, sehe ich den beschissensten Werbespot aller Zeiten für eine Sammelserie von Soldaten der napoleonischen Kriege mit den glanzvollen Uniformen der Zeit, das Magazin jetzt mit einem preußischen Infanteristen und dem ersten Teil der Kanone für nur fünf fünfundneunzig. Super, denke ich, und dabei bin ich noch nicht einmal sonderlich interessiert an Politik und Weltgeschehen, im Irak sprengen sie sich demnächst in die Luft, und in Deutschland fangen die Arbeitslosen an, Kriegsdevotionalien zu sammeln, weil sie ja sonst nichts zu tun haben. Geht's noch?

Am übernächsten Tag liegt ein Schreiben vom Arbeitsamt Mitte im Briefkasten, obwohl ich doch noch gar nicht da war, und ich wundere mich. Was wollen die von mir? Woher wissen die?

Ich erinnere mich an die Frau auf dem Arbeitsamt in Altona und an ihre flinken Finger auf der Computertastatur. Wahrscheinlich hat sie meinen Besuch und meine Daten gleich elektronisch weitergeleitet. Technik. Wie praktisch. Und jetzt bittet man mich prompt zum Gespräch. Am Dienstag soll ich vorstellig werden, und zwar genau am Dienstag, nicht früher und nicht später, und noch genauer von halb acht bis halb zehn Uhr morgens. Witzpillen.

»Ich möchte mit Ihnen über Ihre berufliche Situation sprechen«, teilt mir das Schreiben mit, erste Person Singular, aber unterzeichnet hat niemand, der als Ich identifiziert werden könnte. »Ihr Arbeitsamt«, lautet die Unterschrift. Mit freundlichen Grüßen, na immerhin.

Du, Arbeitsamt, ich hab da mal 'ne Frage.

Du, Arbeitsamt, danke für die Einladung.

»Einladung«. Das steht da tatsächlich. Man darf es nur nicht als solche verstehen, denn auf der Rückseite werde ich unverzüglich darauf hingewiesen, dass das Erscheinen meine gottverdammte Pflicht nach Paragraph sowieso ist und mir für zwei Wochen mein Arbeitslosengeld gestrichen wird, wenn ich den Termin nicht einhalte. Nichtwahrnehmung gibt es nur mit Entschuldigung, Punkt, merken Sie sich das. Ein für alle Mal. Wie früher in der Schule. Anders als in der Schule ist das Entschuldigungsschreiben allerdings schon beigefügt, ich muss nur noch ankreuzen. Dass ich krank bin zum Beispiel (»ärztliche Bescheinigung liegt bei«, ist klar) oder schon eine neue Stelle habe (haha) oder sonst irgendwie verhindert bin. Falls das nicht der Fall ist, soll ich in Wartezone zwölf eine Nummer ziehen, bitte schön. Und dann wird man mir unter bestimmten Voraussetzungen sogar meine Reisekosten erstatten, allerdings nicht, wenn sie unter sechs Euro betragen. Hm. Heißt das, ich habe mehr Chancen auf Erstattung, wenn ich mit dem Taxi fahre für zwölf Euro (ein Weg) statt mit der Bahn für vierzwanzig (hin und zurück)? Oder was?

»Falls ein öffentliches Verkehrsmittel benutzt wird, legen Sie bitte den Fahrschein vor.«

Ja, wie soll ich denn sonst gekommen sein, wenn ich Fahrtkosten erstattet haben will? Mit dem Hubschrauber? Ob ich von dem Entschuldigungsformular Gebrauch mache? Oder den Schrieb einfach zerreiße? Ich empfinde einen derartig kurzfristig angesetzten Termin als Unverschämtheit. Und noch sehr viel unverschämter finde ich es, dass man ihn mir vornerum als zwanglose Einladung verkaufen will, und beim Lesen des Kleingedruckten gibt es ein »und wer nicht kommt, der kriegt kein Geld, aber eine Menge Ärger, ätsch«. Zur absoluten Krönung steht auf der ersten Seite, versteckt unten rechts, auch noch »*Erste* Einladung«. Warum schreiben die nicht gleich »Erste Mahnung«?

Für ein paar Minuten bin ich regelrecht wütend, und ich habe nicht schlecht Lust, am Montag da anzurufen und zu sagen, hör mal, du, Arbeitsamt, du, aber derzeit hab ich noch einen Job und kann nicht stundenlang bei dir rumhängen und warten, und ich sehe es auch gar nicht ein, dafür extra einen Tag Urlaub zu nehmen, und wenn ich jetzt schon komme, dann freiwillig, aber nicht auf *die* Tour. Nicht mit mir. Dann fällt mir wieder ein, dass Freitag ist und Feierabend und ich mich nicht mit solchen Dingen belasten sollte, also vertage ich meine Entscheidung in dieser unerfreulichen Angelegenheit. Es ist kurz nach acht, und ich bin mit Lüttje verabredet.

Aber unverschämt ist es trotzdem.

3.

»Mut zur zweiten Karriere:
Über die Kunst, neu anzufangen«
Focus

»Du siehst aber fertig aus«, sagt Lüttje zur Begrüßung. Na toll.

Lüttje sieht nicht fertig aus. Im Gegenteil, sie strahlt regelrecht. Ebenso wie ihre Wohnung, die picobello ist. Sauber und aufgeräumt, aber nicht antiseptisch. Bewohnt eben.

Lüttjes Wohnung sieht einfach nur bewohnt aus. Schön. Gemütlich. Anders als bei mir. Nicht dass es in meiner Wohnung nicht gemütlich sein kann. Aber das liegt hauptsächlich an ihrer spärlichen Beleuchtung, nicht daran, dass in ihr wirklich gewohnt wird.

Wohnen. Was zum Teufel soll ich denn noch alles machen?

Nein, bei mir gibt es, was das betrifft, nur zwei Möglichkeiten. Entweder ist es so chaotisch, dass gar nichts mehr geht und ich morgens eine halbe Stunde brauche, um das Bedienteil von meinem Autoradio zu finden, das ich erst am Abend zuvor beim Nachhausekommen erschöpft irgendwo abgelegt habe. Oder aber es ist frisch aufgeräumt und gewienert. Aber so richtig. Weil ich einen ganzen Sonntag dafür geopfert habe. »Ein bisschen« bringt nichts bei dem Chaos, da muss man dann richtig ran. Und danach traue ich mich kaum, etwas anzufassen. Die Küche liegt brach, weil sie aussieht wie ein OP und ich mir nicht die Mühe machen will, diesen Zustand zu ändern, also halte ich mich hauptsächlich im Bett auf und versuche, in den anderen Zimmern keine Spuren zu hinterlassen.

Und dann wundere ich mich darüber, dass auch dort bald schon wieder das Chaos ausgebrochen ist, obwohl ich in der Zwischenzeit eigentlich gar nicht zu Hause war. Die Phase zwischendurch, die zwischen »sauber« und »Chaos«, verpasse ich. Sie findet überwiegend außerhalb meines Bewusstseins statt.

Bei Lüttje ist diese Phase seit neuestem ein Dauerzustand. Auf dem Abtropfgitter über der Spüle stapelt sich der frische Abwasch; Lüttje kocht selbst, seit sie Zeit hat. Jeden Tag, behauptet sie. Auch jetzt hängt noch der Geruch von gedünstetem Broccoli in der Luft.

Auf dem Küchentisch liegt aufgeschlagen ein Buch; Lüttje liest wieder. Daneben stapeln sich Zeitschriften, drum herum farbige Pappe, eine Schere, ein Klebestift, Folie mit Goldsternen und lustige Fotos von Lüttje in einem dämlichen Weihnachtsmannkostüm, dessen Bart sie quasi als Kette um den Hals trägt. Statt eines Sackes hat sie auf den Fotos einen Koffer in der Hand. Lüttje bastelt ihre eigenen Weihnachts- und Abschiedskarten vor ihrer großen Reise. Weil sie ja Zeit hat. Wow.

Nur der Travellerrucksack, der noch leer neben der Kommode im Flur lehnt, weist darauf hin, dass Lüttje bald weg sein wird. Der Rucksack ist klein, finde ich. Gut, Lüttje ist eine sehr kleine Frau, und deshalb ist das Ding dennoch fast so groß wie sie. Aber für drei Monate Leben, dafür ist es meiner Meinung nach in jedem Fall zu klein, egal, wie groß man selbst ist. Wie viel braucht man eigentlich für drei Monate Leben?

Lüttje entkorkt eine Flasche Wein, schenkt mir ein und plumpst dann auf den Stuhl gegenüber.

»Wie laufen die Reisevorbereitungen?«, erkundige ich mich.

»Bestens«, erklärt sie gut gelaunt, »ich habe im Internet ein paar Leute gefunden, die eine ähnliche Route planen. Mit einer Frau habe ich mich in Brasilien sogar verabredet.«

Krass. Noch nicht mal losgefahren und schon verabredet. Am anderen Ende der Welt. Manchmal ist mir die Technik unheimlich.

»Hast du gar keine Angst?«, frage ich.

»Aufgeregt bin ich«, sagt Lüttje, »ein bisschen nervös vielleicht. Aber Angst – nein.«

»Also ich hätte Angst«, sage ich, und Lüttje lacht.

»Wovor?«

»Keine Ahnung. Überfallen zu werden oder einen Unfall zu haben oder nicht jeden Tag duschen zu können.«

»An Letzteres werde ich mich gewöhnen«, meint Lüttje, »für Ersteres habe ich vorgesorgt.«

»Und wie?«

»Komm mit«, sagt sie, steht auf und zieht mich an der Hand hinter sich her in ihr Schlafzimmer. Sie zeigt auf ihren Nachttisch. »Mein Testament«, sagt sie, als wäre es das Normalste der Welt. »Falls wirklich etwas passiert, da steht alles drin.«

Die hat Humor. Ich schlucke, aber Lüttje winkt ab.

»Keine Sorge. Du wirst es nicht anfassen müssen«, versichert sie und klingt dabei so aufgeräumt, als hätte sie mir lediglich erklärt, dass der Postbote gegen elf kommt. Dann plappert sie munter weiter und zeigt mir, wo der Haupthahn fürs Wasser ist und der Sicherungskasten und welche Blumen wie oft gegossen werden müssen. Ich versuche, ihr zuzuhören, aber das mit dem Testament hat mich ein wenig aus dem Konzept gebracht. Manchmal setzt meine Aufmerksamkeit für einen Moment aus. Dann muss ich nachfragen, und Lüttje lacht wieder, wie sie es so gerne tut, und schüttelt den Kopf.

»Meine Güte, du bist ja völlig durcheinander, ballern sie dich so zu im Büro? Wart's nur ab, wenn du erst mal raus bist da, dann wird alles anders. Das ist wie ein neues Leben.«

So etwas sagt sie immer wieder, aber für mich fühlt sich das an wie eine Art Gehirnwäsche, weil ich nicht weiß, ob ich überhaupt *will*, dass alles anders wird.

»Was ist mit den Nachbarn?«, frage ich schließlich, »wissen die Bescheid?«

»Wird geregelt«, antwortet Lüttje leichthin. »Und nicht erschrecken, der Typ nebenan ist manchmal ein bisschen komisch.«

»Inwiefern?«

Lüttje zuckt mit den Schultern. »Nur so 'n Gefühl«, sagt sie. »Kann's nicht näher beschreiben. Einen Tick spinnert eben. Macht ganz schönen Krach, raucht gern mal was und hat viel Besuch. Ich glaube, der hält mich für die Oberspießerin vor dem Herrn.«

Lüttje eine Oberspießerin?

Wohl kaum, denke ich und schiele nach dem kleinen Rucksack neben der Kommode. Dann schon eher ich. Egal, wie hip mein Job ist oder meine Firma oder meine Klamotten, *ich* bin spießig, denn ich kann mir nicht vorstellen, monatelang nur mit einem Rucksack unterwegs zu sein, am Morgen nicht zu wissen, wo ich in der Nacht schlafen werde, und vorsichtshalber auch noch Astronautennahrung für den Notfall mit mir herumzutragen.

»Aber er ist ganz nett«, fügt Lüttje hinzu. »Kein Grund zur Sorge.«

Hauptsache.

Später sitzen wir in der Kneipe, trinken Bier und sehen uns auf der Karte Lüttjes Reiseroute an. Ich lasse mich von ihrer Aufbruchstimmung anstecken, und so langsam fange ich selbst an zu glauben, was sie mir immer wieder sagt:

Wenn ich nicht mehr arbeite, dann wird alles anders. Dann habe ich ein neues Leben. Na gut, wie es aussehen wird, weiß ich noch nicht. Aber Lüttje weiß auch nicht, was sie erwartet, und sie ist trotzdem so voller Eifer und Vorfreude, dass ich beschließe, mir von nun an weniger Sorgen zu machen.

Wenn Lüttje nur mit Astronautennahrung bewaffnet drei Monate in Südamerika überleben will, dann werde *ich* ja wohl in der Lage sein, ohne einen Scheißjob über die Runden zu kommen! Genau.

Irgendwann verfalle ich in regelrechte Hochstimmung, kaufe mir und Lüttje ein Bier nach dem anderen und plane für den Januar selbst eine Reise. Nur nach Frankfurt zwar, alte Bekannte besuchen, aber immerhin.

»Na bitte«, sagt Lüttje fröhlich und schlägt mir auf die Schulter, »es geht doch.«

Auf dem Weg zum Klo spüre ich, dass mich jemand beobachtet. Bei meiner Rückkehr erkenne ich, dass es der komische Typ aus dem Kiosk ist. Er steht an der Bar, direkt neben Lüttje und mir, ich habe die ganze Zeit quasi meinen Rücken an seinem gerieben und es nicht bemerkt. Wie in dem Kiosk tut er nichts außer seinen Walkman ohne Kopfhörer bewachen, nur dass er ihn diesmal in der Hand hält, die locker auf dem Tresen liegt. Die Schlaufe an dem Gerät lässt mich an eine Herrenhandtasche denken. Ich schüttele mich, denn es gibt nichts Schlimmeres als einen Mann mit Herrenhandtasche. Gleichzeitig bin ich mir völlig bewusst, dass das da in seiner Hand ja gar keine ist, und auf einmal bin ich mir nicht mehr sicher, ob ich mich wegen des Gedankens an die Herrenhandtasche schüttele oder wegen des Typen im Ganzen.

Statt des Aquariums mustert er diesmal mich, während ich an ihm vorbeiziehe und wieder auf meinen Barhocker kraxele. Seine Blicke sind wie lang gezogenes Kaugummi, sie dehnen sich ins Unendliche, und ich fühle mich im Gegensatz zu ihm unruhig und gehetzt und ein bisschen schutzlos. In Gedanken strecke ich ihm die Zunge raus, und dann drehe ich ihm demonstrativ den Rücken zu. Irgendwann ist er weg. Ich merke es, ohne es zu sehen, aber trotzdem überprüfe ich es durch einen schnellen Blick über die Schulter und atme dann auf.

»Hat der dich genervt?«, fragt Lüttje. Sie ist eine gute Beobachterin.

»Nee, nee«, wehre ich ab, weil ich nicht weiß, wie ich ihr mein Unbehagen erklären soll.

»War aber schon ein komischer Kauz«, sagt sie und wiegt den Kopf.

»Hast du den schon mal hier gesehen?«, frage ich und tue unbeteiligt und versuche, das Etikett von meiner Bierflasche zu pulen.

»Näh«, sagt Lüttje. »Nie.«

Ich seufze.

»Wieso?«, fragt Lüttje lauernd, und ehe ich etwas tun kann, hat sie schon dem Sprinter gewinkt, der an diesem Abend Schicht hat. Wir haben ihn den »Sprinter« getauft, weil er der langsamste Barmann ist, den wir kennen. Er bewegt sich immer in Zeitlupe, egal, wie voll es ist, und er ist groß und massiv und sieht aus wie ein Wikinger mit seinen langen rotblonden Haaren und den Klamotten, die er vermutlich selbst genäht hat. Seit etwa einem halben Jahr steht er in unregelmäßigen Abständen hinter dem Tresen; mal mehr, mal weniger häufig, aber immer in Zeitlupe.

In Wirklichkeit heißt er Tristan, aber ich bin mir nach den sechs Monaten unserer Bekanntschaft noch immer nicht sicher, ob dieser Name zu ihm passt. Er hat etwas Erhabenes, so als würde ihm der Rest der Welt am Arsch vorbeigehen; gleichzeitig drängt sich einem der Eindruck auf, dass er so langsam ist, weil er durch jegliche unbedachte Bewegung seines massigen Körpers Kleinholz machen würde aus dem spärlichen Platz hinter der Bar. Was der Sprinter sonst so treibt, weiß ich nicht, denn er ist wortkarg und einer von jenen seltenen Menschen, die nicht gern über sich selbst reden, und wenn er spricht, dann hat seine Stimme manchmal einen so trotzigen Unterton, dass man sich gar nicht traut, ihn nach irgendetwas anderem zu fragen als nach den Getränkepreisen oder dem Weg zum Klo. Fest steht jedenfalls, wenn der Sprinter Dienst schiebt, dann muss man Geduld mitbringen. Aber das tue ich gern, denn der Sprinter braucht einen nur kurz anzusehen und scheint dann sofort zu wissen, wie es einem geht. Niemand schiebt einem das Bier nach einem harten Tag so voll unausgesprochenen Mitgefühls über den Tresen wie er, und deshalb haben sich alle Stammgäste an ihn gewöhnt und mögen ihn und nehmen seine Langsamkeit, wie sie ist. Und wenn Zufallsgäste anfangen, sich über ihn zu mokieren und dumme Sprüche abzulassen, dann passiert es nicht selten, dass sich ein Stammgast zu ihnen umdreht und sagt, »jetzt passt mal auf, ihr seid hier nur zu Besuch, also benehmt euch gefälligst auch so«, aber meistens hat der Sprinter die lästernde Laufkundschaft zu diesem Zeitpunkt längst selbst bemerkt und zieht hinter dem Tresen Grimassen und äfft sie sehr gekonnt nach, zum größten Vergnügen aller, die wissen, worum es geht.

»Der Typ da gerade«, raunt Lüttje dem Sprinter viel sagend zu und zwinkert verheißungsvoll in meine Richtung, »der neben Marnie stand, weißt du, wer das ist?«

Ich verdrehe die Augen. Das muss doch wohl nicht sein.

Der Sprinter zuckt mit den Schultern. »Eule«, sagt er, »man nennt ihn Eule.« Dazu reißt er bedächtig den Zettel vom Klemmbord, auf dem »Eule« steht, darunter hat der Sprinter einen Strich gemacht für Eules Bier, das jetzt bezahlt ist, also zerreißt er den Zettel und lässt ihn in den Mülleimer unter dem Tresen fallen, gaaaanz langsam.

»Vor ein paar Wochen ist er hier zum ersten Mal aufgetaucht, aber frag mich nicht, woher er kommt oder was er macht.«

Wow. Das ist der längste Satz, den ich vom Sprinter je gehört habe. Dieser Eule muss wirklich etwas Besonderes sein, wenn er sogar den Sprinter zum Reden bringt.

»Aha. Danke«, sagt Lüttje zufrieden und schnalzt mit der Zunge, bevor sie sich triumphierend zu mir dreht.

»Eule«, wiederholt sie dann. »Wie kommt man denn auf so was?«

»Wahrscheinlich genauso, wie man auf Lüttje kommt«, antworte ich. »Prost.«

Am Montagmittag gibt es eine weitere Mitarbeiterversammlung. Man will uns den Sozialplan erklären, auch wenn er sich längst herumgesprochen hat. Außerdem ist er nicht schwer zu verstehen: ein Bruttomonatsgehalt pro Beschäftigungsjahr als Abfindung, heißt er im Wesentlichen. Die Geschäftsleitung wird gut damit fahren, auch wenn der Vorstandsvorsitzende sich windet und jammert und so tut, als wäre das sein ganz persönlicher, endgültiger Ruin. Wir bösen, bösen unverschämten Arbeitnehmer, wir. Immer nur nehmen und nehmen und nehmen und die Hand aufhalten, wo es dem Unternehmen doch so schlecht geht, ja, so sind wir, in Zukunft wird man auf Arbeitnehmer in diesem Hause eben verzichten, basta, das haben wir jetzt davon. Aber das ist natürlich lächerlich, denn die Abfindungssummen werden gering ausfallen; wirklich lange ist noch niemand von uns dabei. Und für irgendetwas müssen die Millionen vom Börsengang ja gut sein.

Mit zweieinhalb Jahren bin ich in der Redaktion eine der Dienstältesten. Ich habe viele überlebt, allerdings mit dem kleinen Unterschied, dass die immer von allein gegangen sind, weil sie etwas Besseres hatten. Jetzt sitze ich da, schalte den plärrenden Vorstandsvorsitzenden in Gedanken einfach ab und probiere mich wiederholt im Kopfrechnen. Alle anderen tun dasselbe; sie sitzen da und haben steile Falten auf der Stirn und überschlagen, wie lange sie auskommen können mit der Summe, die ihnen zusteht.

Gut achttausend Euro sind es bei mir. Nicht schlecht, denke ich, eigentlich gar nicht schlecht. Aber natürlich gucke ich trotzdem betroffen, wie alle anderen, weil es nun mal Scheiße ist, wenn man nicht weiß, was passiert, wenn die achttausend Euro erst mal weg sind. Und der Vorstandsvorsitzende soll trotz allem wissen, dass er sich nicht freikaufen kann von dem Umstand, dass wir ihn alle für ein Arschloch halten.

Aufs Arbeitslosengeld wirkt sich so eine verhältnismäßig geringe Abfindung nicht aus, klärt uns der Betriebsrat auf. Das erinnert mich daran, dass ich immer noch nicht weiß, wie ich in Sachen Arbeitsamt verfahren will. Die Vorladung. Morgen ist Dienstag.

Letztendlich wird mir die Entscheidung abgenommen. Nach der Mitarbeiterversammlung ruft Ulla an.

»Marnie, magst du mal hochkommen in mein Büro?«, fragt sie mich und klingt dabei so verschwörerisch, als wolle sie mit mir gemeinsam eine Revolte in der Flanelletage anzetteln. Aber das wird es kaum sein. Dafür ist sie zu nett, und zwar nach allen Seiten, aber das ist als Personalreferentin ja auch ihre Aufgabe.

»Sicher«, sage ich und ziehe die Schultern hoch und bekomme Herzklopfen, warum auch immer. Was sie wohl will?

Ulla sitzt nicht in der Flanelletage, sondern im ersten Stock. Mehr so zwischen den Stühlen eben. Ich klopfe höflich an.

»Ja?«, fiepst Ulla mit hoher Stimme, und ich stecke meinen Kopf durch die Tür.

»Ah, Marnie«, sagt Ulla freundlich, »da bist du ja schon. Super, komm rein. Setz dich«, also setze ich mich und warte, was sie wohl zu sagen hat.

Ulla klickt fleißig ein Bildschirmfenster nach dem anderen zu, als hätte sie Angst, ich könnte ihr was weggucken. Dabei kann ich ihren Monitor gar nicht sehen, aber sicher ist sicher, und so eine ist Ulla nun mal.

»Also«, erklärt sie dann und dreht sich ruckartig zu mir, »du hattest ja die Freistellung angesprochen«, und dann zwinkert sie mich fröhlich an, und irgendwie ahne ich, was kommt.

Sie mag mich, und ich mag sie, und das wird sich jetzt auszahlen, wenn man es denn so sehen will, aber wieder mal weiß ich überhaupt nicht mehr, wie ich die Dinge sehe.

»Jedenfalls«, rattert Ulla munter drauflos, »du hast noch zehn Tage Resturlaub für dieses Jahr und bestimmt eine Menge Überstunden auf dem Zettel, und deshalb hab ich oben ein gutes Wort für dich eingelegt. Ab morgen bist du freigestellt. Ist ja bald Weihnachten, da kann man doch immer Zeit gebrauchen.« Dazu greift sie in ihre Unterschriftenmappe und zieht zwei Blätter hervor. »Hier, dein Zeugnis. Wenn du darin noch etwas verändert haben willst, sag mir einfach Bescheid, aber es ist jetzt schon eines der besten, die ich je geschrieben habe.«

»Danke«, murmele ich und nehme die Blätter entgegen.

»Ach warte«, sagt Ulla freundlich, nimmt sie mir wieder ab und kramt aus ihrer Schreibtischschublade eine Klarsichtfolie hervor. »Hier. Dann kann gar nichts mehr passieren.«

Ist das so?

»Die Bescheinigung fürs Arbeitsamt lege ich gleich mit

dazu«, plappert Ulla weiter und hat auf einmal ein weiteres Schreiben in der Hand, »da steht alles drauf, was die wissen müssen.«

Ich lächele, während ich schlucke und schlucke und alles um mich herum nur noch schwarzweiß ist, und greife nach der Hülle.

»Freust du dich?«, fragt Ulla eifrig. »Ich meine, es macht ja jetzt eh keinen Spaß mehr, hier noch was zu tun.« Sie seufzt. »Mir werden sie meinen Urlaub ausbezahlen«, fügt sie hinzu, »so viele Kündigungen, die muss ich erst noch durchziehen.«

»Bestimmt auch kein schönes Gefühl«, sage ich mechanisch.

»Nein, gar nicht«, antwortet Ulla und seufzt schon wieder. »Ab Jahreswechsel übernimmt das jemand aus der Buchhaltung, aber bis dahin muss ich halt.«

»Na ja«, sage ich hilflos.

»Na ja«, sagt auch Ulla und lächelt mich aufmunternd an. »Du kannst dann ja die Vorweihnachtszeit jetzt richtig schön genießen.«

»Ja«, krächze ich. »Sicher. Super. Danke schön.«

»Gern geschehen«, flötet Ulla. Dann steht sie auf und streckt mir die Hand entgegen, und ich stehe auch auf.

»Aber wir sehen uns ja bestimmt auf der Abschiedsparty«, verkündet sie, während sie mir die Hand gibt, »es soll eine geben, so um den Zwanzigsten rum. Die Kollegen sagen dir bestimmt Bescheid.«

»Klar«, antworte ich, »klar. Wir bleiben in Kontakt.«

»Kein Abschied für immer«, floskelt Ulla und lacht unbeholfen, und ich nicke und bin ebenso unbeholfen und weiß ganz genau, dass wir beide wissen, dass das alles Schwachsinn ist.

»Deine Lohnsteuerkarte schicken wir dir im Januar zu«, ergänzt Ulla noch, und dann stehe ich wieder draußen auf dem langen Flur mit dem Teppichboden, der mit unserem Logo bedruckt ist. Die Logos zu meinen Füßen tanzen vor meinen Augen, und ich gehe aufs Klo und fange an zu heulen, noch bevor ich die Kabinentür geschlossen habe.

Der Volontär beäugt mich misstrauisch, als ich endlich an meinen Platz zurückkehre und anfange, die Schubladen aus meinem Schreibtisch zu reißen.

»Was machst du?«, fragt er erstaunt.

»Siehst du doch«, bölke ich. »Packen. Heute ist mein letzter Tag. Ich bin freigestellt.«

»Wie – freigestellt?«, fragt er perplex.

»Na, freigestellt eben«, sage ich einen Tick zu laut und einen Tick zu unfreundlich, und die Redaktionsassistentin sieht von ihrem Rechner hoch und tauscht mit ein paar Kollegen am Nebentisch besorgte Blicke. Während ich versuche, dem Volontär die Situation zu erklären, versammelt sich um mich herum eine Traube von Menschen, und alle wollen wissen, wie ich es geschafft habe, als Erste aus dem Stall rauszukommen. »Resturlaub«, wiederhole ich nur immer wieder, »ich habe noch so viel Resturlaub, und Überstunden, und überhaupt«, und währenddessen fahre ich ungerührt fort, lauter Sachen in den Papierkorb zu stopfen, bis die erste Aufregung vorbei ist.

»Weißt du schon, was du jetzt machst?«

»Du hast es gut.«

»Am liebsten würde ich auch nicht mehr kommen.«

»Bleibst du in Hamburg?«

»Hast du schon was Neues?«

Die Fragen der anderen sind anstrengend, »weiß nicht«, ist alles, was ich darauf antworten kann, schließlich beschränke ich mich auf ein Schulterzucken und auf »ahs« und »ohs« und auf »was man nicht so alles wieder findet«. »Zum Feierabend spendiere ich Sekt«, sage ich irgendwann, und daraufhin gibt die Meute Ruhe und geht wieder zum Tagesgeschäft über.

Während ich weiter sortiere und entrümpele und meine persönlichen Dinge zusammensuche, samt der Zahnbürste und einer halben Apotheke, komme ich mir vor wie in einem Hollywoodfilm. Da packen die Gefeuerten ihre Sachen immer in einen Pappkarton und tragen den dann vor sich her, indem sie ihn sich an den Bauch pressen, wenn sie wie geprügelte Hunde ihren Schreibtisch verlassen. Diese Kartons haben nie Henkel, deshalb kann man sich so gut an ihnen festhalten und dabei herzerfrischend hilflos aussehen. Hier gibt es keine Pappkartons. Hier gibt es nur zwei alte Plastiktüten. Ich werde mich nicht an ihnen festhalten können, sondern sie schlichtweg tragen müssen, eine links und eine rechts. Auch nicht schlecht. Wegen des Gleichgewichts. Und überhaupt. Schließlich bin ich nicht in einem Hollywoodfilm, und wenn ich mich schon hilflos fühle, dann will ich wenigstens nicht so aussehen.

Wenig später kehre ich im fünfhundert Meter entfernten Supermarkt ein und kaufe Sekt. Acht Flaschen. Um mich herum geht alles seinen gewohnten Gang, und ich denke, prima, in Zukunft kann ich jeden Tag um diese Zeit Sekt kaufen, nur dass ich es mit Sicherheit nicht bezahlen kann, und da beißt sich die Katze in den Schwanz.

Um sechs tippe ich eine Rundmail an alle, kommt und stoßt mit mir an, letzter Tag, war schön mit euch, aber ihr wisst ja, wie das ist, und so weiter. Um acht bin ich schwer angeschickert, und es ist mir eigentlich alles egal. Trotzdem flenne ich wie ein Schlosshund, als ich mich verabschiede, und ich heule immer noch, während ich in meinem Auto sitze und illegal nach Hause fahre, weil ich eigentlich zu betrunken bin. Sollen sie mich doch erwischen. Scheißegal, Auto und Führerschein brauche ich jetzt sowieso nicht mehr, denn eigentlich habe ich beides nur, um zur Arbeit zu fahren. Wer weiß, vielleicht ist das hier der Beginn einer wunderbaren kriminellen Karriere.

Am nächsten Morgen sieht die Welt noch beschissener aus, als ich sie am Abend zuvor verlassen habe. Es ist nicht zu fassen, ich habe meinen ersten freien Tag und befinde mich trotzdem ab halb neun Uhr früh in der Wartezone zwölf (Akademiker) auf einem mittelblauen Plastikschalensitz des Arbeitsamtes Hamburg-Mitte. Mit Nummer und ohne Hoffnung darauf, schnell wieder von hier wegzukommen. Vor mir sind noch dreizehn andere dran; eine unverschämte Zahl. Niemand von ihnen ist so dämlich wie ich und hat nichts zum Lesen dabei. Selten habe ich mich so früh am Morgen schon so sehr gelangweilt. Ich habe gar keine Chance, wach zu werden.

Ich mustere die anderen. Das fällt nicht weiter auf, denn hier mustert jeder jeden, und es ist legitim, weil man ja in einem Boot sitzt. Manche nicken einander zu, und wenn sie es tun, dann ist genau das die Message, die sie einander überbringen: Wir sitzen ja alle in einem Boot. Ich halte mich da raus.

Die meisten sind in meinem Alter, irgendwo zwischen Ende zwanzig und Mitte dreißig. Fast alle breiten Zeitungen vor sich aus wie die *Süddeutsche* oder die *Zeit* oder die *Frankfurter Allgemeine*, dicke Tageszeitungen, für Akademiker eben. Manche legen auch ihren Terminkalender auf den Stuhl neben sich und ihr Handy. Ich frage mich, warum, denn sie und vor allem wir anderen wissen ja ganz genau, dass in diesen Terminkalendern keine wichtigen Meetings stehen und auf den Handys wohl kaum dringende Geschäftsanrufe zu erwarten sind. Es sind mindestens zwei Werber dabei. Sie haben beide den wichtigen Blick und die kurzen grauen Haare, obwohl sie noch nicht im passenden Alter sind, und tragen die schnörkelfreie schwarze Kreativenuniform mit dem Rollkragen, von der man eigentlich glauben sollte, dass es sie gar nicht mehr gibt. Bei fünf, sechs anderen tippe ich auf BWLer. Sie wirken bieder trotz ihrer Jugend; die Sorte Jungs, die sich ihre rot- oder blauweiß karierten Hemden immer in die Jeans steckt, und die Sorte Mädchen, die Perlenstecker in den Ohren und hellbraune Kaschmirschals um den Hals trägt. Ein paar wenige von ihnen sind zweifellos Profis: Sie haben Thermoskannen dabei. Aber bei mir und den meisten anderen ist das nicht so. Wir müssen darben. Wir haben keine Thermoskannen dabei, denn da, wo wir herkommen, standen in den Konferenzräumen bisher die Getränke immer schon auf dem Tisch.

Gegen Viertel nach neun sind wir bereits um die zwanzig. Ein paar Quertaschenträger sind dabei, vermutlich Onliner, wie ich. Außerdem ein älterer Mann in grauem Pullover, ich tippe auf Wirtschaftsjournalist, und eine ältere Frau, wahrscheinlich Redaktionsleiterin oder zumindest Chefin vom Dienst, eher Print als Online jedenfalls. Ich überlege, wie die beiden sich wohl fühlen als Älteste unter lauter jungen Hüpfern wie uns, die auf die gleichen Jobs geiern wie sie. Und ob sie tatsächlich darauf hoffen, noch einmal eine Festanstellung zu finden, oder ob sie vielleicht denken, es sei sinnlos unter den gegebenen Umständen. Ein paar der Mitwartenden, wenige nur, kann ich nicht recht katalogisieren. Sie könnten alles sein.

»Sie könnten alles sein.« Wie das klingt! Es klingt, als wäre man nur das und nichts anderes. Warum fällt mir das erst jetzt auf? Jetzt, wo *ich* »es« nun mal gerade nicht mehr bin. Natürlich. Aber so sagt man nun mal zu seinem Beruf: Ich bin. Ich bin dies oder das oder dieses oder jenes. Ich bin Projektleiter. Ich bin Eventmanagerin. Ich bin Tierpfleger. Ich bin Müllmann. Ich bin Friseurin. Aber stimmt das überhaupt?

Ist man sein Beruf? Ich bin Verkäufer. Ich bin Psychologin. Ich bin Taxifahrerin. Ich bin Bergarbeiter. Ich bin Produktionshelfer. Ich bin Gärtnerin. Ich bin Geschäftsführerin. Das ist es, was alle hören wollen auf die Frage »Und was machst du so?«. Und nicht »Ich bin meiner Freundin schon seit acht Jahren treu« oder »Ich kann ganz toll Handstand«, obwohl das vielleicht viel wichtiger ist oder zumindest viel interessanter.

»Ich bin arbeitslos.« Ist das eigentlich eine Berufsbezeichnung – arbeitslos sein? Was soll ich demnächst sagen, wenn mich jemand fragt, was ich so mache? Darf ich noch sagen, »Guten Tag, ich bin Onlineredakteurin«? Oder muss ich sagen, »Guten Tag, ich bin arbeitslos«? Oder ist es völlig egal, ob ich das eine oder das andere sage, weil beides dieser Tage sowieso das Gleiche ist?

Der Geräuschpegel ist niedrig, er erinnert mich an das Wartezimmer beim Arzt – ein leises Grundrauschen, dazu gedämpfte Gesprächsfetzen hinter geschlossenen Türen, ab und zu ein Seufzen und Rascheln der Mitwartenden. Alles ist ganz weit weg und hat nichts mit mir zu tun, ich fühle mich wie unter einer großen Glasglocke, die mir jemand über den Kopf gestülpt hat. Nur ab und zu ein etwas lauteres Schnaufen und Grunzen. So eine Art Schnarchen. Ich glaube, es stammt von mir. Wenn ich es höre, zucke ich jedes Mal zusammen und reiße die Augen auf; dann tue ich unbeteiligt und fahre prüfend mit der Hand an meine Mundwinkel, um sicherzugehen, dass ich noch nicht herumzuspeicheln begonnen habe, und ignoriere die belustigten Blicke der anderen. Ich finde, hier gibt es nichts zu lachen. Irgendwann nützt es nichts mehr, ich schlafe ein und wache erst wieder auf, als mir meine Tasche vom Schoß rutscht und sich mein Kleingeld klirrend in der gesamten Wartezone zwölf und auch ein bisschen in der Wartezone elf verteilt. Wie peinlich. Mit hochrotem Kopf sammele ich meine Habseligkeiten zusammen und zwinge mich von nun an, die Augen offen zu halten. Noch neun Leute vor mir.

Ding dong dong, wenn die Anzeigetafel mit den roten Digitalzahlen umspringt, klingt sie wie der Pausengong auf dem Gymnasium. Wie zum Teufel habe ich es damals geschafft, um zehn vor acht, zu Beginn der ersten Stunde, nicht nur körperlich anwesend, sondern auch einigermaßen aufnahmefähig zu sein?

Eine Sachbearbeiterin trampelt vorbei; man kann es wirklich nicht anders sagen, der Bodenbelag hat vermutlich eine Trittschallverstärkung, um die Wartenden wissen zu lassen, dass sich hier entgegen aller Vermutung doch etwas bewegt. Die Besucher sind nicht so laut. Sie kommen eher schleichend an. Zögernd. Sie erfassen die Wartezone mit einem wissenden Blick, seufzen dann oder stöhnen vielmehr und rollen mit den Augen und fügen sich in ihr Schicksal, indem sie ihre Nummer abreißen und sich einen Platz suchen. Dabei wollen sie nicht auffallen, und deshalb machen sie auch keine Geräusche. Nicht so die Mitarbeiter des Amtes. Man hört sie schon von weitem, auch diese hier, die so jung ist, dass sie eigentlich tänzeln müsste, anstatt zu trampeln. Aber sie klingt wie eine Walze mit Füßen, dabei ist sie ganz klein und wiegt höchstens achtundvierzig Kilo. Einschließlich Klamotten, wohlgemerkt. Im Stechschritt zieht sie an uns vorbei, mit ein paar Mappen im Arm und einem scheppernden Schlüsselbund in der Hand darunter; wenige Minuten später kommt sie zurück, bam, bam, bam, diesmal ohne Unterlagen.

Ob es wohl Spaß macht, auf dem Arbeitsamt zu arbeiten? Und warum kennt man eigentlich nie jemanden, der auf dem Amt arbeitet und einen mal so eben kurz dazwischenschiebt? Auf dem Einwohnermeldeamt, auf dem Finanzamt, auf dem Arbeitsamt? Überall sonst kennt man immer irgendwen, besonders in Hamburg, da ist die Welt so klein wie ein Tennisball. Aber die Ämter sind ein anderes Universum. Wer weiß, vielleicht sind Beamte gar keine normalen Menschen, sondern vaporisieren nach Feierabend oder nehmen Gasform an und pflegen soziale Kontakte lediglich unter ihresgleichen, sodass man überhaupt niemand von ihnen kennen lernen könnte, selbst wenn man wollte. Ich kenne keine Beamten, und ich kenne auch niemanden, der welche kennt. Dabei soll es doch so viele davon geben.

Ding dong dong, noch fünf Leute vor mir. Ich stehe auf und schlendere zur Prospektauslage, ich brauche etwas zu lesen, Augenfutter, ganz egal, was. Der Ständer ist so gut wie leer geräumt. Ich habe keine Auswahl, es gibt nur noch eine Sorte Faltblatt, aber die ist wie für mich gemacht. »Jobs für Junge – Junge für Jobs«, brüllt es mir entgegen, in weißer Schrift auf leuchtendem Rot. Wer textet so was bloß? »Es gibt sie – die jungen, engagierten Fachkräfte, die Arbeit suchen«, steht weiter unten auf der ersten Seite. Ach was, denke ich, nun ja, darauf wäre ich kaum selbst gekommen, spinnen die eigentlich? »Und es gibt sie, die Betriebe, die junge, engagierte Fachkräfte benötigen«, fährt der Text fort. Das ist schön. Wo man doch immer nur vom Gegenteil hört im Moment. Da ist es gut, Gewissheit zu haben.

»Wir bringen beide zusammen. Wollen Sie mitmachen?«, werde ich gefragt.

»Sicher«, murmele ich, »sicher, darum bin ich ja hier«, also schlage ich das Faltblatt auf zu seiner ganzen dreigeteilten Pracht.

»Die Situation«, »Die Chance« und »Das Angebot« sind die Schlagworte, die auf den Seiten jeweils ganz oben stehen. Könnte auch das schlechte Konzept für einen noch schlechteren Online-Auftritt sein. »Die Situation« kenne ich, ich überspringe sie kurzerhand, man muss sich ja nicht unnötig belasten, also lese ich bei »Die Chance« weiter. »Freie Stellen müssen nicht frei bleiben«, lautet der erste Satz. Potz Blitz. Für ein Arbeitsamt finde ich das eine ungeheuer qualifizierte Aussage. Da kriegt man doch gleich ganz viel Vertrauen. »Wenn Sie jung und mobil sind, sollten Sie das Ihrem Arbeitsamt sofort sagen.«

Weil da nämlich niemand selber rechnen kann, ergänze ich in Gedanken, vom Geburtsdatum bis hin zum Alter ist es ein weiter Weg. Oder meinen die eher das gefühlte Alter? Man ist so jung, wie man sich fühlt, und wie man sich fühlt, kann ja niemand ahnen?

»Junge Menschen sind Garanten für die Wettbewerbsfähigkeit und damit den weiteren Erfolg der Wirtschaft.« Den weiteren Erfolg? Welchen Erfolg? Und wieso Garanten? Wenn junge Menschen Garanten sind, also regelrechte Granaten, Erfolgsgranaten, Erfolgsgaranten, haha, super Wortspiel, warum stürzt dann eine ganze Industrie zusammen, die quasi nur aus Jungen besteht? Hm? Warum? Vielleicht weil man sich doch ein paar Ältere hätte dazuholen sollen, die das Ganze ein bisschen langsamer angehen lassen und nicht gleich das ganze Anfangskapital für Dienstporsches und die teuerste Büroeinrichtung auf dem Planeten rausschmeißen? Hm? Was soll der Scheiß? Was haben solch überholte Halbweisheiten in diesem Prospekt zu suchen? Plattheiten, die angesichts der aktuellen Situation nichts weiter sind als ihre eigene Karikatur?

Empört drehe ich das Blättchen um. »Jobs für Junge«, steht da schon wieder. »Weil Junge etwas können. Weil Junge etwas leisten wollen. Weil Junge mobil und flexibel sind. Weil Junge eine Zukunft brauchen. Sie sind jung? Rufen Sie an!«, und darunter eine 0800-Hotline-Nummer. Klingt irgendwie nach Drückerkolonne. Mit Verlaub: So verarscht bin ich mir lange nicht mehr vorgekommen. Schnaubend pfeffere ich das Faltblatt zurück auf die

Ablage. Soll doch jemand anders da anrufen. Ich bevorzuge den persönlichen Kontakt. Und ich kann nur hoffen, dass da mehr bei rauskommt als bei dieser Frechheit im Vierfarbdruck, die noch dazu bestimmt nicht billig war.

Ding dong dong, gleich bin ich dran.

Zimmer sechs, Frau Adendabel, was ist das denn für ein Name.

Ich klopfe an, obwohl ich weiß, dass ich das nicht muss; darüber hat es sogar mal ein Gerichtsurteil gegeben, aber ich tue es trotzdem, nur so, als Zeichen der Wertschätzung.

Frau Adendabel hat ihr Radio laufen, das wiederum halte ich nicht für ein Zeichen der Wertschätzung mir gegenüber, ich fühle mich sofort wie ein Eindringling. Ein Störenfried. Unwillkommen. Da kann Frau Adendabel lächeln, wie sie will, ich bin trotzdem irritiert. Mit schiefem Grinsen reiche ich ihr meine Vorladung.

»Ich war zuerst auf dem Amt in Altona«, erkläre ich, »und jetzt habe ich das hier gekriegt.«

»Zeigen Sie mal her«, Frau Adendabel schnappt sich den Zettel, rattatatt, ihre Finger berühren kaum die Tastatur, das kenne ich ja schon. »Sie sind noch beschäftigt bis Ende des Jahres«, stellt sie dann fest.

»Ja genau«, entgegne ich, eine Spur zickig vielleicht, weil mir wieder einfällt, auf welche Art und Weise man mich hier hat antanzen lassen, »das bin ich, und deshalb hab ich auch keine Ahnung, was das Ganze soll.«

»Da muss sich jemand vertan haben«, schnarrt Frau Adendabel. »Das tut mir Leid.«

Für mich hört sich das so an, als hätte ich für nichts und wieder nichts meinen Vormittag geopfert, und das in meinem Zustand!, das ist für mich ein Grund rotzusehen. Also poltere ich los. Dass ich es gar nicht einsehen würde, völlig umsonst erschienen zu sein, und dass ich jetzt ja wohl verlangen könne, auch mit jemandem zu sprechen, der mir gefälligst ein paar Informationen rüberwachsen lässt, und so weiter und so fort, und damit erwische ich Frau Adendabel eindeutig auf dem falschen Fuß.

»Bin ich niemand?«, sie kreischt es regelrecht, »bin ich niemand? Sie sitzen doch jetzt hier und reden mit mir! Oder? Ist es nicht so? Oder?«

Gottogott. Ist ja gut.

»Ja sicher«, stammele ich, völlig eingeschüchtert von diesem unerwarteten Ausbruch. »Sicher. Für mich sah es so aus, als wollten Sie mich jetzt wieder – also als – also –«

Schlagartig verwandelt sich Frau Adendabel wieder zurück. Besänftigt lächelt sie mich an und zückt einen Ordner. »Derzeit können Sie gar nicht früh genug zu uns kommen«, sagt sie, »es wird ja mit jedem Tag schlimmer. Wir werden gleich mal einen Termin festlegen für Ihr Seminar.«

Ach ja. Das Bekloppten-Seminar. Arbeitslosigkeit für Anfänger. Davon hat Lüttje schon erzählt. Man kriegt da zum Beispiel Formulare vorgelegt, in denen man ankreuzen muss, ob man seine Gehaltsvorstellungen »angemessen« oder »überzogen und unrealistisch« findet und sein Auftreten »vorteilhaft« oder »unauffällig« oder »nicht vorteilhaft«. Dank Lüttje weiß ich zum Glück jetzt schon, dass es einen viel Geld kosten kann, wenn man sich aus Jux als ganz und gar nicht vorteilhaft, aber dafür mit Gehaltsvorstellungen wie ein Spitzenmanager katalogisiert; und dank Lüttje weiß ich auch, dass man von diesem Seminar weiter nicht viel zu erwarten hat. Außer vielleicht der Information, wie man eine E-Mail schreibt und dass Bewerbungen mit Kaffeeflecken nicht so toll sind, es sei denn, man schickt sie per Mail, da sieht man die Flecken ja nicht, es sei denn, man programmiert aus Gag einen virtuellen Kaffeefleck rein, haha.

Ich habe Glück im Unglück, für Akademiker wie mich dauert das Seminar nur drei statt der befürchteten fünf Tage wie bei Lüttje, die nicht studiert hat beziehungsweise nicht zu Ende.

»Ich trag Sie gleich für den ersten Termin im Januar ein«, informiert mich Frau Adendabel, »sechster bis neunter Januar.«

Sie fragt gar nicht erst, ob ich da kann, und ignoriert Silvester und Neujahr und all das. Obwohl das ja die beste Zeit ist zum Ausspannen oder zum Skifahren oder um in Dänemark in einem Blockhaus herumzuhängen. Aber so was kommt hier offenbar nicht vor. Keine Widerrede, Sie haben da zu können und aus die Maus, und ich komme mir vor wie amputiert und bin sprachlos. Frau Adendabel schiebt mir ein Informationsblatt rüber, »da steht alles drauf zum Seminar«, sagt sie und zückt dann einen großen roten Zettel, den sie in den Drucker schiebt. Der Drucker fräst meinen Namen darin ein und viele lustige Zahlen, und dann gibt Frau Adendabel mir den Zettel und sagt, »das ist Ihre Besucherkarte, die bringen Sie bitte immer mit, wenn Sie hierher kommen, da steht auch Ihre Kundennummer drauf.«

Ich verschlucke mich an meiner eigenen Spucke. Kundennummer. Also doch. Waaaaah. Ich dreh durch. Kundennummer und Besucherkarte. Fehlt nur noch, dass ich mir die um den Hals hängen muss. Ich kann es quasi hören: »Die kleine – äh – Marnie wartet in der Wartezone zwölf darauf, von ihrem Arbeitsvermittler abgeholt zu werden. Ich wiederhole: Die kleine Marnie wartet in Wartezone zwölf darauf, von ihrem Arbeitsvermittler abgeholt zu werden.« Warten in Wartezone zwölf. Das klingt auch richtig scheiße.

»Mit diesem Dokument kriegen Sie außerdem das verbilligte HVV-Ticket«, informiert mich Frau Adendabel und tippt wiederholt mit ihrem rechten Zeigefinger auf das Papier. »Aber natürlich erst ab Januar. Einfach vorlegen am Schalter und gut.«

»Prima«, sage ich und schiebe die schreiend rote Karte in meine Unterlagenmappe. Warum eigentlich ausgerechnet rot? Sind wir hier im Fußballstadion, oder was? Wer denkt sich so was aus? Soll das eine Warnung sein? Oder gar eine Beleidigung? Oder einfach nur ein schlechter Witz? Zeigen Sie mal Ihre rote Karte, haha.

»Undann«, nuschelt Frau Adendabel geschäftig, »dann benötigen Sie noch den Antrag fürs Arbeitslosengeld, oder hamse schon einen?«

»Glaubnich«, nuschele ich zurück, und Frau Adendabel sucht mir einen Antrag raus und macht einen schönen dicken Stempel drauf mit dem Datum von heute.

»Den müssten Sie bitte ausfüllen und wieder abgeben«, erklärt sie. »Wenn Sie wollen, können Sie damit bis zum Seminar warten. Da wird man Ihnen genau erklären, wie er ausgefüllt wird.«

»Hören Sie mal«, will ich protestieren, »ich bin Akademikerin«, aber Frau Adendabel schwadroniert schon von allein weiter.

»Wenn Sie glauben, Sie können das allein«, plappert sie (ja! glaube ich! jajajaja! wo sind wir denn hier?), »dann machen Sie sich da ruhig schon dran. Dauert ja derzeit recht lange, bis die Bearbeitungen durch sind. Je eher wir den Antrag also zurückbekommen, desto besser für Sie. Damit Sie bald an Ihr Geld kommen. Hier ist ja momentan der Teufel los. Wir kommen überhaupt nicht mehr hinterher.«

Hmmm. Ich kann zwar nicht besonders gut logisch denken (das behauptet zumindest mein Vater), aber trotzdem frage sogar *ich* mich natürlich sofort, warum das Arbeitsamt unter diesen Umständen nicht kurzerhand ein paar hundert Arbeitslose einstellt, die mithelfen, und auf diese Art ungefähr genauso viele Fliegen mit einer Klappe schlägt. Man muss sich wundern, denke ich. Und dass irgendwo wohl ein Haken sein wird, weil sonst längst jemand auf die Idee gekommen wäre und auf diese Art eine ganze Nation glücklich machen würde. Angestrengt versuche ich, den Haken zu finden, aber es gelingt mir nicht. Mir fallen nur Vorteile ein. Aber ich habe ja auch keine Ahnung.

Die Adendabel räuspert sich.

Stimmt ja. Ich bin dran, etwas zu sagen. »Ah ja«, mache ich also. »Was ist hiermit?« Ich hole die Arbeitsbescheinigung von meiner alten Firma hervor, ein mehrseitiges Manifest meiner bisherigen Laufbahn, und halte sie der Adendabel unter die Nase.

»Brauchen wir erst mit dem Antrag«, winkt sie ab. »Und dann auch Ihren Sozialversicherungsausweis, bitte.«

O Hilfe, denke ich, Sozialversicherungsausweis, ja, da war mal was, na toll, das gibt ungefähr drei Stunden Suchen in meinem ganz persönlichen Chaos.

»Auf dem Seminar erfahren Sie alles, was Sie sonst noch so wissen müssen«, verkündet Frau Adendabel, »Rechte und Pflichten und so, dazu kann ich Ihnen im Moment nicht so viel sagen, weil das ja alles im Umbruch ist derzeit wegen der Hartz-Kommission, hach, wir wissen selbst nicht Bescheid, das ist fürchterlich«; aber so unglücklich sieht sie dabei gar nicht aus, wahrscheinlich ist ihr diese Unwissenheit sogar sehr willkommen. »Das hier ist jedenfalls der bisherige Stand«, fügt sie hinzu und wedelt mit einem weiteren Faltblatt.

Ich reiße es ihr förmlich aus der Hand. Rechte und Pflichten. Da bin ich ja mal gespannt.

»Wenn Sie ein Gespräch mit dem Arbeitsvermittler wünschen, müssten Sie das bei Abgabe Ihrer Unterlagen bitte dazusagen«, erklärt die Adendabel. »Früher konnte man das auf dem Antrag ankreuzen, aber das ist abgeschafft worden.«

»Warum das denn?«, frage ich perplex. Was ist denn das für eine Logik?

»Ganz einfach«, sagt die Adendabel, und dabei hat sogar sie einen Hauch von Ironie in der Stimme, »es haben zu viele Leute ›ja‹ angekreuzt.«

»Aha«, mache ich erschöpft.

»Brauchen Sie eine Bestätigung für Ihren Arbeitgeber, dass Sie hier waren?«, fragt die Adendabel dann noch.

Ich hätte gut und gerne Lust, »ja« zu sagen, nur um Arbeit zu machen, wo ich schon selbst keine habe, aber mittlerweile will ich nur noch raus hier, also schüttele ich den Kopf.

»Umso besser. Sonst noch Fragen?«, erkundigt sich die Adendabel und klopft ungeduldig mit ihrem Kugelschreiber auf die Tischplatte.

»Nein«, sage ich huldvoll, »ich habe Sie ja schon länger als nötig aufgehalten«, und dann überwinde ich mich dazu, sie anzulächeln und ihr die Hand zu geben, und schwebe hoch erhobenen Hauptes aus dem Raum. Man muss sich auch mal was Gutes tun.

In meinem Zustand kann ich mir gar nicht genug Gutes tun, also kehre ich auf dem Rückweg in meinem Lieblingscafé ein und bestelle mir zum Milchkaffee statt des obligatorischen Leitungswassers gleich einen Sekt. Während ich ihn trinke, versuche ich herauszufinden, wie es mir geht, aber das ist gar nicht so einfach. Um genau zu sein, habe ich mich in meinem ganzen Leben noch nie so diffus gefühlt wie in diesem Moment.

Auf der einen Seite fühle ich mich so frei, dass ich Bäume ausreißen könnte. So, dass ich am liebsten sofort all meine Freunde anrufen und sie hierher bestellen und eine Magnumflasche Champagner kaufen und bis in den frühen Morgen hinein feiern würde. Aber es ist zwei Uhr nachmittags, Dienstag, und bis auf Lüttje würden sie mir alle den Vogel zeigen und auf ihre Jobs verweisen und sagen, ab neun gerne, aber nicht so lang, wir müssen ja morgen früh raus.

Auf der anderen Seite fühle ich mich seltsam hohl, ein bisschen aufgelöst, losgelöst vom Rest der Welt. Der Rest der Welt sitzt im Büro, und ich sitze am Tresen und glotze blöd durch die Gegend und versuche, mich zu entspannen, was mir nicht gelingt, weil ich nicht weiß, ob ich lachen soll oder heulen.

Ich rufe Lüttje an. Lüttje kennt sich aus.

»Ich weiß nicht, was ich denken soll«, jammere ich ins Telefon.

»Den Zustand kenne ich«, sagt Lüttje tröstend, »weißt du was? In den ersten Tagen stellst du dir am besten vor, dass du Urlaub hast. Schlicht und ergreifend Urlaub. Eigentlich ist es ja sogar so. Der Rest kommt dann schon von allein.«

»Kannst du herkommen?«, frage ich sie. »Ich bin im Aurel.«

»Leider nein«, sagt Lüttje bedauernd, »das geht nicht, ich hab gleich einen Arzttermin. Noch mal durchchecken, bevor's losgeht, du weißt schon.«

»Hinterher vielleicht?«, sage ich. »Dieser seltsame Eule ist auch hier«, füge ich hoffnungsvoll hinzu, vielleicht wecke ich damit Lüttjes Neugier. Und/oder ihren Jagdinstinkt. Und/oder ihren Ehrgeiz, mich endlich zu verkuppeln, ganz egal, mit wem, Hauptsache, er oder es hat einen Kopf und zwei Arme und zwei Beine und/oder kann geradeaus gucken. Außerdem ist Eule tatsächlich da. Er sitzt im hinteren Teil des Ladens, wenn auch nicht allein; er hat ein Pärchen bei sich, mit dem er ausschweifend herumdiskutiert, worüber auch immer, und dabei liegt wieder dieser Walkman ohne Kopfhörer auf dem Tisch.

Aber Eule hin oder her, Lüttje lässt sich nicht locken. Das ist mehr als ärgerlich, weil sie jetzt, da ich Eule von ganz allein erwähnt habe, natürlich denken wird, dass ihre Kuppeldienste in Bezug auf ihn und mich durchaus gefragt sind. Ein erneutes Zusammentreffen zwischen ihr und ihm ist also unbedingt zu vermeiden. Erst recht, wenn ich dabei bin. Für mich kann es nur peinlich werden. Eigentlich kann es für *alle* Beteiligten nur peinlich werden.

»Das ist doch super«, sagt Lüttje, »dann hast du ja schon jemanden zum Reden. Freut sich bestimmt, der Eule. Wetten?« Sie kichert anzüglich.

Du ahnst es nicht. Ich sag's ja. Ein Glück, dass Lüttje bald abreist.

»Ich kann heute wirklich nicht«, wiederholt sie. »Aber in den nächsten Tagen bestimmt irgendwann.«

»Schade«, murmele ich. »Viel Erfolg beim Arzt«, und dann lege ich auf, und im nächsten Moment wird mir klar, dass das, was da bei Eule auf dem Tisch liegt, kein Walkman ohne Kopfhörer ist, sondern ein Diktiergerät. Guten Morgen. Jemand zu Hause?

Soeben hat Eule die Kassette aus dem Gerät genommen, sie dann andersherum wieder einschnappen lassen und eine Taste gedrückt, und jetzt redet er erneut auf das Pärchen ein und lehnt sich dann erwartungsvoll zurück, während die beiden anderen das Sprechen übernehmen. Worüber die wohl reden? Ich habe keine Ahnung, und eigentlich will ich es auch gar nicht wissen.

Was ich viel lieber wissen will, ist, warum einem manche Leute immer und immer wieder über den Weg laufen, wenn man sie erst einmal wahrgenommen hat. Solche Menschen gibt es; sie tauchen dann plötzlich am laufenden Band auf, und zwar so oft, dass man sich verfolgt fühlen könnte, wenn man sich nicht völlig im Klaren darüber wäre, dass man nun mal in einem kleinen Viertel lebt, das nur auf dem

Papier zu einer Großstadt gehört. In einem Viertel, das ein System für sich ist, in dem die immer gleichen Satelliten um die immer gleichen Planeten kreisen, einschließlich einer Menge Weltraummüll, und das unter der Woche hermetisch abgeriegelt ist, denn die Touristen und die Pinneberger kommen erst zum Wochenende. Und in dem es deshalb einen ganzen Haufen Immer-und-überall-Menschen gibt.

Sie treten wie Katastrophen in Erscheinung: Ist der Anfang einmal gemacht, gibt es kein Entrinnen mehr. Das Gesetz der Serie. Läuft ein Öltanker auf Grund, tut es garantiert nur wenige Tage später der nächste; explodiert eine Diskothek, sprengt sich kurz darauf noch eine in die Luft, und natürlich waren auch in der alle Notausgänge verstellt; brennt es in einem Tunnel, steht nur wenige Tage später der nächste in Flammen; und trifft man das erste Mal auf einen Immer-und-überall-Menschen, so ist das nur der Auftakt für viele weitere, in immer kürzer werdendem Abstand erfolgende Begegnungen der was-weiß-ich-wievielten Art.

Immer-und-überall-Menschen können einem wirklich Angst machen, und Eule ist ganz offensichtlich einer von ihnen. Aufdringlich fast. Es ist geradezu ekelhaft. Wahrscheinlich ist mein Viertel voll gestopft von Immer-und-überall-Menschen, und ich weiß es nur noch nicht, weil ich ja sonst immer nur abends darin unterwegs bin oder am Wochenende.

Gut, abends und am Wochenende treffe ich mit schöner Regelmäßigkeit ebenfalls eine stattliche Anzahl von Immer-und-überall-Menschen. Aber das war bisher insofern erträglich, als Berufstätige sich nun mal ausschließlich um diese Zeiten auf der Straße aufhalten und deshalb ganz automatisch zu Immer-und-überall-Menschen mutieren, wenn sie auch nur ansatzweise ähnlich viel arbeiten wie man selbst.

Irgendwann muss schließlich jeder mal einkaufen oder ein Bier trinken gehen oder zur Post oder zur Bank. Das kann ich beim besten Willen niemandem zum Vorwurf machen.

Aber was, wenn es hier auch tagsüber nur Immer-und-überall-Menschen gibt? Tagein, tagaus immer die gleichen Leute? Immer die gleiche Leier? Was, wenn mein Viertel eigentlich todlangweilig ist? Was, wenn ich hier nichts Neues entdecken kann, egal, wie viel Zeit ich habe?

Verstohlen beobachte ich Eule. Vielleicht muss ich mich an seinen Anblick gewöhnen. Jetzt hebt er den Kopf und sieht mich und stutzt. Er hat mich erkannt, keine Frage. Ich weiche seinem Blick aus. Wahrscheinlich bin ich für ihn jetzt auch ein Immer-und-überall-Mensch, und das ist eindeutig zu viel für mich. Ich drehe mich ruckartig um und krame die Unterlagen vom Arbeitsamt aus meiner Tasche. Zeit, sich zu informieren.

So kompliziert sieht er gar nicht aus, der Antrag auf Arbeitslosengeld. Das Formular ist nichts für Unentschlossene oder Detaildenker, »ja« oder »nein« sind die Optionen, die man mir auf die meisten Fragen bietet.

»Ich bin bereit dazu, alles zu tun, um meine Arbeitslosigkeit zu beenden: Ja. Nein.«

Ein »Vielleicht« gibt es nicht und auch kein »Weiß nicht«, anders als bei den Zettelchen, die man sich in der sechsten Klasse zugeschoben hat, da hat Ankreuzen noch Spaß gemacht. Dabei kommt es doch nun wirklich auf die Umstände an, ob ich alles dafür tun werde, meine Arbeitslosigkeit zu beenden. Wenn es zum Beispiel bedeutet, dass ich dafür mit einem glatzköpfigen, stinkenden Bierbauch mit Wurstfingern und rasselndem Atem ins Bett muss, dann ist meine Antwort eindeutig »nein«, aber wer hier »nein« ankreuzt, der ist raus, so viel ist klar, also kreuze ich »ja« an und hoffe das Beste.

Ob ich noch ganz klar bin im Oberstübchen, darf ich nicht selbst beurteilen; das Arbeitsamt wird einige Zeilen weiter darüber entscheiden, ob der Psychologische Dienst eingeschaltet werden sollte. Was muss wohl passieren, damit das geschieht? Reicht es, völlig verwahrlost mit einer Fahne und einem falschrum angezogenen Pullover auf dem Amt aufzukreuzen oder bei Abgabe des Antrags in Tränen auszubrechen? Oder muss man dafür Amok laufen und den Sachbearbeiter als Geisel nehmen? Vielleicht genügt es auch, am laufenden Band gegen seine Arbeitslosenpflichten zu verstoßen.

Das wäre nicht schwer, denn diese Pflichten haben es in sich. Ich muss zum Beispiel von Montag bis Freitag jederzeit bei Fuß stehen, wenn das Arbeitsamt ruft. Deshalb darf ich mich auch nicht mehr als siebzig Kilometer von meiner Wohnung entfernen, und wenn ich das trotzdem tue, dann kriege ich eben zwei Wochen kein Geld, ätsch. Es sei denn, ich melde mich vorher beim Arbeitsamt und zeige meine Abwesenheit an und habe einen wichtigen Grund dafür. Wobei ein wichtiger Grund natürlich ausschließlich ein Vorstellungsgespräch wäre, das ich vor dem Arbeitsamt dann auch noch belegen muss, oder höchstens noch ein Todesfall in der Familie, aber ansonsten habe ich mich in dem mir zugedachten Radius aufzuhalten und basta. Ja um Himmels willen, was bin ich denn? Eine Kriminelle? Eine Asylbewerberin mit laufendem Abschiebungsverfahren? Da geht er hin, mein lustiger Trip nach Frankfurt. Von Freitag bis Sonntag lohnt sich das ja wohl nicht. Obwohl, ich könnte Urlaub einreichen. Kein Witz: Als Arbeitslose kann ich beim Arbeitsamt Urlaub beantragen vom Arbeitslosendasein. Dann darf ich auch mal weg, hurra. Und während dieser Zeit bin ich sogar von der Auflage befreit, jeden Tag in meinen Briefkasten zu gucken. Na bitte. Es geht doch.

Auf dem Weg zum Klo muss ich mich aufgrund plötzlichen Gegenverkehrs so dicht an Eules Tisch vorbeizwängen, dass ich mit meinem Hintern fast eines der schmalen Wassergläser umstoße, das nahe der Tischkante steht. Eule reagiert sofort; seine Hand schnappt blitzschnell nach dem Glas und rettet es, aber dabei fegt er sein Diktiergerät hinunter, das scheppernd auf dem Boden landet, und ich bin schuld. Großartig.

Das Pärchen kichert. »Huch«, sagt sie, und ihr Begleiter starrt mich pikiert an.

Was'n los, Alter? Noch nie 'ne Arbeitslose gesehen, oder was?

»Macht ja nix«, sagt Eule, trotz allem noch sehr freundlich, und es ist das erste Mal, dass ich seine Stimme höre. Sie klingt genauso ruhig und geerdet, wie Eule aussieht, und sie ist sehr, sehr tief. Sie scheint von ganz unten zu kommen. Aus seinem Bauch heraus, irgendwo ganz tief aus seinem Inneren und nicht wie bei anderen Leuten nur aus dem Rachen. Ich bekomme eine Gänsehaut und will sofort mehr davon, aber das werde ich wohl kaum kriegen; jedenfalls kann ich mir für den Moment wirklich nicht vorstellen, dass Eule und sein Diktiergerät jemals wieder mit mir sprechen wollen. Ich bin und bleibe nun mal ein ungeschicktes Trampeltier. Ein Elefant im Porzellanladen, und ein arbeitsloser noch dazu.

»Macht ja nix.«

Macht wohl was, und deshalb bin ich längst rot angelaufen. Trotzdem stammele ich tapfer eine Entschuldigung und bücke mich ächzend nach dem Diktiergerät. Aber ich bin zu langsam, Eule hat es schon wieder in der Hand, also grinse ich noch einmal schief und verschwinde dann um die Ecke, so schnell es geht.

Auf dem Klo überfällt mich die Erkenntnis, dass ich heute noch gar nicht am Briefkasten war, wie es doch jetzt meine Pflicht ist. Daran klammere ich mich wie an einen Rettungsanker und ziehe auf dem Rückweg mit gesenktem Kopf an Eule vorbei, der mich belustigt mustert, und dann raffe ich schnell meine Sachen zusammen, zahle und sehe zu, dass ich Land gewinne. Hauptsache weg. Und Hauptsache an den Briefkasten. Für alle Fälle. Es soll mir niemand vorwerfen können, ich würde mir keine Mühe geben.

Als ich ihn aufschließe, habe ich tatsächlich Post. Ein Schreiben von meiner Bank. Pünktlich zur Kündigung hat sie meinen Dispo auf achttausend Euro erhöht und bietet mir gleichzeitig »für mehr finanziellen Spielraum« einen Sofortkredit von weiteren fünftausend Euro an, den man gerne mit meiner bestehenden Verpflichtung zusammenlegen will, um die monatliche Belastung für mich erträglich zu halten; ich müsse lediglich einen Einkommensnachweis der letzten drei Monate mitbringen und könne die Kohle dann gleich ausbezahlt bekommen.

Das ist aber nett. Wo doch ein Einkommensnachweis der vergangenen Monate gar kein Problem ist. Schwierig wird es ja erst ab Januar. Vielleicht sollte ich das Angebot ganz schnell annehmen. Einer nackten Frau kann man schließlich nicht in die Tasche greifen, und außerdem wird einem die Pleite ja mittlerweile leicht gemacht. Wie war das noch mit dem neuen Insolvenzrecht für Privatleute?

4.

»Wachstum fast bei null«
Hamburger Abendblatt

Die nächsten vier Tage verbringe ich damit, meine Wohnung zu putzen. Ich verlasse das Haus nicht ein einziges Mal; ich muss nur ab und zu in den Müllraum, um einen weiteren Sack voll unnützen Schunds und abgelaufener Nahrungsmittel zu entsorgen. Ich wusste gar nicht, dass sogar Brühwürfel ein Verfallsdatum haben, und ich wusste auch nicht, wie viel Dreck sich hinter Möbelstücken ansammelt, die direkt an der Wand stehen und hinter die eigentlich gar nichts fallen *kann.* Möchte man meinen. Aber das ist natürlich ein Trugschluss, und so verrücke ich alles, was nicht angedübelt ist (und angedübelt ist nichts, weil ich für so etwas nie Zeit hatte), und ich kann schon nach wenigen Stunden Muskeln spüren, die vermutlich das letzte Mal bei meiner Geburt beansprucht wurden. Wenn überhaupt.

Abends rufe ich den Pizzadienst an, allerdings immer unterschiedliche, damit die mich nicht für gestört halten oder für bulimisch oder, noch schlimmer, einfach nur für total verfressen.

Am ersten Tag schaffe ich Küche und Badezimmer. Ich sauge sogar die Decken ab und spüle das komplette Geschirr. Manche Sachen sind so fettig-verstaubt, dass sie an meinen Händen kleben bleiben.

Am zweiten Tag nehme ich mir das Wohnzimmer vor. Ich versuche, alle CDs wieder in die dazugehörigen Hüllen zu schaffen. Am Ende des Tages fehlen acht Hüllen. Sie bleiben unauffindbar, obwohl ich mir sicher bin, dass ich sie nie aus der Wohnung getragen habe. Der CD-Hüllen-Fresser ist ebenso erbarmungslos wie die Wollmäuse; ich krieche auf allen vieren durch den Raum und nehme mir anschließend die Zeit, die Lamellen der Jalousien einzeln abzuputzen. Pro Jalousie benötige ich eine Stunde, und ich habe immerhin drei davon.

Am dritten Tag beschließe ich, dass ich unbedingt meinen Kleiderschrank ausmisten muss; acht Paar Schuhe und teilweise nie Getragenes im Wert mehrerer Monatsgehälter landen in drei riesigen Ikea-Beuteln (zwei blau, einer gelb).

In der Nacht von Tag drei auf Tag vier träume ich von zentimeterdicken Staubschichten, die an einem Stück unter die Decke schweben, sobald ich mich ihnen nähere, und sich dann mit einem lauten Rums hinterhältig zurück auf die Möbel fallen lassen, sobald ich ihnen den Rücken zugekehrt habe.

Am vierten Tag beginne ich, mit einer Dessertschale voller weißer Abtönfarbe sowie einem Küchenpinsel durch die Wohnung zu rennen und hier und da kleine Verschönerungen an Wänden, Fußleisten und Türrahmen vorzunehmen. Bevor ich anfangen kann, den kompletten Stapel eigentlich frischer Handtücher aus dem Badezimmerschrank in die Waschmaschine zu stopfen – einfach nur so, weil eine erneute Wäsche ihnen bestimmt gut tun würde –, steht Lüttje vor der Tür.

»Gott sei Dank, du lebst. Warum gehst du nie ans Telefon?«, fährt sie mich statt einer Begrüßung an und stürzt an mir vorbei in die Küche.

Telefon? Welches Telefon? Meinen Festnetzapparat habe ich schon am ersten Tag ausgestöpselt, weil er beim Putzen im Weg stand; außerdem ging mir das ständige Gepiepe auf den Geist, wenn ich bei seiner Reinigung mit den Wattestäbchen versehentlich an die Tasten gekommen bin.

Und mein Handy liegt seit meiner Rückkehr vom Arbeitsamt einsam und allein und gänzlich ungenutzt auf dem Grund meiner braunen Umhängetasche. Komisch, ich habe es nicht eine Sekunde vermisst. Ich hatte ja zu tun. Eigentlich ein schönes Gefühl: so viel zu tun zu haben, dass man noch nicht mal ans Telefon gehen mag, obwohl die zu erwartenden Gespräche alle privater Natur sind. Fast fühle ich mich wie eine durchgeknallte Künstlerin in einer ihrer produktivsten Phasen. Ohne Essen (bis auf die Pizzen), ohne Trinken (bis auf den Wodka, aber der ist mittlerweile auch leer), ohne Telefon, ohne Außenkontakte. Boheme. Ha. Nur ich und mein Kunstwerk: eine Wohnung, die seit dem Einzug vor drei Jahren nicht mehr so sauber gewesen ist.

»Ach du Scheiße«, sagt Lüttje, als sie die zwei kompletten Besteckssätze sieht, die ich nach dem Spülen noch nicht wieder eingeräumt habe. Dann fährt sie prüfend mit dem rechten Zeigefinger über die Regale. »Alles klar«, stöhnt sie, »die Phase hatte ich auch.«

Gut, also keine Boheme. Sondern nur eine ganz normale Reaktion, wenn man auf einmal keinen Job mehr hat, aber irgendetwas tun *muss*, weil man nun mal nicht anders kann. Und weil man nicht von so viel Dreck belastet in sein neues Leben starten will. Oder weil man schlichtweg noch nicht will, dass das neue Leben überhaupt anfängt, und sich deshalb so mit Arbeit zuschüttet, dass man genauso gut im Büro hätte schuften können. Scheiße.

»Und?«, frage ich, »wie lange hat sie bei dir gedauert?«

»Eine Woche«, sagt Lüttje. »Genau eine Woche. Sieben Tage. Wochenende inklusive.«

»Bei mir ist erst Tag vier«, antworte ich verzweifelt. Hilfe. Was kann ich die nächsten drei Tage noch machen? Von vorn anfangen? Halt. Der Dachboden. Ich könnte meinen Dachboden aufräumen.

»Aber jetzt ist Schluss damit«, stellt Lüttje klar, und mir schwant, dass ich so schnell nicht auf meinen Dachboden kommen werde. »Es ist mein letzter Samstag in town, und wir gehen heute Abend aus und machen richtig einen drauf und feiern Abschied.«

Der letzte Samstag? Ich rechne vorsichtshalber nach, aber Lüttje hat natürlich Recht; am elften Dezember reist sie ab, und das ist der kommende Mittwoch. Mir ist nicht nach feiern, denn mir tut jeder Knochen weh und der Kopf noch dazu, aber ich kann und will Lüttje das nicht antun. Also gehen wir aus, und ich amüsiere mich, so gut es geht. Der Sprinter erkennt meinen erbärmlichen Zustand und versucht, ihn mir durch für seine Verhältnisse erstaunlich beschleunigten Alkoholausschank erträglich zu machen. Ich ziehe mit, denn Lüttje zahlt, und es ist an der Zeit, sich wie eine Arbeitslose zu verhalten, also rauche ich Kette und trinke Whisky und unterhalte zu später Stunde die halbe Kneipe mit meinem großen Glück, kein angepasstes Spießerbüroleben mehr führen zu müssen. Boheme, ich komme. Jawohl.

»Such dir ein Hobby, das dich ausfüllt und mit dem du dir wenigstens ein bisschen was dazuverdienen kannst«, belehrt mich Berit mit mitleidigem Blick. »Sonst drehst du durch, glaub mir.«

Berit hat Graphikdesign studiert und seit drei Monaten keinen Job mehr, und noch dazu ist sie eine plumpe Aschblonde mit einem Erbsenhirn und einem kaputten Knie. Aber sie hat einen Freund. *Und* ein Hobby, das sie ausfüllt und mit dem sie sich ein bisschen was dazuverdienen kann. Da sieht man's mal wieder.

»Ich stricke Stulpen. Der Winter wird hart, und die Dinger sind mega-in«, erklärt sie mir. »Willst du vielleicht auch ein Paar?«, fragt sie und streckt mir ihre Arme entgegen, um die sich seltsame wollene Gebilde ranken in

Farben, von denen ich bisher gar nicht wusste, dass man sie miteinander kombinieren darf.

»Danke, nein«, lehne ich ab und gucke schnell weg. So weit kommt das noch. Wehret den Anfängen.

»Gehst du mit mir in das Theaterstück, das so gute Kritiken gekriegt hat?«, fragt neben mir eine große Blonde mit bittend aufgerissenen Kulleraugen ihren sonnenbankgebräunten Freund, der seine Hand aufreizend weit unten auf ihrem Hintern liegen hat. Eigentlich hat er sie fast schon zwischen ihre Beine geschoben.

»Wann ist das denn?«, fragt ihr Begleiter gelangweilt zurück und bewegt dazu fachmännisch die Finger auf ihrem Arsch hin und her, wie um zu überprüfen, ob er durch eine solch langwierige und schwermütige Angelegenheit wie einen Theaterbesuch Gefahr laufen könnte, platt gesessen zu werden.

»Vom zwölften Dezember bis zum zwanzigsten Januar«, verkündet die Blonde eifrig und überschlägt sich fast vor Begeisterung darüber, nicht mit einem verächtlichen »Bist du bescheuert?« abgekanzelt worden zu sein.

»Da hab ich keine Zeit«, lehnt ihr übler Typ geradeheraus ab, und dazu tut er auch noch bedauernd und sieht fast im selben Moment geschäftig auf seine Armbanduhr. Dann flüstert er der Trulla etwas ins Ohr, kneift sie in den Arsch, dass sie kieksend einen halben Meter in die Luft springt, und schiebt sie aus dem Laden.

Was für ein Idiot, denke ich, und dass er so aussieht, als würde er nur sonntags zwischen Sport- und Tagesschau poppen, wobei dann zu hoffen bliebe, dass *sie* wenigstens kein *Lindenstraßen*-Fan ist. Apropos Sonntag. Morgen *ist* Sonntag. Sonntag! Gott sei Dank. Ich bin ehrlich erleichtert, als mir das einfällt, denn sonntags ist es völlig legitim, nichts zu tun. Ob man nun einen Job hat oder nicht: Sonntags sind alle gleich. Das Einzige, was man an einem

Sonntag zu tun haben sollte, ist, seinen Kater zu pflegen. Also bestelle ich noch einen Whisky und dann noch einen, und ab dem vierten freue ich mich wahnsinnig darauf, am nächsten Tag in meiner unglaublich aufgeräumten Wohnung aufzuwachen und nichts weiter zu tun, als sie von meinem Bett aus zu bestaunen.

Was ich zu diesem Zeitpunkt noch nicht weiß, ist, dass die Sonntagsdepression, die mich am nächsten Tag ereilt wie an jedem Sonntag, schlimmer sein wird als je zuvor. Sie wird so schlimm, dass ich bis Mittwoch nicht wieder aufstehe, und das ist selbst mit dem fürchterlichsten Kater nicht mehr zu entschuldigen. Das Gute daran: Ich nehme keine Kalorien zu mir und mache keinen Dreck. Das Schlechte daran: Mir geht es beschissen.

Ich versuche, mir einzureden, dass es völlig normal ist, wenn eine Sonntagsdepression sich in meiner Situation zu einer Sonntags-bis-Mittwochs-Depression ausweitet. Und dass ich außerdem froh sein sollte, wenigstens in einer sauberen Wohnung depressiv zu sein, in der nichts vor sich hin schimmelt und durch höllischen Gestank die Nachbarn auf den Plan ruft oder sogar die Polizei oder die Feuerwehr, was meistens bedeutet, dass auch die Presse nicht mehr weit ist, und es gibt bestimmt Schöneres, als ein Bild von seiner eigenen zugemüllten Wohnung auf der Titelseite der *Morgenpost* zu finden mit der Schlagzeile »Die Horrorwohnung von Hamburg: Mit der Arbeitslosigkeit kam die Verwahrlosung!«. Als das alles nichts hilft, erkläre ich mir alle halbe Stunde laut, dass ich es verdient habe, nicht aufzustehen, weil ich nun mal im Urlaub bin, und dass ich es deshalb unheimlich genieße, so faul zu sein. Genau. Urlaub. Urlaub, Urlaub, Urlaub. Hurra.

Der Abschied von Lüttje fällt mir schwerer als erwartet. Ich fahre sie am späten Nachmittag zum Flughafen; sie plappert in einer Tour und ist aufgekratzt wie eine Vierzehnjährige vor ihrer ersten Verabredung. Der Rucksack wirkt riesig im Vergleich zu ihr; wenn sie ihn auf dem Rücken hat, sieht sie aus wie eine Schnecke, die ihr Haus bei sich trägt. Ich will ihn ihr abnehmen, denn ich bin größer als sie und schwerer und damit natürlich auch stärker, aber sie weigert sich.

»Nein«, sagt sie, »nein, nein, nein, ich muss mich daran gewöhnen, und in Südamerika wird ihn mir auch keiner tragen. Im Gegenteil, wenn ihn da jemand anders trägt als ich, dann bin ich richtig gearscht.«

Am Flughafen trinken wir noch einen Kaffee zusammen.

»Ach ja«, sagt Lüttje, »ich hab ja noch eine Überraschung für dich«, und mit diesen Worten schiebt sie mir eine Postvollmacht zu. Handgeschrieben. Wo sieht man so was heute noch.

»Hä?«, mache ich fragend.

»Von meiner alten Firma kommen jeden Monat zwei Stangen Zigaretten«, erklärt sie. »Immer um den Ersten rum. Damit kannst du sie dir von der Post holen. Und dann kannst du sie alle aufrauchen. Is billiger.«

Wow. Jetzt fehlt mir nur noch meine eigene Destillerie, und ich kann statt Arbeitslosenunterstützung gleich Sterbegeld beantragen.

»Danke«, sage ich verwirrt und sehe ihn dahinschwinden, den besten und einleuchtendsten Grund seit Jahren, endlich mit dem Rauchen aufzuhören.

»Kopf hoch«, sagt Lüttje und grinst mich an. »Ich schreib euch allen mindestens einmal die Woche einen Reisebericht. Internetcafés gibt's in Südamerika auch.«

»Ich freu mich drauf«, sage ich, und dann ist es Zeit.

Ich wünsche ihr viel Glück, wir nehmen uns in den Arm (oder vielmehr ich sie, wegen des Größenunterschieds), und sie verschwindet mit ihrer Bordkarte winkend in Richtung Sicherheitskontrolle.

»Gute Reise«, murmele ich, und dann stehe ich bestimmt eine weitere Viertelstunde einfach da und denke darüber nach, was wohl passieren würde, wenn ich jetzt einfach irgendein Ticket kaufen und ebenfalls wegfliegen würde. Scheißegal, wohin. Aber weil ich gleichzeitig weiß, dass ich das selbstverständlich nicht tun werde, komme ich mir irgendwann albern vor, also drehe ich mich um und stapfe zurück zu meinem Auto, das ich eigentlich gar nicht mehr brauche.

Während der Fahrt zurück bin ich so gut wie nicht anwesend. Es ist schon wieder dunkel. Ich fädele mich einfach in den Verkehr Richtung Innenstadt ein und hänge Lüttje nach und meinen Gedanken, bis ich irgendwann bemerke, dass ich ganz automatisch den Weg zur Firma eingeschlagen habe und jetzt elegant auf meinem alten Parkplatz zum Stehen komme. Er ist frei und war es wahrscheinlich den ganzen Tag; nach mir hat ihn noch niemand wieder angemietet. Wer auch.

Noch immer ist an dem Holzpflock an seiner Stirnseite mein Nummernschild angeschlagen, HH-VW 1885, das bin ich, und das hier ist verdammt noch mal mein Parkplatz, den ich noch nicht gekündigt habe bei der Hausverwaltung; es wird Zeit. Bin ich senil, oder was? Am liebsten würde ich laut losschreien oder ins Lenkrad beißen oder mich gleich an dem Holzpflock aufspießen, weil ich so bescheuert bin. Sieht so aus, als wäre ich konditioniert wie ein pawlowscher Hund. Völlig fixiert. Unfrei. Unfrei, unfrei, unfrei. Das muss ein Ende haben.

Einen Moment lang bleibe ich still sitzen und beobachte den hellen Lichtschein, der durch die Rollos aus den Büroräumen im Erdgeschoss zu mir dringt. Ich kann nicht viel erkennen, aber da, wo der Drucker steht, bewegt sich immer wieder etwas; ein Schatten taucht auf, ist wieder weg und erscheint wenig später erneut.

Da drin geht alles seinen gewohnten Gang. Vielleicht ist es der Volontär, der gerade Texte ausdruckt oder die Loglisten von gestern für die Statistik, die bald sowieso niemanden mehr interessiert.

»Scheiße«, sage ich zu mir selbst, und dann noch einmal, ein bisschen lauter, »Scheiße«, und dann lasse ich den Motor wieder an und brause los durch den dichten Feierabendverkehr, und zum ersten Mal habe ich das Gefühl, dass das, was vor mir liegt, besser werden könnte als das, was war.

Als ich zu Hause durch die Tür komme, hat meine Mutter einen halbstündigen Monolog auf dem Anrufbeantworter hinterlassen.

Wie immer besteht er hauptsächlich aus den Sätzen »Man hört ja so gar nichts von dir«, »Du könntest dich wirklich mal wieder melden« und »Ich mache mir schon Sorgen«, die sie in beliebiger Reihenfolge aneinander reiht. Unterbrochen werden diese Phrasen lediglich von Fragen wie »Wann kommst du denn Weihnachten?«, »Hast du endlich deine Gehaltserhöhung gekriegt?« und »Wofür hast du eigentlich eine Wohnung?« sowie der abschließenden Feststellung »Na ja, vielleicht hast du ja einen neuen Freund und bist deshalb so selten zu Hause, es wäre wirklich an der Zeit dafür, du wirst ja auch nicht jünger, ich will schließlich auch irgendwann ein Enkelkind, stell dir vor, XYZ *(hier sind beliebige Namen von Nachbarstöchtern, ehemaligen Kindergartenfreundinnen oder Mitschülerinnen einzusetzen)* ist schon wieder schwanger und *so was* von glücklich mit ihrem Mann, da fragt man sich doch, warum das bei dir nicht so ist«.

Für einen Moment spiele ich mit dem Gedanken, sie zurückzurufen und so zu tun, als wäre alles wie immer, was ungefähr so klingen würde: »Mama, ich *arbeite* nun mal und bin *immer* erst gegen acht zu Hause, wenn überhaupt, und das weißt du ganz genau, also warum zum Teufel rufst du mich *immer* vorher an?, und Männer haben nun mal ein Problem mit erfolgreichen gut verdienenden Frauen, das weißt du *auch* ganz genau, und deshalb werde ich vermutlich erst wieder einen neuen Freund haben, wenn ihr mir mein Erbe vorzeitig auszahlt und ich mich nicht mehr um meine Karriere kümmern muss, also hör gefälligst auf, mir damit auf die Nerven zu gehen, weil ich mich nämlich sonst irgendwann einfach heimlich sterilisieren lasse, und dann kannst du dir dein Enkelkind für immer und ewig an den Hut stecken!«

Andererseits liebe ich meine Eltern, trotz allem, und ich gehe davon aus, dass es ihre Feiertagslaune erheblich trüben würde, wenn ich die erquicklichen Neuigkeiten erst am Heiligen Abend serviere. Pünktlich zum Abendessen am besten noch, als vorgezogene Bescherung, sozusagen. Außerdem will ich ja jetzt frei sein und mich arrangieren mit der Situation und das Beste daraus machen, und dazu gehört nun mal auch der offene Umgang damit, also atme ich tief durch und schnappe mir das Telefon.

»Hilchenbach?«, meldet sich meine Mutter mit ihrer sanften, freundlichen Telefonstimme.

Wenn man nicht gerade ihre Tochter ist, muss es ein Genuss sein, mit ihr zu telefonieren.

»Ich bin's«, sage ich und zünde mir eine Zigarette an, die ich in aller Ruhe anrauchen kann.

Ich weiß genau, dass ich erst in einigen Minuten wieder etwas von mir geben muss, weil zunächst die Eröffnungsansprache meiner Mutter folgen wird, und da ist sie auch schon.

»Marnie!«, schwatzt sie wild drauflos, »hach, das ist aber schön, du hast meine Nachricht bekommen, na endlich meldest du dich wieder mal, ich hab mir schon Sorgen gemacht, man hört und sieht ja gar nichts von dir, no news are good news, sagt dein Vater immer, na, aber du weißt ja, ich kann mich damit nicht so gut anfreunden, ich mache mir dann schon Gedanken, wo das Mädchen bloß steckt, arbeitest du denn schon wieder so viel?, das kann doch alles nicht gesund sein, in was für einem Laden bist du da bloß gelandet, die nehmen ja wirklich überhaupt keine Rücksicht, ist denn soweit alles in Ordnung?«

»Na ja«, antworte ich, »wie man's nimmt. Den Laden bin ich jedenfalls los.«

»Was?«, fragt meine Mutter irritiert.

»Mama, sie haben mir gekündigt«, sage ich ruhig. »Ab dem ersten Januar habe ich keinen Job mehr. Also eigentlich habe ich jetzt schon keinen mehr, ich bin freigestellt.«

»Was?«, fragt Mama wieder. »Wie bitte?«

»Mama!«, ich werde ein wenig lauter, »muss ich es buchstabieren? Ich bin gefeuert! Ar-beits-los! Sie haben vierzig Leute entlassen, und mich auch!«

Ich höre, wie meine Mutter am anderen Ende zu hyperventilieren beginnt. Sie schnappt nach Luft, und dann fängt sie an zu kreischen.

»Marnie!«, japst sie aufgebracht, »aber das ist ja furchtbar! Das ist ja fürchterlich! Ogottogott, was machst du denn jetzt? Das ist ja *schlimm*! O nein, so was, und du hast dir immer solche Mühe gegeben, wie können die das denn machen, wie *kommt* denn das? – Oje, oje!«

Im Hintergrund mischt sich die tiefe Stimme meines Vaters unter das Wehklagen meiner Mutter.

»Dagmar, was ist los?«, brummt er. »Jetzt schrei doch nicht so. Was ist denn passiert, um Himmels willen?«

»Marnie«, japst meine Mutter, »Marnie, sie haben ihr gekündigt, sie ist ar-beits-los!, und das ihr! Wie kann denn so etwas – also ich *glaub* das nicht, das ist doch –«

»Gib mal«, sagt mein Vater, und ich kann förmlich sehen,

wie er meiner Mutter den Hörer aus der Hand reißt und sie auf den Stuhl im Arbeitszimmer drückt, um das Ausmaß der Katastrophe persönlich zu recherchieren.

Ich rolle mit den Augen.

Es ist alles exakt so, wie ich es mir vorgestellt habe.

»Marnie?«, sagt mein Vater beschwörend.

Er klingt, als stünde ich schon auf dem Dach eines Hochhauses, um mich im nächsten Moment in den Abgrund zu stürzen.

»Marnie«, wiederholt er, »jetzt mal ganz ruhig.«

»Aber ich bin ganz ruhig«, sage ich. »*Mama* regt sich auf. *Ich* weiß das ja schon länger.«

»Was sagt sie?«, keucht meine Mutter aus dem Off, »was sagt sie?«

»Dagmar, gib mal Ruhe«, knurrt Papa.

»Papa, es ist alles halb so wild«, erkläre ich, »der Firma geht es schlecht, es hat eine Riesenkündigungswelle gegeben, vierzig Leute stehen zum Ende des Jahres auf der Straße, und mich hat's auch erwischt.«

»Das ist ja wirklich nicht schön«, stellt Papa fest. »Und dabei hast du immer so viel für die geackert.«

»Undank ist der Welten Lohn!«, schreit meine Mutter.

Welten gleich. Wie viele gibt's denn davon?

Irgendwie gelingt es Mama, den Hörer wieder an sich zu bringen. Es knackt in der Leitung, dann ist sie wieder dran und atmet dermaßen röchelnd in die Muschel, dass mir angst und bange wird.

»Aber im Grunde bist du ja selber schuld!«, belehrt sie mich aufgeregt. »*Du* hast doch den Schröder gewählt! Ich hab doch gleich gesagt, das geht nicht gut!«

»Dagmar«, mahnt mein Vater, und ich weiß, dass er dazu milde den Kopf schüttelt, im Grunde aber genau der gleichen Meinung ist, »das hilft doch jetzt auch nichts in der Situation.«

»In dieser Situation hilft *gar nichts*!«, echauffiert sich meine Mutter. »Mein Gott, du weißt doch *auch*, was im Moment da draußen los ist! Wie soll das Mädchen denn in *diesen* schlechten Zeiten an eine neue Stelle kommen? Da ist sie doch völlig chan-cen-los! Und dafür hat sie jetzt jahrelang studiert! Nein, nein, nein!«

»Marnie ist eine intelligente junge Frau«, stellt Papa fest, »und sie wird schon etwas Neues finden. Da mache ich mir mal gar keine Sorgen. Marnie?«

»Ja, Papa?«

»Ist die Kündigung denn überhaupt rechtmäßig? Also haben die alle Fristen eingehalten und so? Vielleicht kannst du klagen.«

»Papa, da gibt es nichts zu klagen. Wir haben einen Betriebsrat, die haben sich alle Kündigungen angesehen. Mein Job fällt nun mal weg. Alle Jobs in meiner Redaktion fallen weg. Sie machen die komplette Seite dicht.«

»Du solltest dich trotzdem anwaltlich beraten lassen«, beharrt mein Vater, »vielleicht findet ja doch noch jemand was. Formfehler sind bei so was gar nicht selten.«

Mein Vater ist einer von denen, die dem Finanzamt Zinsen in Rechnung stellen, wenn die Steuerrückzahlung zu spät kommt, und für so etwas zieht er zur Not bis vor den Bundesgerichtshof. Er ist im gesamten Ort gefürchtet wegen seiner Leidenschaft für die Suche nach Formfehlern und seines unerbittlichen Hangs zur Beamtenschikanierung. Und das als CDU-Wähler, wohlgemerkt. Eine seltene Kombination, aber deshalb nicht weniger enervierend.

»Gut«, sage ich schwach, um weiteren Diskussionen aus dem Weg zu gehen, »ich spreche mal mit der Gewerkschaft. Die haben eine Rechtsberatung.«

»Ja«, sagt mein Vater, »tu das. Was ist mit Abfindung?«

»Zweieinhalb Gehälter«, sage ich, »damit kann ich mein Arbeitslosengeld ganz gut aufstocken die ersten Monate.«

»Immerhin«, antwortet Papa. »Wir kriegen das schon hin. Weihnachten können wir ja mal zusammen überlegen.«

»Vielleicht gibt es in meiner Firma was!«, fällt Mama ihm ins Wort. »Denen geht's gar nicht gut, aber ich kann ja mal hören! Wir haben jetzt auch Internet, das kann Marnie doch machen! Marnie, das kannst du doch, oder?«

»Mama«, sage ich und muss mir wirklich alle Mühe geben, ruhig zu bleiben, »Mama, ich möchte in Hamburg bleiben. Ich will nicht in deine Firma.«

Mamas Firma ist ein Maschinenhersteller, und für den arbeitet sie schon seit über zwanzig Jahren.

Das Berufsleben meiner Eltern ist so konstant verlaufen wie eine Funktionskurve ohne Unbekannte. In ihren Unternehmen wird noch vierzigjährige Betriebszugehörigkeit gefeiert, dann kommt der Geschäftsführer und gratuliert und überreicht ein Buchpräsent sowie die Betriebsnadel in Gold, und mit etwas Glück gibt es sogar ein Foto in der Mitarbeiterzeitung.

»Aber warum denn nicht?«, jammert Mama. »In diesen Zeiten muss man *Kompromisse* eingehen, Marnie. Immerhin könntest du wieder hier *wohnen*. Du *glaubst* ja gar nicht, was das sparen würde. Dann könntest du auch erst mal einen Job annehmen, wo du weniger verdienst. Hauptsache, du *hast* was.«

Gott bewahre. Hilfe. »Mama«, wiederhole ich verzweifelt. Papa, hilf mir.

»Ich glaube nicht, dass das eine Lösung ist«, sagt Papa prompt, und in Gedanken drücke ich ihm einen dicken Kuss auf die Wange.

»Musst du denn jetzt noch ins Büro?«, erkundigt er sich.

»Nein, ich bin freigestellt.«

»Das ist doch ganz gut. Dann kannst du ja schon früher nach Hause kommen über Weihnachten, und wir haben auch mal was von dir.«

Hrmpf. Vom Regen in die Traufe. »Mal sehen«, sage ich ausweichend.

»Und jetzt machst du dir erst mal ein paar schöne freie Tage«, fügt Papa hinzu. »Geh ein bisschen spazieren und lass dir den Kopf durchpusten. Musst dich doch bestimmt auch erst gewöhnen an die neue Situation. Um Mama mach dir mal keine Sorgen, du weißt ja, wie sie ist.«

»Wieso?«, kiekst meine Mutter pikiert, »wie meinst du das? Wie *bin* ich denn? Was meinst du damit? Ich mache mir nun mal *Sorgen*! Man wird sich doch als Mutter wohl noch *Sorgen* machen dürfen um sein einziges Kind!«

Ich grinse, und Papa tut ganz bestimmt dasselbe.

»Also«, sagt er, »du schaffst das schon.«

»Okay«, antworte ich erleichtert, »gut. Ich melde mich wieder.«

»Mach das, Marnie«, erwidert Papa. »Kopf hoch, das wird alles. Ich hab dich lieb.«

»Ich hab dich auch lieb, Papa«, sage ich, »und Mama auch. Bis dann.«

Klonk, aufgelegt. Herr im Himmel noch eins. Gott sei's gelobt, getrommelt und gepfiffen und so weiter und so weiter.

Das wäre geschafft. Und jetzt endlich ab in den Urlaub. Ich habe frei, und ich werde es genießen. Aber hallo. Die Frage ist nur, womit ich meine Zeit verbringen will. Vielleicht mit Essen. Gute Idee, also beschließe ich, gleich am nächsten Tag einkaufen zu gehen, und zwar stilecht bei Aldi. Die Zeiten, in denen ich mir meine Lebensmittel vom Internetsupermarkt zwischen zwanzig und zweiundzwanzig Uhr nach Hause liefern lassen musste, sind vorbei, hurra. Ab morgen wird gespart.

5.

»Generation 03: Schlau sparen, Spaß haben«
Allegra

Ich weiß nicht, wann ich das letzte Mal bei Aldi eingekauft habe. Irgendwann in meiner Studentenzeit wahrscheinlich, danach nie wieder, denn Großstadt hin oder her, Aldi macht in der Woche um halb sieben zu und am Samstag um zwei und Punkt. Mit Ach und Krach erwische ich einen der Einkaufswagen, die bei Aldi immer einen Tick größer sind als anderswo. Ich habe sogar einen Euro, um ihn auszulösen; das werte ich als gutes Zeichen, und meine morgendliche Muffellaune hebt sich schlagartig. So macht Essen kaufen Spaß. Normalerweise verliere ich samstagnachmittags spätestens in dem Moment die Lust daran, in dem ich feststelle, dass ich erst an der Kasse mit Geduld und Hundeblick um Wechselgeld betteln muss, noch bevor das Einkaufen überhaupt begonnen hat.

Einkaufen ist sowieso das Schwierigste an der Haushaltsführung. Das Spiel ist zermürbend. Für mich stellt es sich so dar: Jeden Samstag zieht man los mit dem festen Vorhaben, sich an diesem Wochenende mal richtig was zu gönnen. So wie es die Fernsehwerbung einem während der Woche vormacht, mit dem Joghurt als Krönung des Tages oder der Krönung als Höhepunkt der Woche, und da sieht das immer ganz locker aus und ganz easy. Aber so einfach ist es letztendlich nicht, weil es viel zu viel Auswahl gibt. Dann kann man sich am Ende gar nicht mehr entscheiden, was man sich gönnen will, und karrt doch jedes Mal wieder die gleichen Produkte nach Hause und ist einfach nur froh, wenn der Zirkus vorbei ist. Und abends geht man lieber essen, statt zu kochen, weil man ja schon so viel gearbeitet hat in der Woche und weil das Einkaufen anstrengend genug war, und das frische Gemüse gammelt vor sich hin, bis man am nächsten Wochenende wieder loszieht, sich welches kaufen, das dann ebenfalls wieder verschimmelt und zu einer unschönen Flüssigkeit mutiert, die man fluchend vom Plastikboden des Gemüsefaches kratzt.

Ich habe mal einen Artikel gelesen, in dem es darum ging, dass in Amerika mittlerweile schon Fünfundzwanzigjährige eine Art Midlife-Crisis kriegen, weil sie so viele Alternativen haben und sich nicht entscheiden können und deshalb irgendwann wie gelähmt sind und gar nichts mehr auf die Reihe bekommen. Dann kommen schließlich nur noch die durch, die sich einen Tunnelblick zulegen und ihr Ziel genau vor Augen haben und sich nicht ablenken lassen im Supermarkt der Möglichkeiten. Ich kann das irgendwie nachvollziehen, und so gesehen ist meine derzeitige Situation vielleicht gar nicht schlecht, denn ich habe momentan nicht viel mehr Möglichkeiten, als darauf zu warten, dass alles besser wird. Und dazu gehört auch, dass ich ab heute nicht mehr in einem Supermarkt einkaufen muss, in dem mich die Auswahl erschlägt. Bei Aldi gibt es nur eine kleine Auswahl, aber für Leute wie mich ist das Luxus.

Summend schiebe ich den Wagen vor mir her. Erst kommen die Getränke, das ist bei Aldi immer so, daran erinnere ich mich noch.

Es ist erschütternd, wie billig der Schnaps hier ist, Wein für zwei Euro und Cognac für sieben. Mir fällt ein, dass ich ab sofort nicht mehr genug Geld haben werde, um abends auszugehen, also beginne ich mit der Grundsteinlegung für meine eigene kleine Hausbar. Engagiert versammele ich

Schnaps aller Art in meinem Wagen, Rum und Gin und Cognac und Likör, dazu Grappa, einen »Mümmelmann« (so heißt die hauseigene Jägermeister-Imitation) und diverse Flaschen Wein.

Um Gemüse kümmere ich mich nicht, aber dafür um Stracciatellajoghurt im Einkilobecher, Schwarzwälder Schinken und dänischen Schnittkäse mit lustigen Punkten aus Paprika oder Dill; dazu leiste ich mir zwei Paar neue Socken, so spottbillig, wie die sind, und entscheide mich in letzter Minute gegen einen neuen Drucker für neunundsiebzig Euro. Noch habe ich keine Lust, Bewerbungen zu schreiben.

In der Süßigkeitenabteilung stolpere ich alle naselang über Dinge, die mich an meine Kindheit erinnern; allen voran diese Nüsse mit dem kreisrunden Schokoladenmantel in der durchsichtigen Kunststoffdose, die ganz wabbelig wird, sobald man sie leerer isst. Die hat es früher bei meiner Omi immer gegeben. Ich kann mich sogar daran erinnern, wie es sich anfühlt, wenn der Deckel nach dem Öffnen wieder auf die Dose schnappt; dazu muss man mit einer ganz bestimmten Handbewegung die Dose festhalten, damit sie nicht unter dem Deckel wegwabbelt. Fast ergriffen, packe ich eine Dose in den Wagen und fühle mich irgendwie gut, weil es noch Dinge gibt, die sich nicht ändern.

An den beiden Kassen haben sich lange Schlangen gebildet. Die Frau vor mir hat zwei Packungen Salz und vier Gläser Rotkohl in dem kleinen Pappkarton, den sie sich aus irgendeinem Regal gezogen hat. Der Mann davor kauft fünf Packungen Mümmelmann-Portionsfläschchen und eine Lage Aufschnitt.

So lang die Schlange auch ist, es dauert nur wenige Minuten, bis ich dran bin. Und das, obwohl man hier von Scannern noch nie gehört hat. Jeder Artikel wird noch von

Hand registriert in den Hamburger Aldi-Filialen. Die Finger der Angestellten fliegen in atemberaubender Geschwindigkeit über die Tastaturen. Die Kassierer sind beide Männer. Mir fällt ein, dass es schon früher bei Aldi öfter Männer an der Kasse gab als anderswo, und ich frage mich, woran das wohl liegt. Aber dann ist Schluss mit dem Nachdenken, ich muss meine Einkäufe auf das Laufband packen, und es geht alles so schnell, dass ich nach wenigen Sekunden unter Vollstress stehe. Ich gebe es auf, alles gleich in Tüten packen zu wollen, denn es ist aussichtslos. Trotzdem sind beide meiner Arme in ständiger Bewegung; ich fühle mich wie eine Windmühle oder ein zweiarmiger Roboter. Greifen, in den Wagen fallen lassen, greifen, in den Wagen fallen lassen. Der Kassierer gibt ungerührt Gas; mit seiner linken Hand schiebt er die berechneten Produkte weiter, während er mit der rechten tippt wie der Teufel und ich ihn von den erledigten Dingen zu befreien suche. Es nutzt nichts, er ist schneller als ich; vor mir türmen sich die Flaschen, und jetzt hat er auch schon die Gesamtsumme parat, »einundsechzig siebzig«, sagt er gelassen und hält die Hand auf, während ich in leichter Panik nach meinem Geldbeutel suche und meine Finger zittern.

Einundsechzig siebzig, das ist ein stolzes Sümmchen für einen Besuch bei Aldi. Vielleicht ist der Schnaps doch nicht so billig, wie ich dachte.

»Können Sie die Preise alle auswendig?«, frage ich den Kassierer ehrfürchtig, während ich nach meinen Scheinen krame, und er sieht mich an, als hätte ich nicht mehr alle Tassen im Schrank. Vielleicht ist es auch einfach lange her, dass während der Arbeitszeit jemand mit ihm gesprochen hat.

»Nein«, sagt er, »die ändern sich ja ständig, die Preise. Das kann sich doch kein Mensch alles merken. Die Produkte haben Nummern, und *die* tippe ich ein.«

Ich würde gern erfahren, ob das heißt, dass die Produkte in Gruppen eingeteilt sind und alle Produkte, die neunundneunzig Cent kosten, zum Beispiel die Nummer fünfundsechzig haben, was allerdings bedeuten würde, dass man doch ständig umlernen müsste; oder ob jedes Produkt seine eigene Nummer hat, was jeden Aldikassierer auf dieser Welt erst recht zu einem Wunderhirn machen würde. Aber ich komme nicht mehr dazu, danach zu fragen, denn der Kassierer schiebt meine Flaschen mit einer ungeduldigen Handbewegung an das Ende des Laufbandes, bis sie fast runterfallen, um dem nächsten Kunden Platz zu machen.

Schweißnass trolle ich mich an das kniehohe weiße Spanplattenbord vor dem großen Fenster und zerre unter erneuter Anstrengung die Tüten hervor. Sie sind unter meinen Einkäufen völlig begraben, und die vielen Flaschen klirren gefährlich, als sie wieder auf den Wagenboden zurückplumpsen. Während ich meine Einkäufe so gut wie möglich hierhin und dorthin verteile und mein Adrenalinpegel langsam wieder auf ein erträgliches Maß sinkt, stinkt neben mir jemand unglaublich nach Urin. Es hat eben alles seine Vor- und Nachteile, und da ist Aldi keine Ausnahme.

Später sitze ich vor meinem Fenster, trinke Cognac aus einem hellgrünen Keramikeierbecher, höre Musik und esse Nüsse im Schokoladenmantel. Sie schmecken wie früher, nur die Plastikdose ist längst nicht mehr so wabbelig wie damals. Schade.

Auf der anderen Straßenseite geht im Halbdunkel gebückt eine alte Frau, ganz langsam setzt sie einen Fuß vor den anderen, und zwischen jedem ihrer Schritte tappt sie mit einem ihrer beiden Gehstöcke vor sich auf den Bürgersteig.

Ihre Bewegungen haben einen immer gleich bleibenden Rhythmus: linker Fuß, rechter Stock, rechter Fuß, linker Stock. Für mich sieht es aus, als bemühe sie sich, dem Rhythmus meiner Musik zu folgen. Es ist, wie wenn man den Fernseher auf lautlos hat, und dazu läuft eine Platte: Dann hat auch das Geschehen auf dem Bildschirm plötzlich einen Rhythmus. Es ist nie genau derselbe wie der der Musik, aber die Rhythmen entsprechen sich; sie kommen zusammen und laufen wieder auseinander. Wie die Blinker von Autos. Sie haben alle ihr eigenes Blinkintervall, aber wenn die Autos an der Ampel hintereinander stehen, dann jagen sich die Blinkperioden gegenseitig, holen sich irgendwann für zwei oder drei Herzschläge ein und trennen sich dann wieder, um sich gleich darauf erneut einander anzunähern.

Ob die alte Frau wohl weiß, dass sie zu Breakbeats tanzt?

Als sie aus meinem Blickfeld verschwunden ist, konzentriere ich mich völlig auf den Cognac und die Nüsse im Schokoladenmantel und auf den Versuch, die Nuss von der Schokolade zu trennen. Nur so, denn ich weiß ja, dass die Nuss auch ohne die Schokolade schmeckt. Ganz anders zwar, herb statt süß, aber sie schmeckt. Vielleicht ist sie sogar nahrhafter als die Schokoladenhülle, und gesünder ist sie ohne Schokolade bestimmt auch. Nur leider geht die Nuss immer mit kaputt, während ich versuche, den Schokoladenmantel so zu zerbeißen, dass nur der Kern übrig bleibt.

Plötzlich stelle ich mir vor, dass ich die Nuss bin, und mein Job ist der Schokoladenmantel. Positiv gesehen, umhüllt und schützt er mich, aber negativ gesehen, lullt er mich ein und versperrt mir den Blick. Woher zum Teufel soll ich wissen, was davon er am meisten tut? Ob er eher gut für mich ist oder eher schlecht?

Je mehr Cognac ich trinke und je öfter ich versuche, mit

meinen Zähnen an den Nüssen im Schokoladenmantel herumzuoperieren, desto verzweifelter werden meine Versuche, mir in dieser Frage einen klareren Blick zu verschaffen. Aber irgendwann hat sich das mit dem klaren Blick von allein erledigt, und mir ist schlecht, und ich gehe ins Bett.

In der folgenden Woche ist es meine Hauptbeschäftigung, so wenig wie möglich zu Hause zu sein. Einkaufen wird zu einer völlig neuen Erfahrung, denn ich besorge alles einzeln. Listen oder Zettel brauche ich nicht mehr, und auch nicht meinen Hackenporsche, ohne den ich es sonst nie geschafft habe, meine Besorgungen nach Hause zu karren, weil es sich ja lohnen muss, wenn man schon mal die Zeit hat, überhaupt loszugehen.

Als ich merke, dass mein Olivenöl zur Neige geht, gehe ich eben los und kaufe mir eine Flasche Olivenöl. Als ich merke, dass ich wirklich mal neue Geschirrtücher gebrauchen könnte, gehe ich wieder los und kaufe mir einen Stapel Geschirrtücher. Als mir direkt danach auffällt, dass ich gar keine Batterien und Glühbirnen mehr im Haus habe, mache ich mich erneut auf den Weg und kaufe Batterien und Glühbirnen. Zwischendurch kaufe ich mir zwei Paar neue Schuhe, drei neue Blusen, zwei neue Schals und eine neue Jeans; danach spezialisiere ich mich auf CDs und auf Zeitschriften sowieso, denn ich brauche ja etwas zum Lesen, wenn ich im Café sitze und Cappuccino trinke, was ich nach jedem Gang ab sofort zur Pflichtübung mache. Ich bringe die Winterstiefel zum Schuster und die Winterjacke in die Reinigung. Ich wechsele meine alte verkalkte Zehn-Tassen-Kaffeemaschine, die »petra« heißt und aus der der Kaffee schmeckt wie abgestandenes Spülwasser, gegen eine Espressokanne und einen Milchschäumer aus dem italienischen Feinkostladen aus, denn ich kann meinen

Morgenkaffee jetzt im Wachzustand zubereiten und *schmecke*, was ich nach dem Aufstehen zu mir nehme, da kann ich kein Spülwasser mehr gebrauchen. Wenig später besorge ich Cognacschwenker, weil das mit dem grünen Keramikeierbecher auf Dauer kein Zustand ist. Ich bringe das Leergut weg, das seit Monaten in meinem Flur Schimmel ansetzen will und seit meiner Putzaktion immerhin schon tragegerecht in vier Plastiktüten steckt, und schaffe endlich die vollen Filme vom Sommer in den Fotoladen. Wäre ich etwas früher dran gewesen damit, hätte ich sogar drei Gutscheine im Wert von je eins fünfzig für ihre Entwicklung gehabt, aber die sind vor sechs Wochen abgelaufen.

So etwas wird mir ab sofort nicht mehr passieren, denke ich befriedigt.

Einmal gehe ich sogar zur Post, obwohl es dort nichts abzuholen gibt, einfach nur so, um ein paar Briefmarken auf Vorrat zu kaufen, denn bald ist Weihnachten, und ich überlege ernsthaft, in diesem Jahr zum ersten Mal seit meiner Studentenzeit wieder Weihnachtskarten zu verschicken.

»Verbrauchen Sie die alle bis Ende des Jahres?«, fragt die Frau auf der Post. »Wenn nicht, sollten Sie weniger kaufen, denn Briefe werden 2003 billiger.«

»Bitte was?«, frage ich ungläubig, und für einen Moment beginnt mein Weltbild zu wanken. *Briefe werden billiger.* Was ist denn jetzt los?

»Ja, um einen Cent«, sagt die Postfrau. »Fünfundfünfzig Cent dann statt sechsundfünfzig.«

Ach na gut, na ja. Mehr kann man wohl nicht verlangen. »Dann nehm ich sie trotzdem alle«, antworte ich. *Das* kann ich mir gerade noch so leisten.

Als es wirklich nichts mehr zu kaufen gibt, was ich vor mir und meiner finanziellen Situation rechtfertigen könnte, mache ich Termine. Beim Zahnarzt, beim Frauenarzt, beim Augenarzt und beim Hausarzt.

»Wann passt es Ihnen denn am besten?«, fragen die Sprechstundenhilfen höflich und denken wahrscheinlich, »na, das ist doch bestimmt wieder eine von diesen ganz Gestressten, die nur ganz frühmorgens können, aber da muss sie sich gedulden, weil morgens sind wir auf Monate hinaus ausgebucht, ätschibätschi«.

Weit gefehlt. »Da richte ich mich ganz nach Ihnen«, antworte ich großzügig, *»ich* habe Zeit«, und ich kriege Termine, die ich noch nie hatte, so gegen elf vielleicht oder gleich nach Mittag?, »klar«, sage ich, »super, bis dann dann.«

Beim Hausarzt klappt es am schnellsten mit dem Termin, und ich lasse mich so richtig durchchecken. Mit Blutabnahme und allem; nur so, um festzustellen, ob mein gestresstes Arbeitnehmerinnendasein irgendwelche Schäden hinterlassen hat. Hat es. Ich habe zu wenig vom »guten« Cholesterin, erklärt mir der Arzt, als meine Laborwerte da sind, »ist aber kein Grund zur Sorge, das kriegen wir schnell in den Griff, vielleicht sollten Sie ein bisschen mehr Sport treiben?«

»Kein Problem«, antworte ich und strahle ihn an, »in meinem Leben wird jetzt sowieso alles anders. Ich habe keinen Stress mehr, ich mache nur noch, was ich will, ich kann jeden Tag frisches Gemüse einkaufen gehen, und ich werde auch weniger rauchen.«

»Das ist ja toll«, sagt der Arzt verwirrt, und ich kann ihm ansehen, dass er meinen Ausbruch nicht so recht einzuordnen weiß. Vielleicht denkt er, ich hätte meine Neujahrsvorsätze einfach zwei Wochen vorgezogen und im Endeffekt würde sowieso nichts draus. Vielleicht denkt er aber auch, ich sage das nur, damit er mir keine blöden Pillen verschreibt oder, noch schlimmer, eine genussfeindliche Gardinenpredigt in Sachen gesunder Lebensführung vom Stapel lässt. Eigentlich hätte er nur fragen müssen, woher mein plötzlicher Sinneswandel stammt, aber das tut er nicht. Für ihn ist die Sprechstunde jetzt beendet, das Wartezimmer ist voll von Kassenpatienten, also komplimentiert er mich freundlich hinaus, und ich fühle mich wahnsinnig gesund angesichts der ganzen Gebrechen um mich herum.

Zu Hause kraxele ich vom Erdgeschoss bis auf den Dachboden im fünften Stock und befreie mein altes Trimmrad von verstaubten, klammen Klamotten und einem hässlichen Badezimmerregal, das mittlerweile grün ist statt weiß. Das Rad ist eigentlich viel zu schwer für mich, aber ich sehe das als Herausforderung, und schon eine halbe Stunde später habe ich es bis auf den Treppenabsatz im ersten Stock geschafft. Es rumpelt und kracht, und mir läuft der Schweiß in Strömen, aber das ist gut so; zu meinem neuen Leben wird auch regelmäßiges Training gehören, da gibt es keine Ausreden.

Der Lärm ruft Frau Sörensen auf den Plan, eine ältere Dame mit feuerrot gefärbten Haaren, die über mir wohnt und meine gelegentlichen basslastigen Frustsessions (sie finden vorzugsweise zwischen zehn Uhr abends und Mitternacht statt) mit stoischer Gelassenheit erträgt. Sie ist nett, und ich glaube, sie hat Sinn für das Schöne im Leben. Das Licht in ihrer Wohnung ist meistens ähnlich gedämpft wie in meiner, und im Winter steht ab Einbruch der Dunkelheit immer eine brennende Kerze in ihrem Fenster. Im Sommer habe ich sie einmal getroffen, wie sie in den beiden steinernen Pflanzenkästen links und rechts neben unserer Eingangstür Stiefmütterchen pflanzte, die sie liebevoll arrangierte und von da an tagtäglich goss. Die

Stiefmütterchen haben trotzdem nicht lange überlebt, weil zu viele bekloppte Passanten die Pflanzenkästen mit Mülleimern verwechselten, aber die Bemühung zählt, und seitdem hat Frau Sörensen meine Zuneigung und meinen größten Respekt. Neugierig steckt sie ihren Kopf durch die Tür.

»Frau Hilchenbach, *Sie* sind das«, sagt sie erstaunt, »ich hab schon gedacht, was ist denn *hier* los!«

»Entschuldigung«, japse ich, und ich fühle regelrecht, dass mein Gesicht leuchtet wie ein Feuermelder, »ich hab's gleich.«

»Das Ding ist doch viel zu schwer für Sie allein«, tadelt Frau Sörensen besorgt. »Haben Sie denn niemanden, der mit anpackt? Soll ich Ihnen helfen?«

»Nein, nein«, keuche ich, »danke sehr, aber ich hab's schon so weit geschafft, da krieg ich den Rest auch noch hin. Ich muss ja zum Glück runter und nicht rauf.«

»Was haben Sie denn vor mit dem Ding? Wollen Sie sich fit machen in Ihrem Weihnachtsurlaub fürs neue Jahr?«

»Urlaub?«, frage ich erstaunt. Wieso –

»Na«, antwortet Frau Sörensen leichthin, »Ihr Auto steht schon seit einer Woche unbewegt, da dachte ich – «

»Ja, sicher«, sage ich einen Tick zu schnell und einen Tick zu fahrig, »Urlaub, ja, und ein bisschen Sport muss jetzt einfach mal sein, wegen der ganzen Weihnachtsschokolade, Sie wissen schon«, und dazu klopfe ich mir auf meinen dicken Hintern und wiege den Kopf und bin froh, dass ich schon so rot bin, denn spätestens jetzt würde mir sämtliches Blut ins Gesicht schießen, weil ich lüge, denn ich habe nun mal keinen Urlaub. Nicht wirklich. Ich kann zwar so tun, aber eigentlich bin ich freigestellt. Und gekündigt. Arbeitslos halt.

Warum sage ich es nicht einfach? Warum erkläre ich Frau Sörensen nicht, »na ja, ich feiere zwar genau genommen gerade noch ein paar Tage Resturlaub ab, aber eigentlich habe ich gar keinen Job mehr, ich bin nämlich seit neuestem arbeitslos, wir werden uns jetzt also bestimmt öfter über den Weg laufen«? Warum? Weil ich befürchte, dass Frau Sörensen dann schlecht über mich denkt? Weil ich Angst haben muss, dass sie dann gleich die Hausverwaltung anruft und sagt, »achten Sie bloß auf die Mietzahlungen von der Hilchenbach, die ist jetzt arbeitslos, und man kennt das ja, da ist der Absturz vorprogrammiert, und wir wollen nun wirklich keine Asozialen im Haus, also Obacht«? Wohl kaum.

»Dann viel Erfolg bei Ihrem Trainingsprogramm«, sagt Frau Sörensen jetzt lächelnd und schließt ihre Wohnungstür, während meine gute Laune sich in einem Höllentempo verabschiedet und ich wie belämmert dastehe und das Rad schließlich wütend die letzten Stufen hinunterstoße, dass fast das Haus zusammenbricht. Ich bin böse. Richtig böse. Auf mich selbst, weil ich nicht die Wahrheit gesagt habe und damit keinen Deut besser bin als alle Spießer dieser Welt, die meinen, als Arbeitsloser müsste man sich was schämen. Ich schäme mich auch, das weiß ich jetzt.

Dabei bin ich doch jung und anders; ich gehöre einer toleranten und vorurteilsfreien Generation an, multikulti und offen und alles; ich bin für die Schwulenehe und gegen den Krieg und für alternative Lebensweisen, aber trotzdem verhalte ich mich wie ein verbiesterter Kleinbürger mit Rasenkantenschneider, der denkt, wer keine Arbeit hat, der ist nichts wert. Und das finde ich so scheiße, dass mir noch nicht einmal einfällt, was ich dagegen tun soll.

Zum Trimmradeln habe ich jedenfalls keine Lust mehr. Ich fahre lieber meinen Rechner hoch und sehe nach, ob ich Post habe; vielleicht hat jemand an mich gedacht. Obwohl ich arbeitslos bin, haha. Und wirklich, neunzehn neue Mails zeigt das Programm an. Das ist eine Menge, und im ersten Moment freue ich mich. Aber dann sehe ich, dass fünfzehn von ihnen vermutlich Werbespams sind, und darüber ärgere ich mich wiederum so sehr, dass ich laut vor mich hin schimpfe und fast meinen Tee über die Tastatur kippe, weil ich den folgenden Mausklick vor lauter Wut mit ausladenden Bewegungen und fast brachialer Gewalt ausführe.

Die erste Mail erscheint automatisch im Lesefenster, als ich den Ordner »Posteingang« öffne, und so komme ich nicht umhin, sie zu lesen, obwohl ich es gar nicht will.

Es ist eine von diesen Sexmails, wo sie glauben, dass der Empfänger darauf reinfällt, weil sie als persönliches Anschreiben (»Erinnerst du dich noch an mich? Wir haben neulich so heiß miteinander gechattet!!!«) oder Irrläufer (»Hoffentlich habe ich deine E-Mail-Adresse überhaupt richtig aufgeschrieben! Aber ich habe einen Geheimtipp, den *muss* ich dir einfach mitteilen!«) getarnt ist. Diese hier gehört zur ersten Sorte: pseudopersönliches Anschreiben für Vollidioten.

»Huhu«, steht da als Betreff, und untendrunter: »Ich bin's, die Claudi! Na du? Lange nichts gehört, aber du wolltest neulich im Sexchat von mir wissen, wann meine Webseite endlich fertig ist! Jetzt ist es so weit! Kannst ja mal gucken und mir sagen, wie du sie findest! Küsschen, Claudia!«, und wieder darunter steht ein Link, der eine irre lange Zahl enthält und die Länderkennung .ru und irgendwo mittendrin die Buchstabenkombination »sexygirls«. War klar.

Jetzt bin ich wirklich sauer. Und noch dazu kann ich nicht verhindern, dass ich auf einmal darüber nachdenke, wie lange *ich* schon keinen Sex mehr hatte. Das macht mich noch wütender, also markiere ich vor mich hin zischend alle fünfzehn Mails, deren Absender ich nicht kenne, und schiebe sie auf einmal in den Papierkorb.

Wenigstens die übrig gebliebenen vier sind für mich ganz persönlich. Die erste ist eine Rundmail von einer Bekannten aus dem Allgäu, in der ich dazu aufgefordert werde, Gerhard Schröder mein letztes Hemd zu schicken. Den Teufel werde ich tun. So was kann ja nur aus Bayern kommen.

Mit der zweiten Mail haben die Kollegen tatsächlich eine Einladung für die große Abschiedsparty geschickt. Sie findet statt am Freitag, dem Zwanzigsten, wie Ulla angekündigt hat. Das ist schon morgen. Hoffentlich bin ich bis dahin in besserer Stimmung, sonst brauche ich gar nicht erst hinzugehen.

Und Lüttje hat geschrieben! Schon zwei Mal, dabei ist sie erst eine gute Woche weg. Lüttjes Post rettet mich und meine Laune. Voller Vorfreude drehe ich die Heizung auf, koche mir einen neuen Tee, dimme das Licht und beginne zu lesen.

Date: Saturday Dec 14, 2002 02:15
Subject: Grüße aus Ecuador

Hallo Ihr alle,
angekommen! Das ging ganz fix, von Hamburg nach Madrid, von Madrid nach Quito und von Quito nach Baños. Ohne Zeit zu verplempern, habe ich Quito schnellstmöglich verlassen und bin seit Freitagmittag hier. Die Vulkanwarnung des Auswärtigen Amtes hat sich als unbedenklich erwiesen. Zwar ist der Tuaranghua (oder so ähnlich) in Aktion, aber für diesen Ort nicht gefährlich.

Meine Sorgen um das Alleinsein sind jetzt schon in den Wind geschossen. Kontaktmangel gibt es wirklich nicht.

Besonders gesprächig sind die Ecuadorianer, die sooo freundlich sind, dass ich mich wirklich schäme ob meines schlechten Spanisch. Ich kann fast alles erfragen – nur verstehe ich die Antworten meistens nicht. Aber ich bessere mich. Ich habe schon zwei andere Mädels getroffen, mit denen ich ein paar Tage zusammenbleiben will. Das ist gut, denn Südamerika fühlt sich noch sehr fremd an. Pero disfruto! Bald geht es weiter nach Montanita.

Liebe Grüße und hasta luego!

Lüttje

PS: Gibt es jemanden, der mich über die Geschehnisse in der *Lindenstraße* auf dem Laufenden hält?

Ich grinse. Das ist typisch Lüttje: Steckt irgendwo am anderen Ende der Welt und denkt über die *Lindenstraße* nach. Ich denke, ich werde sie erlösen und ihr einen wöchentlichen Statusbericht schicken. Wenn sie ihn wirklich noch will. Wer weiß, vielleicht bestellt sie die Informationen ja in der nächsten Mail schon ab, also lese ich schnell weiter.

Date: Wednesday Dec 18, 2002 01:47
Subject: ... und immer noch in Ecuador!

Hallo Ihr Lieben,
Montanita ist ganz großartig. Hier treffen sich die Hippies und die Surfer, und wir verleben zauberhafte Tage am Strand! – Surfer in Ecuador? – Ja, hat mich auch verwirrt. Aber ich hab sie gesehen! Und wenn ich noch länger bleibe, trage ich auf meiner nächsten Reise bestimmt auch ein Board mit mir herum. Wir Mädels (aus

uns dreien wurden fünf!) toben uns jetzt schon auf den Buggyboards aus.

Montanita ist ein winziger Ort in der Nähe von Puerto Lopez (für die Geographen unter Euch). Dort gibt es zweieinhalb Straßen, siebenunddreißig Restaurants (auch Pizza!), neunzehn Backpacker-Hostels und ungefähr siebenundachtzig Schmuckverkäufer, also schmucke Verkäufer. Die Besucher von Montanita sind zum größten Teil Chilenen und Argentinier, aber auch Ecuadorianer machen hier Ferien. Der Rest sind dann die Surfer aus aller Welt mit Anhang – und eben wir.

Morgen werden wir uns vom Lazy Beach Life trennen und weiter gen Süden ziehen, nach Cuenca, wieder zurück in die Berge. Zu den weiteren Plänen hört Ihr bald mehr!

Bis dahin ganz viele Grüße
Lüttje

PS: Ich habe noch keinen *Lindenstraßen*-Bericht vom letzten Sonntag!!!

Also ist er nicht abbestellt, der *Lindenstraßen*-Newsletter. Ich grinse schon wieder, und dann schreibe ich Lüttje eine Antwortmail: dass ich ab dem folgenden Sonntag mein Bestes geben werde und dass alles so klingt, als müsste ich mir wirklich überhaupt keine Sorgen um sie machen, und ganz nebenbei beneide ich sie wie verrückt. Lüttje hat's getan: Sie ist einfach abgehauen, in eine fremde sonnige Welt, während mir hier fast der trübe Hamburger Himmel auf den Kopf fällt, der sich bereits wieder dunkel färbt und einen weiteren düsteren Abend einläutet. Was soll's, jammern nützt ja nichts. Ich rufe Berit an und frage sie, ob sie mit mir was trinken geht. In der Not frisst der Teufel Fliegen, aber Berit freut sich.

»Klar«, sagt sie, »hol mich doch einfach ab«, und zwanzig Minuten später stehe ich keuchend vor ihrer Tür, denn Berit wohnt im fünften Stock.

6.

»Die Generation der 30- bis 40-Jährigen hat schon verloren, bevor sie richtig loslegen konnte«
Frankfurter Rundschau

Berit hat ihre Wohnung in etwas eingerichtet, das sie vermutlich für Landhausstil hält; die Möbel sind mehr schlecht als recht auf alt getrimmt und manche sogar verschnörkelt. Die Gardinen vor den Fenstern sind gerafft; auf dem Esstisch aus hellem Holz liegt eine weiße Tischdecke mit gestickten Blumen drauf, und eigentlich fehlt dazu nur noch die Bauernküchensitzecke mit den gleichen Bezügen, nur in schmuddeliger, uaah. Ich finde, das alles passt so überhaupt nicht zu den niedrigen Decken, dem seltsam gemusterten Teppich und den Dachschrägen, aber in Geschmacksfragen waren Berit und ich schon immer unterschiedlicher Meinung. Selbst gestrickte Stulpen, sage ich nur.

Sei's drum. Ich will ja tolerant sein, schließlich erwarte ich das in meinem arbeitslosen Zustand ab sofort auch von anderen, also reiße ich mich los von dem unerfreulichen Anblick und konzentriere mich lieber darauf, auf Berits Geheiß meine Schuhe auszuziehen, denn in ihrer Wohnung hat alles seine Ordnung.

»Setz dich«, weist Berit mich freundlich an, »ich bin gleich fertig, muss mir nur noch kurz die Haare machen.«

Kein Problem, denke ich, denn das geht bei Berit schnell, meistens trägt sie einen Pferdeschwanz. Genau das hat sie auch jetzt vor, leise fluchend sucht sie im Bad nach einem Haargummi. So viel zur Ordnung.

Ich hingegen plumpse aufs Sofa und suche nach etwas,

mit dem ich mich beschäftigen kann. Auf dem Couchtisch liegt »Generation Golf«. Hoppala. Das waren noch Zeiten. Ich hab's auch gelesen. Damals. Na gut, zum Teil zumindest. Ich kann mich noch gut daran erinnern, dass ich mich während der Lektüre ständig gefragt habe, was davon der Herr Illies denn jetzt ernst meint und was ironisch. Und dass ich immer gehofft habe, er würde *alles* ironisch meinen, weil ich dachte, das *kann* doch nicht sein Ernst sein, aber dafür klang er dann doch viel zu eindringlich und viel zu absolut, und das hat mich so deprimiert, dass ich irgendwann einfach aufgehört habe zu lesen.

»Liest du das gerade?«, frage ich laut und schwenke das Buch in der Luft.

Berit kommt kurz aus dem Bad und steckt den Kopf durch den Türrahmen, mit dem Haargummi im Mund und den Händen hinten in ihrem Nacken. »Hmmm«, macht sie, soweit es das Haargummi erlaubt. Dann nimmt sie es mit der linken Hand aus dem Mund, während sie mit der rechten weiterhin ihre Haare festhält, verschwindet wieder um die Ecke und ruft: »Das ist echt lustig! Der trifft es genau, wie das war damals! Als wir noch jung waren, hihi!«

»Mmmh«, mache ich zurück und blättere ein wenig.

»Das Kreisen um uns selbst ist unsere wichtigste Antriebsfeder.« Ist das so?

Und wenn es so ist: Warum genüge ich mir dann trotzdem nicht selbst? Warum genügt dann trotzdem *niemand* sich selbst? Wenn es so ist: Warum wollen wir dann dennoch immer irgendwo dazugehören? Teil von etwas sein? Teil der Generation Golf zum Beispiel oder einer ihrer Untergruppen oder meinetwegen auch von etwas ganz anderem, aber immer mit den dazugehörigen Aktivitäten oder Klamotten oder sonstigen Zugehörigkeitssymbolen? Symbolen, die uns immer wieder klarmachen, dass wir eben *nicht* allein sind und schon insofern nicht nur um uns selbst kreisen, als wir uns ständig Gedanken darüber machen, was andere von uns denken, wofür wir wiederum die Symbole brauchen, die uns in Sicherheit wiegen und in Wohlgefühl, weil wir ja offensichtlich doch gar nicht nur uns selbst wollen.

»Die Suche nach dem Ziel hat sich erledigt. Veränderungen wird die Zukunft kaum bringen.« Falsch, denke ich, ganz falsch, denn meiner Meinung nach verändert sich gerade eine ganze Menge. Nur nicht zum Guten dummerweise, und damit ist die Generation Golf leider schrottreif, denn sie hat davon gelebt, dass sie arbeiten geht und sich dafür mit all den Zugehörigkeitssymbolen belohnt, die sie nun mal ausmachen. Und jetzt? Totalschaden. Keine Arbeit, keine Belohnung, keine Generation Golf, so einfach ist das.

»Die Suche nach dem Ziel hat sich erledigt.« Hmmm.

Aber jetzt ist nun mal Schluss mit lustig, denn jetzt ist der Weg wieder frei, und wo ein Weg ist, da braucht man nun mal auch ein Ziel, denn ohne Ziel ist der schönste Weg nichts.

»Aber der Weg ist doch das Ziel!«, höre ich jemanden rufen, ja, ja, aber es tut mir Leid, das reicht mir nicht.

Ich will ein Ziel, verdammt noch mal. Nur, wie findet man ein Ziel, wenn man nie gelernt hat, wo man danach suchen muss?

»Auf geht's«, krakeelt Berit und wedelt mir mit ihren bestulpten Armen vor der Nase herum, »ich bin so weit! Wo gehen wir denn hin?«

»Ist mir ziemlich schnuppe«, sage ich und zucke mit den Schultern. »Aber am liebsten irgendwohin, wo's warm ist und ordentlich was los.«

Ich muss mich heute Abend einfach als Teil von etwas fühlen, sonst drehe ich noch durch.

»Dann lass uns gucken, ob der Sprinter da ist«, schlägt

Berit vor. War klar. Es ist ein offenes Geheimnis, dass Berit den Sprinter längst in ihr Bett gezerrt hätte, wenn da nicht ihr Freund wäre. Aber der wiederum ist momentan auf Geschäftsreise in Spanien, um irgendwelche Software zu verticken, und deshalb hat Berit freie Bahn. Ich werfe ihr einen tadelnden Blick zu.

»Nicht, was du denkst«, beeilt Berit sich zu sagen.

Sie weiß genau, was ich denke.

»Aber gucken dürfen wird man ja wohl noch.«

Der Sprinter ist tatsächlich da. Eule auch, ich treffe ihn zum ungefähr hundertzweiundsiebzigsten Mal in dieser Woche. Diesmal nickt er mir zu, als er mich sieht, und ich nicke zurück. Statt seines Diktiergerätes hat er heute einen Stapel Zettel in der Hand, die er geschäftig durchblättert; währenddessen kritzelt er mit einem abgekauten Bleistift immer wieder Anmerkungen an den Rand.

Berit mit ihren leicht schielenden Adleraugen hat Eules Kopfbewegung in meine Richtung natürlich sofort registriert. »Wer ist das denn?«, flüstert sie und zupft mich aufgeregt am Ärmel. »Der sieht ja interessant aus.«

»Findest du?«, entgegne ich gleichgültig. »Eigentlich kenne ich den gar nicht. Wir laufen uns nur ab und zu über den Weg.«

»Wie der dich angeguckt hat«, sagt Berit. »Da geht doch was.«

»Spinnst du?«, antworte ich. »Wie kommst du denn darauf?«

»Glaub mir«, raunt Berit und hebt dazu viel sagend die Augenbrauen, die auch mal wieder die Pinzette vertragen könnten, »ich habe einen Blick für so was.«

Wenn Berit wirklich einen Blick für so was hätte, dann wäre ihr längst klar, dass sie sich vor dem Sprinter nackt auf den Tresen legen könnte, garniert mit den verlockendsten

Früchten dieser Welt, und es würde trotzdem kein Seitensprung dabei herauskommen, aber das sage ich natürlich nicht. Stattdessen lenke ich sie lieber von Eule ab, bevor es peinlich wird, denn Berit starrt ihn weiterhin an, als wäre er eine Erscheinung.

»Den da finde ich viel besser«, sage ich zu ihr und weise so unauffällig wie möglich hinter sie, und Berit verrenkt sich sofort den Hals.

»Meinst du den mit der Glatze?«, sagt sie dann in einer Lautstärke, dass sich nicht nur genau jener Typ zu uns umdreht. Berit. Meine Güte. Warum habe ich mir eigentlich nicht gleich ein Plakat um den Hals gehängt?

»Meint ihr mich?«, fragt der Kerl jetzt auch noch prompt, und ich möchte vor Scham am liebsten den Sprinter bitten, mich im größten Kühlschrank hinter der Bar zu verstauen, bis das Drama vorbei ist. Berit kichert albern, während mein Gesicht vermutlich eine ähnliche Farbe annimmt wie am Nachmittag, als ich das Trimmrad vom Dachboden geschleppt habe.

»Aber das ist doch kein Grund, rot zu werden«, sagt der Glatzkopf und grinst mich so spitzbübisch an, dass mir ganz warm ums Herz wird, und dann bestellt er beim Sprinter auf den Schrecken hin Schnaps für uns alle drei. Das gefällt mir, und mit dem Schnaps gewinne ich sogar meine Contenance zurück.

Eine halbe Stunde später ist Berit endgültig raus, und der kahlköpfige Moritz und ich flirten, was das Zeug hält. Er ist vierzig Jahre alt und hat eine Internetagentur, die noch nicht pleite ist. »Im Gegenteil«, sagt er, »es läuft ganz gut«, aber mehr erzählt er nicht von seiner Arbeit, und das gefällt mir noch viel besser, denn Chefs, die nicht damit hausieren gehen, dass sie Chefs sind, sind selten und von nicht zu unterschätzender menschlicher Größe, jedenfalls in meinen Augen.

Ich widerstehe der Versuchung, ihn zu fragen, ob er einen Job für mich hat. Denn zum einen soll man Privates nicht mit Beruflichem vermischen, und das mit Moritz könnte *sehr* privat werden, das zeichnet sich schon recht früh ab. Zum anderen weiß Moritz bereits, dass ich a) Onlineredakteurin und b) gefeuert bin, und wenn er einen Job hätte, dann hätte er ihn wohl von allein erwähnt. Mich anzubieten wie Sauerbier, dafür ist es wirklich noch nicht an der Zeit. Also diskutieren wir statt über Jobs lieber über Lieblingsplatten, Lieblingsfilme und Lieblingsbücher.

Das Ergebnis ist leider schockierend, denn ich stelle erschüttert fest, dass ich kein einziges persönliches Kulturhighlight zu bieten habe, das nach 1998 erschienen ist. Und 1998, wer hätte das gedacht, ist das Jahr, in dem ich angefangen habe, Vollzeit zu arbeiten.

Für ein anderes Unternehmen damals noch, das heute nicht mehr existiert; ein halbes Jahr nach meinem Weggang hat man das Portal dichtgemacht, weil kein Geld damit zu verdienen war. Kann man so etwas nicht überprüfen, bevor man Leute einstellt? Aber ich habe ja Glück gehabt, ich habe den Absprung rechtzeitig geschafft, wenn auch unbewusst; im anderen Stall gab's einfach mehr Geld. Nur zu welchem Preis?

Wann habe ich das letzte Mal eine Vernissage besucht oder mich durch einen guten Fotoband geblättert oder in einem richtigen Theater gesessen? Kino, ja, das war ab und zu mal drin, denn im Kino gibt es ja Spätvorstellungen. Aber sonst?

»Das muss anders werden«, sage ich vor dem Spiegel des Damenklos zu mir selbst. »Alles muss anders werden.« Dazu kräusele ich kritisch meine glänzende Nase, die ich mir zur Strafe nicht pudere, weil auch ein hübsches Äußeres jemanden wie Moritz nicht darüber hinwegtäuschen wird, dass ich, was meine kulturelle Bildung betrifft, dringend ein Update brauche. Noch während des Händewaschens schwöre ich mir, ab sofort wieder ein vollwertiges Mitglied der vielseitig interessierten Gesellschaft zu werden und mindestens zweimal pro Woche Lesungen, Theater, Konzerte und Ausstellungen aufzusuchen. Vielleicht sogar mit Moritz.

Irgendwann, als Berit sich längst verabschiedet hat (»Tu nichts, was ich nicht auch tun würde«, hat sie mir süffisant ins Ohr geflüstert und mich und Moritz dabei anzüglich gemustert), sitzen er und ich an der Bar und erstellen unsere persönlichen Top Five in allen Kategorien, die uns so einfallen. Sogar »Fünf Lieblingsdinge in meinem Badezimmer« und »Meine fünf Lieblingsbeschäftigungen am Totensonntag« sind dabei. »Sex« steht in letzterer Kategorie bei uns beiden unangefochten auf Platz eins, und das halten wir für ein gutes Zeichen und die beste Grundlage für den Rest der Nacht.

Moritz zwinkert mir zu, und mit einem Mal habe ich große Lust, mich fürchterlich zu betrinken und danach noch fürchterlicher mit ihm abzustürzen. Als er irgendwann einfach den Arm um mich legt und mich mit dem Zeigefinger auf die glänzende Nase stupst, ist die Sache abgemacht, aber noch will ich nicht gehen. Im Gegenteil, ich könnte für immer bleiben und mit Moritz Schnaps trinken und dem Sprinter bei der Arbeit zusehen und währenddessen den Rhythmus des Ladens fühlen, aus dem sich das harmlose Feierabendpublikum längst verabschiedet hat. Samt Eule, er ist irgendwann verschwunden, wann, kann ich nicht sagen. Jetzt ist es Zeit für die ernsthaften Trinker, reichlich zerstörte Gestalten, die nur noch wenig sprechen, und wenn, dann undeutlich. Ich fühle mich sofort sehr dazugehörig; es ist erstaunlich, wie schnell sich die Perspektiven verschieben können. Ich bin längst kein harmloses Feierabendpublikum mehr. Ich gehöre jetzt zu denjenigen, die sich spontan entschließen können, die Nacht durchzumachen. Zum Beispiel wenn sie jemand Interessantes kennen lernen, für den sich das lohnt. Und das an einem Donnerstag.

Pardon, an einem Freitag. Mittlerweile ist es weit nach Mitternacht, und ich fühle mich frei und unbeschwert und könnte die ganze Welt umarmen, Moritz vorneweg. Nur manchmal vergesse ich, dass ich am Morgen nicht ins Büro muss; dann erschrecke ich für einen Moment und erwische mich dabei, dass ich nachrechne, wie viele Stunden Schlaf ich noch bekommen könnte, wenn ich genau *jetzt* aufstehe und gehe. Aber im nächsten Augenblick fällt mir wieder ein, dass ich mir darum keine Sorgen machen muss; dass der Wecker ausbleibt und keinerlei Notwendigkeit besteht, gegen zehn zum Telefonhörer zu greifen und mit gespielt gebrechlicher Stimme eine äußerst schwere Krankheit vorzutäuschen, um mit schlechtem Gewissen verkatert liegen zu bleiben und es doch nicht genießen zu können. Und jedes Mal, wenn ich diese Gedankengänge hinter mich gebracht habe, ist meine Laune danach noch ein wenig ausgelassener und noch ein wenig übermütiger. Irgendwann ist mir ganz schwummrig vor lauter Glück und vor lauter Schnaps.

»So aufgedreht kenne ich dich ja gar nicht«, staunt der Sprinter in halbstündigen Abständen.

»Das liegt an der Begleitung«, sagt Moritz darauf jedes Mal und knufft mich in die Seite, und dabei werden die Momente, in denen seine Hand im Anschluss auf meiner Hüfte liegen bleibt, von Mal zu Mal länger.

»Wie steht es bei dir übrigens mit Sex am frühen Freitagmorgen?«, erkundigt er sich, als wir gegen sechs maulend aus dem Laden wackeln, weil der Sprinter schon ungeduldig mit seinem großen Schlüsselbund bimmelt.

»Hicks«, sage ich, »Platzeins, würdichsagn. Aber ich hab nichmehr so viel Ahnung, wie das geht, islangher«, und Moritz lacht sein tiefes und trotzdem irgendwie glucksendes Lachen.

Oder bin ich es, die so gluckst?

Während er mich behutsam über die Straße schiebt und ich ihm zu erklären versuche, wo ich wohne, ist alles genau wie früher. Wie in meinen wilden Studentenzeiten, als ich die Nächte auf dem Kiez durchgemacht habe und erst im Morgengrauen nach Hause kam, völlig kaputt und ausgepowert, mit einem Sirren im Ohr und lauter ungesundem Zeug im Körper, aber gleichzeitig irgendwie glücklich. Irgendwie glücklich bin ich jetzt auch. Mit dem kleinen Unterschied, dass ich nicht mehr so jung bin wie damals und längst nicht mehr so trinkfest, was dazu führt, dass ich mich noch auf dem Nachhauseweg übergeben muss.

Den Sex müssen wir dann leider auch verschieben, obwohl ich mir zu Hause extra noch die Zähne putze und bestimmt zehn Minuten ordentlich gurgele, aber danach schlafe ich sofort ein, und Moritz guckt in die Röhre.

Gegen Mittag wache ich auf, weil Moritz mir im Schlaf seinen Ellbogen ins Becken rammt. Ich bin schon liebevoller geweckt worden. Auf der anderen Seite gibt mir das die Gelegenheit, ihn näher in Augenschein zu nehmen, damit ich mich im Notfall noch umentscheiden kann. Aber das will ich gar nicht.

Moritz liegt auf dem Bauch und hat beide Arme unter das Kopfkissen geschoben, auf dem er friedlich herumsabbert. Unterhalb seines rechten Mundwinkels hat sich ein kleines Pfützchen gebildet. Niedlich. Manchmal schnauft er ein wenig im Schlaf, dann beben seine Nasenflügel. Aus der Decke hat er sich von der Schulter an freigewühlt; ein hübscher Rücken endet in einem noch hübscheren weißen samtenen Po. Seine Beine sind ineinander verschränkt, während die Füße über das Bettende hinausragen und gefährlich nah an meiner Kommode vorbeischrammen, an deren Griffen man sich in solch einer Situation vorzüglich die Zehen verstauchen kann.

Ganz plötzlich und unerwartet überkommt mich eine Art liebevoller Fürsorglichkeit, die ich nicht so recht einzuordnen weiß. Ich weiß nicht, ob sie wirklich Moritz gilt oder eher dem Umstand, dass da überhaupt jemand ist, der neben mir liegt und den ich beobachten kann, während er schläft. Wessen ich mir allerdings sicher bin, ist, dass ich nicht will, dass Moritz sich die Zehen verstaucht. Also beuge ich mich über ihn und kitzele ihn ein wenig an den Füßen, damit er sie bewegt. Das tut er, aber nicht wie geplant. Er reißt sie ruckartig zur Seite, und dabei haut er mit seinem rechten großen Onkel erst recht an einen der Kommodengriffe und schreit laut auf.

»O Gott«, murmele ich erschrocken, »Entschuldigung, das wollte ich nicht.«

Moritz flucht, setzt sich ruckartig auf und reibt sich den Zeh. »Ich bin schon liebevoller geweckt worden«, stöhnt er. Mein Reden.

»Es tut mir Leid«, sage ich zerknirscht. »Ich wollte nur nicht, dass du dir die Zehen verstauchst.«

»Was ist das denn für eine Logik?«, antwortet Moritz sarkastisch, aber gar nicht mal unfreundlich, und dann schmeißt er sich brüllend auf mich und schwört lautstark Rache.

Was soll ich sagen. Der Nachmittag wird sehr schön.

Später, als es schon wieder dunkel wird, serviere ich stolz starken Kaffee aus meiner neuen Espressokanne vom Italiener und lasse mir von Moritz den Nacken streicheln, während wir trinken. Dabei erzählt er ununterbrochen schlechte Witze. Ich habe mich in meinem Schlafzimmer selten so lange so sehr amüsiert, und das sage ich ihm auch.

»Danke für das Kompliment«, antwortet Moritz. »Ich bin übrigens verheiratet.«

Seine Worte treffen mich wie irgendwas aus einem Kanonenrohr. Druckvoll, mitten in den Magen, der sich wie auf Kommando zusammenkrampft und den starken Kaffee auf einmal gar nicht mehr verträgt.

»B-bitte w-was?«, stammele ich. Ganz automatisch fährt mein Blick über Moritz' Hände, aber da war nie ein Ring, und da ist auch jetzt keiner. »Wieso trägst du keinen Ring?«, ist deshalb das Erstbeste, was mir einfällt.

Moritz zuckt mit den Schultern. »Tu ich halt nicht«, sagt er.

»Aha«, sage ich, und dann schweigen wir und rauchen. Moritz bläst kleine Kringel in die Luft. »Schlimm?«, fragt er dann.

»Wie – schlimm?«, entgegne ich schroff. Der soll sich bloß nicht einbilden, ich hätte auf mehr gehofft.

»Na ja, schlimm, dass ich verheiratet bin«, erklärt Moritz überflüssigerweise.

So ein Dämlack.

»Aber wieso denn?«, antworte ich gespielt gleichgültig, dabei würde ich ihm am liebsten auf der Stelle die Augen auskratzen. »Ich will im Moment sowieso keine Beziehung«, ergänze ich dann. »Ich habe genug mit mir selbst zu tun.«

Das ist schlichtweg gelogen, und ich weiß es. Denn mit einer Beziehung wäre alles vielleicht gar nicht so schlimm. Wenn ich einen Freund hätte, dann könnte ich mich um ihn kümmern und ihm den Rücken freihalten, wie man so schön sagt, und ich könnte meine Zeit damit verbringen, es uns beiden nett zu machen. Und natürlich würde unsere

Beziehung extrem gestärkt aus dieser Situation hervorgehen, weil wir dann eine schwierige Lage gemeinsam gemeistert hätten, und das schweißt ja bekanntlich zusammen.

»Schade«, sagt Moritz jetzt. Fast klingt er wirklich bedauernd. »Ich hätte gedacht …«

»Was hättest du gedacht?«, keife ich los. »Was hättest du gedacht? Hä? Dass ich eine prima Affäre abgeben würde, die man nach Belieben zücken kann wie eine Kreditkarte, um sich einen schönen Abend zu machen?«

»Entschuldige mal«, poltert Moritz zurück. »Das habe ich nicht gesagt.«

Verdammt. Der widerspricht auch noch.

»Aber gedacht hast du's«, antworte ich brüsk, und dann raffe ich die Decke zusammen und wickele sie um mich wie einen Kokon und stehe auf. So ein Arschloch. »Ich geh duschen«, sage ich böse, »ich hab noch einen Termin. Ich muss bald los. Wenn ich aus dem Bad komme, bist du bitte verschwunden.«

»Hee«, sagt Moritz beschwichtigend, »jetzt wart doch mal.«

»Nein«, entgegne ich. »Das tu ich mit Sicherheit nicht. Warten macht alt und hässlich.«

Als ich kurz darauf höre, wie die Tür ins Schloss fällt, ist es längst zu spät. Ich heule wie ein Schlosshund und schlage meine Fäuste immer wieder gegen die Fliesen in der Duschkabine, bis sie wehtun. Warum muss mir so etwas gerade jetzt passieren? Und in diesem Zustand soll ich gleich auch noch die Abschiedsparty in der Redaktion hinter mich bringen.

Pah. Wird es eben nicht nur *ein* Abschied.

7.

»Fünf-Punkte-Plan für Sanierungsfall Deutschland«
Süddeutsche Zeitung

Für den Weg in die Firma nehme ich mir ein Taxi, denn Bahn fahren ist nur etwas für Leute, die daran gewöhnt sind, und Auto fahren scheidet von vornherein aus. Ich will trinken können, bis der Arzt kommt. Die horrenden Kosten für die Droschke sind schnell gerechtfertigt; vor mir selbst tue ich einfach so, als wäre ich Moritz nie begegnet, was bedeuten würde, dass ich meine gestrigen Drinks alle selbst hätte bezahlen müssen, und für *die* Summe wäre sogar eine Polizeieskorte drin gewesen.

Während der Fahrt fühle ich mich wie entjungfert, denn Moritz war a) mein erster Mann als arbeitslose Schlampe und b) mein erster *verheirateter* Mann als arbeitslose Schlampe und überhaupt in meinem Leben.

»Arschloch«, knurre ich wiederholt.

»Hm?«, macht der Taxifahrer freundlich und sieht mich im Rückspiegel fragend an.

»Ich sagte: Sie können auch gern obenrum fahren um die Alster«, antworte ich, »auf der Lombardsbrücke ist ja gern mal der Teufel los um diese Zeit.«

»Ach so«, antwortet der Taxifahrer. »Hatte ich sowieso vor.«

»Life is a rollercoaster«, plärrt Ronan Keating im Radio. Leider hat meine ganz persönliche Achterbahn derzeit sehr viel mehr Tiefen als Höhen, und das gibt mir so langsam wirklich zu denken.

Weil es schon nach achtzehn Uhr ist, hat am Empfang

bereits der Wachmann vom Sicherheitsdienst seine Schicht angetreten. Er begrüßt mich wie immer. Als wäre ich nie weg gewesen. Vielleicht ist ihm noch gar nicht aufgefallen, dass ich in den letzten Tagen nicht da war. Dabei haben er und ich schon viel miteinander durchgemacht, denn während der letzten Monate war ich oft die Letzte, die abends die Redaktion verließ. Dann haben wir uns manchmal zusammen eine Pizza bestellt und gemeinsam gegessen und dabei Fußball geguckt auf dem großen Flatscreen im Foyer. Und während seiner Rundgänge ist er immer wieder an meinem Schreibtisch vorbeigekommen und hat mich ein wenig bedauert, wenn ich noch nach Mitternacht mit roten Augen und echter Matschbirne die letzten korrigierten Inhalte auf den Server schob.

»Na, Marnie?«, sagt er zur Begrüßung, »heute ist der große Tag, was?«

»Ja, leider«, antworte ich. »Das war's dann wohl. Aber ihr seid auch raus, habe ich gehört.«

Der Wachmann zuckt mit den Schultern. »Jepp«, sagt er, »wieder ein Objekt weniger. Wie die Fliegen, ich sag's dir. Überall wird gespart, da sind wir natürlich die Ersten, auf die man verzichtet.«

»Das tut mir Leid«, entgegne ich, und das tut es wirklich. »Aber mal was ganz anderes«, fällt mir dann ein, »ich brauchte noch eine Taxikarte, für später.« Die dreiundzwanzig Euro für den Heimweg will ich mir lieber ersparen, und mit Taxikarte geht das nun mal am besten; eine Annehmlichkeit, die der Betriebsrat durchgesetzt hat: Wer länger arbeitet als bis zweiundzwanzig Uhr, kann sich mit so einer Karte nach Hause kutschieren lassen, die der Fahrer dann mit dem Magnetstreifen durch sein Lesegerät zieht, und am Ende des Monats kommt die dicke Rechnung für die Firma. »Was das wieder kostet«, hat die Geschäftsleitung natürlich gezetert und sich mit Händen und Füßen dagegen gewehrt, aber der Betriebsrat saß letztendlich am längeren Hebel, allein schon wegen des Arbeitsrechts. Denn wenn man nachts um eins nach einer Sechzehn-Stunden-Schicht in seinem eigenen Auto völlig übermüdet nach Hause brettert und dabei einen tollen Unfall baut, dann kommt unter Umständen die Berufsgenossenschaft und sagt, nee, nee, dafür zahlen wir aber nicht, weil da gegen geltendes Recht verstoßen wurde, wo gibt's denn so was, und das wiederum will noch nicht mal eine Firma wie meine gern auf sich sitzen lassen.

Und *ich* werde heute zwar keine Sechzehn-Stunden-Schicht schieben, aber trotzdem bin ich schwer überzeugt davon, dass diese Abschiedsfeier ein betrieblicher Anlass ist, und noch viel überzeugter bin ich davon, dass sie mit Sicherheit länger als bis zweiundzwanzig Uhr dauern wird; und offiziell bin ich immer noch Angestellte in diesem Scheißladen, also steht mir die Taxifahrt zu und basta. Auch der Wachmann zweifelt nicht einen Moment lang an der Rechtmäßigkeit meines Anliegens.

»Kostenstelle?«, fragt er und zückt seinen Stift.

»Hundert, zweihundertvierundsechzig«, antworte ich, wie aus der Pistole geschossen. Die Zahl hat sich tiefer in mir eingebrannt als mein Geburtsdatum oder meine PIN-Nummer; kein Wunder, ich habe sie in den letzten zweieinhalb Jahren öfter angeben müssen als die beiden anderen Zahlen zusammen.

»Alles klar«, sagt der Wachmann und schiebt mir die kleine weiße Karte zu. »Ich komm später auch mal rum auf einen kleinen Abschiedssekt.«

»Das solltest du«, entgegne ich. »Ich bitte darum«, und dann trete ich wahrscheinlich zum letzten Mal den Weg an durch die kunterbunt geflieste Kantine, die für heute längst geschlossen ist und in der meine Schritte unter dem Glasdach laut hallen.

Die Redaktion ist nicht wieder zu erkennen. Alle haben den ganzen Tag geschuftet, Tische und Stühle gerückt und die kuriosesten Materialien aus dem ganzen Haus zusammengesucht, um den Raum zu dekorieren. In der Tür falle ich über eine lebensgroße Kylie Minogue. Der Pappaufsteller war bis dato im Büro des Redaktionsleiters beheimatet, und jetzt begrüßt Kylie lächelnd die Gäste und weist in Richtung jener drei Schreibtische, die kurzerhand zur Bar umfunktioniert wurden. Sie brechen fast zusammen unter der Last der Alkoholika; vermutlich hat Tanja, die Redaktionsassistentin, sämtliche Auslagekassen ein für alle Mal leer geräumt und mit ihrem Inhalt die Praktikanten in den nächsten Getränkegroßhandel geschickt. Macht ja nichts, denn ab sofort werden die Auslagekassen nicht mehr gebraucht. Nach der Party ist endgültig Schicht im Schacht, dann wird niemand mehr herkommen. Ab Montag sind wegen Weihnachten alle freigestellt oder beurlaubt, und keiner wird der Buchhaltung mehr erklären können, wie sie die Getränkequittungen verrechnen soll. Nach uns die Sintflut. Im hinteren Teil des Raumes hat Ben aus der Technik eine Anlage aufgebaut; sogar ein Plattenspieler ist angeschlossen, und neben dem Mischpult sortiert ein eigens engagierter DJ bereits seine Platten.

Als Erstes stürzt der Volontär auf mich zu. Er fällt mir geradezu um den Hals und hat jetzt schon Tränen in den Augen, der arme Kerl. Wie muss das wohl für ihn sein? Er ist der Jüngste von uns, Anfang zwanzig, in einem Alter, wo man etwas schaffen will und etwas lernen und vielleicht sogar etwas bewegen, auch wenn man sich dafür vermutlich den falschen Job ausgesucht hat, weil es ja heutzutage kaum noch Jobs gibt, in denen man etwas bewegen *und* gleichzeitig Geld verdienen kann. Und jetzt bricht um ihn herum alles zusammen, und er ist der Angeschmierteste von allen, weil es für ihn hier zwar weitergeht, aber er weiß nicht, wie, und er weiß nicht, wo, und mit wem schon gar nicht.

Jörg, der Redaktionsleiter, schlägt mir zur Begrüßung auf die Schulter. »Aaaah, die Chefin vom Dienst«, posaunt er lautstark, »Pardon, die *ehemalige* Chefin vom Dienst, na, wie ist das faule Leben? Schon ans Rumhängen gewöhnt?«

Was für ein Idiot. Herzlichen Dank auch. Ich grinse schief. »Na ja«, sage ich und trete unsicher von einem Bein aufs andere. Was soll ich dazu sagen?

Sehnsüchtig schiele ich auf das Glas Champagner, das Jörg in der Hand hat. Es ist nicht sein erstes, möchte ich meinen. Seine Augen sind bereits leicht glasig, und seine Hand zittert ein wenig, als er mir ebenfalls ein Glas in die Hand drückt und einschenkt. Den Champagner hat die Geschäftsleitung als Weihnachtsgruß springen lassen. Am Morgen hat auf jedem Schreibtisch eine Flasche gestanden, nur nicht auf meinem natürlich, aber alle anderen haben sogar noch ein Kärtchen dazubekommen, auf dem der Name des Vorstandsvorsitzenden unter einem simplen »Danke« steht. Statt Weihnachtsgeldes. Wie schön. Das nenne ich Understatement. Trotzdem, ein schwacher Trost. Erst recht, wenn man noch nicht mal *den* kriegt, wie ich.

Aber Jörg ist ja bereit zu teilen. Auch wenn seine Flasche schon gelitten hat und fast leer ist, er gibt mir etwas ab. Endlich mal. Jetzt, wo alles vorbei ist, muss er ja auch keine Angst mehr haben, dass ich ihm seinen Posten streitig mache; was das betrifft, ist er in den vergangenen Monaten stutenbissiger gewesen als jedes Weib.

»Dann mal Prost«, sagt er und hält mir sein Glas entgegen.

»Worauf trinken wir?«, frage ich.

»Auf den sozialen Abstieg«, unkt Jörg.

»Entzückend«, sage ich und stürze die Pfütze in meinem Glas auf einmal hinunter. Nicht der Rede wert.

Nach und nach trudelt fast die ganze Firma ein, gegen halb acht hat sich um die drei Barschreibtische eine stattliche Menschentraube gebildet. Alle sind da: das Archiv, der Betriebsrat, die EDV, die anderen Redaktionen. Nur die Geschäftsleitung fehlt, kein Anzugträger weit und breit. Noch nicht mal ein Controller.

»Was ist mit der Flanelletage?«, frage ich Tanja.

»Nicht eingeladen«, antwortet sie knapp. »Und ich glaube auch nicht, dass die sich trauen, ohne Einladung hier aufzukreuzen.«

Richtig so.

Quer über den Raum bombardieren sich Lena von *freundebringer.de* und Mareile, unsere Werbekauffrau, mit giftigen Blicken. Mareile hat man im Zuge der Sozialauswahl Lenas Stelle angeboten, weil Mareile eine längere Betriebszugehörigkeit hat und sie und Lena im Grunde denselben Job machen, und das findet Lena natürlich unerhört. Erst recht, weil Mareile nach langem Hin und Her das Angebot auch noch angenommen hat und Lena deshalb jetzt ebenfalls gehen muss, obwohl sie gar nicht zu unserer Redaktion gehört. Mareile sieht schlecht aus. Sie hat tiefe Ringe unter den Augen und steht verloren in der Ecke, also geselle ich mich zu ihr.

»Wie geht es dir?«, frage ich sie, obwohl es mehr als offensichtlich ist, dass die Antwort entweder »beschissen« lauten muss oder aber gelogen ist.

»Beschissen«, antwortet Mareile ehrlich. »Der ganze Haufen mobbt mich jetzt schon«, flüstert sie dann und guckt auf den Boden. »Wie soll das erst werden, wenn ich im Januar da anfange?«

»Wie, der ganze Haufen mobbt dich?«

»Der ganze Haufen halt. Der Chef vorneweg«, erklärt Mareile bedrückt. »Er hat neulich in einer Besprechung in der Flanelletage gesagt, dass seine Truppe sich gerade so gut eingegroovt hat und dass er es unmöglich findet, dass ich da jetzt reinkomme und Lena den Job wegnehme und damit die ganze Stimmung kaputtmache.« Ich lach mich tot. Ist die Stimmung in diesem Laden überhaupt noch kaputter zu machen, als sie eh schon ist? Arme Mareile.

In ihren Augen sammelt sich Wasser. »Aber was soll ich denn machen? Da können die mir doch keinen Strick draus drehen«, fährt sie verzweifelt fort, »wenn ich schon die Chance kriege, meinen Job zu behalten. Das ist arbeitsrechtlich nun mal so, dafür kann ich doch auch nichts.«

»Du musst dich nicht rechtfertigen«, entgegne ich und würde Mareile gern trösten, aber ich weiß nicht so recht, wie. »Hast du mit dem Betriebsrat gesprochen?«, frage ich dann; ein hilfloser Versuch, aber Mareile nickt.

»Die wissen Bescheid und haben auch schon versucht, mit Lena zu sprechen, aber sie lässt nicht mit sich reden und macht mich pausenlos hinter meinem Rücken schlecht.«

»Was für eine dumme Bratze«, sage ich abfällig.

Mareile nickt heftig, ihre üppigen langen roten Haare fallen ihr strähnenweise ins Gesicht, und die erste Träne rollt ihr über die Wange und verliert sich irgendwo auf ihrem Kinn.

Nicht weinen. Bitte nicht weinen, Mareile. Aber es ist schon zu spät.

»Gestern hat sie mir eine furchtbare Mail geschrieben, von wegen ich würde ihr Leben zerstören und wäre eine egoistische Schlampe und dass man mir das Leben zur Hölle machen wird«, klagt sie und dreht sich schnell zur Wand, damit niemand sieht, dass sie heult, aber ihre Schultern zucken auch von hinten verräterisch, trotz der vielen Haare, also schnappe ich sie mir und schiebe sie aus der Redaktion in den Flur und dann in die dunkle Kantine.

»Du solltest mal sehen, wenn wir uns mittags hier begegnen«, schluchzt Mareile und fällt auf einen der kunterbunten Designerstühle. »Dann hören alle auf zu reden an dem Tisch, an dem sie sitzt, und starren mich böse an. Ich weiß nicht, ob ich das aushalte.«

Welch ein Schweineverein. Meiner Meinung nach gehören dieser Lena ordentlich ein paar hinter die Löffel verpasst. Ich gehe zum Tresen und schnappe mir einige Servietten, die ich Mareile in die Hand drücke. Sie schnäuzt sich laut.

»Es wird nichts so heiß gegessen, wie es gekocht wird«, sage ich und könnte mich im selben Moment dafür ohrfeigen. Ein Scheißspruch, eindeutig, aber was soll ich denn tun? »Warte einfach ab und halte durch. Das wird ein paar Wochen dauern, aber dann wird sich alles beruhigen, und jetzt hast du ja erst mal zwei Wochen zur Erholung.« Ich klinge wie eine Klugscheißerin, das ist mir klar und Mareile wahrscheinlich auch, aber in dieser Situation ist es vielleicht sogar angebracht, und eins steht fest: Ein bisschen Erholung hat Mareile bitter nötig.

»Vielleicht hast du Recht«, murmelt sie und zerpflückt nachdenklich die voll gerotzte Serviette zwischen ihren Fingern. Dann knüllt sie die Fetzen zusammen und sieht mich an, und der Anflug eines Lächelns huscht über ihr Gesicht. »Tut mir Leid, dass ich dir die Party verderbe«, entschuldigt sie sich.

»Ach was. Das tust du nicht. Glaub mir, ich bin auch nicht in Feierstimmung.«

»Weißt du«, fügt sie hinzu, »normalerweise hätte ich den Job vielleicht sogar abgelehnt. Aber ich bin gerade in meine erste eigene Wohnung gezogen, und ich bin immerhin schon vierundzwanzig, es wurde wirklich Zeit, und wenn ich die jetzt aufgeben und zurück zu meinen Eltern müsste – das geht einfach nicht. Das kann ich nicht machen.«

»Du musst dich nicht rechtfertigen«, sage ich noch einmal. »Die Stelle anzunehmen ist dein gutes Recht, das ist nun mal so geregelt, und du brauchst kein schlechtes Gewissen zu haben, erst recht nicht bei einer so blöden Kuh wie dieser Lena.«

»Das schlechte Gewissen hab ich trotzdem«, entgegnet Mareile. »Werd ich mir wohl abgewöhnen müssen«, ergänzt sie dann, und dazu grinst sie schief.

»Sag ich doch«, antworte ich und gebe ihr einen Stups mit dem Ellbogen. »Du bist doch sonst nicht so leicht kaputtzukriegen.«

Mareile ist immerhin die Frau, die jeden Werbekunden dermaßen um ihren Finger wickelt, dass der mit Vergnügen Dutzende von Bannern schaltet. Und das völlig an der Zielgruppe vorbei zu einem immens überteuerten Preis. Gut, es hat nicht gereicht, um das Überleben unserer Site zu sichern, aber das ist nun wirklich nicht Mareiles Schuld.

»Recht hast du«, sagt Mareile und steht auf, »die kann sich mal gehackt legen. Komm, jetzt haben wir ein bisschen Spaß. Ich geb einen aus, haha«, fordert sie mich auf und lacht endlich wieder.

»Gut«, sage ich und lache auch und bin sehr erleichtert dabei.

Gemeinsam schleichen wir uns zurück in die Redaktion, wo alle Arbeitslosen in spe – ausgenommen Lena – mittlerweile sämtlichen Respekt vor dem Firmeneigentum verloren haben und auf den Tischen ausgelassen in ihr neues Leben hineintanzen. Es gibt nur noch wenige Sentimentalitäten, fast keine »Weißt-du-nochs« mehr und kaum noch Wehmut. Das Einzige, was zählt, ist, die Firma auf die letzten Meter so viel Geld wie möglich zu kosten, das heißt, so viel wie möglich zu trinken.

»Huch!«, kreischt Tanja und lässt den Rolodex von ihrem Schreibtisch in ihre große Handtasche fallen; ein Büroutensil, das auf dem freien Markt immerhin gut und gerne dreißig Euro kostet. »Na, wenn das jemand sieht, dann bin ich bestimmt gefeuert! Zeig mich doch an, du Sau!«, schreit sie. Dazu kichert sie dämonisch und erhält tosenden Applaus von Jörg und dessen Stellvertreter Matze, genannt »die Zitatsocke«, weil er bekannt ist für unsägliche Muster und Comicfiguren auf ebenjenen sowie für seine Schachtelsätze, die er gern mit Zitaten aller Art schmückt, während er beim Reden ständig an seinen fürchterlichen Socken herumnestelt.

Ich bin leider längst noch nicht auf Tanjas Niveau angelangt, denn das Trinken fällt mir schwer nach der letzten Nacht. Mein Magen rebelliert nach dem dritten Gin Tonic immer nachdrücklicher, also belasse ich es erst einmal dabei und steige um auf Mineralwasser, wofür ich wüste Beschimpfungen von den Kollegen ernte.

»Was ist denn mit *dir* los?«, fragt der Volontär mich erstaunt.

»Spaßbremse«, mault Tanja und lehnt sich an den Schreibtisch hinter ihr, wobei sie mit ihrem Hintern vier halb volle Plastikbecher umstößt und dafür lediglich ein weiteres »huch!« übrig hat.

»Wahrscheinlich hat unsere Marnie in den letzten Wochen schon genug geschluckt, um sich in der plötzlichen Sinnlosigkeit ihres Daseins bis zur Ohnmacht zu betäuben«, mutmaßt Matze »Zitatsocke« Meier. »*Warum trinkst du? – Um zu vergessen*«, zitiert er dann prompt. »*Und was willst du vergessen? – Dass ich trinke.* ›Der Kleine Prinz‹, Antoine de Saint-Exupéry, 1946«, schließt er selbstgefällig und bückt sich, um seine linke Socke hochzuziehen.

»Das ist so nicht ganz richtig«, korrigiere ich ihn. »Der Säufer antwortet: *Ich trinke, um zu vergessen, dass ich mich schäme*, und der kleine Prinz fragt daraufhin, *warum* er sich denn wohl schäme, und *dann* erst sagt der Säufer, *ich schäme mich, weil ich saufe.*«

»Das ist doch dasselbe«, entrüstet sich die Zitatsocke und kommt mit hochrotem Kopf wieder hoch.

»Ist es nicht«, entgegne ich würdevoll und ein kleines bisschen besserwisserisch, und in diesem Moment bin ich eigentlich sehr froh darüber, dass die Zitatsocke von nun an nicht mehr mein Chef ist, wenn auch nur der stellvertretende.

Später auf dem Klo treffe ich Lena. Sie steht vor dem Spiegel und zieht ihren Lippenstift nach, der in dem grellen Licht richtig scheiße aussieht. Der Lippenstift ist zu dunkel, und das Licht ist zu hell, eine fatale Kombination, aber mir soll es recht sein, diese Lena hat nichts anderes verdient.

Normalerweise lächeln sich Frauen an auf dem Klo, wenn sie einander treffen. Ich habe keine Ahnung, warum das so ist, und ich kann mir auch nicht vorstellen, dass Männer dasselbe tun, aber bei Frauen ist es nun mal so: Sie lächeln sich gegenseitig an, und dann drücken sie sich aneinander vorbei oder warten höflich, bis die andere fertig ist mit Hände waschen, und währenddessen wird immer weitergelächelt auf diese seltsam milde und verständnisvolle Art, die vielleicht besagen soll, »jaja, hier auf dem Klo sind wir alle gleich« oder »jaja, wir Mädels, wir müssen zusammenhalten« oder auch etwas ganz anderes, ich weiß es nicht.

In diesem Fall sehe ich allerdings keinen Anlass zum Lächeln, also stelle ich mich hinter Lena und mustere sie scharf. Ohne Lächeln, und das macht Lena sofort nervös.

»Was ist?«, fragt sie unsicher und sieht mich im Spiegel an.

»Lass Mareile in Ruhe«, sage ich, und dabei steigt mir eine Zornesröte ins Gesicht, die, soweit ich das überblicken kann, gar nicht gut aussieht. Aber Wunder über Wunder, das ist mir mal schön fein egal. »Ihr steckt beide in einer ätzenden Situation, aber *versuch* wenigstens, dich zu benehmen«, füge ich noch hinzu, so böse und so ernst, wie ich kann, und dann rausche ich ab und überlasse Lena sich selbst und ihrem hässlichen Lippenstift. Hinterher fühle ich mich gut. Viel besser als vorher. Ich habe zwar keine Ahnung, ob das, was ich zu Lena gesagt habe, etwas ändern wird. Aber wenigstens habe ich es versucht. Außerdem schießt Lena für den Rest des Abends Blicke wie giftige Pfeile auf mich ab, also haben meine Bemerkungen sie tatsächlich getroffen. Irgendwie. Und Mareile kann sich endlich ein wenig entspannen, weil Lena vollauf damit beschäftigt ist, *mich* anzuzicken. Auch eine Art Erfolgserlebnis. Vielleicht denkt diese Lena jetzt wirklich noch mal darüber nach, was sie so tut.

Der Volontär ist mittlerweile der Aufgedrehteste von allen, er springt hierhin und dorthin und bleibt schließlich bei mir stehen, um mir zu sagen, dass er mich vermisst und mein leerer Schreibtisch ihm gegenüber kein schöner Anblick ist.

»Was machst du, wenn deine Abfindung aufgebraucht ist und du dann immer noch keinen neuen Job hast?«, fragt er unbedarft, nachdem ich ihm erklärt habe, dass ich im Moment noch gut klarkomme und die freie Zeit sogar genieße und eine ganz neue Lebensqualität entdecke.

Ja, was mache ich dann? Was mache ich, wenn ich kein Geld mehr habe, um stundenlang in Cafés zu sitzen? Oder um einkaufen zu gehen, wenn ich mich langweile? Oder um meine Miete zu zahlen und das Leben überhaupt?

»Das wird man sehen«, antworte ich ausweichend, aber jetzt ist meine Laune endgültig im Keller. Daran ändert auch der Umstand nichts, dass mich innerhalb der nächsten Stunde ungefähr zwanzig Leute nach meiner E-Mail-Adresse fragen, mir zum Abschied um den Hals fallen und unter Tränen versichern, in Kontakt bleiben zu wollen.

Selbst die Tatsache, dass ich auf dem Heimweg dank der Taxikarte eine Menge spare, täuscht mich nicht darüber hinweg, dass ich schon sehr bald ein Problem haben könnte. Ein Geldproblem in erster Linie. Und wo erst mal ein Geldproblem ist, da werden alle anderen Probleme auch nicht besser, so viel weiß ich schon.

Als ich nach Hause komme, liegt ein Blumenstrauß vor meiner Tür. Er kann nur von Moritz sein, also werfe ich die dazugehörige Karte ungelesen weg und schneide den Blumen mit der größten Schere, die ich finden kann, einzeln die Köpfe ab. Danach lege ich mich ins Bett und schalte den Fernseher ein, aber was will ich erwarten, es ist Samstagmorgen, vier Uhr früh, und das Programm verdient den Namen nicht. Irgendwann lasse ich den Fernseher einfach vor sich hin dudeln, drücke das Bild weg und schmökere stattdessen im Videotext. Sogar hier bleibe ich nicht verschont. Ich hätte es mir denken können.

»Ihr persönlicher Weg aus der Arbeitslosigkeit!«, blinkt es mir auffordernd entgegen, Seite siebenhundert, na wunderbar, her damit. Neugierig tippe ich die Seitenzahl ein und warte geduldig. Mein Fernseher blättert sich den Wolf, aber schließlich hat er sich vorgearbeitet.

Das Angebot ist nichts anderes als eine Nullhundertneunziger-Nummer.

»Sprechen Sie frei über Ihre momentane Situation«, steht unter der Telefonnummer. »Wir sind vertraulich und anonym für Sie da, täglich von zehn bis ein Uhr, egal, was Sie auf dem Herzen haben. Wir bieten Ihnen umsetzbare Wege aus Ihrer Situation! Sehen Sie uns als Partner, bei dem Sie Ihre Sorgen wirklich loswerden können, um mit Elan wieder durchzustarten. Wir bitten um Verständnis das wir für diesen sehr persönlichen Dienst einen Euro und sechsundachtzig Cent pro Minute berechnen. Wir freuen uns auf Ihren Anruf.« Mich schaudert, und ich bin entsetzt. Nicht nur wegen der Rechtschreibfehler; in Gedanken füge ich im vorletzten Satz schnell das fehlende Komma ein und das fehlende »s« im »dass«, aber das macht mich auch nicht zufriedener. Es ist so gemein. Dreckig und gemein und link und einfach scheiße. Scheiße, scheiße, scheiße. Punkt. Warum bloß gibt es so viele Leute, die aus dem Unglück anderer Menschen Kapital schlagen wollen? Was ist, wenn es wirklich Arbeitslose gibt, die sonst mit niemandem reden können und tatsächlich da anrufen für ein Höllengeld und sich verarschen lassen, und am Ende des Monats sitzen sie auf einer riesigen Telefonrechnung, die sie nicht bezahlen können, und sind noch viel unglücklicher als vorher? Vor lauter Wut treten mir auf einmal Tränen in die Augen. Willkommen im Club. Dabei habe ich so gut durchgehalten, aber jetzt ist Schicht im Schacht.

Moritz ist wahrscheinlich ebenso schuld daran wie die Ungerechtigkeit in dieser Welt und der endgültige Abschied von den Kollegen, und ich kann nichts dagegen tun und heule wie ein Schlosshund. Ich flenne, dass es mich schüttelt, bis ich nichts mehr sehen kann und nichts mehr riechen sowieso, weil meine Nase ein einziger verstopfter Klumpen ist. Von Moritz' Blumen hätte ich somit eh nicht viel gehabt, also war es ganz richtig, sie wegzuwerfen. Der Gedanke tröstet mich ein wenig, und gegen sechs schlafe ich erschöpft ein.

Gegen halb zwei werde ich durch unverschämt forderndes Klingeln an der Wohnungstür geweckt. Es klingelt immer und immer wieder, sodass ich mich irgendwann nicht mehr traue, so zu tun, als wäre ich nicht da. Vielleicht ist es etwas Wichtiges, denke ich, bitte, lieber Gott, lass es nicht Moritz sein.

Aber es ist nur Berit. Sie ist für ihre Verhältnisse erstaunlich nachlässig gekleidet: Kapuzenjacke, Parka,

Jeans und Stulpen natürlich, und dazu hängt ihr eine Trillerpfeife um den Hals. »Dachte ich mir doch, dass du da bist«, sagt sie befriedigt und stürmt munter an mir vorbei in die Küche. »Hab dich geweckt, was? Wie siehst du eigentlich aus?«

Ich gähne und ziehe den Bademantel enger um mich. »Gestern war Abschiedsparty in der Redaktion«, sage ich zur Erklärung und befühle prüfend meine Augenpartie. Sie ist eindeutig sehr geschwollen.

»Und?«, fragt Berit.

»Ging so«, seufze ich.

»Ach ja, und wie war's noch mit Mr. Glatze?« Damit meint Berit natürlich Moritz.

»Mr. Glatze ist ein Arschloch und verheiratet«, sage ich mürrisch, und Berit pfeift überrascht durch die Zähne.

»Hui«, macht sie, »das hätte ich aber nicht gedacht.«

»Frag *mich* mal«, zische ich. »Thema beendet, bitte.«

»Wieso?«, fragt Berit lauernd. »Da ist doch was gelaufen. Hab ich Recht? Marnie? Na?«

»Berit, ich erzähl dir ein andermal davon«, sage ich bittend, »ich will jetzt nicht darüber sprechen. Später, ja?«

»Also *ist* was gelaufen«, stellt Berit fest und mustert mich wissend. »Tsa«, macht sie strafend. »Wo ist denn dein Kaffee? Hat er es dir wenigstens *vorher* gesagt?«

»Berit, bitte! Spreche ich Polnisch? *Ich-will-da-jetzt-nicht-drüber-reden!*«

»Ist ja schon gut«, mault Berit eingeschnappt. »Hast du deine alte Kaffeemaschine nicht mehr? Schade, das war so schön einfach. Jedenfalls«, fährt sie ungerührt fort und begutachtet skeptisch die Espressokanne, bevor sie sich daranmacht, sie umständlich aufzuschrauben, »ich wollte dich zum Demonstrieren abholen.«

»Zum bitte *was*?«

»Zum Demonstrieren«, wiederholt Berit, setzt ihre

blöde Trillerpfeife an den Mund, bevor ich dazwischengehen kann, und trillert drauflos, dass mir fast das Trommelfell platzt.

Ich stöhne und halte mir die Ohren zu, und Berit lacht sich fast tot.

»Bambule«, erklärt sie. »Heute ist wieder Demo. Die ganze Stadt ist schon dicht. Da müssen wir hin!«

»So«, sage ich. »Müssen wir das.«

»Komm schon«, sagt Berit. »Das ist bestimmt superlustig.«

Meiner Erinnerung nach sind Demos gar nicht dazu da, superlustig zu sein, aber meine Meinung ist nicht gefragt.

»Und außerdem«, fügt Berit hinzu, »ist es höchste Zeit, dass der Schill einen auf den Deckel kriegt.«

Zugegeben, damit wiederum hat Berit eigentlich Recht. Und weil die Welt nach dem Kaffee schon wieder viel besser aussieht, lasse ich mich schließlich überreden: Ich, Marnie Hilchenbach, SPD-Wählerin, aber ansonsten politisch völlig unbrauchbar, werde demonstrieren gehen. Zum ersten Mal seit – Moment – ja, zum ersten Mal seit knapp zwölf Jahren. Da war ich in der elften Klasse und wollte den Golfkrieg verhindern. Kein Blut für Öl. In der Schule ist man sowieso kaum rausgekommen aus dem Demonstrieren und dem Engagiertsein, denn da waren ja auch noch Tschernobyl und Nicaragua und die Anschläge auf die Asylanten und der Dritte-Welt-Laden sowieso und die Schülervertretung, der ich angehört habe. Während ich mich anziehe, denke ich an die Lichterketten von damals und an die Mahnwachen vor dem Asylbewerberheim, und ich überlege, wann genau ich mit dem Engagiertsein aufgehört habe. Ich kann mich nicht daran erinnern. Ich weiß nur, dass es ziemlich abrupt gekommen sein muss, denn schon während des Studiums habe ich keinen Gedanken mehr ans Engagiertsein verschwendet und mich lieber darum gekümmert, meine Studienbescheinigungen zusammenzuraffen und ein bisschen Geld, um feiern zu gehen.

Und jetzt engagiere ich mich also doch wieder. Oder zumindest so was Ähnliches. Für siebzehn Bauwagenbewohner, die der Hamburger Senat nach zehn Jahren von ihrem angestammten Platz im Karoviertel vertrieben hat. Und gegen Schill, ohne den die Bambule-Bauwagen wahrscheinlich noch immer im Karoviertel stünden, ohne irgendjemanden ernsthaft zu stören. Denn Herr Schill ist für Recht und Ordnung und für ganz viele Polizisten, die alle neue Uniformen brauchen, und zwar in Blau. Gleichzeitig ist Herr Schill gegen Bildung und Soziales, denn dafür ist kein Geld mehr da, wenn die Polizisten und ihre blauen Uniformen bezahlt sind, auch wenn er in der Zwischenzeit behauptet, die Stadt würde das keinen Pfennig extra kosten, aber solche Versprechen kennt man ja. Wenigstens weiß ich, worum es hier überhaupt geht.

Beim Schuheanziehen bin ich mir kurzfristig sehr unsicher, ob rote Lackstiefel wirklich das Richtige sind für eine Demonstration. Aber dann entscheide ich, dass sie wunderbar meine politische Einstellung widerspiegeln und das in mir erneut entfachte Feuer des Protestes, erst recht in Kombination mit meinem langen roten Schal, und ich ziehe mit einem entschlossenen Ruck den Reißverschluss hoch. Einen Ruck, das ist es doch, was dieses Land braucht. Genau.

»Fertig?«, fragt Berit erwartungsvoll.

»Fertig«, bestätige ich.

Berit setzt erneut die Trillerpfeife an, und gemeinsam toben wir durch den Hausflur und sitzen wenig später im Bus Richtung Innenstadt. Was die Hamburger Polizei betrifft, so hat sie gut zu tun, seit es Schill gibt. Vor allem an diesem Samstag. Mehr noch, weil die Demonstranten Woche für Woche mehr werden, hält Schill sie für so gefährlich, dass er heute sogar mehrere Hundertschaften Verstärkung aus Mecklenburg-Vorpommern angefordert hat. Jetzt sind die Bullen überall, und Berit und ich staunen. Die Stadt befindet sich im Ausnahmezustand. Die S-Bahn-Aufgänge in der City sind gesperrt, unser Bus wird umgeleitet, und der Busfahrer erhält über Funk ständig neue Anweisungen, wo er noch durchkommt. An jeder Kreuzung stehen grüne Minnas und Polizisten auf Motorrädern. Wo man hinsieht, blinken unaufhörlich Blaulichter vor sich hin, lautlos, sie tauchen die gesamte Innenstadt in eine leicht flackernde, blaukalt betupfte Ruhe vor dem Sturm. Die Straßen sind gespensterhaft leer für den letzten verkaufsoffenen Samstag vor Heiligabend, aber gleichzeitig ziehen von allen Seiten vereinzelte kleine Grüppchen von Demonstranten vorüber; sternförmig bewegen sie sich Richtung Hauptbahnhof. Sie sehen sehr friedlich aus, aber mich persönlich macht allein der Anblick von so viel Polizei auf einem Haufen schon aggressiv. Ein bisschen macht er mir sogar Angst.

An der Ost-West-Straße steigen Berit und ich aus und schlagen uns dann linker Hand der Mönckebergstraße entgegen. Dieser Teil von Hamburg ist auch an normalen Tagen unschön genug mit seinen riesigen Büroklötzen, in die hauptsächlich Versicherungen eingezogen sind und die alles Leben zu schlucken scheinen. Selbst die vereinzelten Kanäle, die sich an ihnen vorbeischlängeln, können nicht darüber hinwegtäuschen; was sonst Garant sein mag für einen Hauch von Romantik, ist hier nur düster und ein wenig unheimlich, weil man an der Wasseroberfläche jeden Moment einen blauen Müllsack erwartet, in dem natürlich eine Leiche liegt. Aber heute ist es hier noch bedrückender. Fast schon gruselig, und der kalte Nieselregen aus dem verhangenen Himmel, der den ganzen Tag nicht richtig hell geworden ist, passt perfekt zur morbiden Stimmung.

»Komische Atmosphäre hier«, murmelt sogar Berit, während wir über die Straße huschen, und ich bin erstaunt, denn so viel Feingefühl hätte ich Berit gar nicht zugetraut.

Als wir um die nächste Ecke gebogen sind, stoppen wir abrupt.

»Wahnsinn«, flüstert Berit heiser, und mir bleibt vor Erstaunen der Mund offen stehen.

Der Demonstrationszug hat sich bereits in Bewegung gesetzt, ganz langsam robbt er sich vorwärts, und weil die Straße von uns aus gesehen leicht ansteigt, scheint die Menschenmasse auf uns zuzufließen. Die Demonstranten – es müssen vier-, fünftausend sein – sind flankiert von einem unendlich langen Spalier aus Polizisten, deren Schutzschilder eine Kette mit immer gleichen Gliedern bilden, so weit unser Auge reicht. Das Bild ist beeindruckend und bewegend und beängstigend zugleich. Für einen Moment stehen wir da wie die Ölgötzen, aber dann dringt der Lärm in unser Bewusstsein vor. Die Demonstranten rufen und trommeln und klatschen und trillern in ihre Trillerpfeifen, darunter mischen sich das unregelmäßig hustende Motorengeräusch eines uralten bunt bemalten Lkws, der dem Zug in Schrittgeschwindigkeit vorantuckert, laute Musik und die Stimme aus einem Megaphon.

Wir laufen vorwärts, an dem Lkw vorbei, und setzen uns mit an die Spitze des Zuges; nicht in die erste Reihe, doch immerhin so weit vorn, dass uns der Gestank aus dem Auspuff des Gefährts mit der Zeit benommen macht. Und dann demonstrieren wir mit. »Ge-gen Het-ze, ge-gen Gesetze, für – mehr – Bauwagenplätze«, ruft der Zug wie aus einem Mund, irgendwann stimme ich ein und Berit auch.

Über uns hängen sich die Menschen aus den Fenstern und beobachten, was unter ihnen passiert; einige haben ihre Arme sogar auf extra herangeschaffte Kissen gestützt, die Kälte ist ihnen völlig egal.

Manchmal beschleunigt ein unsichtbares Signal den Zug; dann fangen alle an zu rennen. Das Spalier links und rechts von uns löst sich währenddessen nicht auf, im Gegenteil, es scheint immer dichter zu werden. Die Polizisten mit ihren Schutzschildern haben ausdruckslose Gesichter und ertragen die vereinzelten Beschimpfungen mit stoischer Unbewegtheit. Ihre Augen sagen gar nichts, nur manchmal zuckt es beim ein oder anderen um die Mundwinkel, und ich finde, dass sie einen verdammt harten Job machen. Was denken sie wohl? Was ist es für ein Gefühl, über viertausend Menschen auf einmal gegen sich zu haben? Was ist es für ein Gefühl, als Feindbild zu dienen? Zu wissen, dass die Situation jeden Moment eskalieren könnte? Und wie stehen diese Polizisten wohl zu Herrn Schill? Gut, sie haben sich ihren Beruf freiwillig ausgesucht und müssen deshalb im Ernstfall auch jemandem wie Schill gegenüber Loyalität beweisen, denn der ist nun mal Innensenator und damit ihr oberster Dienstherr. Aber trotzdem. Ich kann mir beim besten Willen nicht vorstellen, dass all diese Hundertschaften von Polizisten Arschlöcher sind.

Was also macht man als Polizist, wenn man bei einer solchen Demonstration eingesetzt wird, aber eigentlich auf Seiten der Demonstranten ist? Was macht man überhaupt, wenn der Job einen plötzlich zwingt, sich auf eine ganz andere Seite zu schlagen als auf die, die man eigentlich vertreten will? Ist man dann »professionell«? Oder ist man dann ein feiger Sack, der nur auf sich selbst bedacht ist und auf seinen eigenen Frieden? Ohne Schill hätten die meisten dieser Polizisten jetzt wahrscheinlich frei, sie wären bei ihren Familien oder würden Weihnachten vorbereiten oder ihre Wohnung putzen oder mit ihren Frauen schlafen. Aber stattdessen stehen sie Spalier für offensichtlich friedliche Demonstranten oder sitzen gelangweilt in ihren Wasserwerfern und pulen sich an den Fingernägeln und denken darüber nach, wie schön es gewesen wäre, an diesem Samstagnachmittag nicht hier sein zu müssen. Und dafür werden sie ausgebuht, immer und immer wieder, und die Stimmung ihnen gegenüber heizt sich weiter auf, weil die Einsatzleitung der Polizei sich weigert, eine Spalierseite abzuziehen, wie es die Demonstranten fordern. Links von uns laufen ein paar Jungs mit hellen Schildern in Pfeilform. »Zivi«, steht auf ihnen, und »pfui!«; damit verfolgen sie unter lauten Buhrufen und Pfiffen Zivilbullen, die sich unter die Menge gemischt haben und auch ohne Uniform erkannt werden, weil ihr Knopf im Ohr sie bei genauerem Hinsehen verrät.

Eine Straße weiter machen die großen Kaufhäuser rund um das Rathaus das Geschäft des Jahres. Mir fällt auf, dass die, die sich gegen das Einkaufen und für das Protestieren entschieden haben, fast ausnahmslos jung sind. Sehr jung. In meinem Alter, allerhöchstens, und dann weit, weit darunter. Älter als fünfunddreißig ist kaum jemand, nur zwei Frauen um die fünfzig in langen bunten Mänteln habe ich entdeckt, die tapfer mithalten, obwohl sie trotz ihrer Mäntel frieren und ihnen die Ohren sicher wehtun vom vielen Gepfeife. Aber sonst? Fehlanzeige. Seltsam. Sehr seltsam, denn schließlich haben gerade die Leute um die fünfzig damals den größten Radau gemacht, und das müssten sie jetzt doch eigentlich wieder tun, wenn sie noch nicht ganz senil sind. Wo stecken sie also heute, die guten alten Achtundsechziger? Wo haben sie sich verkrochen? In ihren Wochenendhäuschen auf dem Land? In ihren Führungskräftebüros oder Vorstadtvillen? Oder ist Demonstrieren grundsätzlich ein Vorrecht der Jugend?

Natürlich ist es das, sage ich mir im nächsten Moment, und dass ich dafür das beste Beispiel bin, denn ich habe mich ja schon nicht mehr gekümmert, seit ich zwanzig war, und das nicht, weil sich plötzlich meine politische

Einstellung geändert hat. Es war nicht so, dass ich mir gesagt habe, hach, der ganze Quatsch interessiert mich nicht mehr und verändert kriegt man doch eh nichts, deshalb lasse ich das mal lieber sein mit dem Engagement und mit dem Demonstrierengehen. Nein, so war es nicht. Ich habe die Veränderung gar nicht bemerkt. Weil ich auf einmal ganz andere Sachen zu tun hatte und ganz andere Sorgen. Sorgen, im Vergleich zu denen Sachen wie Krieg und Umweltverschmutzung und Unterdrückung auf einmal ganz verschwindend klein waren und ganz weit weg.

Ob es den ganzen jungen Hüpfern um mich herum auch so gehen wird? Sie sehen aus wie wir damals, mit den Palästinensertüchern und den gefärbten Haaren oder den Dreadlocks, die gerade so unangepasst sind, dass man den jugendlichen Hang zum Anderssein noch erkennt. Was wird mit ihnen passieren? Vielleicht werden sie das Demonstrieren auch vergessen, sobald sie zwanzig sind und sich um ihr Studium kümmern müssen oder ums Geldverdienen oder im schlimmsten Fall um beides gleichzeitig.

Oder sind die Zeiten beschissen genug, dass sie sich auch in sechs, sieben Jahren noch engagieren werden, weil bis dahin wieder andere Werte zählen als Karriere und After-Work-Clubs und weil das Studium bis dahin wieder politisch ist? Werde ich jetzt vielleicht auch wieder politisch? Weil ich die Zeit dafür habe? Oder hat das mit Zeit haben gar nichts zu tun, sondern nur damit, dass es mir auf einmal schlechter geht, und wem es schlecht geht, der macht eher den Mund auf als der, dem es gut geht? Im Grunde bin ich doch jetzt nur hier, weil ich sonst nichts Besseres zu tun hatte. Normalerweise wäre ich an einem Samstagnachmittag damit beschäftigt gewesen, meinen Kühlschrank zu füllen und die Waschmaschine. Unauffällig sehe ich mich um und frage mich, wie vielen Dreißigjährigen in diesem

Demonstrationszug es genauso geht wie mir. Vielleicht sind die alle arbeitslos und haben sich gedacht, Samstagnachmittag, da gehen wir jetzt aber mal demonstrieren, weil das lustig ist, und vor allen Dingen ist es umsonst. Da trifft man nette Leute und hat viel frische Luft und ein wenig Bewegung; man fühlt sich als Teil von etwas; und währenddessen zeigt man außerdem, dass man eine eigene Meinung hat und noch dazu kein Spießer ist, das ist doch super, wo kriegt man so was schon noch für lau heutzutage.

Vielleicht wird Demonstrieren jetzt der neue Freizeitspaß? So eine Art Trendsport, für den besonderen Kick? Gefährlich genug ist es ja, wenn man sich mal so umguckt hier mit den ganzen Bullen.

Vor dem Springer-Haus machen wir Halt und warten, bis der Rest des Zuges aufgeschlossen hat; währenddessen hält jemand mit dem Megaphon eine Rede über die *Bild* und darüber, wie die Springer-Presse mit Schill an einem Strang zieht. In diesem Moment bin ich sehr froh darüber, keine Arbeitnehmerin mehr zu sein, denn meine Firma war Springer, vorsichtig ausgedrückt, nicht unnah. Und auch wenn ich jetzt nicht mehr für sie arbeite, so fühle ich mich in diesem Augenblick doch ein klein bisschen wie eine Verräterin unter viertausend ehrlichen und konsequenten Springer-Gegnern. Apropos konsequent: Wenn Schill konsequent ist, dann gibt es zusätzlich zu den neuen Uniformen auch neue Autos. Grün und blau, das sieht doch scheiße aus.

Bevor wir weiterziehen über die Feldstraße, weist Berit mich auf Eule hin, der ein paar Reihen hinter uns steht und uns, wie Berit mir viel sagend zuraunt, offensichtlich schon länger beobachtet. Als er mich sieht, hebt er die Hand zum Gruß. Ich grüße zurück, aber dann drehe ich mich schnell wieder um.

In der Schanzenstraße fliegt das erste Ei, daraufhin klinken Berit und ich uns aus und gehen lieber im Saal II Sekt trinken, weil wir trotz allen Protestes mit fliegenden Eiern nicht viel zu tun haben wollen.

8.

»Reformdruck erhöht sich«
Süddeutsche Zeitung

Nachdem Berit gegangen ist, weil sie dringend Stulpen stricken muss, bestelle ich noch einen Sekt und blättere in ein paar Zeitungen. Das ist sehr anstrengend, denn es gibt nur unfreundliche Schlagzeilen. Zum Beispiel die, dass die Arbeitslosigkeit unter Akademikern in den letzten Monaten um zweiunddreißig Prozent gestiegen ist. »Die New Economy sieht alt aus«, titelt ein paar Zeilen weiter ein sprachbegabtes Arschloch. Irgendwie fühlt sich die Welt um mich herum an wie eine einzige self-fulfilling prophecy. Gruselig. Zeitung lesen macht so jedenfalls keinen Spaß. Womit zum Henker werde ich demnächst meine ganze freie Zeit verbringen, wenn sogar Zeitung lesen ausscheidet?

Dann, in irgendeiner Beilage irgendeiner Überregionalen, stoße ich auf die Geschichte vom US-Professor, der sich zur Belohnung für seine harte Universitätsarbeit irgendwann einen spitzenmäßigen Aufsitzrasenmäher zulegt, um damit an den Wochenenden über sein Grundstück zu brausen und Rasen zu mähen. Der Professor ist glücklich und zufrieden, bis ein Nachbar zu ihm sagt, hey, was für ein super Rasenmäher, das sieht gut aus, kannst du nicht vielleicht bei mir auch mal Rasen mähen, ich zahl dir auch was dafür? Also mäht der Professor bei seinem Nachbarn den Rasen, und es spricht sich rum, und so geht es immer weiter und weiter. Der Professor mäht hier und da, und sein Kundenkreis wird immer größer, bis er eines

Tages erkennt, dass er mit dem Rasenmähen genauso gut Geld verdienen kann wie mit seinem Uni-Job und dass ihn das Rasenmähen noch dazu glücklicher macht; also pfeift er auf die Uni und auf seinen Titel und auf seine Reputation und mäht von da ab nur noch Rasen. »Genau das muss hier bei uns in Deutschland auch endlich passieren«, der Kommentar zur Anekdote klingt fast beschwörend, »Flexibilität und Alternativen, darüber müssen wir nachdenken!«

Das tue ich gern, aber leider stelle ich dabei fest, dass meine Alternativen nie sehr weit weg sind vom Ursprung. Ich meine, ich habe ja in den letzten Jahren nicht auf Alternativen hingearbeitet, sondern eben auf genau das, was für mich nie eine Alternative war, sondern eine Art Ziel, und wenn ich stattdessen die Alternative gewollt hätte, dann hätte ich mich doch gleich um sie gekümmert. Außerdem habe ich kein Hobby wie Rasen mähen, um das ich mich vermehrt bemühen und daraus ein Geschäft machen kann. Ich bemale ja noch nicht einmal Seidentücher. Gut, Berit strickt Stulpen, aber für mich ist das nichts, und davon zu leben stelle ich mir schwierig vor. Berit stöhnt ja jetzt schon über die Wollpreise, dabei hat sie erst drei Paar fertig, und außerdem braucht man Stulpen nur im Winter.

Ich frage mich, ob ich zu anspruchsvoll bin. Muss ich mir als Alternative zum Beispiel zurechtlegen, im Notfall auch Hamburger bei McDonald's zu verkaufen? Nur mal so als Beispiel?

Auf der anderen Seite, wenn wir uns jetzt alle auf die Alternativen stürzen, die wir vielleicht erfüllen können, aber eigentlich gar nicht erfüllen *wollen*, hat dann überhaupt noch jemand Spaß an der Arbeit? Oder sind diese Zeiten generell vorbei? Vielleicht müssen wir uns einfach an den Gedanken gewöhnen, dass wir ab sofort nur noch im Ausnahmefall Spaß an der Arbeit haben werden und dass ein Job eben nur noch ein Job ist, der uns ernährt oder auch nicht, und wenn nicht, dann müssen wir uns wohl noch einen zweiten Job dazusuchen, der auch nur eine Alternative ist. Schluss mit der Selbstverwirklichung im Beruf, ab sofort kommt die Selbstverwirklichung woanders her. Aber woher, um Himmels willen?

Oder ist das der völlig falsche Ansatz, weil die meisten sich in ihrem bisherigen Beruf gar nicht selbstverwirklicht gefühlt haben? Sondern, ganz im Gegenteil, eher kopf- und rastlos? Wie kann ich wissen, wie *ich* mich gefühlt habe? Ich glaube, es war beides, aber was war stärker? Und, noch was ganz anderes, werden bei vermehrter Alternativennutzung nicht die Leute sauer, für die die Alternative eben nicht die Alternative ist, sondern das Ziel, das sie dann aber nicht mehr erreichen, weil jemand anders es schon vor ihnen besetzt hat?

Sprich, wenn ich Hamburger bei McDonald's verkaufe, und das ist für mich nur eine Alternative, ist dann jemand anders der Angeschmierte, weil das für ihn der Traumjob wäre, aber ich sitze da drauf? Aaaargh.

Später schaue ich bei Lüttje vorbei, um ihre Blumen zu gießen. Im Treppenhaus wummert es; der Nachbar hört Musik, die Beastie Boys, wenn mich nicht alles täuscht.

In Lüttjes Wohnung fühlt es sich seltsam an. Es ist ganz still darin, als wäre die Zeit stehen geblieben, und sie hat schon jetzt diesen Geruch, den eine Wohnung annimmt, wenn man sie für einige Tage verlässt. Bei der Rückkehr schlägt er einem entgegen, sobald man die Tür aufgeschlossen hat, und er ist erst wieder verschwunden, wenn man die Tasche ausgepackt, die erste CD eingelegt, Kaffee gekocht und eine Zigarette geraucht hat. Hier sieht es allerdings so aus, als würde Lüttje jeden Moment aus einem der Zimmer kommen und frisch gewaschene Wäsche in den Schrank räumen oder mich fragen, ob ich einen Tee möchte, und das macht den Geruch irgendwie nervig. Ich setze mich an den Küchentisch und stecke mir eine Zigarette an, um ihn zu vertreiben.

Komisch, dass in der Wohnung gar nichts zu fehlen scheint, obwohl Lüttje doch für so lange weg ist. Aber dann sage ich mir, dass das ganz normal ist, weil Lüttje wohl kaum eine Saftpresse mitnehmen würde nach Südamerika oder ihren Lieblingsstuhl. Schon gar nicht in ihrem Rucksack. Ein bizarres Gefühl, mitten in ihrem Leben zu sitzen, ohne dass sie dabei ist.

Ich bleibe lange in der Küche und rauche, weil mir nichts anderes einfällt, aber nach etwa einer halben Stunde raffe ich mich auf. Ich muss etwas tun. Selber meine Sachen packen zum Beispiel, weil ich morgen nach Hause fahre zu meinen Eltern, wegen Weihnachten.

Während ich im Treppenhaus an Lüttjes Schlüsselbund den Wohnungs- vom Haustürschlüssel zu unterscheiden versuche, geht unten der Summer. Dann passiert alles auf einmal: Ich finde endlich den richtigen Schlüssel; gleichzeitig reißt hinter mir Lüttjes Nachbar seine Wohnungstür auf, ein Schwall von grasgeräucherter Luft ergießt sich in den Flur. »So whatcha, whatcha, whatcha want«, grölen die Beastie Boys; jemand stürmt die sechs Stufen zum Hochparterre hoch, wo ich gerade den Schlüssel aus der Tür ziehe. Und als ich mich umdrehe, um dem Nachbarn kurz zuzunicken – damit er mich nicht für einen Einbrecher hält, sondern weiß, dass alles seine Richtigkeit hat und ich nur die Wohnungshüterin bin –, sehe ich geradewegs in die Augen von Moritz. Sie flackern verdattert zwischen mir und der gegenüberliegenden Wohnungstür hin und her.

»Was machst *du* denn hier?«, stoße ich hervor und lasse vor Schreck Lüttjes Schlüsselbund fallen.

Moritz bückt sich, hebt ihn auf und reicht ihn mir. »Entschuldigung«, sagt er ironisch. »Ich *penne* hier, seit meine Frau mich nicht mehr in die Wohnung lässt.«

Noch bevor ich irgendetwas Fieses erwidern kann, mischt sich Lüttjes Nachbar ein. »Was denn! Ihr kennt euch?«, staunt er und schiebt sich aus der Tür. Er hat lustige Zottelhaare, die ihm kreuz und quer vom Kopf abstehen, und trägt Jeans und ein blaues T-Shirt, auf dem in Brusthöhe »Busenfreund« steht.

Witzig. Sehr witzig. »Flüchtig«, sage ich und weiche Moritz' Blicken aus, indem ich den Nachbarn anlächele und gleich darauf Lüttjes Schlüsselbund einer Kurzinspektion unterziehe, um festzustellen, ob er sich bei seinem Sturz auch nichts gebrochen hat.

»Du bist Marnie, oder?«, fragt der Nachbar ungerührt und mustert mich interessiert. »Du hütest Florentines Wohnung.«

Florentine. So heißt Lüttje in Wirklichkeit. Uah. »Stimmt«, antworte ich und nicke dabei so heftig, dass mein Gehirn in meinem Kopf hin und her schlackert, so fühlt es sich jedenfalls an. »Aber ich hab's leider furchtbar eilig«, füge ich hinzu und versuche, dabei so freundlich wie möglich zu klingen, zumindest in die Richtung des Nachbarn, »tut mir Leid, ich habe keine Zeit zum Plaudern.«

»Schade«, sagt der Nachbar bedauernd, und das klingt sogar ehrlich.

Ich weiß gar nicht, was Lüttje hat. Ich finde ihn jedenfalls gar nicht so komisch, wie sie ihn beschrieben hat. Wenn er nicht ausgerechnet mit Moritz unter einer Decke stecken würde, fände ich ihn wahrscheinlich sehr nett, vielleicht sogar attraktiv, und würde nichts lieber tun als mit ihm einen Joint rauchen und die Beastie Boys hören. Aber so?

»Wir wollen uns nämlich einen netten Abend machen mit gutem Essen und gutem Wein«, erklärt er, »und wir hätten dich glatt eingeladen, oder, Moritz? Wo du schon mal eine Bekannte triffst? Demnächst hast du für dein social life bestimmt überhaupt keine Zeit mehr.« Er lacht giggelnd und gibt Moritz einen aufmunternden Klaps auf die Schulter, wie Kumpels das untereinander nun mal so tun, wenn einer von ihnen einen Insiderwitz auf Kosten des anderen gemacht hat. Aber Moritz guckt unglücklich aus der Wäsche und grinst nur gequält. Die Selbstsicherheit, die mich bei unserem ersten Treffen so beeindruckt hat, hat er verloren, und das erfüllt mich mit Genugtuung. Der Tod des Märchenprinzen, hihi. Bestens. Auf diese Art muss ich ihn nicht selbst demontieren; er erledigt das von ganz allein.

»Klar«, sagt Moritz und sieht mich flehentlich an.

Es ist dieser Aber-ich-habe-mich-doch-entschuldigt-hast-du-denn-meine-Blumen-nicht-gekriegt?-Blick, und der macht mich furchtbar wütend. Ich hätte nicht schlecht Lust, Lüttjes Nachbarn darüber aufzuklären, woraus Moritz' social life *wirklich* besteht: nämlich darin, Frauen aufzureißen, um eine Bleibe für die Nacht zu finden, die näher an der Kneipe ist als diese hier und in der es nicht so nach Gras stinkt. Aber dazu fehlt mir wirklich die Energie.

»Ich verreise morgen«, entgegne ich schlapp und übertreibe damit maßlos, denn meine Eltern wohnen gerade einmal zwei Zugstunden entfernt, »ich muss noch packen. Beim nächsten Mal vielleicht«, und dann stürze ich die Stufen hinunter.

»Bis dann«, ruft der Nachbar hinter mir her.

»Sicher«, murmele ich, während mir draußen die kalte Luft fast den Atem nimmt.

Obwohl ich sofort zu frieren beginne, gehe ich zu Fuß nach Hause, statt den Bus zu nehmen, und währenddessen ärgere ich mich über Moritz, wodurch mir wiederum sehr schnell wärmer wird. Scheiß Zufälle. Im Stechschritt ziehe ich durch Lüttjes ruhiges Viertel und dann über die Hauptstraße zu meiner Wohnung. Schon nach fünfhundert Metern bin ich fest überzeugt davon, dass Moritz nur aus einem Grund mit mir ins Bett gegangen ist: um eine Schlafmöglichkeit zu haben, nachdem seine Frau ihn vor die Tür gesetzt hat. Auf den Gedanken, dass *ich* vielleicht erst der Grund dafür war, komme ich nicht. Aber das wäre ja auch zu schön, um wahr zu sein. Über so etwas soll man lieber gar nicht erst nachdenken.

Meine Sachen sind schnell zusammengerafft, Kunststück, ich plane, nicht länger als bis zum zweiten Weihnachtstag bei meinen Eltern zu bleiben. Alles andere wäre ungesund. Und dann sitze ich mal wieder vor meinem Fenster und weiß nicht, was ich tun soll. Weihnachtsgeschenke einpacken? Geht nicht, ich habe keine, meine Eltern haben mir verboten, ihnen welche zu kaufen, weil ich doch kein Geld habe als Arbeitslose. Kochen? Keine Lust. Und keinen Hunger. Man wird ja auch einfach zu dick. Telefonieren? Ich könnte bei Dana und Josef in Frankfurt meinen Besuch ankündigen, den ich für Januar plane. Wahrscheinlich ist es gut, wenn sie vorher davon erfahren. Leider hebt niemand ab, wahrscheinlich sind die beiden längst bei Danas Eltern in der Schweiz, für die Feiertage. Lesen vielleicht? Klar. Lesen. Warum nicht. Lesen bildet. Aber für ein Buch fehlt mir die Ruhe, außerdem besitze ich keines, das ich noch nicht kenne; einer der am dringlichsten zu beseitigenden Punkte meiner Defizitliste in Sachen Kultur.

Ich gehe in die Küche und wühle im Altpapier nach der *Morgenpost* von vor ein paar Tagen, die ich wegen der ganzen schlechten Nachrichten auf den ersten Seiten nur zur Hälfte geschafft habe. Ich fördere sie gemeinsam mit einer Brötchentüte zutage. »Tschüss, bis morgen!«, steht auf der

Brötchentüte. Ganz schön optimistisch. Aber die Bäcker können sich so etwas erlauben, denn Brot essen die Leute ja dauernd, ob sie nun viel Geld verdienen oder wenig.

Was wäre wohl, wenn ich keine Onlineredakteurin geworden wäre, sondern Bäckerin oder Friseurin oder Klempnerin? Vielleicht wäre ich jetzt viel glücklicher und zufriedener, weil ich meinen Job noch hätte, denn Haare wachsen ja immer, und Rohre scheren sich auch nicht um die wirtschaftliche Lage, wenn sie verstopfen. Vielleicht hat Handwerk wirklich goldenen Boden. Vielleicht hätte ich sogar längst meinen Meister geheiratet und zwei Kinder mit ihm und würde zu Hause bleiben, im Reihenhaus in der Vorstadt, und mit den Nachbarinnen Kaffeeklatsch halten, während die Kinder zusammen spielen und der Alte die Kohle ranschafft. Außerdem machen Handwerker auch nicht so viele Überstunden. Die fangen früh an, und um vier oder halb fünf lassen sie alles stehen und liegen, und wenn nicht, dann kostet das einen Haufen Geld.

Bei Leuten wie uns hingegen sind alle Überstunden schon drin im Gehalt, weil wir uns bei vergüteten Überstunden mit fünfunddreißig zur Ruhe setzen könnten, was die Halsabschneider in den Flanelletagen natürlich verhindern wollen. Vielleicht also habe ich mich bei meiner Zukunftsplanung ordentlich verkalkuliert. Vielleicht hätte ich gar nicht studieren müssen und ins Ausland gehen und all das. Vielleicht habe ich alles falsch gemacht. Das ist doch absurd.

Genau wie die Meldungen in der *Morgenpost*, die sind auch absurd.

»Zweihundertachtundsiebzig Millionen Euro könnten Deutschlands Krankenhäuser sparen, wenn sie bei Patienten und Personal auf das Dessert verzichteten«, lautet eine von ihnen. Ja, warum tun die das dann nicht? Deutschland ist doch sowieso viel zu fett, mich eingeschlossen, und das macht die Krankenkassen arm und die Leute träge. Kein Wunder, dass da niemand mehr was auf die Reihe kriegt.

Die nächste Meldung ist noch absurder. Sie besagt, dass auf den Philippinen die Antibabypillen aus der US-Entwicklungshilfe häufig nicht zur Empfängnisverhütung, sondern zur Orchideenzucht genutzt werden. Das gefällt mir. Auf so was muss man erst mal kommen. Wie haben die Filipinos wohl rausgefunden, dass das klappt? Vielleicht ist einer Orchideenzüchterin ihre Pille mal runtergefallen, und daraufhin hat sie festgestellt, dass die Orchideen plötzlich sprießen wie sonst was, und dann hat sie den Tipp gleich weitergegeben an all ihre Kolleginnen und Kollegen. Das würde allerdings voraussetzen, dass die Filipinos nicht viel aufs Konkurrenzdenken geben, denn sonst wäre der Geheimtipp geheim geblieben und besagte Orchideenzüchterin in Windeseile aufgestiegen zur erfolgreichsten Orchideenzüchterin auf der ganzen Welt, die Interviews gibt und auf die Frage nach dem Geheimnis ihres grünen Daumens immer nur wissend lächelt, was die Asiatin an sich ja besonders gut kann.

Ogottogott. Spinne ich eigentlich? Ich tippe mir innerlich an die Stirn und denke, dass es vielleicht besser ist, wenn ich ein bisschen unter Leute gehe. Mein Zug am nächsten Tag geht erst um zwölf, es ist Samstagabend, und ich habe eine unglückliche Liebe zu vergessen. Etwas trinken zu gehen ist also das Beste, was ich tun kann. Vielleicht treffe ich ja Eule. Es wird Zeit, ein paar Worte mit ihm zu wechseln. Ich will endlich wissen, womit er sich beschäftigt. Worüber er mit den ganzen Leuten spricht, die er um sich herum versammelt, und warum er dazu ein Diktiergerät braucht. Was auf den Zetteln steht, die er mit sich herumschleppt. Warum er so eine komische Ausstrahlung hat und so eine Ruhe, wo doch um uns herum gerade die Welt zusammenbricht. Und wie er die Demo fand.

Vielleicht kann er mir sagen, was ich tun soll.

Eule aufzutreiben ist nicht leicht. Ich stromere durchs ganze Viertel und kehre sogar in Läden ein, in denen ich noch nie war: ins ehemalige Wartenberg, das jetzt eine Pizzeria mit Druckbetankung ist. In die Duschbar, wo ich mich an gaffenden Proleten vorbeidrücken muss. Ins Gazoline, wo ich sonst abends nicht hingehe, weil ich finde, dass es für den Abend nicht geeignet ist. Sogar in Trapps Eck, einer Spelunke, wie sie im Buche steht und in der die angetrunkenen Tresenhocker laut grölen, als ich durch die Tür komme.

Ich mache mir einen Spaß daraus, in jeder Kneipe, die ich betrete, einen Jägermeister zu bestellen. Weil ich kaum etwas gegessen habe den ganzen Tag und mir der Sekt vom Nachmittag noch im Blut steckt, werde ich ziemlich schnell ziemlich komisch. Ich bilde mir ein, ich wäre eine Privatdetektivin, die Eule jagt, und beginne, die Leute in den Läden nach ihm zu fragen. Schade, dass ich kein Foto von ihm habe, sonst könnte ich es so machen wie in den Vorabendserien: »Kennen Sie diesen Mann? – *(drohender Blick; kühl, sehr professionell)* – Sagen Sie die Wahrheit, sonst bekommen Sie es mit mir zu tun, und Sie wissen ganz genau, was das heißt!« Aber eine erstaunliche Anzahl von Leuten weiß auch ohne Foto, wen ich meine.

»Das ist der mit dem Diktiergerät«, sagt der Kellner im Knuth prompt, aber er weiß ebenfalls nicht, was Eule damit treibt.

»Der fragt Leute aus«, erklärt mir ein Typ in der Villa Verde. Er trägt einen hässlichen Anzug und eine hässliche Krawatte und ist furchtbar blasiert, was ebenfalls sehr hässlich ist. Er kann nicht von hier sein, sonst hätte er sich einen Laden ausgesucht, in dem mehr von seiner Sorte verkehren.

»Wie, der fragt Leute aus?«, gebe ich zurück. So weit bin ich auch schon.

»Ich habe keine Ahnung, warum oder wofür, aber er quatscht die Leute einfach an und fragt sie, ob sie ein bisschen Zeit haben, und dann quetscht er sie aus«, antwortet Mr. Wichtig und dreht sich zum Tresen, um herablassend noch einen Manhattan zu bestellen.

»Auch einen?«, fragt er und grinst mich schmierig an.

»Nee, danke«, lehne ich ab. »Aber *worüber* quetscht er die Leute aus? Worum geht's denn da?«

»Was weiß ich«, sagt der Typ schulterzuckend. »Vielleicht ist er ein Sektenfänger. Bei mir hat er's auch schon mal probiert.«

»Und?«, frage ich. »Hast du mitgemacht?«

»Seh ich so aus?«, brummt Mr. Wichtig und wirft mit großer Geste einen Geldschein auf den Tresen. »Ich hab meine Zeit doch nicht gestohlen.«

Idiot. »Aber hier rumhängen und den großen Macker spielen, dafür hast du wohl Zeit«, sage ich, »der soll froh sein, dass er nicht mit dir sprechen musste«, und der Typ glotzt mich an, als würde er gleich ausholen und mir die Fresse polieren, also mache ich mich schnell vom Acker.

Ich habe keine Ahnung, wie das noch enden soll, und ich habe auch keine Ahnung, warum ich Eule in Schutz nehme. Aber irgendwie habe ich das Gefühl, dass das, was er tut, schon seine Berechtigung hat.

Gegen zwei bin ich volltrunken und sehr erschöpft, und ich habe Eule noch immer nicht gefunden; nicht in der Blauen Bar und nicht im Aurel und nicht im Monsun. Aber so ist das mit Immer-und-überall-Menschen: Wenn man sie treffen *will*, dann sind sie auf einmal wie vom Erdboden verschluckt.

Auch beim Sprinter war ich längst, aber das Familieneck liegt auf dem Heimweg, also entscheide ich mich für einen nochmaligen Besuch und einen letzten Absacker, den ich eigentlich gar nicht mehr brauche, weil ich schon abgesackt genug bin. Und da sitzt Eule am Tresen, unschuldig wie ein Lamm, und guckt noch nicht einmal erstaunt, als ich mich neben ihn quetsche und ohne zu zögern »Hallo« sage.

»Hallo«, erwidert Eule, und dann winkt er dem Sprinter und zahlt ohne Aufschub seine Rechnung und ignoriert mich einfach. Super. Genau so hatte ich mir das vorgestellt.

Während Eule seine Geldbörse aus der Jackentasche zieht, fällt etwas auf den Boden. Was auch immer es ist, es landet irgendwo zwischen den Beinen eines knutschenden Pärchens neben mir, und ich bücke mich, um es aufzuheben. Der Laden ist so voll, dass ich kaum durchkomme mit meinem Arm, weil um mich herum ständiger Durchgangsverkehr herrscht und ich immer wieder von allen Seiten angestoßen werde. Außerdem ist es dunkel und stickig zwischen den ganzen fremden Füßen, die mir immer wieder auf die Hand treten wollen. In meinem Kopf dreht sich alles, aber irgendwann kann ich mir das Ding greifen und mit hochrotem Gesicht wieder nach oben tauchen. Und dann sehe ich gerade noch, wie Eules dunkle Jacke sich am anderen Ende des Ladens durch die Eingangstür schiebt und dahinter verschwindet.

»Ey!«, schreie ich und halte mein Fundstück in die Luft, von dem ich noch immer nicht weiß, was es ist, und das sich trotzdem vertraut anfühlt. Aber Eule hört mich nicht mehr oder will mich nicht mehr hören, und bis ich mich nach draußen durchgekämpft habe, ist er längst in der Dunkelheit verschwunden. Großartig. Das war ja zweifellos eine sehr gewinnbringende Aktion. Ich fluche leise, aber dann erinnere ich mich an meine Beute, die ich fest umklammert halte mit der rechten Hand.

Es ist eine Kassette. Eine gute alte Kassette. Kein Wunder, dass sich das Ding so wohlbekannt angefühlt hat.

Ich denke sofort an »TKKG« und »Hanni und Nanni« und die »Drei Fragezeichen« und an all die unzähligen Kassetten, die ich selbst aufgenommen oder von anderen geschenkt bekommen habe. Damals, als man sich seine Compilations noch selbst zusammengestellt hat und sie nicht aus Bequemlichkeit kaufen ging. Und ich denke an Eules Diktiergerät. Es muss verdammt altmodisch sein, wenn es noch mit normalen Kassetten funktioniert und nicht mit diesen kleinen Minidingern, die man auch in den Anrufbeantworter steckt. Ich habe zwar exakt so einen Anrufbeantworter, aber schon lange kein Tapedeck mehr, und trotzdem denke ich nicht eine Sekunde daran, wieder hineinzugehen und dem Sprinter die Kassette in die Hand zu drücken, damit er sie Eule bei seinem nächsten Besuch zurückgibt. Versonnen stecke ich sie in meine Manteltasche, und dann wandere ich nach Hause und wünsche mir, dass mein Kopf ebenso klar wäre wie der Himmel über mir, aber ich kann kaum noch geradeaus denken und schaffe es gerade eben bis nach Hause, bevor ich mich schon wieder übergeben muss.

So langsam kriege ich Übung darin. Verdammt noch mal, das muss ein Ende haben.

Als ich am nächsten Tag die Bahnfahrt nach Hause antrete, geht es mir immer noch schlecht. Ich bin müde und ein wenig missgelaunt, der Zug wird immer voller, und es will sich einfach keine Weihnachtsstimmung einstellen. Da nützt es auch nichts, dass die Hälfte meiner Mitreisenden dämliche Weihnachtsmannmützen trägt und die Schaffner beim Fahrkartenabknipsen ganz besonders milde lächeln. Sie lächeln ohne Unterlass, voller Verständnis für mitten in den Gängen geparkte Gepäckstücke, brüllende Kinder und leicht bis mittelschwer Betrunkene. Und das, obwohl die meisten Fahrgäste, ob besoffen oder nicht, ihnen zunehmend die Hölle heiß machen.

Der Hauptgrund dafür ist das neue Preissystem der Deutschen Bahn, das niemand verstanden hat. Einschließlich der Schalterbeamten und einschließlich der Schaffner natürlich, die mit den Nerven wahrscheinlich völlig zu Fuß sind und sich längst fragen, welcher Idiot sich bitte schön diesen Scheiß ausgedacht hat. Etwas, das schon Tage vor seiner eigentlichen Einführung für ein dermaßenes Chaos sorgt, kann jedenfalls nicht so richtig gut sein, und auch mir ist es ein Rätsel, wie das demnächst funktionieren soll mit den Preisen fürs Bahnfahren. Obwohl ich als Bahncardinhaberin schon seit Monaten mit Infobroschüren zugeschüttet werde und obwohl ich Akademikerin bin, habe ich nichts begriffen.

Außer, dass Bahnfahren demnächst nur noch bezahlbar ist, wenn man einen ganz speziellen Zug lange im Voraus bucht, und zwar so lange im Voraus, wie man sich gar nicht sicher sein kann, ob man die Reise dann überhaupt noch antreten will. Ich halte das für sehr unpassend, denn Bahnfahrten, die man vier Wochen im Voraus buchen muss, kann man auch gleich sein lassen, weil das Schöne am Bahnfahren nun mal das Einfach-losfahren-Können ist und das O-weh-ich-verpass-meinen-Zug-ach-nehm-ich-halt-den-Nächsten, und wer das nicht versteht, der mag wahrscheinlich auch Céline Dion.

Es ist doch nun mal so: Bahnfahren ist nicht Fliegen, und das wird es auch niemals sein, weil Bahnfahren so ist wie Pommes essen und Fliegen wie ein Menü im Le Canard. Beides hat seine Reize, aber auch nur, wenn die Pommes so sind, wie Pommes nun mal sein müssen: fettig und ungesund und mit Schranke und am besten noch mit Currypuh dazu. Und das Menü im Le Canard muss so sein wie ein Menü im Le Canard; kaum zu sehen und mehr Schein als Sein, aber trotzdem unglaublich gut und unglaublich lecker, nur eben viel zu schnell vorbei.

Fliegen im Voraus buchen gehört dazu, wie man im Le Canard eben einen Tisch reserviert. Aber hat jemand schon mal gehört, dass man an der Pommesbude nebenan reservieren muss? Ich jedenfalls nicht.

Aber ich habe Glück gehabt. Ich muss mich erst mal nicht weiter darum kümmern, denn meine Firma hat mir noch im September eine neue Bahncard gekauft, und die gilt jetzt bis zum nächsten September zu den alten Konditionen. Diese Bahncard wird mir in den kommenden Monaten eine Menge Ärger ersparen, und deshalb denke ich jetzt fast ein bisschen wehmütig an die Firma und an die Redaktion und sogar an Bettina aus der Buchhaltung, die mich mit ihrer Meckerei in Sachen Reisekostenabrechnung immer an den Rand des Wahnsinns getrieben hat.

Was der Vorstandsvorsitzende jetzt wohl macht? Sicher will er auch Weihnachten feiern, und vielleicht denkt er mal an uns und daran, dass uns das Weihnachtenfeiern in diesem Jahr bestimmt schwerer fällt als sonst. Aber wahrscheinlich denkt er überhaupt nicht an uns und kauft stattdessen Geschenke im Wert von hunderttausend Euro für die Großaktionäre, damit die denken, dem Unternehmen geht es super; und währenddessen ist es vielleicht seine größte Sorge, dass die Firma immer noch zu viele unnütze Angestellte hat, solche, die mit Zahlen nichts zu tun haben und stattdessen Inhalte produzieren und kreativ sind, igittigitt.

Weihnachten hin oder her, irgendwie glaube ich nicht, dass ich in dieser Angelegenheit so schnell verzeihen kann. Und nicht nur deshalb fühlt sich die Heimfahrt diesmal anders an als sonst. Normalerweise ruft sie jedes Jahr aufs Neue ein ganz bestimmtes Gefühl hervor; ein Gefühl, das sich wirklich nur zu diesem einen Anlass einstellt. Wenn ich sonst nach Hause fahre – über Ostern vielleicht oder im Sommer für ein paar heiße Tage zum Faulenzen auf die Terrasse meiner Eltern –, fehlt es völlig, denn dieses Gefühl gibt es nur einmal im Jahr.

Driving home for Christmas eben; mit Vorfreude im Gepäck und dem Wissen, bald ein Jahr abzuschließen, das unterm Strich meistens gut war. Dann fühle ich mich seltsam verbunden mit der Welt und ihren Angewohnheiten wie eben Weihnachten feiern, und meistens werde ich ein bisschen sentimental, während ich die Stadt hinter mir lasse und den Job und den Stress und meiner Kindheit entgegenfahre. An einen Ort, wo die Uhren langsamer gehen und wo die Welt noch eine Scheibe ist, weil das platte Land einen über Kilometer weit sehen lässt, und wo niemand etwas anfangen kann mit Begriffen wie »After-Work-Club« oder »Page Impressions«.

Aber diesmal ist das Gefühl anders. Ich bin unruhig, und mir fehlt das Bewusstsein, mir Weihnachten und die Tage der Entspannung verdient zu haben. Vielleicht liegt es daran, dass da keine Geschenke sind, die ich auf die Schnelle in mein Gepäck gestopft habe, und dass ich dazu nicht mit der Rolle Geschenkpapier kämpfen muss, die kunstvoll zwischen den Griffen der Reisetasche klemmt, weil das Papier total zerknittern würde, wenn ich es *in* die Tasche packte. Wenn ich Geschenke hätte, dann wäre diesmal genug Zeit gewesen, sie schon *vor* der Fahrt einzupacken.

Aber wahrscheinlich hätte ich es trotzdem nicht getan, denn das Einpacken von Weihnachtsgeschenken auf den letzten Drücker gehört nun mal dazu, seit ich nicht mehr zu Hause wohne. Das ist der Moment, in dem ich endgültig weiß, dass Weihnachten ist: Wenn ich das alte »Bitte nicht stören«-Schild an die Tür meines ehemaligen Jugendzimmers hänge und mich samt den Geschenken an den hell furnierten höhenverstellbaren Schreibtisch setze, der mit mir gewachsen ist über all die Jahre, in denen ich Hausaufgaben machen musste. Und dann fühle ich mich wie früher, als ich acht oder neun war und mit ungelenken Fingern die selbst gebastelten Gaben einwickelte. Damals hatte ich noch kein »Bitte nicht stören«-Schild, also horchte ich währenddessen mit Herzklopfen auf die Geräusche im Flur und hoffte inständig, dass meine Eltern nicht gerade jetzt durch die Tür kommen und ihre Geschenke schon vorher sehen würden. Das war schön.

In diesem Jahr fehlen die Geschenke, und es fehlt auch das Gefühl, aber ich glaube nicht, dass nur die Geschenke allein daran schuld sind. Vielleicht liegt es daran, dass ich auf einmal Angst davor habe, ihnen allen zu begegnen, meinen Eltern und, noch schlimmer, den alten Mitschülern, die sich später am Heiligen Abend in der Dorfdisco versammeln werden wie in guten alten Zeiten. Denen, die brav ihre Ausbildung gemacht haben oder auf Lehramt studiert und die Wert darauf legen, zu heiraten und ein Häuschen zu bauen als Familiennest, am besten möglichst nah bei den Schwiegereltern, wegen der Kinder und weil das hier nun mal dazugehört. Vielleicht liegt es aber auch schlichtweg daran, dass ich auf einmal nicht mehr so genau weiß, wofür ich nach Hamburg zurückfahren soll, wenn Weihnachten erst einmal vorbei ist. Ich habe nicht gewusst, dass das so eine große Rolle spielt.

Mein Vater holt mich ab. Ich sehe ihn schon auf dem Bahnsteig stehen, während der Zug einfährt. Er ist groß, ein gut aussehender Mann, und schlau noch dazu. Meine Mutter hat großes Glück mit ihm gehabt, aber er natürlich auch mit ihr, und das haben sie beide verdient. Als Papa mich in den Arm nimmt, tut er das länger und fester als sonst. Du liebe Güte.

»Papa«, sage ich unangenehm berührt und mache mich

los, »es ist doch niemand gestorben. Ich habe lediglich keinen Job mehr, das ist alles.«

»Für manche ist das dasselbe«, sagt Papa nur und bückt sich nach meiner Reisetasche.

Ich habe es ja gesagt, mein Papa ist schlau. Und schlau genug, das Thema in den nächsten Stunden erst mal nicht wieder anzusprechen.

Meine Mutter will zwar davon anfangen, aber Papa winkt ab und sagt, dass das noch ein bisschen warten kann, und erzählt beim Kaffeetrinken stattdessen von den Querelen im Schützenverein. Hier hat man eben andere Probleme. Ich belächele das ein wenig, aber tief in mir drin weiß ich ganz genau, dass ich auch lieber so ein Problem hätte als das, das unausgesprochen mitten im Raum steht und nur darauf wartet, uns mit seinen Krakenfingern zu packen und die Laune zu verderben.

9.

»›Ich-AG‹ das Unwort 2002«
Der Tagesspiegel

Nach dem Kaffee tigere ich ein paar Mal durch das große Haus, vom Keller bis zum oberen Stock, einfach nur so. Danach packe ich in meinem Zimmer die Reisetasche aus, und dann fühle ich es doch endlich kommen, mein ganz spezielles Weihnachtsgefühl.

Während ich meinen Mantel in den Schrank hänge, fällt mir Eules Tape wieder ein, das noch immer in meiner Manteltasche schlummert. Ich taste danach und hole es heraus. Papa hat noch ein Tapedeck; es steht unten in seinem Party- und Hobbykeller, den meine Mutter nur in Ausnahmesituationen betritt, weil es in ihm so nach Qualm stinkt. Da unten raucht Papa seine Zigarillos, und auch mir ist jetzt nach einer Zigarette. Also ziehe ich wieder los mit der Schachtel und dem Tape in der Hand, und wie verabredet sitzt da auch Papa und scheint schon auf mich zu warten.

Während wir sitzen und rauchen und zum Auftakt erst einmal schweigen, wird es draußen dunkel. Papa dockt die Lichterkette an der Steckdose an, die statt einer Lampe an der Wand hängt. In Gedanken zähle ich die Lichtpunkte, die sie auf die Tischplatte wirft.

Wenn ich Papa treffe, muss ich mich jedes Mal wieder an ihn gewöhnen. Bei meiner Mutter ist das etwas anderes, wir sehen uns, und es ist sofort, als wäre ich nie weg gewesen, was natürlich auch heißt, dass wir uns genauso schnell streiten wie früher, das gehört vermutlich dazu. Aber mit meinem Vater ist das nicht so. Wir haben nie ein sonderlich emotionales Verhältnis zueinander gehabt und deshalb zwar wenig gestritten, aber eigentlich auch wenig miteinander geredet. Gefehlt hat mir das nicht, jedenfalls soweit ich das überblicken kann, denn trotzdem wusste ich bei ihm immer eines: dass ich mich auf ihn verlassen kann und dass er da sein würde, wenn ich ihn brauche. Es ist, als hätten Mama und er sich stillschweigend auf eine ganz traditionelle Rollenverteilung geeinigt, in der sie noch immer aufgehen und die ich, Emanzipation hin oder her, noch nicht einmal für die schlechteste halte. Mama ist das Gefühl und die Intuition und das Geschrei und die Sorge aus dem Bauch heraus, und Papa macht den Rest; ebenso fürsorglich, aber distanzierter und nüchterner und mit dieser Weitsicht, die einen als Teenager verrückt macht, weil alles, was weiter weg ist als übermorgen, noch nicht zu existieren scheint.

Ich bin mehr wie meine Mutter; meine Entscheidungen fälle ich aus dem Bauch heraus, und dabei zetere ich ebenso gern und rege mich auf und reagiere panisch, wenn etwas schief zu gehen droht. Ob das wohl heißt, dass ich als Mann auch eher so einen will wie Papa? Als Ruhepol und um meine eigene Hysterie auszugleichen? Wie bei Yin und Yang oder bei Platons Kugelmensch: Wir suchen immer nach unserer Ergänzung, nach unserer anderen Hälfte, um uns rund zu fühlen und ganz und als Einheit? Bei meinen Eltern hat es geklappt. Sie sind glücklich miteinander. Ob ich das jemals schaffen werde? Scheiße.

Eigentlich *kann* das gar nicht klappen, denn ich habe ja nicht mal mehr einen Job, und der Arbeitsplatz ist leider Gottes Ehestifter Nummer eins. Das ist statistisch erwiesen: Die meisten Paare lernen sich über den Job kennen. Rrrums, und wieder eine Chance den Bach runter. Wie soll das nur werden? Vielleicht folgt auf den Höhepunkt der

Arbeitslosigkeit der Höhepunkt der Singlegesellschaft, weil man ohne einen Job nur noch Idioten kennen lernt wie Moritz. Und Moritz ist bestimmt nicht geeignet dafür, meine andere Hälfte zu sein, denn einer, der bei seinem Kifferkumpel pennen muss, weil seine Frau ihn nicht mehr in die Wohnung lässt, ist garantiert alles andere als ein Ruhepol.

Moritz. Ob er noch in Lüttjes Haus ist? Oder hat er sich längst versöhnt mit seiner Frau, und die beiden schieben gerade eine Nummer unterm Tannenbaum? Warum muss ich überhaupt an ihn denken?

Und was ist mit »Gleich und Gleich gesellt sich gern«? Vielleicht macht das viel eher eine funktionierende Beziehung aus als dieses blöde »Gegensätze ziehen sich an«. Wie zum Henker findet man raus, welcher dieser beiden Grundsätze richtig ist? Oder ist das völlig egal, weil es nun mal knallt, wenn es knallt, und es einem dann völlig schnuppe ist, wie der andere wirklich tickt, weil man sowieso erst mal alles an ihm toll findet? Hat es bei Moritz und mir geknallt? Oder hat er nur mich geknallt, haha?

Wenigstens finde ich nicht alles an ihm toll, also hat es vielleicht nicht geknallt. Trotzdem tut es mir in diesem Moment ein bisschen Leid, dass ich seine Blumen zerschnipselt habe. Denn wenn ich sie in die Vase gestellt hätte, dann wäre das ein sehr triftiger Grund gewesen, nach Weihnachten wieder nach Hause zu fahren, weil die Stängel nämlich sonst in der Vase verschimmeln und mit ihrem Gestank die ganze Wohnung verpesten würden.

Ich knirsche mit den Zähnen, und Papa hebt den Kopf und sieht mich an.

»Na«, sagt er und bläst einen Rauchkringel gegen die Decke, »erzähl mal. Was hast du jetzt vor?«

Papa ist zwar schlau, aber diese Frage finde ich als Einstieg ein bisschen unglücklich, denn ich habe keine

Antwort darauf. Ich weiß nicht, was ich vorhabe. Aber ich weiß, welche Antwort Papa gerne hören möchte.

»Ich muss mir eben was Neues suchen«, antworte ich, und dabei klingt meine Stimme ganz weit weg.

»Vielleicht solltest du dich ganz umorientieren«, bekräftigt Papa. »Ich meine, du mit deiner Ausbildung und mit deinem Talent bei diesem Internetdingsda, das war doch auf Dauer sowieso kein Zustand.«

Papa hätte mich von Anfang an lieber als Dozentin an der Uni gesehen oder wenigstens bei einem seriösen Medium, am besten gleich bei der *Zeit* oder bei der *Süddeutschen*. Nur nicht bei der *taz*, denn Papa wählt ja CDU.

Ich weiß, was er als Nächstes sagen wird. »Sieh es als Chance«, versucht er mich aufzumuntern. Erwartungsgemäß. Ich muss an die Mumm-Werbung denken. Die, in der diese beiden hippen Typen oben an den hohen Fenstern auf der Aussichtsplattform irgendeines noch hipperen, blitzeweißen Fernsehturms lehnen. Der eine – der Blonde, der ein bisschen eine Frisur hat wie Julius Caesar – dreht sich zum anderen um und fragt: »Sag mal, haben wir eigentlich eine – Chance?«

Und der andere (dunkelhaarig, natürlich) erwidert: »Eigentlich – nicht«, und dann lachen sie sich halb tot und stoßen an mit ihren Gläsern, in denen der Sekt perlt.

Ich habe diese Werbung nie verstanden. Was will sie uns sagen? Wahrscheinlich, dass wir möglichst viel saufen sollen, wenn es uns schlecht geht, weil die Welt dann erträglicher ist. Aber da kommen die meisten auch ganz von allein drauf.

»Das ist sehr schwierig, Papa«, sage ich. »Es gibt im Moment nicht so viele Chancen da draußen für Leute wie mich.«

»Für Leute wie dich?«, fragt Papa erstaunt. »Also,

Marnie, so was habe ich ja noch nie gehört. Du hast doch alles. Abitur, Studium, Praktika, Auslandserfahrung. So jemand wie du muss sich doch wirklich anstrengen, um nicht mit Kusshand genommen zu werden.«

Ich gucke Papa an, meinen realistischen, mit beiden Beinen auf dem Boden stehenden, nüchternen, informierten Vater, und ich bin ein wenig fassungslos. Ich meine, Radio und Fernsehen und Tageszeitungen gibt es sogar hier. Und in Zeiten, in denen der *Spiegel* die »Neuen Arbeitslosen« zu seinem Lieblingsthema macht, muss es die Kunde der gegenwärtigen Situation doch wohl wenigstens bis in die Lüneburger Heide geschafft haben! Auch wenn es hier keine Internetagenturen gibt, die eine nach der anderen Pleite gehen, und auch wenn hier nicht Monat für Monat regionale Arbeitslosenzahlen veröffentlicht werden, die jeden mit einer ungekündigten Festanstellung dazu bringen, sich dankend gen Mekka zu werfen.

»Das ist so nicht mehr ganz richtig«, erkläre ich schwach. »Im Moment kann das sogar ein Hindernis sein. Solche Leute wie ich sind nämlich teuer. Die will man jetzt loswerden. Und sich dann am besten nie wieder ans Bein binden.«

»Ja, aber«, trumpft Papa mit seiner unerschütterlichen Logik auf, »ja, aber, irgendwer muss doch die Arbeit machen.«

»Na ja«, sage ich, »wenn überhaupt, dann vielleicht unterbezahlte Freie, und die prügeln sich natürlich um jeden Job und arbeiten für 'nen Appel und 'n Ei, damit sie was haben zum Überleben und ein paar Kontakte für bessere Zeiten.«

»Hast du denn darüber schon mal nachgedacht?«, bohrt Papa nach. »Als Freie zu arbeiten? Selbständig? Du bist doch jemand, der macht und zupackt. Ich würde dir das zutrauen, Marnie. Mama und ich, wir würden dir das beide zutrauen. Das wäre doch durchaus eine Möglichkeit. Und wenn es nur so lange ist, bis sich die Lage wieder bessert.«

Uff. Nein, um ehrlich zu sein, habe ich darüber noch nicht nachgedacht. Jedenfalls nicht so richtig. Ich mache große Augen und bin für einen Augenblick ein wenig von der Rolle, und Papa merkt das natürlich und redet sofort weiter auf mich ein und zaubert dazu aus dem Nichts eine Mappe mit Unterlagen hervor. So ist Papa. In seinen Augen ist alles schon geregelt. Wahrscheinlich hat er während der vergangenen zwei Wochen nach Feierabend nichts anderes getan, als nach einem Ausweg für mich zu suchen, und seiner Meinung nach hat er ihn auch gefunden. Auf der einen Seite rührt mich das. Sehr sogar, und noch viel mehr rührt es mich, wie Papa mich jetzt so erwartungsvoll und stolz anguckt, als hätte er das Rad erfunden und als ob seine Tochter deshalb in Zukunft auf ihre Krücken verzichten könnte, weil mit dem Rad auch der Rollstuhl kommt. Wahrscheinlich könnte ich mich jetzt in seine Arme kuscheln und sagen, »super, das machen wir«, oder vielmehr, »super, mach du mal«. Und dann würde ich mich zurücklehnen, Papa würde mir die Dinge aus der Hand nehmen, so weit es geht, und es wäre alles in trockenen Tüchern, noch bevor Mama sich an ebenjenen nach dem Zubereiten der Weihnachtsgans die Hände abgewischt hätte.

Aber genauso wie mich das rührt, nervt es mich auch, und zwar so sehr, dass ich am liebsten sofort losschreien würde. Von wegen dass das hier *mein* Leben ist und ich *selbst* entscheiden will und schon von *allein* darauf kommen würde, wenn das was für mich sein sollte mit der Selbständigkeit, und dass Papa sich nicht immer überall einmischen soll. Und überhaupt. Aber das bringe ich nicht übers Herz. Das kann ich Papa nicht antun.

»Marnie. Ich-AG«, steht in seiner großen, zielstrebigen

Schrift auf dem ersten Blatt unter dem Klarsichtdeckel der Unterlagenmappe.

»Ich weiß nicht«, sage ich kläglich.

Ich-AG. Wie das schon klingt. Mit AGs habe ich nicht die besten Erfahrungen gemacht.

Papa ist enttäuscht, das sehe ich ihm an der Nasenspitze an. Was hat er erwartet? Dass ich ihm um den Hals falle und sage, »na prima, mache ich mich eben selbständig, alles klar, wie konnte ich das nur übersehen, schön, alle Sorgen sind wie weggeblasen, dann können wir ja jetzt Weihnachten feiern, als wäre nichts gewesen«?

»Du kannst dir das wenigstens mal angucken«, sagt Papa und schiebt mir die Mappe hin und steht auf.

»Ja, natürlich«, antworte ich, und wenigstens fällt mir noch ein, »danke« zu rufen, bevor er aus der Tür ist.

Und dann bin ich allein unten im Partykeller und rauche Kette und denke darüber nach, ob ich vielleicht tatsächlich eine AG werden will. Halbherzig blättere ich mich durch die Mappe. Zeitungsausschnitte über Zeitungsausschnitte, ein Infoblatt vom Arbeitsamt, eine Auflistung der erforderlichen Unterlagen zur Beantragung der Fördergelder. Der Staat gibt ordentlich was drauf in den ersten drei Jahren. Nicht schlecht, denke ich, gar nicht schlecht. Selbständig sein, das heißt immerhin, arbeiten zu können, wann man will. Und das vielleicht sogar von zu Hause aus. Kein nörgelnder Chef, keine Anwesenheitspflicht, kein Ärger darüber, immer nur anderen Leuten in die Tasche zu wirtschaften und dabei ausgenutzt zu werden.

Aber selbständig sein, das heißt auch, ständig volles Risiko zu fahren. Keine Sicherheit zu haben. Keinen bezahlten Urlaub und keine bezahlten Krankheitstage, keine gesetzliche Rentenversorgung und keinen Anspruch auf Arbeitslosengeld. Und keine Kollegen.

Ich-AG, das klingt nach ich, ich, ich. Nach Ellbogen und

nach Durchsetzen und nach Egoismus. Nach Kohle machen für einen selbst, und zwar nur für einen selbst. Es klingt nach sich selbst der Nächste sein. Es klingt nach Generation Golf.

Aber auf der anderen Seite – vielleicht ist das ja das Schlaueste, was man im Moment machen kann: Sich als abgeschlossenen eigenen Wirtschaftsbetrieb zu betrachten und alles andere auszuklammern, weil man davon sowieso nichts hat. Vielleicht ist es an der Zeit, den Generationenvertrag zu kündigen und die Solidargemeinschaft Solidargemeinschaft sein zu lassen. Ich bin schließlich nicht blöd und bestens darüber informiert, dass ich die Rentenbeiträge, die ich bisher abgedrückt habe, genauso gut das Klo hätte runterspülen können. Dass das in Zukunft nicht besser wird, ist auch klar, allein schon weil die Fortpflanzungsproblematik durch die vielen Arbeitslosen, die sich nicht mehr auf der Arbeit kennen lernen können, noch dramatischer werden wird, aber das hatte ich ja schon. Es sei denn, alle fangen an zu poppen wie bekloppt, wahllos, weil sie sonst nichts Besseres zu tun haben. Wie ich mit Moritz. Aber ob das das Rentenloch stopfen wird? Ich befürchte, nein.

Vielleicht sollte ich die Bundesregierung wegen Zwangsenteignung verklagen. Vielleicht bin ich aber auch schlichtweg total bescheuert, da überhaupt noch mitzumachen. Vielleicht ist jetzt der beste Zeitpunkt dafür, sich einfach auszuklinken und das alles selbst in die Hand zu nehmen: Rente, Krankenversicherung, den ganzen Scheiß. Einfach nur sein eigenes Ding machen und überall den besten Deal rausschlagen und sich einen Dreck scheren um gesetzliche Versicherungen und um die drei Rentner, die man als Festangestellter durchfüttern müsste, ha. Fest steht: Sozialhilfe kriege ich im Ernstfall auch als gescheiterter Selbständiger. Wieso also sollte ich in eine Arbeitslosenversicherung einzahlen, bei der am Ende doch nur noch Kohle auf Sozialhilfeniveau rumkommt, wenn man sie denn mal in Anspruch nimmt? Da stecke ich doch lieber ab und an mal einen Zehner in die Rotkreuzbüchse, für das gute Gewissen, aber nur gegen Spendenquittung natürlich, weil ich als Ich-AG ja alles von der Steuer absetzen kann. Und deshalb ist die Ich-AG vielleicht die Lösung all meiner Probleme!

Vielleicht ist sie das aber auch nicht. Denn eigentlich möchte ich ja doch viel lieber Teil von etwas sein. Wie die anderen. Ich will dabei sein und Kollegen haben und auf ein Schwätzchen in der Teeküche vorbeischauen oder mich auf ein Feierabendbier verabreden können. Ich will jemanden, der mir im Notfall hilft oder dem ich im Notfall helfen kann. Mit dem ich an einem Strang ziehe. Mit dem ich über den Scheißchef lästern kann und über diesen Kunden, der wirklich von nichts eine Ahnung hat, und über die Korinthenkacker aus der Buchhaltung und über das Profilierungsgehabe des Neuen.

Bei einer Ich-AG ist das wohl eher schwierig. Es sei denn, man ist schizophren und kann zum Beispiel *mit* sich selbst *über* sich selbst schimpfen.

Wenn man den Begriff der Ich-AG allerdings nicht nur rein ökonomisch betrachtet, sondern meinetwegen mit Hilfe der Systemtheorie, dann sieht das Ganze schon wieder anders aus. Dann gehören zur Ich-AG nämlich auch solche Sachen wie die Kantine und der Betriebsausflug. Und das, in die Praxis übertragen, ist wiederum eine ausnehmend lustige Vorstellung: »Hallo Marnie, du bist ja schon wieder unterwegs, musst du denn gar nicht arbeiten?« – »Doch, doch, aber ich mache heute Betriebsausflug.« – »Schon wieder?« – »Na ja, in meinem Laden wird nun mal Wert darauf gelegt, dass man sich auch mal was Gutes tut.«

Die Ich-AG als ganzheitliches System! Ganzheitlich ist immer gut, denn man soll ja über seinen Tellerrand hinausgucken. Und so betrachtet, wäre alles, was man macht, irgendwie sinnvoll, weil es bezüglich der persönlichen Ich-AG immer eine Investition wäre in irgendetwas. Man müsste sich nur aussuchen, worin. Rufst du Freunde an und gehst mit ihnen aus, dann wäre das zum Beispiel nichts anderes als Kontaktpflege zu potenziellen Kunden. Networking. Genau. Das ist doch das, wonach sie immer alle schreien, die Karrierecoachs und die Jobratgeber. Networken, networken, nichts geht über networken, also bitte, nichts leichter als das. Gehst du Klamotten shoppen, bis die Kreditkarte raucht, dann wäre das nichts anderes als eine Investition in deine Repräsentationsfähigkeit. Liegst du einen Tag lang faul im Bett rum, dann wäre das nichts anderes als eine Aufstockung deiner persönlichen Ressourcen – Motivation und Kraft und was alles so dazugehört. Hast du einen One-Night-Stand, zum Beispiel mit einem Typen namens Moritz, dann wäre das wiederum nichts anderes als ein Test für deine Teamfähigkeit und ein Training deiner emotionalen Intelligenz. Wow. Eigentlich eine runde Sache.

Nur dass man damit auch nicht weiterkommt, wenn man nicht gleichzeitig *wirklich* arbeitet. Und zwar so richtig. Samt Klinken putzen und allein vor sich hin werkeln und sich selbst sehr im Griff haben, weil man nämlich sonst die private Krankenversicherung nicht bezahlen kann und fürs Alter vorsorgen schon mal gar nicht. Wahrscheinlich muss man sich sogar so sehr im Griff haben, dass man sich für die Kontaktpflege und die Repräsentation und die persönlichen Ressourcen am Ende doch wieder keine Zeit nehmen kann.

Und überhaupt: Will ich wirklich ein Unternehmen sein?

Will ich alles, was ich tue, als einen Ausdruck meiner Effizienz oder eben Nicht-Effizienz ansehen? Immer Berechnungen anstellen müssen nach dem Motto »das bringt mir was« und »das bringt mir nichts«?

Es ist wirklich ein Teufelskreis.

Als Mama zum Essen ruft, bin ich heilfroh, denn mittlerweile habe ich so viel geraucht, dass es mich schon im Hals kratzt, und so viel gedacht, dass mir der Rauch im Hirn stecken bleibt. Für den Rest des Abends werde ich auf Mamas Möhrensuppe umsteigen. Und danach auf sämtliche Weihnachtsschokolade, die ich finden kann. Wenigstens das mit dem Kugelmenschen dürfte also kein Problem für mich sein.

Im Bett fällt mir ein, dass Sonntag ist und ich vergessen habe, die *Lindenstraße* zu gucken, um Lüttje auf dem Laufenden zu halten. Mist. Was bin ich eigentlich für eine Freundin? Da habe ich schon so gut wie nichts zu tun und vergesse das bisschen auch noch. Und Eules Kassette ist ebenfalls weiterhin ungehört. Das habe ich genauso vergessen. Na ja. Morgen ist auch noch ein Tag, und vielleicht ist es gut, dass ich mein Pulver noch nicht verschossen habe. Auf diese Art habe ich wenigstens etwas vor. Davon abgesehen, dürften die kommenden Tage nämlich nicht sonderlich aufregend werden.

Am nächsten Morgen scheucht Mama mich um zehn aus dem Bett und schickt mich einkaufen für Heiligabend und die Feiertage. Ich habe keine Chance, mich zu drücken, obwohl ich nichts lieber tun würde als das. Ich weiß genau, was auf mich zukommt, denn am Tag vor Weihnachten in unserem kleinen Ort einkaufen zu gehen ist ungefähr so wie Abitreffen, Stadtjubiläum und Schützenfest auf einmal: An jeder Ecke wird ein Nachbar lauern oder ein Bekannter von meinen Eltern oder ein ehemaliger Mitschüler oder jemand, der früher in meinem Sportverein war oder in meiner Musikschule oder in meinem Detektivclub oder in meinem Konfirmationsunterricht. Der einzige Unterschied wird der sein, dass sie heute alle nüchtern sind, jedenfalls zum großen Teil, aber das macht es nicht unbedingt besser.

Ich fühle mich dem im Moment wirklich nicht gewachsen, dennoch gibt es kein Entrinnen. Mama ist erbarmungslos, und die Einkaufsliste, die sie mir am Küchentisch schreibt, wird immer länger. Hoffentlich schaffe ich das überhaupt an einem Tag.

Zwischendurch steckt Papa seinen Kopf durch die Tür und hält mir einen Umschlag entgegen. »Post für dich«, sagt er. »Sieht offiziell aus.«

Huch. Ich habe seit Jahren keine Post mehr an diese Adresse bekommen.

»Ach ja«, sagt Mama, »das erinnert mich daran, dass du gleich auch ein paar Karten mitnehmen kannst. Da müssen noch Briefmarken drauf.«

Na bestens. Am Tag vor Heiligabend auf dem Postamt, das macht bestimmt einen Höllenspaß. Vielleicht sollte ich noch einen Stuhl mitnehmen, damit ich beim Schlangestehen nicht zusammenklappe.

Skeptisch werfe ich einen Blick auf den Brief; er kommt von der Deutschen Ausgleichsbank, und mir schwant Böses. Zu Recht. Die Deutsche Ausgleichsbank will nämlich, dass ich mein Bafög zurückzahle. Scheiße. Da habe ich überhaupt nicht mehr dran gedacht. Um ehrlich zu sein, hatte ich darauf gehofft, dass die mich längst verloren hätten aus ihrer Datei. Die Weichen dafür meine ich jedenfalls perfekt gestellt zu haben; ich bin diverse Male umgezogen während des Studiums und danach sowieso, aber alles Spurenverwischen hat nichts genützt, denn da sind ja immer noch die Eltern und die Heimatanschrift, die das Studentenwerk wahrscheinlich vorsichtshalber in Stein meißelt, um potenziellen Bafögprellern gleich mal einen Riegel vorzuschieben.

Und jetzt haben sie mich auch drangekriegt.

Dreitausendfünfhundert Euro, bitte schön. Zahlbar entweder ab dem ersten April in vierteljährlichen Raten oder bis zum ersten April in einem Rutsch. Dann wird es billiger. Haha. Sehr witzig. Wirklich.

»Was ist denn das, Marnie?«, erkundigt sich Mama. »Bist ja ganz blass um die Nase.«

Wortlos halte ich ihr den Schrieb entgegen, und Mama überfliegt ihn mit einem Auge, während sie mit dem anderen den Vorratsschrank nach weiteren fehlenden Lebensmitteln abscannt, aber als sie den Ernst der Lage erkannt hat, hört sie damit auf und guckt mich aus beiden Augen an.

»O nein«, sagt sie erschrocken. »Ausgerechnet jetzt kommen die mit so was?«

Natürlich kommen die ausgerechnet *jetzt* mit so was. Das ist doch wohl klar. Murphys Gesetz.

»Da müssen wir wohl Familienrat halten«, sagt Mama, und das ist nett von ihr, aber ich weiß sehr genau, dass sie und Papa sich die Kohle auch nicht aus dem Ärmel schütteln können.

Und deshalb sieht es ganz danach aus, dass ich wohl mein Auto verkaufen werde, um die Deutsche Ausgleichsbank zufrieden zu stellen. Ob ich für den Wagen überhaupt noch so viel kriege? Zehntausend Mark habe ich für ihn gezahlt. Damals. Aber da war er auch noch ein Garagenwagen und äußerst gepflegt und äußerst dellenlos. Und jetzt ist er ein durchgerosteter Draußensteher mit einem löchrigen Auspufftopf und im Grunde eine einzige Beule. Wahrscheinlich muss ich froh sein, wenn ich ihn überhaupt noch mal durch den TÜV kriege.

Was macht man in so einer Situation? Wenn jemand so

viel Geld von einem haben will und man ganz genau weiß, dass man es eigentlich nicht hat und dass es auch sehr, sehr schwierig wird, es aufzutreiben? Ich kann doch nicht gleich meine Abfindung raushauen. Die brauche ich, um meine Wohnung halten zu können, wenn ich vom Arbeitsamt lebe. Was also kann ich sonst noch verkaufen? Wie viel würde wohl das Silberbesteck aus dem Familienerbe bringen, das ich zur Konfirmation bekommen habe? Vielleicht kann ich in meiner Wohnung ein Zimmer untervermieten. Das Arbeitszimmer natürlich. Arbeit habe ich ja eh nicht mehr. Oder kann ich bei der Deutschen Ausgleichsbank einen Aufschub verlangen, bis ich wieder Arbeit habe? Aber was denken die dann von mir? Dass ich mich extra zum einunddreißigsten Dezember habe feuern lassen, damit sie ihre Kohle nicht kriegen?

»Vergiss die Post nicht!«, ruft Mama mir hinterher, während ich mit ihrem monströsen geflochtenen Einkaufskorb unter dem Arm bedrückt aus dem Haus stapfe. Ich habe mich wirklich schon mal besser gefühlt. Und reicher sowieso. Wenigstens werde ich jetzt nicht mein eigenes Geld ausgeben.

Während des Fußwegs in den Ortskern stelle ich mir vor, ich wäre eine Hausangestellte um die Jahrhundertwende, die soeben von ihrer Herrschaft zum Einholen geschickt wurde.

In dem Fall hätte ich froh sein müssen, dass ich überhaupt ein Dach über dem Kopf habe. Ich hätte im Gesinderaum auf einem Bett aus Stroh geschlafen, und wahrscheinlich hätte ich jeden Tag sechzehn Stunden und mehr geschuftet und mir rote Hände geholt beim Wäschewaschen in dem großen Holzzuber mit dem Waschbrett, an dem ich mir die Haut blutig geschürft hätte.

Ich hätte nur graue Kittel besessen, aber dazu vielleicht ein, zwei hübsche Schürzen, die ich gehütet hätte wie meine Augäpfel und die ich spätnachts bei schlechtem Licht mit Nadel und Faden ausgebessert hätte, damit ich sie weiterhin tragen könnte. Vielleicht hätte ich sogar ein gutes Kleid gehabt. Eines, das mir die Dame des Hauses vermacht hätte und das ich nur zu ganz besonderen Anlässen anzog, und wahrscheinlich wäre ich furchtbar neidisch gewesen auf die Herrin mit ihrem ganzen Kleiderschrank voller wunderbarer Gewänder nach der neuesten Mode, die ich nur zum Waschen und zum Plätten und zum Reparieren anfassen durfte.

Aber gleichzeitig wäre ich vielleicht auch in den Kutscher verliebt gewesen oder in den Boten, und sonntags hätten wir ein paar Stunden freigehabt und wären gemeinsam über den Jungfernstieg flaniert, ich in meinem guten Kleid und er in seinem einzigen guten Anzug, und dann hätten wir so getan, als wären *wir* diejenigen, die sich Bedienstete leisten können. Unseren kargen Lohn hätten wir in einem Kaffeehaus mit Blick auf die Alster ausgegeben, natürlich immer auf der Hut davor, unserer Herrschaft zu begegnen; und dabei hätten wir uns vielleicht sogar heimlich geküsst.

Lüttjes Rucksack fällt mir wieder ein und die Frage, die ich mir bei seinem Anblick schon einmal gestellt habe: Wie viel braucht man eigentlich zum Leben?

Ich habe keine Ahnung. Aber woher soll ich das auch wissen? Schließlich ist es mein ganzes Leben lang noch am ehesten darum gegangen, mir Dinge leisten zu können, die man eben *nicht* zum Leben braucht. Um dieses Problem nicht zu haben, muss man wahrscheinlich Mönch sein. Die sind auch ohne irdische Güter glücklich. Vielleicht sollte ich das auch mal ausprobieren und ins Kloster gehen. Da findet mich die Deutsche Ausgleichsbank bestimmt nicht.

Allein, mir fehlt der Glaube. Und ohne den ist das Klosterleben vermutlich auch nichts.

Während ich an der einzigen Fußgängerampel des Ortes ordnungsgemäß Halt mache, beschleicht mich die Frage, ob ich langsam eine Patientin werde. Ausflüge in Jahrhundertwende-Phantasien sind nicht unbedingt eine gangbare Form der Problembewältigung. Aber jetzt habe ich andere Dinge, auf die ich mich konzentrieren muss, Mamas Einkaufszettel an erster Stelle und dazu die ganzen altbekannten und doch mittlerweile fremd gewordenen Gesichter.

Der Ortskern sieht aus wie frisch geputzt. Das tut er immer, seit hier Ende der Achtziger aus der Hauptdurchgangsstraße eine verkehrsberuhigte Zone wurde, einschließlich jener grellroten Pflastersteine, die zur damaligen Zeit irgendein geschmacksbefreiter, bundesweit operierender Stadtplaner zum Pflichtprogramm für alle Orte zwischen fünf- und fünfzigtausend Einwohnern erklärt hat und unter denen jetzt eine ganze Republik leiden muss. Die akkurate Pflasterung verleiht der Einkaufsstraße den Charme einer Planwirtschaft: Da sind keine Überraschungen, keine Brüche, keine Unebenheiten; das Auge frisst sich fest an den immer wiederkehrenden Mustern, und da ist auch nichts, was es abzulenken vermag. Hier wird nicht wild plakatiert; hier besetzen keine halb ausgeschlachteten Schrottautos ohne Nummernschild vereinzelte Parkplätze; hier stören keine Schnorrer und keine volltrunken pöbelnden Penner das gleichgeschaltete Straßenbild. Hier werfen die Leute ja noch nicht einmal ihren Müll auf die Straße.

Stattdessen nicken sie sich freundlich zu und halten an auf einen kleinen Klönschnack, und manchmal drehen sie sich dann um und gehen weiter und sprechen beim nächsten Klönschnack schlecht über den, dem sie noch zwei Minuten zuvor frech ins Gesicht gegrinst haben.

Hier scheint sich nichts zu verändern, über Jahre bleibt alles gleich; das Einzige, was ab und zu dem natürlichen Prozess der Häutung unterworfen wird, sind die Schilder und die Reklameschriften über den Geschäftseingängen. Dann wird aus »Moni's Mode Ecke« vielleicht »Trude's Trendtreff« oder aus »Niko's Wurststüberl« der »Heide-Imbiss«, aber das war's auch schon, und ich weiß wirklich nicht, was ich davon halten soll.

Auf der einen Seite ist das hier meine Heimat. Hier bin ich aufgewachsen. Hier habe ich als Teenager mit meinen Freundinnen in der Eisdiele gesessen, dem beliebtesten Hang-Out der Dorfjugend, auf Stühlen mit den hässlichsten Bezügen der Welt, während um uns herum die Jungs mit ihren Mopeds angaben oder sogar mit ihren Autos und zu diesem Zweck immer wieder um die Eisdiele herumfuhren, bis die Luft blau war vor lauter Abgasen. Natürlich fanden wir das völlig idiotisch, aber trotzdem haben wir immer »ja« gesagt, wenn einer von ihnen eine von uns fragte, ob sie mit ihm gehen wolle. Beim ersten Mal sagte man vielleicht noch unbedarft, »wohin denn?«, aber danach war einem klar, wo der Hase langläuft, und einen Freund mit Moped zu haben oder gar mit Auto ist in dieser Gegend noch immer das einzige Mittel, die Pubertät zu überleben.

Auf der anderen Seite reichen mir solche Erinnerungen nicht, um mich wirklich wohl zu fühlen, wenn ich hierher zurückkehre. Meistens komme ich mir dabei nämlich vor wie beobachtet und manchmal sogar wie das einzige Lebewesen unter lauter toter Materie. Das Schwierige daran ist, dass ich nicht weiß, ob ich meiner Heimat damit unrecht tue. Denn eigentlich sind die Leute nett, und eigentlich ist das Städtchen ganz heimelig, und eigentlich tut es manchmal ganz gut, vor Überraschungen gefeit zu sein, wenn der Rest des Lebens schon so anstrengend ist. Aber das gibt man ja nur ungern zu.

Warum eigentlich? Warum fühlt man sich plötzlich so erhaben und so wissend, wenn man erst mal die Biege gemacht hat, weg vom Land und hinaus in eine lautere, schnellere, buntere Welt? Kommt die arrogante Denke ganz von allein, wenn man von einem Ort wie diesem hier in eine Millionenstadt zieht? Vielleicht fühlt man sich dann automatisch hipper und welterfahrener und überlegener. Vielleicht ist man zwangsläufig unfair in dieser Angelegenheit und kommt gar nicht drum herum, auf die vermeintlich kleingeistigen Kleinstädter hinabzusehen. Zur Sicherung des eigenen Seelenheils, damit einem nicht auffällt, wie sehr einen das Stadtleben eigentlich stresst im Vergleich zu dem langen ruhigen Fluss des Dorfdaseins. Und damit man gar nicht erst auf den Gedanken kommt, dass einem dieses Dasein am Ende sogar selbst gefallen könnte.

Manchmal denke ich trotzdem daran, wie es wohl wäre, immer noch hier zu leben. Beziehungsweise hierher zurückzukehren, für immer oder wenigstens für länger als drei Tage, was ja schon seit Jahren nicht mehr vorgekommen ist. Ich glaube, dann wäre mein Leben sehr überschaubar. Ich wäre gewöhnt daran, dass alle Läden um halb sieben zumachen, und das wäre auch gar kein Problem, weil ich nämlich jeden Tag um fünf Feierabend hätte in meinem Job auf der Bank oder in der Stadtverwaltung oder im Kundenbüro der Allianz. Abends hätte ich immer was vor, weil es hier ständig Einladungen hagelt, zum Geburtstag oder zum Richtfest oder zum Firmenjubiläum oder auf ein Glas Bier bei den Nachbarn oder zum Frühjahrskegeln vom Kegelverein. Ich müsste nie stundenlang um den Block kurven, weil hier jedes Haus seinen eigenen Parkplatz hat und jedes Geschäft sowieso, wenn es nicht gerade in der verkehrsberuhigten Zone liegt, was aber auch egal ist, weil man von dort aus nämlich den großen Parkplatz hinter der Kirche immer in Gehweite hat. Am Wochenende würde ich zu meinen Eltern gehen zum Kaffeetrinken oder zum Essen, wie das hier eigentlich jeder anständige Sohn und jede anständige Tochter tun. Wenn ich abends ausgehen wollte, dann müsste ich vorher nicht stundenlang mit meiner Clique diskutieren, wohin, denn es gäbe ja nur eine Kneipe am Ort, die in Frage käme, und dazu noch einen Italiener und einen Griechen, aber die nur für die besonderen Anlässe. Vielleicht würde ich als Redakteurin für die *Heidezeitung* arbeiten und hätte jeden Tag alle Hände voll zu tun damit, die beiden Lokalseiten mit neunzigsten Geburtstagen und goldenen Hochzeiten zu füllen. Und vielleicht würde ich mich plötzlich und unerwartet in Torben aus dem Männergesangsverein verlieben oder in Uwe von der freiwilligen Feuerwehr, weil ich ja nicht viel anderes zu tun hätte, als im Rahmen meiner Tätigkeit für die Lokalredaktion tagein, tagaus auf den Jahreshauptversammlungen solcher Vereinigungen abzuhängen. Wenn ich ein Geldproblem hätte, so wie jetzt zum Beispiel, könnte ich einfach die Sparkasse anrufen, und die würde sofort meinen Dispokredit erhöhen, weil man mich ja kennt und vor allem meine Eltern, deren Haus im Notfall immer noch zwangsversteigert werden könnte. Das reicht der Sparkasse als Sicherheit, auch wenn es unlogisch ist, weil ich ja nun mal ich bin und nicht meine Eltern, aber hier ist das eben doch irgendwie dasselbe, da ist Blut noch dicker als Wasser.

Aus meiner derzeitigen Sicht trübt nur ein kleiner Makel das potenzielle Idyll: Die *Heidezeitung* ist seit Jahren in der festen Hand von Dörte Brinkmann. Und Dörte Brinkmann hat mir in der zehnten Klasse meinen Schwarm Malte ausgespannt. Dieser Umstand hat unser Verhältnis bis zum Abitur und darüber hinaus sehr belastet, und das ist keinesfalls besser geworden, seit ich weiß, dass Dörte und Malte sogar geheiratet haben. Nicht ohne vorher ein Häuschen zu bauen natürlich, auf einem Grundstück von Maltes Eltern, weil Dörte nämlich zu Malte gesagt hat, du, Malte, ich hab dich ja echt gern, aber ich gebe dir erst mein Jawort, wenn du mir ein Haus baust. Also hat Malte ihr ein Haus gebaut. Mit einer Doppelgarage und einer zweiten Etage für die Kinderzimmer, die man später, wenn die Kinder aus dem Haus sind, zu einer Wohnung ausbauen und vermieten kann. Ich habe Dörte bei unserem jüngsten Zusammentreffen (Schützenfest 2001) nach ausreichend Apfelkorn und langen Jahren der Selbstbeherrschung endlich persönlich davon in Kenntnis gesetzt, dass ich Malte für ein rückgratloses Weichei halte und sie für eine herrische Planschkuh mit einem krankhaften Geltungsbedürfnis, deshalb ist leider davon auszugehen, dass meine Karrierechancen bei der *Heidezeitung* mehr als begrenzt sind.

Und das wäre es dann gewesen mit dem Idyll meiner heldenhaften Rückkehr in den Schoß der Heimat, denn eines steht fest: Als Arbeitslose hätte ich hier keine Vorteile. Im Gegenteil, so etwas ist an Orten wie diesen noch immer nicht gern gesehen. Und hier würde es jeder wissen. Sofort. Aber da kann man den Spieß jetzt auch umdrehen, denn die große Frage ist ja: Wäre ich überhaupt arbeitslos, wenn ich hier lebte? Aller Wahrscheinlichkeit nach nicht. Auch ohne die *Heidezeitung*.

Dafür würde Papa schon sorgen. Und wenn er mich zur Not tatsächlich als Hausangestellte führen müsste, aber das müsste er natürlich nicht, denn hier reichen noch Vitamin B und ein paar Telefonate, um von einem Tag auf den anderen in irgendeinem Büro anfangen zu können.

Vielleicht ist es das. Vielleicht soll ich zwar nicht zur *Heidezeitung*, aber trotzdem endlich dahin zurück, woher ich gekommen bin. Nur, so einfach ist das nicht, denn statt zurückzukehren, würde ich viel lieber irgendwohin gehen, wo ich noch nie gewesen bin. Aber wo das ist, weiß ich nicht, und außerdem habe ich das Gefühl, mich mit meinen

Gedanken immer im Kreis zu drehen. Kann das bitte aufhören?

Mein Schnitt während der nächsten zweieinhalb Stunden in der rot gepflasterten Einkaufsstraße ist gar nicht schlecht: Ich schaffe sechs Läden sowie fünf ehemalige Mitschüler, drei Nachbarn, vier Bekannte meiner Eltern, meine alte Musikschullehrerin sowie ein gutes Dutzend weitere Einheimische, die ich zwar grüße, aber mit denen ich nicht weiter reden muss, weil ich sie dafür nun doch nicht gut genug kenne. Die Gespräche mit den anderen verlaufen immer nach dem gleichen Muster. Bei den Leuten in meinem Alter ungefähr so:

(Erkennen, schiefes Grinsen, kurzes Zögern, dann Ansprache.)

»Hallo, Marnie! Na, auch mal wieder hier?«

»Hallo, Melanie (*oder* Tanja *oder* Thomas *oder* Stefan *oder* Petra *oder …*)! Mensch, das ist ja was! – Ja, ist doch Weihnachten!«

»Stimmt, da sind sie immer alle da! Und, immer noch in Hamburg (*wahlweise:* in der großen Stadt *oder* im hohen Norden *oder* im Hanseatischen)?«

»Ja, klar! Und du, immer noch hier? Arbeitest du noch auf der Bank (*oder* bei der Versicherung *oder* auf dem Amt *oder* bei Thomsens *oder* bei Bredenstedts *oder* im Kindergarten)?«

»Ja, und du? Immer noch im Internet unterwegs?«

(Kurze Pause meinerseits, noch schieferes Grinsen.)

»Na ja, der Branche geht's ja gerade nicht so gut, also, ich suche gerade was Neues.«

(Kurze Pause des Gegenübers, Gesichtsgrätsche zwischen halb echter Betroffenheit und sehr echter Genugtuung; meistens anschließende Erkenntnis darüber, mit der eigenen Laufbahn im Heimischen trotz zeitweiliger Zweifel

letztendlich die bessere Wahl getroffen zu haben; daraufhin aufmunterndes Lächeln.)

»O weh, na ja, ähm, da wünsch ich dir aber viel Glück, das ist doch bestimmt gar nicht so leicht im Moment.«

»Nein, das ist es wirklich nicht, aber na ja, das wird schon, so ein paar Tage Auszeit tun ja auch mal ganz gut, da kommt man dann zu den ganzen Sachen, die man sonst nicht schafft.«

»Ja, das stimmt natürlich.«

(Verständiges Nicken beiderseits; anschließend Pause, die in genau jenem Moment unterbrochen wird, in dem sie unangenehm zu werden beginnt.)

»Du, Marnie, ich muss jetzt los, ich habe noch eine Menge zu erledigen.«

»Oh, ja, ich auch. Also.«

»Ja, vielleicht sieht man sich mal wieder. Schöne Feiertage!«

»Dir auch, Melanie (*oder* Tanja *oder* Thomas *oder* Stefan *oder* Petra). Grüß schön!«

(Nochmaliges Nicken, geschäftiges Umdrehen und beschwingter Abgang.)

Die Gespräche mit den Nachbarn sowie den Bekannten meiner Eltern verlaufen ähnlich, nur dass hier meine Gegenfrage auf das »Na, immer noch in Hamburg?« ausbleibt. »Und Sie, immer noch hier?«, klänge einfach zu unverschämt Menschen gegenüber, von denen man schlicht nicht mehr erwarten darf, dass sie noch jemals woanders hingehen. Stattdessen schließt sich meiner gequälten Aussage, ich würde gerade »etwas Neues suchen«, in den meisten Fällen eine fachmännische Abhandlung der derzeitigen wirtschaftlichen Lage an.

»Die gesamte Wirtschaft liegt doch völlig am Boden. Bei uns wird dieses Jahr auch nicht viel geschenkt. Das kann sich ja niemand mehr leisten.«

»Deutschland ist doch gar nicht mehr konkurrenzfähig. Kein Wunder bei den hohen Lohnnebenkosten.«

»Viereinhalb Millionen Arbeitslose, da muss sich die Regierung jetzt aber wirklich umgucken.«

»Der Euro ist schuld. Alles wird teurer, und niemand kann's bezahlen, ich hab's ja gleich gesagt.«

»Der elfte September ist schuld. Alles bricht zusammen, und niemand hat die Lage im Griff, ich hab's ja gleich gesagt.«

»Der Schröder ist schuld. Alles will er reformieren, aber nichts kriegt er hin, ich hab's ja gleich gesagt.«

»Der Irak ist schuld. Alle reden nur noch darüber, aber die Probleme im eigenen Land will niemand sehen, ich hab's ja gleich gesagt.«

Und so weiter und so weiter. Wenigstens sagt niemand, dass *ich* schuld bin, und das ist eine Menge wert.

Gegen halb zwei bin ich völlig fertig mit den Nerven. Der Einkaufskorb zwingt mich fast in die Knie, auf seinem Boden schlummern unter Hackfleisch, Topfkratzern, Geschenkband und Kaffeesahne noch immer Mamas unfrankierte Karten, und natürlich hat das Postamt schon zu, als ich endlich vor seiner Tür stehe. Mittagspause. So was gibt es hier tatsächlich noch; erst um zwei ist wieder auf, wie schön. Was also tun? Wenn ich einfach wie angewurzelt hier stehen bliebe, könnte ich nachher die Erste in der Schlange sein und müsste nicht so lange anstehen. Leider würde ich das beim besten Willen nicht aushalten. Ich brauche eine Sitzgelegenheit, und zwar so schnell wie möglich. Um die Ecke ist einmal ein Café gewesen, direkt neben der Grund- und Hauptschule, wo wir Schüler damals während der Pausen unsere Groschen in Gummischnüre, weiße Mäuse und Lakritzschnecken investiert haben. Ob das Café noch existiert?

Entschlossen klemme ich mir aufs Neue den Korb unter

den Arm und ziehe im Stechschritt über die Straße, über den leeren Schulhof, an der steinernen Tischtennisplatte vorbei, an den verwaisten Fahrradständern und am Haupteingang des Schulgebäudes, dessen breite Glastür von innen zugepflastert ist mit Weihnachtsbaumbildern der Erst- und Zweitklässler. Im Durchgang zwischen Hauptgebäude und Aula, da, wo die Außentoiletten sind, läuft mir ein leichter Schauer über den Rücken; meine Erinnerungen an diesen Ort sind nicht die besten.

Ich war acht, als ich während des laufenden Unterrichts auf einem dieser Klos Platz nahm. Ohne abzuschließen, wie kleine Mädchen das nun mal so tun, erst recht, wenn gerade keine Pause ist und der Publikumsverkehr auf den Toiletten eher spärlich. Und noch während ich friedlich so dasaß und pinkelte, riss ein anderes Mädchen – eine von den Großen aus der Hauptschule, sie mag vierzehn gewesen sein oder fünfzehn, ein biblisches, bewundernswertes Alter für eine Zweit- oder Drittklässlerin wie mich – die Kabinentür auf und übergab sich auf mir; mitten auf mich drauf, auf mich und auf mein neues gestreiftes Kleid, auf das ich so stolz war. Ich glaube, ich habe nie wieder so geheult. Dieses Gefühl fremder Kotze auf der Haut, der Geruch; die Schmach, unter dem Naserümpfen der anderen Kinder trotzdem noch einmal ins Klassenzimmer zurückzumüssen, um der Lehrerin Bescheid zu geben und dann durch die halbe Stadt zu radeln in dem Gestank, der mir buchstäblich den Atem raubte – ich habe Wochen gebraucht, um mich davon zu erholen.

Vielleicht habe ich es noch immer nicht überwunden, denn Toilettentüren, die man nicht abschließen kann, sind mir weiterhin ein Gräuel, und als ich in meine Wohnung eingezogen bin, habe ich extra einen Handwerker engagiert, der an der Badezimmertür auf Teufel komm raus ein neues Schloss anbringen musste, weil am alten der Schlüssel fehlte. Es geht nicht so weit, dass ich abschließe, wenn ich allein bin. Aber sobald ich Gäste habe, wird vorsichtshalber dichtgemacht, und sei es nur Lüttje, die zu Besuch ist oder sonst jemand, der mich schon in ganz anderen Situationen gesehen hat und vor dem ich deshalb genauso gut bei offener Tür pinkeln könnte.

Das Café gibt es noch, jedenfalls das Gebäude, aber es hat nicht mehr viel gemein mit der piefigen alten Konditorei, in der weißhaarige Damen auf ihrem Weg vom Friedhof einkehrten und aus blumigem Porzellan auf verschnörkelten Tischdeckchen ihren Kaffee schlürften. Jetzt steht da eine Reihe von vergilbt grauen Rechnern auf hässlichen weißen Tischen mit runden Beinen aus Stahl, und wo früher der alte Tresen war, sind Telefonkabinen installiert. Wie verdreckte Duschen in der Sammelumkleide einer Turnhalle reihen sie sich aneinander, und sie sehen auch genauso einladend aus, während um sie herum grelle Plakate die Preise für Telefonverbindungen in aller Herren Länder hinausschreien. Habe ich nicht vorhin noch behauptet, dass sich hier nichts verändert? Welch ein Trugschluss. Das Global Village jedenfalls macht selbst vor der Heide nicht Halt; die Welt ist auch von hier jedermann zugänglich via Modem; für knapp zwei Cent die Minute rücken alle zusammen und entfernen sich dabei doch nur voneinander. Meinetwegen. Mir kann es in diesem Moment nur recht sein, denn ich habe Zeit totzuschlagen und außerdem lange nichts von Lüttje gehört.

Fünf Minuten später sitze ich an einem der Rechnerungetüme und lese Lüttjes neuesten Reisebericht. Sie schreibt, dass sie unterwegs ist nach Brasilien und dass sie auf Peru leider verzichten muss, weil sie nämlich sonst Bolivien nicht mehr schafft. Ich finde das nur gerecht. Auf irgendetwas muss man ja immer verzichten.

Bevor ich eine Antwortmail schreibe, informiere ich

mich unter *lindenstrasse.de* über die Geschehnisse der vergangenen Folge und gebe sie Lüttje dann in meinen eigenen Worten wieder. Ich will wenigstens als zuverlässig gelten, wenn ich schon sonst nichts mehr gebacken kriege. Als danach immer noch Zeit ist, bis das Postamt wieder aufmacht, schreibe ich eine Mail an mich selbst, um herauszufinden, worauf *ich* in Zukunft verzichten will. Die Liste meiner Möglichkeiten sieht wie folgt aus:

- Ich kann auf Spaß bei der Arbeit verzichten und irgendeinen Dumpfbackenjob machen.
- Ich kann auf ausreichend Geld verzichten und gar keinen Job machen.
- Ich kann auf Privatleben verzichten und mich selbständig machen.
- Ich kann auf Hamburg verzichten und einen auf Lüneburger Heide machen.
- Ich kann auf alles ein bisschen verzichten außer auf Hamburg, indem ich nur einen kleinen Dumpfbackenjob mache und es nebenbei als Freie versuche.

Die letzte Möglichkeit ist vielleicht gar nicht so schlecht. Vielleicht kann ich im Familieneck hinterm Tresen anfangen, mit dem Sprinter zusammen. Oder in irgendeiner anderen Bar.

Oder vielleicht gründe ich einfach einen Zugehservice für Leute, die noch einen Job haben. Ich weiß ja, wie schwierig das Leben mit Job zu bewerkstelligen ist. Und worauf es ankommt. Ich könnte zum Beispiel Chefs wie Moritz die Klamotten aus der Reinigung holen, den Kühlschrank füllen und die Heizungsableser in ihre Wohnung lassen. Schwarz natürlich. Ich war noch nie sehr rebellisch oder illegal, aber so langsam kriege ich Lust darauf. Denn wer sich beschissen fühlt, dem geht es besser bei dem Gedanken, die anderen ab sofort ebenfalls zu bescheißen, da mache ich keine Ausnahme. Warum sollte ich auch?

Als ich das Internetcafé verlasse, bin ich fast so etwas wie zuversichtlich. Irgendetwas wird sich doch wohl finden. Vielleicht finde ich mich sogar selbst. Es wäre an der Zeit, im April werde ich einunddreißig.

Papa freut sich, als ich ihm später mitteile, dass ich mir seine Unterlagen wirklich noch einmal in Ruhe ansehen und darüber nachdenken will.

»Und was deine Bafög-Rückzahlung betrifft«, sagt er, »wie wäre es, wenn du das Geld hier verdienst?«

»Wie meinst du das?«, frage ich perplex.

»Na ja«, erklärt Papa und zwinkert mir zu, »der Schützenverein braucht dringend eine eigene Homepage. Der Vorsitzende ist schon ganz nervös, weil alle anderen eine haben, nur er nicht.«

»Für so was kriegt man doch keine dreitausendfünfhundert Euro!«, brause ich auf. Gar nicht mal wegen des Geldes, aber der Gedanke, meine neue Karriere ausgerechnet mit dem Salinger Schützenverein von 1845 e.V. zu beginnen, widerstrebt mir doch sehr. Lauter rotgesichtige Kerle mit grünen Uniformen, die in einig Brüderlichkeit einmal im Jahr ihr Gewehr auf einen Holzvogel richten und vorher zu Rumtata in Reihen durch den Ort marschieren, sofern sie überhaupt noch geradeaus gehen können – nein danke, das nun wirklich nicht.

»Marnie«, sagt Papa streng. »Das ist schon klar. Aber es ist ein Anfang. Und anfangen musst du irgendwie. Ohne geht's nun mal nicht.«

»Das weiß ich auch«, antworte ich gereizt. »Aber wenn, dann will ich meinen Anfang selber schaffen. Ohne dich und ohne den bekloppten Schützenverein und ohne einen Job, der mir wirklich gegen den Strich geht.«

»Das ist die falsche Einstellung, Marnie. Wenn man selbständig ist, dann heißt das noch lange nicht, dass man sich seine Aufträge immer aussuchen kann.«

»Vielleicht nicht«, sage ich bockig. »Aber muss ausgerechnet der erste einer sein, den man eigentlich nicht will?«

»Marnie, Marnie.« Papa schüttelt den Kopf. »Ich will dir doch nur helfen.«

War klar.

»Vielleicht *will* ich aber gar nicht, dass du mir hilfst!«, brause ich auf. »Kapier das doch. Ich will das selber schaffen, verstehst du? Ich will selbst entscheiden, weil das hier nämlich *mein* Leben ist. Und ich weiß vielleicht noch nicht so genau, wie es demnächst aussehen soll, aber immerhin weiß ich schon, was ich *nicht* will.«

»Na gut«, sagt Papa scharf, »dann mach deinen Scheiß doch alleine«, und dann knallt er die Tür hinter sich zu und redet kein Wort mehr mit mir, und ich kann ab sofort nicht mal mehr rauchen, während ich leide, weil ich mich nicht mehr in den Keller traue.

Die Feiertage werden dementsprechend unerfreulich. Wenigstens habe ich Silvester etwas vor, Berit wird eine Party geben. »Eine Aldi-Party!«, informiert sie mich per SMS. »Jeder muss was mitbringen. Und ich habe einen Überraschungsgast für dich, hihi. Fröhliche Weihnachten!«

Am Freitag halte ich es nicht mehr aus. Weihnachten ist vorbei, und ich muss dringend weg hier, und zwar so schnell wie möglich. Papa und ich sind immer noch sauer aufeinander, und das wird dadurch nicht besser, dass wir Mama gegenüber so tun, als wäre nichts gewesen. Damit wir ihr Weihnachten nicht verderben. Das Fest der Liebe, haha. Natürlich spürt sie trotzdem, dass etwas nicht stimmt, aber der Konflikt bleibt unausgesprochen, und als sie mich fragt, wie es denn jetzt weitergehen soll mit mir, murmele ich irgendwas von »schon drei Bewerbungen laufen« und »gute Kontakte« und »wird schon«, und Mama nimmt es hin, warum auch immer.

Ich habe gute Miene zum bösen Spiel gemacht, ich habe mich artig bedankt für das halbe Dutzend Bewerbungsratgeber, das unter dem Weihnachtsbaum lag, ich bin brav mitgegangen zum Weihnachtsspaziergang im Salinger Berg, der gerade mal ein Hügel ist, und ich war sogar mit zum Kuchenessen bei meiner Tante am zweiten Weihnachtstag, aber jetzt kann ich nicht mehr. Ich will allein sein. Ich will nach Hause. Ich erwische Papa, als er nach seinem Zigarillo die Kellertreppe heraufkommt.

»Fahr mich zum Bahnhof«, bitte ich ihn. »Bitte. Ich möchte heim.«

»Frag Mama«, sagt Papa nur schroff und hält Eules Kassette hoch. »Das lag unten. Von dir, nehme ich an?«

Er klingt so eisig, dass mir die Tränen in die Augen schießen, während ich nicke und starr die Kassette fixiere, um nicht sofort loszuheulen. Warum bloß müssen wir beide den gleichen Dickkopf haben? Ich beschließe, meinen einfach mal zu vergessen, und starte einen verzweifelten nächsten Versuch.

»Schade«, sage ich und gebe mir ganz viel Mühe, dabei nicht sarkastisch zu klingen oder zynisch oder wie eine Heulsuse, sondern sehr ehrlich und auch ein bisschen enttäuscht. »Ich dachte, wir hätten vielleicht noch mal reden können während der Fahrt.«

Papa antwortet nicht darauf. Jedenfalls nicht direkt. Stattdessen sagt er etwas Seltsames.

»Werd dir erst mal klarer darüber, worum es hier eigentlich wirklich geht«, brummt er und drückt mir dabei erstaunlich sanft Eules Kassette in die Hand. »Aber zu viel fragen bringt nichts, Marnie. Manchmal ist es besser, einfach zu machen. Dann regelt sich der Rest von allein.«

Ich hätte Papa gern gefragt, was er damit meint, aber er ist schon an mir vorbei und zieht die Tür des Arbeitszimmers leise hinter sich zu. Wenigstens hat er sie nicht laut ins Schloss geworfen. Ich werte das als gutes Zeichen, und dann atme ich tief durch und gehe zu Mama, die gerade neue Kerzen an den Tannenbaum steckt. Als sie und ich wenig später das Haus verlassen, sehe ich durch das Fenster Papa an seinem Schreibtisch sitzen. Er beobachtet uns, vielmehr mich, wie ich auf dem Kopfsteinpflaster vor dem Kofferraum mit meiner Reisetasche kämpfe, und ich meine, aus den Augenwinkeln zu erkennen, dass er dabei lächelt. Versteh einer die Männer.

Während der Zugfahrt inspiziere ich das Tape. Es ist ganz zurückgespult, und ich bin mir sicher, dass es das vorher nicht war. Das muss Papa gewesen sein. Und ich muss endlich wissen, was es mit diesem Ding auf sich hat.

Zu Hause liegen erneut Blumen vor meiner Tür und eine Karte, sie können nur von Moritz sein, und darunter finde ich ein Geschenk in rosa Packpapier, meiner Lieblingsfarbe. Diesmal werfe ich die Blumen nicht weg. Wenn Moritz mir Blumen hinlegt, obwohl er weiß, dass ich gar nicht da bin, dann ist er entweder blöd, in welchem Fall ich mich ruhig erfreuen kann an seinen Blumen und seiner Blödheit, oder er hat mir vielleicht doch etwas Wichtiges zu sagen, in welchem Fall ich seine Karte diesmal wenigstens lesen könnte. Oder hat er damit gerechnet, dass ich heute wiederkomme, wie überhaupt alles berechnet ist, die Blumen und die Karten und der Plan, mich vielleicht doch noch als Nebenfrau dranzukriegen?

Die Blumen sind frisch und ihre Stängel noch feucht; lange können sie nicht hier gelegen haben. Ich freue mich ein bisschen – aber nur ein bisschen –, während ich sie in die Vase stelle und anschließend das Geschenk auswickele. Ein Buch. »Die Korrekturen« von Jonathan Franzen.

Uuuuuh. Moritz hatte an dem Abend im Familieneck versprochen, dass er es mir leihen würde.

»WennuwasNeueslesnwillsss, mussssudirunnbedinggg ›Die Korrektur‹ besornnn'«, hatte Moritz angesichts seines Schnapskonsums mehr oder weniger deutlich lamentiert, und ich war furchtbar stolz darauf gewesen, ihn berichtigen zu können.

»›Die Korrekturen‹«, hatte ich ihn lehrmeisterhaft zurechtgewiesen und mich selbst gewundert darüber, woher ich das überhaupt wusste. Und währenddessen hatte ich gekichert wie verrückt wegen der Absurdität der Korrektur der Korrekturen.

Ich werde ein bisschen wehmütig, als ich daran denke, wie schön dieser Abend war und der darauf folgende Tag, bis zu dem Moment jedenfalls, in dem Moritz sich als verheiratetes Arschloch entpuppte. Ich ziehe seine Karte aus dem Umschlag, auf dem in großen runden Buchstaben »Für Marnie von Moritz« steht. Marnie und Moritz. M und M. Noch mal uuuuuh.

»Ich möchte auch eine Korrektur vornehmen«, steht in der Karte. »Bitte gib mir die Chance, mit dir zu reden. Schöne Weihnachten«, und darunter steht eine Handynummer, was mich schon wieder ein bisschen misstrauisch macht. Warum gibt Moritz nicht auch seine Festnetznummer an, wenn es ihm so dringend ist? Oder wenigstens seine Büronummer? Doch wohl bestimmt wegen seiner Frau und damit niemand merkt, was er sonst noch alles so am Start hat. Vielleicht hat er sogar mehrere Handys, für jede Frau eines, das kann er sich ja leisten als Chef. Oder tue ich ihm unrecht? Vielleicht haust er immer noch bei seinem Kiffkumpel und ist deshalb nur über sein Handy zu erreichen. Und wer ist schon zwischen Weihnachten und Neujahr im Büro?

»Moritz Gersten, du bist fällig«, knurre ich und stecke

die Karte in meine Manteltasche, zu Eules Kassette, und dabei übersehe ich geflissentlich, dass ich eigentlich diejenige bin, die längst überfällig ist und es kaum noch abwarten kann, Moritz wieder zu sehen. Dann stopfe ich zwei frische Garnituren Unterwäsche und zwei Paar neue Socken in meine Reisetasche, dazu meine dicken bunten Wollstrümpfe, nur für alle Fälle, und mache mich auf den Weg in Lüttjes Wohnung. Denn Lüttje hat noch ein Kassettendeck, und Blumen hin oder her, es kann niemand von mir erwarten, dass ich extra zu Hause bleibe, nur weil es da besonders hübsch aussieht oder besonders gut riecht. Ich habe schließlich Pflichten zu erfüllen.

Und eine Neugier zu befriedigen. Mittlerweile brennt mir das Tape unter den Nägeln wie ein ungeöffneter Liebesbrief von Unbekannt. Dass Moritz sich vielleicht in der Wohnung nebenan aufhält und mir ganz nah ist, wenn ich jetzt zu Lüttje gehe, hat damit natürlich überhaupt nichts zu tun.

In Lüttjes Treppenhaus wummert es wieder ordentlich. Ich überlege kurz, ob ich beim Nachbarn klingeln und frohe Weihnachten wünschen soll und so ganz nebenbei herausfinden, ob Moritz noch bei ihm haust, aber dann traue ich mich doch nicht und verschwinde unverrichteter Dinge in Lüttjes Flur. Ich habe ja Zeit, und Moritz kann ruhig ein bisschen schmoren. Vielleicht facht das seine Leidenschaft an.

In der Wohnung ist es stockfinster. Ich brauche ein paar Momente, um mich zu orientieren und einen Lichtschalter zu finden. Kalt ist es außerdem, also wandere ich durch sämtliche Zimmer und drehe überall die Heizung auf, bis sie blubbert. Wenn ich so klein wäre wie Lüttje, könnte ich einen ihrer Pullover anziehen, aber das bin ich nicht, also wärme ich meine Hände am Wasserkocher und wenig später am dampfenden Tee.

Danach inspiziere ich die Tapedecksituation und nehme ein paar Umsteckarbeiten vor, sodass ich das Gerät vom Sofa aus bedienen kann. Ein bisschen Bequemlichkeit muss sein und ein bisschen Gemütlichkeit auch, also zünde ich alle Kerzen an, die ich finde, und klaue die Bettdecke aus dem Schlafzimmer, um mich auf dem Sofa darin einzurollen.

Wenig später ist es in Lüttjes Wohnzimmer lauschig und warm, also lege ich endlich das Tape ein, drücke auf »Play« und spitze so gespannt die Ohren, dass ich mein eigenes Herz schlagen höre. Davon abgesehen, höre ich erst mal nichts. Es rauscht ein bisschen und noch ein bisschen und dann noch ein bisschen mehr, und ich denke schon, tja, dumm gelaufen, nix drauf, das war's wohl mit der Entdeckung verborgener Geheimnisse, Marnie Hilchenbach, war klar. Aber dann, endlich, verdichtet sich das Rauschen zu einer Raumatmosphäre, im Hintergrund klappert es, da sind ein paar Stimmen, und eine von ihnen sagt auf einmal, »Test, Test«. Und noch einmal. »Test, Test, Test.«

Es ist Eules Stimme. Ich erkenne sie sofort wieder, und wieder macht sie mir eine Gänsehaut. Durch das Diktiergerät klingt sie noch tiefer als in Wirklichkeit; sie ist wie ein zufriedenes Grummeln im Innern der Erde, das langsam heranrollt und einen dann mit sich trägt, wie eine Welle beim Surfen, was ich noch nie gemacht habe, aber ich weiß, wie es aussieht, und so ungefähr stelle ich mir das vor.

»Teeeeest. Test Test Teeeeeest.« O mein Gott. Wie soll das erst werden, wenn der mal zwei komplette Sätze spricht oder mehr? Falle ich dann in Ohnmacht?

Es macht klack, klick, klack, für einen Moment ist das Grundrauschen wieder da, anschließend klackert es erneut, und dann geht es los. Endlich.

Eule räuspert sich. »Also«, sagt er, und er klingt dabei

gar nicht so doof und unsicher wie die meisten anderen, wenn sie ihre eigene Stimme aufnehmen und in ein Diktiergerät sprechen sollen oder in ein Mikrophon. Im Gegenteil, er klingt sehr professionell und sehr sachlich und sehr ruhig. Mit sich und mit dem, was er da tut, völlig im Reinen, was auch immer es sein mag. Wie es nun mal seine Art ist.

»Vor mir sitzt Falko«, fährt Eule fort, »Falko ist neunundzwanzig Jahre alt und war bis vor kurzem im EDV-Support eines Medienunternehmens tätig. Er ist Single und jetzt seit etwa fünf Wochen arbeitslos.«

Aha. Hä? Du lieber Gott, denke ich und zögere kurz, bevor ich die »Stop«-Taste drücke. Wie jetzt? Was soll das denn werden? Ich fühle mich ertappt. Was zum Donner veranstaltet Eule? Was, wenn er eine hochgeheime wissenschaftliche Studie oder so etwas durchführt? Oder vielleicht ist er Therapeut, und die Sitzungen in Cafés gehören zu seinem innovativen Therapiekonzept, und dieser ominöse Falko wird gleich gestehen, dass er sich abends in Frauenkleidern an Geschäftsmänner ranmacht oder regelmäßig einen Apfelstrudel bumst, wie im Kino, und so etwas möchte ich eigentlich lieber nicht hören, da bin ich konservativ.

Vielleicht ist Eule aber auch Geheimdienstler und rekrutiert Nachwuchsagenten, und das hier ist der Eignungstest. Das würde jedenfalls Eules seltsame Aura erklären. Agenten haben ja immer was Geheimnisvolles. Das weiß ich auch aus dem Kino. Vielleicht machen sie Jagd auf mich, wenn sie erfahren, dass ich im Bilde bin, und das wiederum weiß ich erst recht aus dem Kino. Oder, mindestens genauso schlimm, vielleicht verklagt Eule mich. Wegen Geschäftsschädigung oder wegen Verletzung der Intimsphäre, oder was auch immer es da für Möglichkeiten gibt.

Noch kann ich Schluss machen, denke ich. Noch kann

ich das Tape einfach rausnehmen aus dem Kassettendeck. Und dann kann ich mich noch heute Nacht auf den Weg machen und es Eule in die Hand drücken und sagen, hey, sorry, das ist deins, ich hab's gefunden neulich, aber ich hab nicht reingehört, bestimmt nicht, was ist denn da drauf? – Nein, musst du nicht sagen, ist ja bestimmt privat. Oder machst du Musik? Darf ich nicht doch mal lauschen?, und vielleicht würde Eule mich dann ganz offiziell zuhören lassen und mich zu diesem Zweck sogar zu sich nach Hause einladen, und dann könnte ich seine Stimme nicht nur auf dem Tape hören, sondern auch direkt neben mir. *Noch* könnte ich das versuchen.

Aber dann siegen doch meine Neugier und mein Trotz.

Hätte er eben besser aufpassen müssen auf sein ach so wichtiges Tape, denke ich, drücke kurz entschlossen wieder auf »Play«, lege mich wie ein Käfer auf den Rücken, sodass es eine Anstrengung sein wird, wieder hochzukommen, was ich aber so schnell ja gar nicht will, und mache einfach die Augen zu.

10.

»Höhere Abgaben, sinkende Löhne – Jetzt fürchtet auch die Mittelschicht den Absturz«
Stern

»Wie nennt sich dein Beruf eigentlich genau? Heißt das ›Supporter‹?«, erkundigt sich Eule.

Im Hintergrund zischt eine Kaffeemaschine. Es muss die aus dem Gazoline sein; die im Aurel klingt irgendwie aggressiver. Komischer Gesprächsauftakt.

Zieht auch nicht so richtig: »Keine Ahnung«, entgegnet dieser Falko. Er klingt ein bisschen verhuscht. Computertyp eben. Wahrscheinlich trägt er eine Brille und wirre halblange Haare, und noch wahrscheinlicher kifft er auch gern mal was.

»Gute Frage«, fährt er jetzt fort, und ich kann fast sehen, wie er sich dabei am Kopf kratzt. »Systemadministrator vielleicht? – Ja, die offizielle Bezeichnung ist Systemadministrator, glaube ich. Für Macintosh.«

Natürlich für Macintosh. Medienunternehmen sind ja kreativ, und alle Kreativen haben einen Mac. Oder zumindest alle, die sich dafür halten. Wie lustig, denke ich. Genauso einen wie Falko hatten wir auch in der Firma, nur dass er nicht Falko hieß, sondern Kai, aber Kai ist jetzt genauso arbeitslos wie alle anderen.

»Und wie erlernt man diesen Beruf?« Eule wieder. Ganz souverän und ganz easy, brumm, brumm.

Dann Falko: »Ich habe den nie so richtig erlernt«, sagt er. »Ich habe eigentlich Stadtplanung studiert und sogar abgeschlossen, aber in meiner Freizeit habe ich eben an Macs rumgeschraubt und fand das genauso spannend. Und als es dann nach dem Studium eine Stellenanzeige in dem Bereich gab, habe ich mich beworben und bin genommen worden. Wahrscheinlich, weil ich Anfänger war und schön billig. Ja, und seitdem mache ich das.«

»Ist das also dein Traumjob?«, fragt Eule.

»Mein Traumjob?« Falko macht eine kleine Pause, und nebenbei rührt er in seinem Kaffee oder Tee, ich kann den Löffel gegen den Becher schlagen hören. »Traumjob?«, wiederholt er. »Nee. Wirklich nicht.«

»Was wäre denn dein Traumjob?«

Eule, echt. Du stellst Fragen! Schwere Fragen. Worauf willst du hinaus?

»O Gott. Keine Ahnung, weiß ich nicht. Ich hätte natürlich gern einen, aber ich wüsste wirklich nicht, welcher das wäre.«

Hm. Habe *ich* eigentlich einen Traumjob? War das, was ich bis vor kurzem gemacht habe, vielleicht mein Traumjob? Ich befürchte, nein. Und trotzdem habe ich immer darauf hingearbeitet. Da wusste ich eben noch nicht, dass Redakteurin eben doch gar kein Traumjob ist, auch wenn ich ihn vermutlich dafür gehalten habe. Oder ist jeder angebliche Traumjob keiner mehr, wenn man ihn erst mal hat und die Routine einsetzt?

Eule: »Hast du danach denn nie gesucht?«

Falko: »Nö. Nicht so richtig.«

Eule: »Warum nicht?«

Eule feuert seine Fragen im Stakkato ab; sie sind zielgerichtet und kurz wie Hammerschläge, und dieser Falko tut mir fast ein bisschen Leid, obwohl ich ihn nicht kenne. Ich sehe ihn da sitzen mit tiefen Falten auf der Stirn, wahrscheinlich bereut er schon, dass er sich auf dieses Fragespiel eingelassen hat, von dem er ebenso wenig wie ich weiß, was es soll.

»Keine Ahnung. Hab ich halt nicht. Musste ich ja auch

nicht. Es war ja ein Job da, der war okay. Der hat mir das im Grunde abgenommen, dass ich noch weiter darüber nachdenke.«

»Und dieser Job ist mittlerweile futsch. Was jetzt?«

»Ich weiß nicht. In erster Linie bin ich froh, dass es vorbei ist. Die letzten Tage in der Firma waren grausam.«

»Das heißt, es geht dir ohne die Arbeit besser?«

Mann, Eule. Es ist nicht zu fassen, der Typ kennt keine Gnade, und der arme Falko rutscht bestimmt schon nervös auf seinem Stuhl hin und her.

»Besser kann man nicht sagen. Anders. Es ist eben ein völlig anderes Gefühl, ob man morgens aufsteht und man weiß, der ganze Tag ist verplant, oder ob man aufsteht und denkt, na, was mache ich denn heute mal.«

»Fehlt dir was?«

»Jepp.«

»Und was?«

Falko macht eine Pause. Ich kann das verstehen, das müsste ich an dieser Stelle auch. Eule macht sich das wirklich ein bisschen leicht. Der hat gut reden, wahrscheinlich weiß er selbst gar nicht, wie das ist. Und ebenso wahrscheinlich lehnt er sich jetzt gerade süffisant zurück auf seinem Stuhl und lässt Falko genüsslich zappeln und denken und grübeln. Wie soll man das definieren, was einem fehlt? Fehlt einem wirklich die Arbeit an sich? Oder fehlt einem nur der Status oder das Gefühl, überhaupt etwas zu tun? Oder die feste Zeiteinteilung oder das Team? Oder doch nur das Geld? Oder was? Was fehlt *mir*?

»Eine sinnvolle Freizeitbeschäftigung, die fehlt.«

Gute Antwort, denke ich, fehlt mir auch. Obwohl, die Kultur –

»Die ersten vier Wochen war das Arbeitslossein super, da habe ich wirklich viel zu tun gehabt«, quatscht Falko mir rein. »Die ganzen Sachen eben, zu denen ich sonst nie gekommen bin. Und jetzt ist das vorbei. Ich weiß überhaupt nicht, was ich mit meiner Zeit anfangen soll. Ich befürchte, das wird auf Dauer nervig. Beziehungsweise eigentlich ist es das jetzt schon.«

Ogottogott. Hilfe. Ich habe erst drei Wochen rum. Und offiziell bin ich derzeit ja noch nicht mal arbeitslos, sondern lediglich freigestellt. Wie soll das bloß werden ab Januar?

»Was wirst du dagegen tun?«

»Im Moment fällt mir wirklich nichts ein, was ich dagegen tun könnte oder sollte. Ich warte noch auf die Erleuchtung.«

Ich muss grinsen. Auf die Erleuchtung warten. Das ist gut. Das ist sehr gut. Nein. Eigentlich ist es natürlich total bekloppt.

Du bist dran, Eule.

»Und wenn die nie kommt, die Erleuchtung?«

»Dann weiß ich auch nicht. Dann mache ich eben irgendwas. Nur um die Zeit rumzukriegen. Mache ich ja jetzt auch, obwohl das natürlich keinen Spaß bringt. Ich rödel so vor mich hin, aber ich mache halt nichts, was mir irgendwie was bringt. Für die Zukunft oder so. Eigentlich ist es ein bescheuertes Gefühl, zu denken, ja, wenn du jetzt nichts unternimmst, dann wird in fünf Jahren alles noch genauso sein wie heute. Das muss ich ändern, aber ich weiß nicht, wie. Ich will ja gerne was machen. Aber was?«

Ja, genau. Was? Was soll man tun? In Fortbildungskurse rennen, von denen man nicht weiß, ob sie einem nächste Woche noch was bringen? Sich ehrenamtlich engagieren in der Hoffnung, dass das Gute irgendwann zu einem zurückkommt? Sich dem Buddhismus zuwenden und der eigenen spirituellen Entwicklung, die ja mit Beruf und Karriere und so eigentlich gar nichts zu tun hat? Aber woher kommt dann die Kohle für die Räucherstäbchen? Scheißspiel.

Findet Falko auch. »Ich denke ja jetzt schon, ich führe so eine Art Rentnerdasein«, sagt er, und dabei klingt er ein bisschen resigniert.

Im Hintergrund gibt es ein großes Hallo. Irgendjemand begrüßt lautstark irgendwen, den er lange nicht gesehen hat oder vielmehr die sie lange nicht gesehen hat, denn dem Kreischen nach zu urteilen müssen es zwei Frauen sein. Solche, die beim gegenseitigen Erkennen wunderbar überrascht tun, theatralisch ihre voll gestopften Prada-Taschen fallen lassen, aufeinander zustürzen, kurz vor dem Zusammenprall abrupt stoppen und dann die Köpfe zusammenstecken, um schmatzende Luftküsse auszutauschen, einer rechts, einer links, einer rechts, oder andersrum, ganz auf die Französische, hurra, hurra. Blöde Sumpfkühe. Merkt ihr nicht, dass ihr stört?

»Warte mal kurz, bis der Lärm vorbei ist«, sagt Eule entnervt, aber Falko spricht trotzdem weiter, mit erhobener Stimme, scheinbar redet er sich langsam warm.

»Das Aufregendste, was passiert, ist, dass mir auffällt, was mir zum Beispiel im Kühlschrank fehlt, und dass ich dann losgehe und genau das einkaufe, aber sonst nichts. Weil ich ja prima Zeit totschlagen kann, wenn ich bald wieder losmuss.«

Kenne ich, denke ich, kenne ich gut.

»Früher beim Einkaufen, da war mein wichtigster Gedanke, o Gott, bloß nichts vergessen, bloß nichts vergessen. Und jetzt – das ist doch schlimm.«

Jepp. Kenne ich auch.

Pause.

»Obwohl, eigentlich ist es ja gar nicht so schlimm. Eigentlich ist es ja gut, wenn man keinen Stress hat. Oder?«

Pause.

»Ach, was weiß denn ich. Eigentlich weiß ich gar nichts mehr.«

Mein Reden, mein Reden. Ich seufze. Irgendwie tut es gut, dass es anderen genauso geht wie mir. Sehr gut sogar. Vielleicht sollte ich diesen Falko suchen und mit ihm eine Selbsthilfegruppe gründen. »Gesprächskreis für Zeitmillionäre e.V.«, oder so ähnlich.

»Hast du dich zu sehr auf die Arbeit konzentriert?« Eule wieder, ein bisschen streng, aber immer noch sehr sachlich, dem läuft das hier nicht aus dem Ruder, schon klar.

»Ähh«, macht Falko. »Ich muss mal.«

»Oh«, sagt Eule, dann macht es klack, das Diktiergerät ist aus, und ich ärgere mich ein bisschen, weil ich weiterhören will, und schlage die Augen auf. Klack. Das Diktiergerät ist wieder an, Augen wieder zu.

»Frage wiederholen?«, fragt Eule knapp.

»Nee, nee«, sagt Falko. »Geht schon. Also.«

Also was?

»Also irgendwie hat der Job schon so ein Vakuum geschaffen. Das stimmt. Das war halt Zeit, die war weg, die habe ich gefüllt mit der Arbeit, und daneben war nicht mehr so viel Platz für anderes. Und dass das scheiße ist, das merke ich jetzt. Weil ich zum Beispiel realisiere, so viele Freunde habe ich ja gar nicht, die ich anrufen und mit denen ich etwas unternehmen kann. Und so viele tolle Plätze kenne ich auch gar nicht, wo ich jetzt Lust hätte hinzugehen. Das habe ich total vernachlässigt durch die Arbeit. Da war es ja eher so, dass ich den ganzen Tag so viele Leute um mich rum hatte, dass ich froh war, abends allein zu sein. Aber jetzt dreht sich das gerade um, das Verhältnis. Jetzt vermisse ich die Leute um mich rum.«

Eule: »Und? Glaubst du, dass man sich jetzt wieder andere Prioritäten setzen wird? Weil die Leute erkennen, was du gerade beschrieben hast, und dann auf einmal nicht mehr nur die Karriere zählt?«

Ooooh, diese Stimme. Seine ersten langen Sätze!

Bereitwillig lasse ich mich von ihnen davontragen, aber sie sind viel zu schnell wieder vorbei.

Falko: »So weit denken die meisten doch gar nicht. Sieht man ja an denen, die es noch nicht erwischt hat und die noch in ihren Büros sitzen: Die sind absolut panisch. Die klammern sich an ihren Job wie an einen Rettungsring und hängen sich total rein, und gekündigt zu werden wäre für sie der Weltuntergang, deshalb ackern sie sich im Notfall auch tot. Die, die's schon hinter sich haben, sind viel gelassener.«

Ist das so? Ich hab's schon hinter mir. Bin ich gelassen? Geht so.

Eule bohrt weiter: »Also wird Arbeit in Zukunft nicht unwichtiger, sondern noch erstrebenswerter? Sodass dann auch mit härteren Bandagen darum gekämpft wird?«

Falko: »Du meinst, dass es dann mehr Konkurrenz gibt und mehr Egoismus und so was?«

Noch mehr Generation Golf, ergänze ich in Gedanken. Ekelhafte Vorstellung. Ich schüttele mich.

Eule: »Ja, das meine ich.«

»Ach was«, sagt Falko. »Also, sein eigenes Süppchen kochen, das macht doch eh schon jeder. Aber ich glaube nicht, dass das Denken oder Handeln in die Richtung verschärft wird. Mir geht es eher andersrum.«

Eule: »Wie meinst du das?«

»Ich meine, dass so viele arbeitslos sind, führt nicht dazu, dass ich die alle als Konkurrenten sehe oder denke, Mist, die muss ich im nächsten Bewerbungsgespräch alle ausstechen. Ich sehe die eher als Leidensgenossen. Fast wie eine Gruppe, die zusammenhält, weil alle dasselbe Problem haben, und je mehr da drin sind, desto besser. Das macht ein besseres Gefühl. Man fühlt sich ruhiger. Dadurch ist es nicht mehr so schlimm.«

Sag ich doch. Wir brauchen wirklich eine Selbsthilfegruppe. Falko, wo bist du?

»Wäre es denn vorher schlimm gewesen, arbeitslos zu sein?«

Eule klingt so nüchtern, dass ich es kaum fassen kann. Macht der Witze? Es war ja wohl allezeit schlimm, arbeitslos zu sein. Und ich finde es *jetzt* immer noch schlimm. Nicht so schlimm wie vor drei, vier Jahren vielleicht, aber immer noch schlimm. Und damit bin ich beileibe nicht allein, Falko sieht es genauso.

»Also für mich wäre es zu einem anderen Zeitpunkt jedenfalls noch viel schlimmer gewesen, als es jetzt ist«, sagt er. »Jetzt sind *alle* arbeitslos. Jetzt ist das wenigstens keine Schande mehr. Jetzt macht es nicht mehr so viel aus, wenn man mal ein halbes Jahr Pause hat im Lebenslauf.«

Uuuuuh. Da bin ich mir aber nicht so sicher. Diese Hardcorepersonalchefs, die denken im Hinterkopf doch bestimmt weiterhin, na, wenn die *richtig* gut gewesen wäre, dann hätte ihr Laden sie auch weiter durchgefüttert, weil sie sie nämlich hätten halten wollen. Also kann sie ja nur Mittelmaß gewesen sein. Wenn überhaupt.

»Bist du ein pessimistischer Mensch?«, will Eule jetzt wissen.

»Ich bin nicht pessimistisch«, wehrt Falko bestimmt ab. »Pragmatisch vielleicht oder manchmal ein bisschen zynisch. Aber ich bin kein Schwarzseher und auch kein Miesepeter. Ich will auch gerne glücklich sein.«

Eule: »Und was ist Glück für dich?«

Woarh. Meine Güte. Das ist ja wohl ein bisschen abgedroschen, Eule, findest du nicht?

Herr Rossi sucht das Glück, jeder ist seines Glückes Schmied und so weiter und so fort. Brrrrrr. Ach ja, glück, glück, glück, das gibt's auch noch. Bierwerbung. Kommt meinem Konzept von Glück derzeit wahrscheinlich am nächsten.

Wenn das hier ein Film wäre und ich im Kino, würde ich

jetzt wahrscheinlich aufstehen und gehen, weil es mir zu schmalzig wird. Oder bin ich zu kritisch in dieser Angelegenheit? Vielleicht will ich mich ja nur deshalb nicht mit der Frage nach dem Glück auseinander setzen, weil ich gar nicht weiß, wie *mein* Glück aussehen müsste. Oder andersrum gesprochen: Habe ich eine Antwort auf diese Frage? – Nein. Und? Will ich eine Antwort haben auf diese Frage? – Tja. Ganz ehrlich: Ich weiß es nicht. Weil, wenn ich dann feststelle, dass ich gar nicht so lebe, wie es mich wirklich glücklich machen würde, dann wäre ich vielleicht schlagartig unglücklich, obwohl es mir doch eigentlich ganz gut geht, und das will ich lieber nicht riskieren.

Bin ich also ein Drückeberger? Eine oberflächliche GGG (Generation-Golf-Göre)? Vielleicht muss ich endlich mal nach einem Sinn suchen. Nach einem wahren, echten Sinn. Was will ich überhaupt vom Leben? Wer bin ich, und wenn ja, wie viele?

Meine Gedanken drehen sich im Kreis wie Falkos Löffel, mit dem er erneut in seinem Becher herumrührt wie ein Elektromixer im halb steifen Eischnee. Los, Falko, sag was und hol mich hier raus. Bitte. Bring es zu Ende.

»Klare Sache«, sagt Falko endlich, und schlagartig ist es vorbei mit dem Gerühre, »Glück ist für mich eine glückliche Beziehung. Ich bin ein Beziehungsmensch. Total.«

Ich jaule innerlich auf. Das musste ja kommen. Gibt es denn sonst nichts auf der Welt? Ist es das schon? Nur arbeiten und dazu nach Feierabend jemand anders bei sich haben, damit wiederum das Arbeiten erträglich wird? Ist das alles? Ich meine, ja, schön, es ist eine Menge, jemanden zu lieben und von jemandem geliebt zu werden, keine Frage, und es ist toll, und ich will das ja auch und mir irgendwann ganz sicher sein, wenigstens für den Moment, dass da eine Person ist, die ich nie wieder loslassen will. Aber muss da nicht *noch* mehr sein im Leben?

Oder kriege ich nur mal wieder den Hals nicht voll? Will ich zu viel? Erwarte ich zu viel?

»Ich meine«, ergänzt Falko; so wie er sich anhört, ist er noch lange nicht durch mit dem Thema, »ich würde zum Beispiel auch den Hausmann machen, wenn ich in einer Beziehung wäre, wo so etwas auf den Tisch kommt. Ich suche mein Glück jedenfalls darin, jemanden zu haben, mit dem ich mein Leben teilen kann.«

Bla bla bla. Langsam werde ich wütend. Immer die gleiche Leier, und Falko setzt noch einen drauf.

»Da suche ich das jedenfalls sehr viel eher als in der Arbeit. Und ich glaube, das geht allen so. Die können sich zuballern mit Arbeit oder mit Kohle, aber im Grunde kompensieren sie damit doch nur das, was sie im Privaten nicht haben. Das geht allen so, aber die meisten wollen das nicht zugeben.«

Danke, Falko. Herzlichen Dank.

»Woraus schließt du das?«, fragt Eule.

Das würde mich auch mal interessieren.

»Beweisen kann ich das natürlich nicht«, gibt Falko zu.

Gut. Bestens.

»Obwohl. Ich hab ein Beispiel.«

Hört, hört.

»Ein ganz simples. Also, ich habe mich vor ein paar Tagen mit vielen alten Kollegen aus der Firma getroffen, die alle ihren Job los sind. Und dann sitzt man da beim Frühstück und redet kaum darüber, wie es ist, arbeitslos zu sein. Das war ganz schnell abgehakt. Stattdessen reden alle darüber, wie sehr sie sich wünschen würden, eine funktionierende Beziehung zu haben. Verliebt zu sein und zu wissen, dass da jemand ist, bei dem es erst mal scheißegal ist, ob man einen Job hat oder nicht.«

»Und?«, erkundigt sich Eule. »Würde es dir auch besser gehen mit einer Beziehung?«

»Natürlich«, antwortet Falko nachdrücklich. »Die meisten wollen ja nicht nur jemanden, damit sie endlich eine Beziehung haben, sondern auch, damit sie endlich aufhören können zu suchen. Ich auch. Wenn man so was hat, wo man sich wirklich aufgehoben fühlt, dann sind die meisten Probleme doch gar keine Probleme mehr. So ist das nun mal.«

Jajaja. So ist das nun mal. Elendes Gewäsch.

Moment mal, Frollein. Warum reagierst du überhaupt so gereizt auf dieses Thema? Wenn du jemanden hättest, dann würdest du es vielleicht genauso sehen wie Falko, weil du wüsstest, wie erfüllend das sein kann. Woher weiß *der* das überhaupt, obwohl er doch auch niemanden hat? Vielleicht hatte er mal so jemanden. Ja, das muss es sein. Hattest *du* schon mal so jemanden? Offensichtlich nicht. Denn sonst hättest du ja den Wert einer solchen Verbindung erkannt und könntest jetzt all dein Streben nach Glückseligkeit da reinprojizieren und dir sagen, wenn du erst mal einen Freund hast, der dich liebt und den du liebst, dann wird alles gut. Aber so? Vielleicht ist es genau wie mit der Frage nach dem Glück: Du *willst* nicht darüber nachdenken, weil du nämlich genau weißt, dass du davon überhaupt keine Ahnung hast und dass dich die Erkenntnis dessen erst recht in die Misere stürzen würde.

Du? Wer ist hier überhaupt du? Ich bin ich, und ich sollte mit mir selber nicht in der Du-Form reden, weil das alles noch komplizierter macht, ich bin schließlich nicht schizophren. Noch nicht.

Wahrscheinlich ist das alles Moritz' Schuld. Genau. Was mache ich mit dem? Will ich den? Brauche ich den?

»Danke, das war's«, sagt Eule, klack, Diktiergerät aus.

Ich springe auf und drücke die »Stop«-Taste, und dann gehe ich in Lüttjes Küche und suche in ihren Schränken nach etwas Hochprozentigem. Für den Moment habe ich die Schnauze gestrichen voll. Ich brauche eine Pause, und ich brauche einen Schnaps. Und wenn das so weitergeht, dann brauche ich bald auch ein neues Gehirn.

Die Pause tut mir gut, obwohl sie in Wirklichkeit gar keine ist, denn natürlich grübele ich auch während der zwei Espressotassen billigen Wodkas weiterhin darüber nach, was Eule mit solcherlei Gesprächen wohl bezwecken mag. Ich komme zu keinem Schluss, außer zu dem, dass ich weiterhören muss. Es ist kurz vor Mitternacht, aber ich bin überhaupt nicht müde, und schon eine Viertelstunde später liege ich erneut auf dem Sofa. Mehr. Ich will mehr Fragen, und ich will mehr Antworten, auch wenn sie nicht meine sind, aber vielleicht bringen sie mich trotzdem weiter.

Klonk, Tape an, Grundrauschen, klack klack, Diktiergerät an. Wo sind wir diesmal? Im Hintergrund höre ich Verkehrsrauschen, Eule muss in der Nähe eines großen Fensters sitzen, entfernt quietschen Bremsen. Insbeth. Das kann nur das Insbeth sein, da gibt es direkt vor dem großen Fenster einen Zebrastreifen, den alle ortsunkundigen Autofahrer übersehen, weil er direkt hinter einer scharfen Kurve liegt.

»Ein Milchkaffee, ein Gin Tonic«, sagt eine weibliche Stimme. Es muss Maria sein, die Kleine mit den kurzen roten Haaren. Das Geschirr klirrt leise, als sie die Getränke auf dem Tisch abstellt. Hat Eule wohl den Milchkaffee bestellt, oder trinkt er Gin Tonic? Schwer zu beurteilen, zumal ich noch nicht weiß, wer ihm gegenübersitzt. Dann ist Maria wieder weg. Pause.

»Das läuft schon. Soll das schon laufen?«, fragt eine Stimme, die mir irgendwie bekannt vorkommt. Oder bilde ich mir das nur ein? Wahrscheinlich bin ich längst nicht mehr zurechnungsfähig.

»Hoppla«, sagt Eule, »aber ist auch egal, wir können ja gleich anfangen.«

»Klar«, sagt der andere Typ, »leg los. Bin schon gespannt.«

Ich auch.

»Also«, sagt Eule, »Mauro. Du bist dreiunddreißig Jahre alt und Magister der Philosophie. Richtig?«

»Richtig«, bestätigt Mauro.

Hilfe. Philosophie! Auch das noch. Wenn mich schon ein Computerfuzzi wie Falko so drankriegt, wie soll es dann erst mit einem Philosophen werden?

»Du verdienst deinen Lebensunterhalt mit einem Teilzeitjob in einer Bank«, fährt Eule fort, »arbeitest außerdem an diversen Kunstprojekten mit, wovon du auf lange Sicht einmal leben möchtest; du führst eine Fernbeziehung und wohnst mit einem Freund in einer Wohngemeinschaft.«

Mauro kichert giggelnd, und auch das kommt mir bekannt vor, aber trotzdem kann ich es überhaupt nicht einordnen.

»Wohngemeinschaft ist übertrieben«, erklärt er. »Ich hab ein Zimmer halb untervermietet an einen Kumpel von mir, der so eine Kamikazebeziehung führt, aber der ist zum Glück relativ selten da. Noch«, und dann kichert er schon wieder giggelnd.

Es ist so eine Art Glucksen. Ganz komisch irgendwie.

»Ist ja auch nicht so wichtig«, sagt Eule. »Gegenwärtige Situation«, fährt er fort, »miese Wirtschaft, hohe Arbeitslosigkeit unter Leuten, bei denen man es vielleicht nicht erwarten würde, Beschneidung des Sozialstaats an allen Ecken und Enden und so weiter und so weiter« – ich sehe förmlich vor mir, wie dieser Mauro dazu abwinkend nickt –, »was ich wissen will, ist: Glaubst du, dass diese Situation Veränderungen mit sich bringen wird?«

»Für andere in meinem Alter bestimmt, keine Frage«, sagt Mauro blitzschnell. »Für mich persönlich eher weniger.« Der muss nicht nachdenken, der hat alle Antworten schon, er ist ja Philosoph, dabei dachte ich immer, das sind die, die wenigstens *wissen*, dass es keine Antworten gibt.

Eule: »Warum für dich nicht?«

»Ganz einfach: Weil ich mich nie so abhängig gemacht habe von Kohle und von einem Job. Anders als viele in meinem Bekanntenkreis. Die sind jetzt furchtbar erschrocken, weil ihnen plötzlich alles um die Ohren fliegt oder sie zumindest Angst haben müssen, dass das jeden Tag passieren kann.«

Eule: »Bei dir ist das nicht so?«

Mauro, wieder ganz fix. Und ganz selbstsicher: »Nein. Ich habe meinen Teilzeitjob, der mich über die Runden bringt, und ansonsten kümmere ich mich um Dinge, die mich wirklich interessieren, und das habe ich schon immer getan. Damit verdiene ich zwar nur selten Geld, aber ich könnte trotzdem nie zu denen gehören, die fünfzig, sechzig Stunden in der Woche für irgendeinen oberflächlichen Bullshit arbeiten.«

Eule: »Was meinst du mit ›oberflächlichem Bullshit‹?«

Mauro: »Die ganze Online- und New-Media-Kacke. Das meiste, was da abgeht, braucht doch kein Mensch.«

Besserwisser. Ich schnaube. Vielleicht hat er Recht, aber trotzdem gibt es nun mal Leute, die ihr Geld damit verdienen, und zu denen habe ich auch gehört, und selbst wenn es vielleicht niemand gebraucht haben sollte, so war es doch harte Arbeit. Und woher will der eigentlich wissen, dass es wirklich niemand gebraucht hat? Schließlich produziert man im Kapitalismus bekanntermaßen nur Dinge, für die es eine Nachfrage gibt. Oder geben könnte. Oder zumindest mal gegeben hat, haha. Also. Und die Leute haben unsere Sachen konsumiert. Zuhauf. Sogar mit Freude und mit Spaß, verdammt. Was kann ich dafür, dass die Leute lieber doof bleiben und sich mit Boulevardpresse oder billigen

Fernsehprogrammen oder noch billigeren Onlineangeboten zumüllen, als sich was Sinnvolleres zu suchen? Woher also nimmt der sich das Recht, meine Arbeit zu degradieren?

Eule, süffisant: »Das merken die ja jetzt scheinbar auch, dass das ganze Zeug eigentlich doch niemand braucht.«

Ich knirsche mit den Zähnen.

Mauro: »Stimmt. Und plötzlich sind alle ganz aufgeregt und schieben Panik und schlagen mit den Flügeln, aber sie sind viel zu träge, um sich frei machen und einfach losfliegen zu können, auf zu neuen Ufern.«

Meine Fresse, was für ein Klugscheißer.

Eule: »Ist das für dich eine Genugtuung?«

Mauro: »Insgeheim schon. Es ist doch so: Die ideologischen Spinner sind jetzt obenauf, und die Straighten sind die Angeschmierten.«

Eule: »Du bist ein ideologischer Spinner?«

Ja!, will ich schreien, ja, ist er, und noch dazu hat er von nichts eine Ahnung und ist wahrscheinlich der Oberloser vor dem Herrn, der nichts gebacken gekriegt hat, weil er nämlich immer nur Ideologien wälzen wollte, von oben nach unten und von links nach rechts und dann noch mal umdrehen und von innen gucken, da gerät das Praktische nun mal ins Hintertreffen, und jetzt dreht er's so, als hätte er's die ganze Zeit gewusst; eine Unverschämtheit.

Mauro, der ideologische Spinner: »Finde ich persönlich natürlich nicht, dass ich einer bin, aber einige sehen mich so.«

Nanu, wie das wohl kommt.

»Die Straighten, also die, die immer ganz glatt auf was hingearbeitet haben, was ihnen jetzt unterm Arsch wegbricht, für die bin ich mit Sicherheit ein ideologischer Spinner, weil ich keinen Fulltimejob brauche zum Glücklichsein.«

Eine Straighte, ja, damit meint er wohl Leute wie mich.

Ach was, wahrscheinlich meint er damit jeden, der nicht bis dreißig studiert und es gewagt hat, eine volle Stelle anzutreten.

Eule: »Was jetzt gerade passiert in dem Bereich, musste das vielleicht so kommen?«

Mauro: »Ich find's eine ziemlich logische Entwicklung bei dem Tempo, das da vorgelegt wurde. Es ist doch klar, dass der Hype nicht immer so weitergehen kann.«

Ich sag's ja, der dreht das so, als hätte er's die ganze Zeit gewusst. Als hätte er die Weisheit mit Löffeln gefressen. Arroganter Sack.

Eule: »Was hätte man anders machen sollen?«

Pfft. Ich glaub das nicht. Wie soll so jemand eine Antwort darauf geben?

Mauro: »Für die Frage bin ich, wenn's ums Detail geht, sicherlich der Falsche.«

Na gut. Einzig richtige Antwort, denke ich. Aber auch wirklich *einzig* richtige Antwort.

Mauro, noch mal; war klar, dass da noch was kommt: »Aber insgesamt haben die einfach an allen Ecken und Enden übertrieben. Es ging doch immer nur darum, einen auf dicke Hose zu machen, ob mit dem x-ten Börsengang oder dem Riesenloft im Schanzenviertel oder dem büroeigenen Masseur oder was weiß ich.«

Gut, auch keine schlechte Antwort. Langsam komme ich wieder ein bisschen runter. Vielleicht muss ich meine Meinung revidieren. Vielleicht ist der arrogante Sack doch nicht ganz so arrogant, wie ich dachte. Sondern nur kritisch. Wie Philosophen eben so sind.

Mauro, immer noch: »Und danach mit der Freytag-Tasche schön in den After-Work-Club. Als hätte man sich nicht schon genug mit der Arbeit beschäftigt, benennen die auch noch ihr Freizeitvergnügen danach. Das ist doch völlig absurd. Irgendwie gönne ich es manchen Leuten schon, dass sie jetzt endlich mal auf sich selbst zurückgeworfen werden.«

Rumsbums, das sitzt. Das war's dann wohl, Marnie Hilchenbach, weil der verfickte Typ nämlich Recht hat. Genau das ist das Problem. Das ist *mein* Problem. Bin ich also auf mich selbst zurückgeworfen worden, wie Mauro sagen würde.

Das klingt komisch, und es klingt verdammt kompliziert. Und? Wie geht es weiter?

Eule: »Wird es sie voranbringen?«

»Klar«, sagt Mauro großzügig. »Auf jeden Fall.«

Ich atme auf. Gut. Wenn mir jetzt noch jemand sagt, was ich tun muss, damit es mich voranbringt – dann bitte schön.

»Was jetzt passiert, ist ein gesundes Maß an Zurechtstutzen.«

Mauro Philosophico erklärt die Welt, wie schön. Aber halt, ich will ja zuhören, ja, ich bin brav, ja, ich bin willig, erklär's mir.

»Die ganzen Blender fliegen raus, die ganzen Mitläufer, die aus dem Nichts plötzlich Onlineredakteure waren oder Projektmanager oder was weiß ich, nur weil sie zur rechten Zeit am rechten Ort waren. Aber um was wirklich Sinnvolles zu tun, reicht das eben nur selten.«

Eule: »Aber waren diese Leute nicht glücklich in ihren Jobs?«

Mauro: »Spacken, die mit so etwas zufrieden sind, gibt es immer.«

Also das verbitte ich mir jetzt doch wirklich. Ich war schließlich auch ganz zufrieden in meinem Job, und ich finde, dass mich das überhaupt nicht zu einem Spacken macht, sondern zu jemandem, der das Beste aus einer Situation rausholt und sich dabei auch noch bemüht, etwas zu schaffen.

Aber Mauro fährt ungerührt fort, und Eule reibt sich in Gedanken wahrscheinlich die Hände und stimmt ihm insgeheim zu: »Ich nenn das die Spackennaturkonstante.«

Hä?

»Hä?«

Das war Eule.

»Also pass auf«, erklärt Mauro. »Das ist so: In jeder Generation gibt's einen gleich bleibenden Anteil von Spacken. In den Sechzigern und Siebzigern haben die meistens in der traditionellen Wirtschaft gesessen und dann in den Achtzigern in vielen ›alten‹ Medien und vor allem in der Werbung. Und wo sie jetzt sitzen oder zumindest gesessen haben, wissen wir ja. Aber mit Spackenjobs werden eben nur Spacken auf Dauer glücklich, weil sie nicht über ihren Mikrokosmos rausgucken. Um die guten Leute hat es mir auch immer Leid getan, dass die solche Jobs machen und gar nicht schnallen, dass das im Grunde der totale Spackenzirkus ist.«

Eule: »Was wird mit diesen Leuten jetzt passieren?«

Ja, das fragen wir uns doch alle.

»Tja«, sagt Mauro.

Tja, denke ich.

»Tja«, sagt Eule.

»Also«, sagt Mauro.

Los jetzt, denke ich.

»Zwölf achtzig«, sagt Maria am Nebentisch.

»Die, die wirklich was draufhaben, werden die Situation nutzen«, prophezeit Mauro. »Ich seh das jetzt schon bei manchen Freunden, die fragen sich auf einmal doch, ob es nicht noch Wichtigeres gibt als den Job, und plötzlich triffst du die wieder unterwegs, in der Kneipe oder bei einer Veranstaltung oder einfach auf der Straße.«

Das bin ich, jubele ich, das bin ich. Genau so. Aber habe ich deshalb was drauf?

»Und die siehst du dann und denkst, ah, ich weiß schon, was jetzt kommt, und dann erzählen sie dir, dass sie ihren Job verloren haben, und du sagst dir selbst, na prima, dann kann aus denen ja jetzt doch noch was werden.«

Ich muss lachen. Ein seltsamer Humor, den dieser Mauro da an den Tag legt; wahrscheinlich meint er das noch nicht mal lustig, aber das ist es. Absurd eben. Da hat man jahrelang gedacht, ach, schön, habe ich es doch zu was gebracht, und jetzt heißt es umdenken, bitte einmal drehen um hundertachtzig Grad, weil es jetzt nur noch der zu was bringt, der wenigstens ein bisschen mit sich im Reinen ist und auch noch was anderes kann als arbeiten.

Wie Eule zum Beispiel. Wahrscheinlich führt er diese Gespräche einfach nur aus Jux und Tollerei und erfreut sich an der Verwirrung anderer.

»Aber ziehen sich die Leute am Anfang nicht eher zurück?«, fragt Eule jetzt. »Machen die nicht eher einen auf privat als auf öffentlich, weil sie erst mal klarkommen müssen mit ihrer neuen Situation?«

»Das kommt drauf an, wie man ›privat‹ definiert«, sagt Mauro Philosophico. »Es gibt ja diese Vergegensätzlichung von ›privat‹ und ›öffentlich‹: Wer sich ins Private zurückzieht, der schließt das Öffentliche aus. Aber da sehe ich genau das Gegenteil: Die Leute werden meiner Meinung nach jetzt eher wieder *öffentlich*. Die gehen wieder raus, ins Kino oder ins Theater oder in Ausstellungen oder in Cafés und treffen sich mit Freunden.«

Moment, denke ich, und wer soll das bezahlen, das Kino und das Theater und das Café?

»Moment«, sagt Eule. »Dafür haben die doch gar kein Geld.«

Gedankenübertragung! Ich reiße vor lauter Schreck die Augen auf; gerade noch rechtzeitig, um zu sehen, dass die Kerze auf dem Boden fast heruntergebrannt ist und ihr

Wachs munter auf Lüttjes Teppich tropft. Wie unangenehm. Aber egal, darum werde ich mich später kümmern, hier geht es erst mal um was anderes. Nämlich darum, dass ich vielleicht tatsächlich was draufhabe. Wie Eule. Sehr gut.

»Ja halt«, sagt Mauro, und dann »nein«, ja was denn nun, ja oder nein?, »das können meinetwegen auch andere Sachen sein, die man nicht bezahlen muss. Einfach nur zusammensitzen und was rauchen«, jetzt kichert er wieder so, war klar, »gut, das kostet auch, meinetwegen ohne rauchen, aber der Punkt ist doch: Da sind wieder reelle Verbindungen und Kontakte, der ganze virtuelle Kram verliert an Bedeutung, und die oberflächlichen Jobbeziehungen auch. Also was ich eigentlich sagen will, ist: Wenn man sich wieder auf Freunde oder Familie besinnt, bedeutet das nicht den Rückzug ins Private. Im Gegenteil.«

»Super«, sagt Eule. »Danke schön, das war's.«

»Dafür nicht«, sagt Mauro und kichert wie üblich, »hat Spaß gemacht.«

Mir hat es auch Spaß gemacht, irgendwie, trotz des ganzen Gezeters zwischendurch, und fast habe ich vergessen, dass ich nur Zaungast bin und diese Gespräche eigentlich gar nicht hören soll.

Geraschel, Unruhe im Hintergrund, Gelächter von weiter weg, das Tape läuft immer noch.

Eule: »Ach ja, was ist eigentlich mit deinem Kumpel? Kann ich den vielleicht auch –«, klack, Diktiergerät aus, der Rest bleibt mir verborgen, aber das ist mir gerade mal schön egal, und ich drücke ebenfalls auf die »Stop«-Taste und gähne ausgiebig. Den Rest bewahre ich mir besser für morgen auf. Da muss ich auch noch was zu tun haben; jetzt will ich nicht mehr denken müssen und nur noch ins Bett. Ich fühle mich komplett leer gedacht, aber irgendwie ist das gar nicht so schlecht.

Es ist ein bisschen so, als hätte ich wirklich was geschafft.

Fast wie auf der Arbeit, nur dass ich mich körperlich nicht ganz so ausgelaugt fühle, aber das macht meine Matschbirne locker wieder wett. »Marnie, Marnie«, sage ich zu mir selbst, während ich eine Kerze nach der anderen auspuste und mich anschließend mit der Decke ins Schlafzimmer schleppe, »irgendwie hast du auch nicht mehr alle Tassen im Schrank«, und dann verstreue ich meine Klamotten kreuz und quer im Zimmer, damit ich mich beim Aufwachen zu Hause fühle. Lüttjes Bett knarzt verdächtig, als ich mich darauf fallen lasse, und wenige Minuten später bin ich eingeschlafen.

Es ist ein merkwürdiges Gefühl, am nächsten Morgen in Lüttjes Wohnung aufzuwachen. Ich fühle mich wie in einem fremden Leben. Als wäre ich jemand anders. Einen Moment muss ich überlegen, wo ich mich überhaupt befinde. Ganz still ist es, anders als bei mir zu Hause, wo immer irgendwelche Geräusche sind: ein Laster, der vorbeibrettert; sich unterhaltende Fußgänger vor dem Fenster; das Kreischen der Säge aus der Tischlerei im Hinterhof nebenan. Aber hier? Da ist nichts, nur Lüttjes knarrendes Bett, aber sogar das stört irgendwie, also versuche ich, mich so wenig wie möglich zu bewegen, und lausche dem Nichts.

Draußen schneit es, und das Nichts ist umfassend. Es ist Samstag, der achtundzwanzigste Dezember, und ich habe nichts vor. Ich habe nichts zu tun, und in drei Tagen fängt ein neues Jahr an, von dem ich zum ersten Mal in meinem ganzen Leben nichts weiß. Gar nichts.

Ich versuche, mich anzufreunden mit dem Nichts. Ich versuche, mich in ihm zu entspannen und ein Teil zu werden von diesem Nichts, das in diesem Moment alles ist. Und dann versuche ich, mir vorzustellen, dass es nicht als schwarzes Loch daherkommt, sondern als ein Haufen feuchter, schwerer Erde, in der ich säen und pflanzen und von der ich natürlich auch ernten kann. Aber wenn ich in diesem Moment überhaupt etwas ernte, dann sind es Hohn und Spott von meinem wahren Ich, das unter der Decke klebt und mich beobachtet, wie ein Teil von mir daliegt und esoterisch tut und sich einzureden versucht, ich müsse jetzt mal nur auf mich selbst horchen, um endlich zu wissen, was ich vom Leben will.

Dann ist da doch ein Geräusch, plötzlich und unerwartet; auf der Kommode im Flur klingelt mein Handy. Rangehen oder nicht, hurra, ich habe eine Entscheidung zu treffen, und ich treffe sie schnell, Schluss mit der Grübelei, ich springe auf und hebe ab. Es ist Berit.

»Na?«, sie klingt unverschämt munter, »schon wieder in Hamburg oder noch in der Heide?«

»Bin wieder da«, krächze ich; meine Stimme klingt heiser und belegt, weil es die ersten Worte sind, die ich seit nahezu zwanzig Stunden spreche.

»Fein«, sagt Berit vergnügt, »hilfst du mir einkaufen für die Silvesterparty? Bei Aldi natürlich. Und hinterher gehen wir Kaffee trinken.«

»Logo«, antworte ich, »gute Idee.«

»In einer Stunde vorm Laden?«, fragt Berit.

»Geht klar«, sage ich, lege auf und sprinte unter Lüttjes Dusche. Leider habe ich schon wieder vergessen, wie ihr Boiler funktioniert, da ist es doch gut, dass ich das mit dem Baden noch nicht in Angriff genommen habe. Der Boiler ist groß, er hat eine ätzende beigebraune Farbe und so eine Art Rad auf dem Bauch, das man drehen muss, um ihn einzuschalten, nur dass ich keine Ahnung habe, in welche Richtung. Ich schraube daran herum wie verrückt, aber das Wasser bleibt kalt, also wird die Dusche mehr so zu einem Horrortrip.

Aber danach fühle ich mich blendend. Frisch und fast

lebendig. Manchmal hilft es, Dinge nur ein klein wenig anders zu machen als sonst.

Draußen ist der Teufel los. Die Welt ist wie gerade erwacht aus ihrer Feiertagslethargie; außerdem sind die Kühlschränke leer, also hat sich die halbe Stadt auf den Weg gemacht, sie zu füllen, trotz der Kälte und trotz des Schnees, der hier und da sogar liegen bleibt und die Unruhe des Viertels ein wenig dämpft.

Als ich am Familieneck vorbeikomme, ist da der Sprinter und beaufsichtigt die Getränkelieferung; der Bierkutscher ächzt und brummt und rollt mit hochrotem Gesicht die Bierfässer über den vereisten Gehsteig.

»He, Marnie!«, ruft der Sprinter und winkt mir schon von weitem zu. »Weihnachten überstanden? Warst du weg? Hab dich gar nicht gesehen die letzten Tage.«

»Bei meinen Eltern«, erkläre ich ihm atemlos, nachdem ich auf ihn zugeschlittert bin und ihn fast umgeworfen habe durch die Wucht, mit der ich nach seinem Arm fassen musste, um nicht der Länge nach hinzuschlagen. »Weißt doch, wie das ist.«

Der Sprinter lacht. »Ich nicht«, sagt er, »ich mach den Zirkus schon seit Jahren nicht mehr mit. Schiebe lieber Schichten während der Feiertage. Bringt gutes Geld.«

»Apropos«, fällt mir spontan ein, »braucht ihr eigentlich noch wen hinterm Tresen?«

»Hmmm.« Der Sprinter mustert mich amüsiert. »Suchst 'n Job, oder was?«

»Aber hallo«, erwidere ich.

»Das kann ich nicht entscheiden«, bedauert der Sprinter. »Aber frag doch mal den Chef. Willst du die Telefonnummer?«

Ich winke ab. So ernst ist es mir dann doch nicht mit dem Kneipenjob. Oder?

»Demnächst irgendwann. Im neuen Jahr«, sage ich und ärgere mich im selben Moment über mich selbst. Super Ausrede, Marnie Hilchenbach. So wird das nie was mit dir.

»Obwohl«, der Sprinter zwinkert mir zu, »könntest mich Silvester vertreten. Da muss ich meine Schicht noch tauschen. Hoffentlich finde ich überhaupt jemanden. Berit hat mich zu ihrer Party eingeladen. Würde ganz gern hingehen.«

»Ach«, entfährt es mir erstaunt. Hups. Wenn das mal nicht der Überraschungsgast ist, den Berit versprochen hat. Ich grinse. Die gibt auch nie auf. Dabei ist ihr Freund doch bestimmt bei ihr zwischen den Jahren. Wenn das mal keinen Ärger gibt.

»Was grinst du so verschlagen?«, fragt der Sprinter und grinst ebenfalls und kneift mich in die Wange. »Da machen wir richtig einen drauf. Du bist doch bestimmt auch da, oder?«

»Und ob«, bestätige ich und halte den Daumen hoch. »Ich treff mich jetzt mit Berit zum Einkaufen. Trinkst du was Bestimmtes? – Muss aber von Aldi sein«, füge ich hinzu.

»Schnickschnack«, tadelt mich der Sprinter, »ich bring selbst was mit. Kenn mich ja aus«, und dazu bückt er sich und klopft gegen die Kiste Schnaps zu seinen Füßen, bevor er sie mit einem entschlossenen Ruck hochnimmt, um sie hinter den Tresen zu tragen.

»*Das* stimmt«, sage ich, und dann winke ich ihm noch einmal zu mit meinem Norwegerfäustling, der ein Loch am Zeigefinger hat, und sehe zu, dass ich zu Aldi komme.

Berit wartet schon und fuchtelt aufgekratzt mit den Armen durch die Luft, als sie mich sieht.

»Beeil dich!«, kreischt sie, »ich frier hier fest!«

»Musst du dir eine Ganzkörperstulpe stricken«, murmele ich, sofort genervt von Berits Befehlston, und hebe in weiser Voraussicht abwehrend die Arme.

Aber Berit hängt sich mir trotzdem um den Hals, als hätte sie mich Monate nicht gesehen, und wir fallen fast in den Schnee, der vor Aldi braungelb ist wegen der vielen Fußabdrücke und wegen der Flasche Rum, die jemand fallen lassen hat. Irgendwie ist die auch ein bisschen gestört. Also Berit, meine ich. Nicht die Flasche Rum. Die ist komplett im Arsch.

Anderthalb Stunden später haben wir das Auto von Berits Freund bis unters Dach voll gestopft. Mir tun sofort die Arme weh, und als wir im Aurel sitzen, kriege ich kaum meinen Kaffeebecher gehoben. Im nächsten Jahr muss ich einfach mehr tun. Vielleicht sollte ich das Trimmrad jeden Tag vom Erdgeschoss bis auf den Dachboden schleppen und wieder zurück, bevor ich mich draufsetze.

»Wer ist eigentlich dieser ominöse Überraschungsgast?«, frage ich Berit scheinheilig und zünde mir eine Zigarette an, die mich beim ersten Zug fast vom Barhocker haut. Mir wird schwindlig, und Berit verschwimmt vor meinen Augen zu einem unförmigen Klops, sodass ich kurz die Augen schließe. Erst jetzt fällt mir ein, dass ich seit Tagen keine mehr geraucht habe, dem Streit mit Papa sei Dank. Warum habe ich eigentlich so lange darauf verzichtet? In Lüttjes Wohnung kann ich quarzen, bis der Arzt kommt, weil Lüttje selbst es auch nicht anders handhabt, aber das habe ich gestern nicht getan. Noch nicht einmal während der Hörsession auf dem Sofa. Obwohl ich da beide Hände frei hatte; die beste Ausgangslage, um sich eine nach der anderen anzustecken. Wahrscheinlich habe ich es schlichtweg vergessen. Und deshalb könnte ich es jetzt eigentlich auch sein lassen, aber irgendwie kriege ich die Kurve nicht und inhaliere tapfer den zweiten Zug. Schon besser.

»Ah – ah – ah«, macht Berit vergnügt. »Verrat ich nicht. Überraschungsgast ist Überraschungsgast, und das soll er auch bleiben.«

»Na«, würde ich am liebsten sagen, »*so* aufregend ist der Sprinter nun auch wieder nicht, jedenfalls nicht für mich«, aber das wäre gemein, also maule ich nur »ach manno« und spiele beleidigt und lasse Berit in ihrem Glauben.

»Du wirst es ja sehen, wenn es so weit ist«, sagt Berit. »Aber pass auf, halt dich fest, ich habe ja noch ganz tolle Neuigkeiten! Bernd ist befördert worden, aber das ist nur die halbe Geschichte«, und dann erzählt sie mir eine Stunde lang von Bernd und seiner Gehaltserhöhung und davon, dass er demnächst leider noch viel öfter ins Ausland müsse, aber dass er sie gefragt habe, ob sie dann jetzt nicht zusammenziehen wollten, damit sie wenigstens während der Zeit, die er in Deutschland sei, beieinander wären.

»Und dann habe ich, schlau, wie ich bin, gleich die Weichen gestellt in Richtung Nägel mit Köpfen«, verkündet Berit und klappert verheißungsvoll mit den Augenlidern.

»Wie jetzt?«, frage ich.

»Na, wenn schon zusammenziehen, dann will ich auch heiraten«, erklärt Berit ernsthaft.

Ich verschlucke mich an meinem Kaffee, und Berit muss mir mehrere Male sehr heftig auf die Schulter schlagen, damit ich mich wieder einkriege und nicht quer über den Tresen spucke direkt in die Dose mit den Kaffeekeksen, die die Bedienung zwischendurch gar nicht erst schließt, weil sie um diese Zeit sowieso alle zwei Minuten hineingreifen muss.

»Tu nicht so erstaunt«, sagt Berit entrüstet. »Wir sind seit sieben Jahren zusammen, da kann man ja wohl mal darüber nachdenken.«

»Und was sagt Bernd dazu?«

»Na ja. Ich hab natürlich nicht gesagt, ach, dann lass uns doch gleich heiraten, Schnucki, nein, nein, da war ich subtiler.«

Berit und subtil? Schwer vorstellbar.

»Ich will schließlich einen Antrag«, fügt sie bestimmt hinzu. »Ganz traditionell. Da bin ich altmodisch. Ohne Antrag, das geht nicht. Den muss er mir schon machen.«

»Bis auf seine Knie hat er's ja nicht so weit«, ergänze ich in Gedanken, denn Bernd ist sehr klein. Aber super im Bett, betont Berit gern und oft, und dass das immer so wäre bei kleinen Männern; die würden sich noch Mühe geben, weil sie immer Angst haben müssten, den Kürzeren zu ziehen. Bei dieser Theorie frage ich mich, was Berit überhaupt am Sprinter so toll findet, denn der ist ungefähr Bernd mal drei.

»Dafür ist doch jetzt der beste Moment«, plappert Berit weiter. »Ich meine, von dem Gehalt, das Bernd ab Januar bekommt, da können wir auch ein Kind durchfüttern, mit Kindergeld und so, das kommt ja dann noch dazu; und Wohnung wäre auch billiger als jetzt, vielleicht ziehen wir sogar erst mal in seine, na ja, und dann können die mich alle mal, dann werde ich eben Hausfrau und Mutter und brauche mich um den ganzen Scheiß nicht mehr zu kümmern. Ich meine, wenn ich ein Kind will, dann jetzt. Dann ist jetzt doch die beste Zeit dafür. So ohne Job und so. Das ist doch wohl mal klar.«

Ist es das? Ist das die logische Alternative als arbeitslose Frau im gebärfähigen Alter? Hausfrau und Mutter werden und sich um den ganzen anderen Scheiß nicht mehr kümmern müssen?

Berit ist noch nicht am Ende: »Und wenn die das wirklich durchziehen mit der Rentenkürzung für Kinderlose, na, da muss man sich doch Gedanken machen! Was natürlich nicht heißt, dass ich nur deshalb ein Kind will, aber solche Sachen spielen durchaus eine Rolle, wenn man mal genauer hinguckt, Marnie, das ist doch so, das musst du doch zugeben.«

Berit tippt mir aufgeregt auf die Schulter.

»Ich weiß nicht«, sage ich gequält.

Das geht mir dann doch ein bisschen zu weit. Wenn ich eines Tages heiraten sollte, dann muss das schon andere Gründe haben. Liebe zum Beispiel. Große am besten. Und was die Rentenkürzung für Kinderlose betrifft, glaube ich nicht, dass die durchkommt, weil sie meiner Meinung nach nämlich gegen den Grundsatz der Gleichberechtigung verstoßen würde. Wer kommt überhaupt auf so einen Müll? Nur weil ich keine Blagen aus mir rauspresse, bin ich doch kein Mensch zweiter Klasse. Ich meine, was sind wir denn? Zuchtstuten?

»Das klingt zwar sehr nüchtern«, ergänzt Berit entschuldigend, »aber auch sehr vernünftig. Und außerdem, ich liebe ihn ja. Also, was soll da noch schief gehen?«

Und außerdem liebt sie ihn ja. Außerdem. Ja, was soll da noch schief gehen?

»Und jetzt«, verkündet Berit, »jetzt fahr ich mal heim. Bernd ist bestimmt endlich wach. Der ist ganz alle von den letzten Wochen, jetzt will der garantiert was essen, ich muss kochen, zahlst du meinen Kaffee mit? Wir telefonieren«, und schwupps, weg ist sie, und ich sitze da und bin wie vor den Kopf geschlagen und horche in mich hinein und halte Zwiesprache mit meiner Gebärmutter. Aber auch sie kann mir nicht sagen, ob das, was Berit da vorhat, pure Resignation ist oder der Start in ein neues, erfüllteres Leben.

Und dann – ganz egal, ob es das eine ist oder das andere – bin ich ein wenig neidisch auf Berit, weil sie wenigstens *weiß*, was sie vorhat. Obwohl es mich unter den gegebenen Umständen extrem wundert, dass sie immer noch um den Sprinter herumscharwenzelt. Aber wer weiß, vielleicht hat sie ihn zur Silvesterparty nur eingeladen, um ihre ihn betreffenden Gelüste ein für alle Mal zu den Akten zu legen, mit ihm Brüderschaft zu trinken (ohne Zunge) und ihn dann als Trauzeugen zu verpflichten. Oder vielleicht will sie ihn jetzt, da sie selbst so gut wie unter der Haube ist, an mich abtreten und uns während der Party in ihrer Wäschekammer einschließen, damit wir als Paar wieder rauskommen. Zuzutrauen wäre es ihr jedenfalls. Berit ist und bleibt nun mal praktisch veranlagt.

Halbherzig greife ich auf dem Stapel der ausliegenden Zeitschriften nach dem *Abendblatt* und versuche, den Stellenmarkt zu finden, aber der ist in dieser Ausgabe nicht vorhanden. Offensichtlich beschäftigt man sich zwischen Weihnachten und Neujahr nicht mit so profanen Dingen wie der Jobsuche. Auch nicht in einer Stadt, deren zweihundert größte Unternehmen im vergangenen Jahr zweitausendneunundfünfzig Stellen abgebaut haben, wie das *Abendblatt* berichtet. Und zwar gleich auf der Titelseite. Wahrscheinlich, um den Leuten von vornherein klarzumachen, dass 2003 ebenfalls kein Zuckerschlecken wird.

Seufzend stecke ich das *Abendblatt* unauffällig in meine Tasche, um ein andermal weiterzulesen, und hebe den Kopf, gerade rechtzeitig, um zu sehen, dass soeben Eule durch die Tür kommt. O nein. Auch das noch. Wahrscheinlich wird er mich gleich fragen, ob ich sein Tape gefunden habe. Vielleicht hat der Sprinter mich dabei beobachtet, wie ich es an mich genommen habe im Familieneck, und unter Umständen weiß Eule das längst, und mir bleibt keine andere Wahl, als die Wahrheit zu sagen, es sei denn, ich lege es darauf an, als Lügnerin oder als Kleptomanin entlarvt zu werden, was ich natürlich nicht tue. Das mit dem *Abendblatt* war schließlich eine Ausnahme. Genau wie das mit der Kassette.

Aber wenn ich jetzt die Wahrheit sage, dann wird Eule

seine Kassette zurückhaben wollen. Vielleicht sogar sofort. Was soll ich also tun?

Mir bleibt keine Zeit mehr zum Überlegen; Eule hat mich schon gesehen und steuert schnurstracks auf mich zu, mit der ihm eigenen gelassenen Selbstverständlichkeit. So als wären wir die besten Freunde und zu genau diesem Zeitpunkt hier verabredet. Was fällt dem eigentlich ein?

»Hallo«, sagt er freundlich, »wünsche frohes Fest gehabt zu haben. Darf ich?«, und dann zeigt er auf den leeren Barhocker neben mir, auf dem eben noch Berit gesessen hat.

Wäre sie doch geblieben.

Ich nicke stumm. Die Stimme wieder. Ich hätte mir wirklich gewünscht, sie unter anderen Umständen wieder zu hören. Die Härchen auf meinen Armen richten sich auch diesmal auf, aber ich kann nicht unterscheiden, ob Eules Stimme daran schuld ist oder vielmehr die Situation insgesamt. Vielleicht ist es auch der Typ an sich, der mich wie immer völlig kirre macht und aus dem Konzept bringt. Ich ziehe den Kopf ein und sinke in mich zusammen, während Eule sich in aller Seelenruhe auf dem Barhocker ausbreitet.

»Danke«, sagt er. »Ich habe nämlich eine Frage an dich«, und dann wendet er sich kurz ab und bestellt selbstsicher einen Kaffee, keinen Gin Tonic wohlgemerkt, und ich nicke wieder.

Klar hat er eine Frage, nämlich, wo seine Kassette ist, ogottogott, was sage ich denn jetzt bloß? In Gedanken stelle ich mich darauf ein, sie nie zu Ende hören zu können, und das geht mir kolossal gegen den Strich. Wäre ich doch woanders hingegangen. Eule ist schließlich ein Immer-und-überall-Mensch. Und jetzt habe ich den Salat.

»Also«, sagt Eule und sieht mich geradewegs an.

Ich weiche seinem Blick aus, schade eigentlich, denn Eules Augen sind sehr schön und sehr durchdringend und sehr dunkel mit einem hellen Punkt drin, und der helle Punkt hüpft in ihnen belustigt auf und ab, und das verwirrt mich noch mehr.

Das musste ja so kommen. Verdammt. Der Typ nimmt mich wirklich mit, mein schlechtes Gewissen tut sein Übriges, und jetzt fange ich auch noch an zu schwitzen wie verrückt. Das ist das Ärgerlichste überhaupt: Dass man sich, wenn es darauf ankommt, nie auf seinen Körper verlassen kann.

»Also«, wiederholt Eule geduldig, wie um mir eine Chance zu geben, meine Blödheit wettzumachen und ihn doch noch anzusehen.

Aber ich kann einfach nicht, und deshalb spricht er schließlich ins Blaue hinein, während ich weiter in meinen leeren Kaffeebecher starre.

»Im Grunde hätte ich sogar mehrere Fragen an dich«, erklärt Eule behutsam, und ich muss mich wirklich bemühen, zu verstehen, was er sagt, weil es in meinen Ohren rauscht und in meinem Kopf pocht.

»Ich beschäftige mich da mit – na, nennen wir es mal –, nennen wir es mal ein ganz spezielles Projekt. Ein Projekt, für das ich Gesprächspartner brauche, die ich ein bisschen ausfragen kann«, fährt Eule sacht fort, und seine Stimme ist einnehmend und schmeichelnd warm, während er mit ruhiger Hand Zucker in seinen Kaffee schüttet, eine Menge Zucker.

Aber nicht mich, denke ich und werde starr vor Schreck. Nicht mich. Ich will nicht. Punkt. Die Antworten von anderen sind mir gerade mal lieber, und dafür habe ich einen guten Grund. Also lass mir das Tape, aber erwarte bitte keine Antworten von mir.

»Und weil wir uns in letzter Zeit immer wieder über den Weg laufen … kurz und gut, ich dachte, vielleicht hast du ja Lust mitzumachen.«

Eule macht eine abwartende Pause, während er langsam und bedächtig den Zucker unterrührt. Er hat keine Eile. Wahrscheinlich weiß er gar nicht, was das ist. Lass mich in Ruhe, denke ich und gucke böse, jedenfalls kann ich spüren, wie sich auf meiner Stirn eine tiefe Falte bildet, ohne dass ich es wirklich will. Lass mich in Ruhe. Ich hab genug mit mir selbst zu tun. Ich hab dir nichts zu bieten. Ich hab keine Antworten für dich. Ich hab ja noch nicht mal welche für mich.

»Es ist auch gar nichts Schlimmes«, fügt Eule irgendwann sanft hinzu, aber das zu entscheiden ist ja wohl immer noch meine eigene Angelegenheit, also ziehe ich skeptisch die Augenbrauen hoch, nehme all meinen Mut zusammen und werfe Eule einen missbilligenden Blick zu.

Er mustert mich prüfend. Er mustert mich, als wüsste er längst, dass ich mich drücken will, und das scheint ihn zu amüsieren und insgeheim zu bestätigen. Er betrachtet mich ein bisschen so wie ein Arzt den Anstellerpatienten, der sich mit Händen und Füßen gegen eine lebenswichtige Operation wehrt und doch weiß, dass er ihr letzten Endes zustimmen muss um seines Lebens willen.

»Ich verstehe ja Ihre Sorgen«, würde der Arzt in dieser Situation sagen und dem Patienten behutsam die rechte Hand auf die Schulter legen, während er mit der linken einen Kugelschreiber aus der Brusttasche seines blütenweißen Kittels nestelt wegen der Einverständniserklärung, »ich verstehe Ihre Sorgen, aber sehen Sie, Sie haben erstens keine Wahl, und zweitens wird es Ihnen hinterher viel besser gehen. Vertrauen Sie mir, diese Operation ist das einzig Richtige.«

Eule sagt das zwar nicht, und er fasst mich auch nicht an, aber seine Augen drücken etwas ganz Ähnliches aus.

Pah. Was denkt der sich eigentlich? Ich bin kein kleines Kind, ich bin kein Patient, und ich glaube auch nicht, dass ich keine Wahl habe. Gut, vielleicht bin ich ein Ansteller, *aber* ich habe eine Wahl und werde nein sagen, schon allein deshalb, weil Eules Art einfach unverschämt ist und weil ich mich unwohl fühle und in die Enge getrieben. Soll er sich sein komisches Na-sagen-wir-mal-Projekt doch an den Hut stecken. Ich habe keinen Bock drauf, und das muss ich ihm gegenüber nicht begründen und mir gegenüber auch nicht. Basta. Ich habe die Wahl, und ich wähle das Nein, danke.

»Nein«, sage ich also laut, »nein, danke, ganz bestimmt nicht, für so etwas eigne ich mich nicht, und überhaupt rede ich nicht gern«, und dann knalle ich fahrig einen Fünf-Euro-Schein auf den Tresen und haue ab, meinen Mantel in der einen Hand und die Tüte mit der Aldi-Notration fürs Wochenende in der anderen, und verstehe mich selbst nicht mehr. Ich verstehe überhaupt nichts mehr, denn in der nächsten Minute tut mir mein Ausbruch schon wieder Leid. Eigentlich hätte ich doch ganz gerne mit Eule zusammengesessen und weiter seine Stimme gehört und mich mit ihm unterhalten. Und vor allen Dingen hätte ich ihn selbst etwas fragen können, nämlich, was das überhaupt für ein Projekt sein soll, an dem er da angeblich sitzt.

Und dann hätte ich Eule gestehen können, dass ich sein Tape habe, und wäre glimpflich aus der Sache rausgekommen. Aber so habe ich mir letztendlich nur mein eigenes Grab geschaufelt. Was ist das mit ihm? Was ist das mit mir? Wer oder was hat mich dazu gebracht, mich auf diese Art und Weise aus der Affäre zu ziehen?

Was rede ich, ich habe mich ja noch nicht mal aus der Affäre gezogen, sondern im Grunde nur noch tiefer reingeritten, und vor allem werde ich Eule ab sofort nie wieder begegnen können, ohne vor Scham im Boden zu versinken. Welch ein armseliger Auftritt! Vermutlich hält Eule mich längst für schwachsinnig. Was du ja zweifelsohne auch bist,

Marnie Hilchenbach. Du bist auf dem besten Wege, doch noch schizophren zu werden. Und wenn du nicht sofort aufhörst, in der Du-Form mit dir selbst zu reden, dann fängst du wahrscheinlich noch heute Abend an, mit dem Kopf immer wieder gegen die Wände zu schlagen, bis dir das Hirn aus dem Schädel spritzt. Vielleicht hättest du doch eine OP nötig, Marnie Hilchenbach, eine OP, die zwar wehtut, aber die auch bereinigt und nach der es dir eindeutig besser geht; nur leider quälst du dich stattdessen lieber weiter selbst und windest dich in deinen Schmerzen, weil du nämlich feige bist, ätschibätschi, oder vielleicht stehst du auch auf ein bisschen Selbstmitleid, oder, Marnie Hilchenbach?

Schluss jetzt. Schluss. Schluss!

11.

»Eichel kündigt schmerzhafte Einschnitte an«
Süddeutsche Zeitung

Wie ferngesteuert schlage ich den Weg zu Lüttjes Wohnung ein. Im Treppenhaus leere ich den Briefkasten. Ein Päckchen steht obenauf; die Januarration Zigaretten, super, ich muss sie also noch nicht einmal vom Postamt abholen. Ein bisschen leichtsinnig vom Postboten vielleicht, aber das hier, denkt er wahrscheinlich, ist ein anständiges Haus, da wird nicht geklaut, jedenfalls nicht zwischen Weihnachten und Neujahr.

»Wieder im Lande?«, sagt jemand hinter mir und kichert giggelnd, und ich erschrecke mich zu Tode, denn ich kenne die Stimme, ich kenne sie hier aus dem Treppenhaus, und ich kenne sie von Eules Tape.

Lüttjes Nachbar. Nein, Mauro Philosophico. Lüttjes Nachbar *ist* Mauro Philosophico. Ich schlage mir innerlich an die Stirn. O Baum der Erkenntnis! Dieses Kichern. Klar.

»Entschuldigung, ich wollte dich nicht erschrecken«, sagt Mauro Philosophico.

»Ähm. Klar. Geht schon«, sage ich und klemme mir das Päckchen unter den Arm, und dabei starre ich Mauro an wie eine Erscheinung, weil er so anders aussieht, als er auf der Kassette geklungen hat, und die Diskrepanz zwischen Hirn und Hülle verschlägt mir regelrecht die Sprache.

»Ich habe mich das letzte Mal gar nicht vorgestellt. Gestatten, Mauro«, sagt er und streckt mir die Hand hin, und ich ergreife sie, so gut es eben geht mit dem Päckchen in der Achselhöhle, dem Schlüssel in der einen Hand und einem Haufen überflüssiger Werbeprospekte in der anderen.

»Ich weiß«, sage ich.

»Ach«, sagt Mauro und lacht. »Bei Moritz Erkundigungen eingezogen?«

»Moritz?«, entgegne ich, »äh, nein – ach, Moritz« – du liebe Güte, los, Marnie Hilchenbach, deine Chance! Deine Chance! Sieh zu! Mach hinne! –, »ähm – ist Moritz denn noch bei dir, oder –?«

Bitte, Mauro, sag das Richtige. Sag, dass Moritz noch da ist. Sag, dass er nicht zurück ist zu seiner Frau, um unterm Weihnachtsbaum zu vögeln. Sag, dass er in deiner Küche sitzt und unglücklich aus der Wäsche guckt, weil ich mich nicht melde.

»Moritz!«, sagt Mauro leichthin, »nein, nein, der ist nicht mehr da, zu Hause ist wieder gut Wetter. Er hat die Neuigkeit ganz gut verdaut, darf ich mal« – Mauro schiebt mich ein wenig zur Seite, weil er an seinen Briefkasten will und ich genau davor stehe –, »also wenn du mich fragst, der brauchte nur ein paar Tage Abstand, um sich darüber klar zu werden, dass er demnächst nicht mehr bei jedem kleinen Streit einfach abhauen kann. So sehe ich das jedenfalls«, fügt er hinzu, während er beiläufig seine Post durchsieht. »Ich kenn ja meine Pappenheimer.«

Es rauscht wieder in meinen Ohren.

»Neuigkeit?«, frage ich stumpf. »Welche Neuigkeit?«

»Na, das Baby. Dass Bettina schwanger ist. – Mann, diese Werbung immer, also das nervt mich vielleicht.«

Mit einem dumpfen »Puff« landet das Zigarettenpäckchen auf dem grauen Linoleum. Ich bücke mich schnell, und dabei schießt mir die Zornesröte ins Gesicht, es brennt und wird ganz heiß. Moritz, du Arschloch. Es rauscht und pocht und rauscht und pocht. Als ich wieder hochkomme, mache ich ungelenk einen Schritt nach hinten, um Halt zu finden an der Wand, aber es nützt nichts, meine Beine sind wie Butter, und Mauro ist ein Blitzmerker, da kann ich jetzt auch nichts mehr machen.

»Ach du Scheiße. Habe ich was Falsches gesagt?«, fragt er betreten und kratzt sich am Kopf.

»Ach was«, sage ich beherrscht und versuche, ganz normal zu klingen und überhaupt nicht so, als würde ich vor Wut am liebsten sofort die Briefkästen demolieren oder am besten noch das ganze verfickte Haus. Warum bin ich überhaupt so sauer? Der Kerl ist verheiratet, warum soll seine Frau dann nicht schwanger werden? Was hast du denn gedacht, Marnie Hilchenbach? Dass er sie verlässt deinetwegen?

Geht's noch?

»Ach was«, wiederhole ich also. »Ich wusste das nur noch gar nicht«, füge ich hinzu und beschäftige mich derweil ein wenig mit dem Päckchen, um Mauro nicht ansehen zu müssen.

»Ach, echt?«

Mauro stutzt, und dann sieht er noch bekümmerter aus als vorher.

»Ach du je, stimmt ja, neulich im Treppenhaus war dafür keine Zeit, aber Moritz erwähnte hinterher, dass er dich dringend sprechen will und dass ich ihm bloß Bescheid sagen soll, wenn du wieder hier aufkreuzt, er wollte es dir bestimmt selbst sagen, und jetzt hab ich's ausgeplaudert, tut mir Leid, ich bin ein riesengroßes Trampeltier, Moritz bringt mich um.«

Nein. *Ich* bringe Moritz um, so rum wird's laufen, und das ist mit Sicherheit gerechter. Es ist also noch nicht einmal so gewesen, dass Moritz *nach* mir von der Schwangerschaft erfahren hat, nein, so war es nicht. Es ist *vor* mir gewesen. Natürlich. Wahrscheinlich hat Bettina ihm die freudige Nachricht exakt an jenem Tag überbracht, an dem

Moritz und ich uns begegnet sind. Daraufhin ist er nämlich erst losgezogen, der kleine verwirrte Moritz, um noch mal so richtig einen draufzumachen. Bevor die Kleinfamilie ihn einholt. Zum Abschied sozusagen. Wahrscheinlich wollte er ein letztes Mal wissen, wie es ist, fremdzuficken und dabei nur die eigene Frau zu betrügen, nicht auch noch das eigene Kind. Und natürlich musste er auf diesem Trip ausgerechnet im Familieneck landen und danach ausgerechnet in meinem Bett. Drecksack.

Und die Blumen? Und das Buch? Tja, die Blumen und das Buch. Also doch alles Berechnung. Der klägliche Versuch einer oberflächlichen Wiedergutmachung. Jedenfalls keine Liebeserklärung. Im Gegenteil, wahrscheinlich will Moritz mich damit nur ruhig stellen und verhindern, dass ich irgendwann keifend bei seiner Bettina vor der Tür stehe und eine drollige kleine Szene mache und ausplaudere, mit wem es ihr Kerl so alles treibt, während sie dabei zugucken kann, wie ihr Bauch immer dicker wird und bald nicht einmal mehr in den gerade angeschafften Volvo Kombi passt.

Fick dich, Moritz Gersten. Fick dich selbst, denn du hast keine Frau verdient. Und du, Marnie Hilchenbach, bleib cool. Cool bleiben, durchatmen, Strategie entwickeln.

»Macht ja nichts«, tröste ich Mauro also, während mein Hirn auf Hochtouren läuft, und dann lächele ich ihn harmlos an und zwinkere dazu verschwörerisch. Die Waffen einer Frau. Wollen wir doch mal sehen.

»Sag ihm einfach nicht, dass du mich getroffen hast«, schlage ich vor, »dann kann ich immer noch so tun, als hätte ich von nichts eine Ahnung. Ich bin jedenfalls wieder da, bis Dienstag bin ich sogar hier in der Wohnung, das kannst du ihm gerne stecken.«

Und dann kann ich ihm die Augen auskratzen und sie in Lüttjes Kräuterbeet vergraben, füge ich in Gedanken hinzu, vielleicht schneide ich ihm auch den Schwanz ab und verstecke ihn zwischen Liebstöckel und Schnittlauch, ja, das würde passen.

Mauro merkt nichts, im Gegenteil, er ist dankbar und erleichtert. »So machen wir's«, sagt er, »prima Plan. Wenn du Lust hast, klingel die Tage einfach mal auf einen Wein«, und dann schlüpft er zurück in seine Wohnung; wahrscheinlich wird er sofort Moritz anrufen, während ich noch benommen nach dem richtigen Schlüssel suche.

Wütend drehe ich ihn im Schloss und stoße entschlossen die Tür auf. Ich muss jetzt nur noch warten, denke ich. Was für eine Geschichte er mir wohl auftischen wird, wenn er hier aufläuft! Und das wird er mit Sicherheit tun, früher oder später, so viel steht fest. Vielleicht kommt er heute noch, vielleicht auch erst morgen, aber bestimmt vor Dienstag; schließlich muss er sich vergewissern, dass ich meine Klappe halten werde und nicht am Ende ausgerechnet zu Silvester bei Mama Bettina aufkreuze.

Mir kann das nur recht sein, dann bin ich zum neuen Jahr wenigstens clean. Jawohl. Weg mit den Altlasten. Und vor allem mit den alten Lastern.

Noch während ich meinen Mantel an die Garderobe hänge, schwöre ich mir, nie wieder jemanden am ersten Abend mit nach Hause zu nehmen. Ich bin raus aus dem Alter, ein für alle Mal. Nie wieder Moritzens und keine One-Night-Stands mehr. Nur noch große Liebe und dann heiraten. Meinetwegen auch nur Liebe und dann heiraten. So wird's gemacht, und wir wissen ja, wahre Liebe wartet. Genau.

Die nächsten zwei Stunden verbringe ich damit, den Kerzenwachs von Lüttjes Teppich zu pulen beziehungsweise es wenigstens zu versuchen. Ich probiere es mit Rubbeln, mit einem Messer, mit meinen Fingernägeln, mit Gewalt, mit Geduld und irgendwann auch mit Spucke. Aber nichts von alldem bringt wirkliche Fortschritte, obwohl ich mit Feuereifer bei der Sache bin und eine erstaunliche Kraft entwickele, weil ich mir vorstelle, die Wachsflecken wären Sperma von Moritz.

Es ist eine langwierige und anstrengende Angelegenheit, zumal ich zwischendurch immer wieder ins Badezimmer hechten muss, um mir den Schweiß von der Stirn zu tupfen, die Nase zu pudern und die Lippen nachzuziehen. Nur so, weil ja jeden Moment Moritz vor der Tür stehen könnte, und der soll auf jeden Fall sehen, was *ihm* durch die Lappen sowie, noch viel wichtiger, dass es *mir* blendend geht.

Aber Moritz kommt nicht. Es wird sechs, es wird sieben; irgendwann gebe ich auf und schiebe einfach Kerzenständer über die Flecken, damit ich sie wenigstens nicht mehr sehen muss, und dann läute ich die nächste Hörspielrunde ein.

Diesmal werde ich dabei rauchen, also hole ich mir den großen schweren Aschenbecher mit dem goldenen Rand aus der Küche, ein Erbstück von Lüttjes Oma, positioniere ihn auf dem Beistelltischchen neben dem Sofa und richte mir daneben eine halbe Schachtel Zigaretten hübsch an, das Auge raucht bekanntlich mit. Dazu kredenze ich mir ein Fläschchen guten Aldi-Wein, zünde alle Kerzen an, bis auf die auf dem Teppich natürlich, aus Fehlern lernt man ja, und dimme das Licht.

Klonk, Tape an. Zack, Füße hoch. Mmmh, Augen zu.

Es rauscht. Klingt fast wie ein Wasserfall. An Wasserfälle habe ich nur schöne Erinnerungen. Unter einem von ihnen – einem kleinen Tiroler Wasserfall wie von einer Kitschpostkarte, mit klarem, eiskaltem Wasser, in einer hinter den hinabstürzenden Wassermassen gelegenen Höhle, die vor neugierigen Blicken schützte – hatte ich vor

Jahren an einem Sommertag einmal wundervollen Sex mit einem wundervollen Mann, und daran muss ich jetzt denken. Aber das ist viel zu schnell wieder vorbei. Genau wie die Beziehung zu diesem Mann viel zu schnell wieder vorbei war, weil ich mir damals mit meinen vierundzwanzig Jahren einfach nicht vorstellen konnte, bei ihm zu bleiben, mein Studium an den Nagel zu hängen und das Zimmermädchen in der Pension seiner Eltern zu geben, während er auf seinen Wandertouren womöglich noch ganz andere Damen durch den Wasserfall zog.

Wer weiß, vielleicht wären wir glücklich geworden. Ich habe danach nie wieder irgendwo Urlaub gemacht, wo es Wasserfälle gibt.

Das Rauschen wird weniger und abgelöst von Stimmengewirr, dazwischen klappert Geschirr; wir sind also in einer Kneipe oder einem Café, wie üblich, aber noch kann ich das Lokal nicht orten. Es muss ein kleiner Laden sein, denn alles ist ziemlich dicht dran am Diktiergerät, und ich runzele die Stirn. Hoffentlich kann ich überhaupt verstehen, was gesagt wird, die Nebengeräusche sind viel lauter als sonst. Irgendein Witzbold pustet in das Mikrophon und klopft anschließend direkt auf das Gerätegehäuse; mir fallen fast die Ohren ab.

»Lass das, das läuft doch schon«, sagt jemand, es ist eine Männerstimme, aber sie ist kieksig und überschlägt sich mehrere Male trotz des kurzen Satzes.

»Ich mach schon nichts kaputt«, sagt eine andere Stimme, sie klingt dunkler und weicher, aber irgendwie bockig.

Ein bisschen wie die Stimme vom Sprinter. Obwohl, der Sprinter klingt souveräner. Oder? Vielleicht ist er es ja. Wundern würde es mich nicht. Eule scheint ja jeden im Viertel in die Pflicht zu nehmen für sein komisches Projekt.

»Das *kann* gar nicht kaputtgehen«, sagt friedlich eine

dritte, wohl bekannte Stimme. Sie ist mit Abstand die schönste von den dreien, weil sie zu Eule gehört, und ich kann sie verstehen. Zwar muss ich ein bisschen genauer hinhören als gestern, aber es geht.

»Also, Jungs«, sagt er, »dann wollen wir mal.«

Stühle rücken, man richtet sich häuslich ein; jemand zündet sich eine Zigarette an und wirft dann das Feuerzeug zurück auf den Tisch, es fällt gegen den Aschenbecher. Ohrenkino, ich habe gar nicht gewusst, dass unbedeutende Geräusche so eindeutig und unverwechselbar sein können.

»Erst du, David«, sagt Eule auffordernd, »du bist dreißig, gelernter Bootsbauer, hast in dem Beruf sieben Jahre gearbeitet und dann zum Werbekaufmann umgeschult. Korrekt?«

»Korrekt«, sagt David. Das ist der mit der kieksigen Stimme.

»Das verflixte siebte Jahr«, sagt der andere, der mit der bockigen Stimme, und lacht kurz. Diesmal klingt er *wirklich* wie der Sprinter.

»Derzeit beziehst du Arbeitslosengeld«, fährt Eule fort, »jobbst aber im Bereich Marktforschung, schwarz, und du bist Single und wohnst in einer Einzimmerwohnung.«

»Ohne Dusche«, sagt der Bockige, Sprinter oder nicht, ich kann es wirklich nicht erkennen, denn der Bockige sitzt am weitesten weg vom Diktiergerät, seine Stimme ist ziemlich leise und ziemlich verzerrt.

»Mann, halt doch mal die Klappe«, motzt David, und der Trotzkopf sagt nichts mehr, aber wahrscheinlich äfft er David lautlos nach. So stelle ich es mir jedenfalls vor, und wenn er wirklich der Sprinter ist, dann kann er das ja bekanntlich ganz besonders gut.

»Und du«, sagt Eule, und seine Stimme wird ein bisschen undeutlicher; wahrscheinlich muss er sich wegdrehen vom Diktiergerät, um den Bockigen anzusehen, und ich wiederum muss die Ohren spitzen, »du bist dreiunddreißig, gelernter Bürokaufmann, hast aber in diesem Beruf nach der Ausbildung nie wieder gearbeitet. Du lebst seit mehreren Jahren von Sozialhilfe, jobbst von Zeit zu Zeit in einer Kneipe und führst eine Fernbeziehung. Und du bist seit acht Jahren mit David befreundet.«

Und? Wie heißt er?, quengele ich in Gedanken. Heißt er Tristan? Ist er der Sprinter? *Kneipe*, das spricht dafür. *Fernbeziehung*, das spricht dagegen, jedenfalls hat der Sprinter nie erzählt, dass er eine Freundin hat. Aber *Sozialhilfe*, das hätte ich jetzt auch nicht gedacht. Mir bleibt keine Zeit, weiter darüber nachzugrübeln; Eule beginnt wieder zu reden, energisch und behutsam zugleich, wie immer. Vielleicht ist er Hypnotiseur, ich jedenfalls fühle mich sofort eingelullt und trotzdem hellwach.

»Ganz Deutschland spricht von der großen Krise«, sagt Eule und klingt dabei so wertfrei, als würde er das Kinoprogramm runterbeten oder die Kartoffelpreise. »Also, was ich von euch wissen will, ist: Glaubt ihr, dass sie zu Veränderungen führen wird?«

Dieser David muss gar nicht erst darüber nachdenken. Er weiß sofort Bescheid, und er plappert sofort drauflos.

Wie machen die Leute das bloß? Liegen die jede Nacht im Bett und machen sich Gedanken über die bevorstehende gesellschaftliche Entwicklung? Oder treffen sie sich vielleicht wöchentlich zu einem philosophischen Salon und diskutieren diese Fragen aus, mit ihren besten Freunden oder mit ihren Kollegen oder vielleicht sogar mit dem Briefträger? Wenn ja, warum bin ich zu so was noch nie eingeladen worden? Vielleicht hätte ich dann auch schon Antworten. Und es ist ja wohl klar, dass ich ziemlich dringend welche brauche.

»Ja, definitiv«, sagt dieser David also, »Ich-AG und dieser ganze Mist – ich glaube, dadurch wird es noch mehr Entsolidarisierung geben als jetzt schon. Jeder versucht, seine Schäfchen ins Trockene zu bringen, und jeder wird sich selbst noch stärker der Nächste sein.«

Sag ich doch, denke ich, sag ich doch.

Der Bockige: »Ich glaube, dass für jeden auch in Zukunft nach wie vor noch alles drin ist. Man braucht vielleicht mehr Glauben an sich selbst und natürlich Glück. Ein bisschen Glück ist immer dabei.«

David wieder: »Trotzdem, Tristan«, sagt er, und ich jubele innerlich. Tristan, Tristan, Tristan! Hab ich ihn also. Hurra! Hallo, Sprinter! Jetzt werde ich endlich mal was über dich erfahren! Nicht auf legale Art und Weise vielleicht, aber immerhin; das schlechte Gewissen werde ich mir einfach für später aufbewahren, das kann ich gut.

»Trotzdem«, wiederholt David. »Es wird sich mächtig was tun. Eigentlich sind wir schon mittendrin im Wandel, und das wird den Leuten immer bewusster werden, je länger dieser Wandel andauert. Es reden doch jetzt schon alle davon. In Krisenzeiten versucht man ja immer, was zu ändern.«

Stimmt, in Krisenzeiten versucht man immer, was zu ändern. Versuche ich ja auch. Aber es zu versuchen und es zu schaffen, das sind bekanntlich zwei verschiedene Paar Schuhe. Ich jedenfalls fühle mich im Moment wie ein riesiges Versuchslabor, in dem die eine Hand nicht weiß, was die andere tut, und überhaupt nicht wie jemand, der irgendetwas schafft.

Sprinter, bockig: »Ja, aber die Krise ist doch Definitionssache. Es gibt immer Leute, die dick im Geschäft bleiben.«

Richtig, denke ich, aber das sind meistens die, die vor der Krise schon viel hatten, und hinterher haben sie noch mehr. Das ist doch ungerecht. Ich kenne jedenfalls niemanden, der sich gerade die Hände reibt und sagt, prima, prima, endlich Krise!, das kommt mir gerade recht, jetzt komm ich zu meiner Kohle.

David, zustimmend: »Aber gerade die!«, sagt er. »Gerade die jammern doch jetzt richtig laut. Bei einem Prozent weniger wird fünfzig Prozent mehr gejammert, und das strahlt.«

Ob ich auch jammere? Gut, vor mir selbst tue ich das am laufenden Band. Schon klar. Aber jammere ich auch nach außen? Ich meine, wenn sich zwei Bekannte von mir treffen und die Rede auf mich kommt, sagt dann der eine vielleicht, »na, der Marnie geht's ja gerade auch nicht so gut«, und die andere sagt darauf, »ach komm, die ist doch selbst schuld, die soll mal ein bisschen weniger jammern und stattdessen lieber was tun«?

Eule, interessiert: »Was meinst du mit ›das strahlt‹?«

David: »Ich meine damit, dass die allgemeine Stimmung total runtergezogen wird. Unproportional zu dem, was wirklich wegbricht. Diese ganzen Pessimisten und Meckerstimmen, das formatiert.«

Das formatiert. Ich muss kichern. Wahrscheinlich würde dieser David, wenn er eine Freundin hätte, auf Einladungen auch mit »Kann ich mein Attachment mitbringen?« reagieren. Aber zum Glück hat er ja keine. Also Freundin. Wie es mit Einladungen steht, weiß ich natürlich nicht.

»Heißt das, wir haben eigentlich gar keine Krise?«, bohrt Eule nach.

David: »Doch, schon. Aber ich habe das Gefühl, die Leute wollen nicht wahrhaben, dass Wandel nun mal wehtut. Häutung tut immer weh.«

Uuuuh. Da wühlt aber einer in seinem Sprachfundus. Es kracht ziemlich laut, jemand hat sein Glas abrupt auf den Tisch geknallt. Der Sprinter. Huch. Doch nicht am Ende ein Gefühlsausbruch?

»Finde ich nicht«, widerspricht er und ist dabei lauter als sonst, »Häutung ist doch eigentlich eine Regenerierung. Und die gibt es immer, nicht nur in Krisenzeiten. Altes wird nun mal abgestoßen von Zeit zu Zeit.«

Genau, denke ich. Weg damit. Wo bleibt eigentlich Moritz?

»Wenn man immer in demselben Zustand leben müsste«, ergänzt der Sprinter, »*das* wäre schmerzhaft. Oder wenn wir alle verbeamtet würden. Stell dir das mal vor.«

David: »Werden die Röcke kürzer oder länger?«

Hä?

»Wie bitte?«, fragt auch Eule.

»Das ist so 'n Schnack«, erklärt David beflissen, »wenn's der Wirtschaft gut geht, werden die Röcke kürzer. Und wenn's der Wirtschaft schlecht geht, werden sie wieder länger. Es liegt angeblich daran, dass in guten Zeiten die Triebkontrolle garantiert ist.«

»Das verstehe ich nicht«, sagt Eule, und dabei klingt er ein wenig amüsiert. »Sollte man nicht eher meinen, dass in schlechten Zeiten die Röcke kürzer werden?«

Weil weniger Stoff da ist, oder wie? Jetzt kapiere ich überhaupt nichts mehr.

»Nein«, sagt David, »genauso ist es ja gerade nicht. Es ist so: Je besser es der Wirtschaft geht, desto mehr können sich die Frauen trauen, sexy rumzulaufen. Weil eben genug Triebkontrolle da ist und damit keine Gefahr.«

Sprinter, skeptisch: »Was ist das denn für ein Quatsch?«

David, verteidigend: »In Stresszeiten sind die Menschen nun mal näher an der Grenze gebaut, und die Triebkontrolle ist dann nicht mehr so garantiert wie in den guten Zeiten.«

Sprinter, entrüstet: »Aber Triebe hat man doch immer!«

David, geduldig: »Ja klar, der Trieb ist immer da, aber der Stress ist in schlechten Zeiten viel größer.«

Eule, erheitert: »In guten Zeiten werden die Röcke also kürzer, weil die Frauen sich dann eher trauen können, so auf die Straße zu gehen und dabei sicher zu sein.«

David, zufrieden: »Genau! Richtig. Jetzt haben wir's.«

Eule, belustigt: »Aha.«

Gut, denke ich, und was hat das jetzt mit dem Thema zu tun?

»Moment«, sagt der Sprinter. »Denk doch mal an die Siebziger! Da hatten wir auch keine guten Zeiten, und die Röcke waren trotzdem kurz.«

David, ausweichend: »Wie gesagt, das ist nur so 'n Schnack.«

Ach, denke ich, in den Siebzigern waren die Zeiten auch nicht gut? Ich dachte, das war in den Achtzigern? Vielleicht sind die Zeiten *nie* wirklich gut. Irgendwas zu meckern gibt's ja immer. Vielleicht ist es so, wenn man jetzt die Leute befragt, die schon viele Krisen mitgemacht haben, dass die sagen: Ach Kinder, jetzt stellt euch doch nicht so an, da haben wir schon ganz andere Sachen geschaukelt. Ihr seid verwöhnte Blagen, das ist es doch, also geht und seht zu, dass ihr ein paar Entscheidungen trefft für euch und für die Zukunft, das mussten wir genauso. Vielleicht versteht mein Vater mich *deshalb* nicht! Vielleicht findet er das alles gar nicht so schlimm, weil er es schon mal mitgemacht hat, einmal oder zweimal oder dreimal. Vielleicht weiß er, dass es manchmal eben anders läuft, als man sich das so denkt, und vielleicht findet er das völlig normal oder hält es sogar für albern, sich davon überhaupt stören zu lassen, weil es irgendeine Lösung bisher immer gegeben hat und auch diesmal wieder geben wird. Vielleicht ist es *das*, was er mir sagen wollte. Und vielleicht sind ich und die anderen einfach nur Weicheier, die beim geringsten Gegenwind umgepustet werden und nie gelernt haben, sich durchzubeißen.

»Mal was anderes«, sagt Eule jetzt, und ich bin ihm

wirklich dankbar dafür, weil das doch alles ein bisschen zu weit geführt hat, wo kommen wir denn da hin?, »was bedeutet euch Arbeit?«

»Ich glaube«, sagt der Sprinter, und dann macht er erst mal eine kleine Pause, in der man eine Stecknadel fallen hören könnte, wenn man mal davon absieht, dass die Bedienung im Hintergrund ein ganzes Tablett runterschmeißt und laut fluchend nach einem Lappen schreit, »ich glaube, Arbeit ist für viele Menschen mit die schönste Befriedigung, die es gibt. Wenn man wirklich weiß, man macht was.«

»Na«, sagt David süffisant, und dabei hat er einen Tonfall, den Eule sich nie anmaßen würde, hätte *er* diese Frage gestellt, »und wie regelst du das für dich? Du gehst ja nicht arbeiten, von deinem Kneipenjob mal abgesehen.«

Jetzt wird es spannend. Schnell schlage ich die Augen auf und taste auf dem Beistelltisch nach einer Zigarette. Aber der Sprinter lässt sich nicht aus der Ruhe bringen.

»Ich hab meine Arbeit noch nicht gefunden«, sagt er schlicht. »Also die Arbeit, wo ich richtig dahinter stehe. Von daher ist das so ein bisschen –«

Er macht wieder eine Pause, und ich nutze sie, um die Zigarette anzuzünden. Lecker. Endlich schmecken sie wieder. Nach Rotwein zwar, aber immerhin, ich hab's schon schlimmer erlebt. Seufzend sinke ich zurück auf das Sofa und schließe erneut die Augen.

»Es ist auch eine Bestrafung, nicht arbeiten zu können oder zu dürfen«, fährt der Sprinter fort. »Das ist fast so eine Art Folter oder – wie soll ich sagen – Seelenverletzung. Aber wenn man weiß, dass viereinhalb Millionen – dass es denen genauso geht, dann – es ist ja nicht so, dass jeder 'ne Bank überfällt.«

Jetzt schlagen seine Gedanken Purzelbäume, denke ich. Wie war die Aussage?

Aber Eule ist schon dran: »Na ja«, wirft er ein, »jetzt könnte man doch zu dir zum Beispiel sagen, du könntest doch was dran ändern.«

»Ja«, antwortet der Sprinter.

Einfach nur ja.

Eule: »Und? Warum tust du das nicht?«

»Weil mir dazu der Kick fehlt«, sagt der Sprinter. »Die Motivation ist nicht groß genug. Der Reiz der Freizeit ist einfach größer als der, Geld zu verdienen.«

»Wie müsste denn der Job aussehen, wo du sagst, für den gebe ich das auf?«, fragt Eule forschend.

»Der muss mir Spaß bringen. Und eine Art Herausforderung sein. Klar, in jedem Job hast du auch immer Arbeitsalltag, dann schleicht sich die Routine ein. Das passiert wahrscheinlich überall, und das hat auch was Gefährliches. Davor habe ich Angst.«

David: »Wenn du hinterm Tresen stehst, was ist das für dich? Ist das Arbeit?«

Der Sprinter lacht: »Nee. Das ist keine Arbeit. Das ist wirklich nur Spaß. Arbeit heißt auch immer, sich nett zu fremden Menschen zu verhalten, obwohl man das vielleicht gar nicht will. Arbeit heißt, so eine Art Verkäufer zu sein.«

»Sein zu müssen«, ergänzt David.

»Ja«, sagt der Sprinter, »und wenn einem das nicht liegt –«

»Wieso«, sagt Eule, »ein Kneipenjob ist doch Dienstleistung, da musst du doch auch nett sein. Oder etwa nicht?«

»Nicht unbedingt«, sagt der Sprinter. »Ich bin da nett zu den Leuten, die ich mag und die mich gut behandeln. Die anderen können mich mal.«

Wow, denke ich. Das ist also dein Geheimnis, Sprinter! Deshalb bist du so langsam: Weil du dir für niemanden ein Bein ausreißen willst. Warum auch, du machst das ja freiwillig, aus Jux, es ist dein Freizeitspaß, hinterm Tresen zu stehen, und nicht dein gottverdammter Job, der dich ernähren muss und von dem du dich abhängig machst. Deshalb bist du langsam, und deshalb bist du manchmal auch launisch, und je nachdem, wie die Leute darauf reagieren, weißt du genau, wie du mit ihnen umgehen wirst.

»Und du?«, fragt Eule prompt und wird lauter, er hat sich wieder zu David gedreht, »was bedeutet für dich Arbeit?«

»Puh«, macht David. »Also ich bin da kompromissbereiter. Ich prostituiere mich schon eher. Da bin ich nicht so konsequent wie Tristan. Ich reiße mich mehr zusammen.«

Sekunde mal. Ist es zusammenreißen, wenn man entgegen seiner Überzeugung handelt? Oder ist es Schwanzeinziehen?

»Und warum gehst du arbeiten?«, hakt Eule nach. »Was ziehst du daraus?«

»Also ich glaube« – hoppla, der Sprinter antwortet an Davids Stelle –, »ich glaube, dass David sich über seine Arbeit definiert. Die meisten Menschen machen das doch so.«

»Da möchte ich jedenfalls hinkommen«, sagt David. »Da will ich hin: mich über meine Arbeit zu definieren.«

»Und wie definierst du dich dann, Tristan? Ohne Arbeit?«

Armer Sprinter. Fast tut er mir ein bisschen Leid, weil Eule ihn so in die Zange nimmt, aber den Sprinter scheint das nicht zu stören, wahrscheinlich merkt er es noch nicht einmal.

»Ganz krass als nicht bereit«, antwortet er leichthin. »Der Ansporn fehlt.«

Das hast du schon einmal gesagt, Sprinter, denke ich, aber da muss doch mehr sein.

»Du definierst dich dadurch, dass dir der Ansporn fehlt?«, wundert sich auch Eule. »Also definierst du dich durch ein Minus? Du musst dich doch eigentlich auch irgendwo durch ein Plus definieren, oder?«

Diesmal antwortet David. »Du definierst dich durch deinen Freiheitsanspruch«, schlägt er vor. »Deine Freiheit besteht darin, nein zu sagen. Das ist vielleicht mehr wert als zweitausend netto. Deine Freiheit ist dir eben wichtig. Also ich verkaufe meine schneller.«

»Noch mal ein paar Schritte zurück: Die Veränderungen, die jetzt anstehen, sind die gut, oder sind die schlecht?«, will Eule nach einer Pause wissen.

»Gut«, sagt David schnell.

»Ja, die sind gut«, meint auch der Sprinter.

»Und?«, fragt Eule, und ich bin mir sicher, dass er dabei grinst und die hellen Punkte in seinen Augen Samba tanzen, »wieso?«

»Erkenntnis«, erwidert David.

»Also passiert doch mehr, als dass sich jeder nur noch um sich selbst kümmert, oder wie?«

»Ja, Erkenntnis eben. Vielleicht wird alles schlimmer, und es tut weh, aber unterm Strich bleibt möglicherweise eine Erkenntnis.«

»Hoffe ich auch«, sagt der Sprinter. »Dass es eine gewisse Chance ist für – wie nennt man das, ein neues Zeitalter oder eine neue Generation?«

Ach ja, die Generationen. Generation Golf, Generation X, Generation Ally. Hör mir bloß damit auf. Muss ich eine Generation sein? Kann ich nicht einfach ich selbst sein? Obwohl, nee, geht ja nicht. Der Mensch ist ein Herdentier. Ich muss da mit, ob ich will oder nicht.

Missmutig rümpfe ich die Nase. Zeit für eine neue Kippe.

»Man kann es vielleicht so zusammenfassen«, sagt David, »das hier ist eine Krise, die irgendwann so heftig wird, dass am Ende dieser Krise – und jetzt sind wir am

Anfang – *eines* wahrscheinlich als Erkenntnis übrig bleiben wird: Dass materieller Wohlstand nicht glücklich macht.«

Aber das weiß ich doch eigentlich jetzt schon, denke ich verzweifelt. Ich bin doch nicht blöd.

»Darum brauchen die Leute doch so viel Geld, weil sie damit irgendwas kompensieren wollen«, setzt der Sprinter noch einen drauf, und das finde ich nun wirklich sehr abgedroschen.

»Jepp«, sagt David. »Wer glücklich ist, konsumiert nicht.«

Ach ja? Das ist doch Quatsch, denke ich. *Ich* zum Beispiel gehe viel lieber einkaufen, wenn es mir gut geht und wenn ich mich attraktiv fühle und stark und selbstbewusst genug, um die bevorstehenden Demütigungen zu ertragen. Insbesondere Klamottenläden sind in angeschlagenem Zustand nämlich nicht auszuhalten, weil sie und die ganzen Sachen, die einem nicht passen und nicht stehen, einen in noch mieserer Laune rauskommen lassen, als man hineingegangen ist, und das wiederum ist nur in äußerst ausgeglichener Verfassung zu überstehen.

»Aber mal was anderes«, sagt Eule jetzt und wendet sich dabei offenbar an David, »es ist ja so, du beziehst Arbeitslosengeld, und gleichzeitig arbeitest du, Vollzeit sogar, schwarz. Hast du gar kein schlechtes Gewissen?«

»Nein«, behauptet David, und so vehement, wie er das tut, kaufe ich es ihm sogar ab, »ich habe überhaupt kein schlechtes Gewissen, weil ich mir in der derzeitigen Situation näher stehe als der Staat.«

Logisch. Sehe ich auch so. Ich weiß ja noch nicht mal, wann ich dem Staat *überhaupt* mal nahe gestanden habe. Halt. Stopp. Weiß ich wohl! Auf der Wahlparty! Auf der Wahlparty im Herbst, als wir mit zwanzig Mann vor dem Fernseher gesessen haben und jedes Zehntelprozent bejubelten, das Stoiber wieder verlor. Irgendwann zu Beginn, als es richtig übel aussah für die SPD, hat Lüttje eine Hoffnungskerze auf den Fernseher gestellt, und was soll ich sagen, ich bin nicht abergläubisch, aber sobald die Hoffnungskerze brannte, war die Auszählung in Bayern vorbei, und dann kamen endlich die wahren Zahlen ans Tageslicht.

Ob das im Nachhinein wirklich gut für uns war, weiß man nicht. Aber trotzdem. Das war ein gutes Gefühl: zusammenzusitzen, mit einem gemeinsamen Ziel oder zumindest einem gemeinsamen Feind, und über etwas zu reden, das nichts mit der Arbeit zu tun hat oder mit dem Familieneck, und dabei gleichzeitig zu wissen, dass ungefähr fünfzig Millionen anderer Bundesbürger im selben Moment das Gleiche tun.

David stört mich in meinen Überlegungen; richtig, er war ja noch gar nicht fertig, zurück zur Schwarzarbeit, wie war das?

»Und ich empfinde dabei auch keine Ungerechtigkeit für andere«, sagt er gerade. »Ich meine, als ich angestellt war, habe ich doch haufenweise Sozialversicherungsbeiträge und Steuern bezahlt – ich hab nie darüber gemeckert, bin auch nicht aus der Kirche ausgetreten, um Steuern zu sparen –, also ich kann mir nie vorstellen, mich über Steuern zu ärgern.«

»Wenn du keine zahlst, musst du das ja auch nicht«, wirft Eule ein.

Recht so, denke ich, gib's ihm.

»Im Moment muss man halt gucken, wo man bleibt«, argumentiert David schwach. »Das ist eh alles Schmalspur, was ich da verdiene. Und ich denke«, fügt er hinzu, »dass ich auch von der Allgemeinheit eher ein Feedback kriegen würde nach dem Motto, der nimmt ja Chancen wahr und macht noch was, und besser schwarz als gar nichts und so weiter. Also, dieses Ich-AG-Denken ist schon so Konsens, dass ich nicht mal denke, dass ich dafür verurteilt werde. Weder verurteile ich mich selbst, noch denke ich, dass andere das tun würden.«

Dieser David ist mir nicht ganz geheuer. Irgendwie werde ich das Gefühl nicht los, dass der sich alles zurechtdreht, wie's für ihn gerade passt. Aber vielleicht ist das derzeit das Beste. Und das Einfachste ist es ja sowieso.

Im nächsten Moment passiert etwas am Tisch; es wird unruhig, jemand rückt seinen Stuhl beiseite, und dann höre ich drei männliche »Hallos« und ein viertes, von einer Frauenstimme.

»Bin ich zu früh?«, fragt die Frauenstimme vergnügt, »ich kann auch noch am Tresen einen Kaffee trinken«, aber Eule sagt »nein, nein, prima Timing, wir waren hier eh gerade durch, setz dich.«

Erneutes Stühlerücken. Eule bedankt sich knapp bei den Jungs; die Jungs sagen »dafür nicht, hat Spaß gemacht«, und dann trollen sie sich, kurz und schmerzlos, weil Eule mit keinem Wort erwähnt, dass sie durchaus bleiben könnten, wenn sie wollten.

Im Gegenteil, er macht eher den Eindruck, als wolle er die beiden jetzt so schnell wie möglich los sein. Du liebe Güte. Hat Eule etwa ein Date? Ein Date mit vorher großer Aufregung und hinterher vielleicht Sex? Vielleicht ist er verliebt in diese Frau. Vielleicht ist sie sogar seine Freundin. Der Gedanke missfällt mir. Jemand wie Eule braucht keine Frau! Jemand wie Eule genügt sich selbst. Jemand wie Eule ist ein einsamer Cowboy und am liebsten allein mit sich und seinen Gedanken, und wenn er sich verliebt, dann nur in Frauen, die unerreichbar für ihn sind, aber denen er ein Leben lang huldigt.

»Schön, dass du kommen konntest«, sagt Eule, »die beiden eben haben das Spiel schon mitgemacht.«

Aha. Also doch kein Date, sondern nur eine weitere von

Eules Fragerunden. Erleichtert sinke ich zurück in die Polster.

»Wofür machst du das eigentlich?«, erkundigt sich die Frau zielstrebig.

Das wüsste ich auch gern, aber Eule hält sich bedeckt.

»Nur so«, sagt Eule beiläufig, und die Frau lacht.

»Das glaube ich dir ja überhaupt nicht«, sagt sie, »aber gut, wenn du's nicht sagen willst, egal. Hauptsache, du behältst den Krempel für dich und ich lese das nicht morgen in der *Bild*.«

»Ich glaube nicht«, meint Eule, »dass sich die *Bild* dafür interessieren würde«, »*das* stimmt«, erwidert die Frau, damit ist das Thema vom Tisch. Mist.

»Also, Dunja«, setzt Eule an, »dann fangen wir mal an, ähm, wie alt warst du noch?«

Dunja also. Kein umwerfend schöner Name, finde ich, aber Namen, in denen ein »u« vorkommt, werden ja immer mit Skepsis aufgenommen, das ist sogar wissenschaftlich erwiesen. Ulf und Uwe und Kunigunde und Trude, alles Namen, mit denen man nur begrenzt glücklich wird, aber sei's drum, so was stählt ja auch.

»Wie alt ich bin? Also bitte. Was ist das denn für eine unverschämte Frage?«, bollert Dunja los, aber gleich danach lacht sie laut. Sie klingt, als hätte sie es faustdick hinter den Ohren; ein bisschen aufgekratzt und so, als könnte man mit ihr sehr viel Spaß haben. Ihre Stimme ist voll und rauchig, viel gutes Bier vermutlich und viele gute Zigaretten.

»Hach ja, das Alter«, seufzt sie, »dreiunddreißig schon, der Verfall hat bereits eingesetzt, guck mal, alles Altersflecken«, und dazu streckt sie Eule vermutlich ihre Hände hin und haut dabei eines der Gläser um, die auf dem Tisch stehen.

»Was ist das überhaupt für ein Service hier«, schimpft sie

prompt und gluckst dabei. »Hallo, Frollein«, ruft sie sehr laut und sehr bestimmt, »bitte mal abräumen, sonst erledige ich das, und dann noch einen Milchkaffee, aber bitte recht stark«, und das Frollein kommt auch tatsächlich und räumt ab, diesmal sogar, ohne das Tablett fallen zu lassen.

Wow. Frau Dunja muss eine Respektsperson sein, selbst Eule klingt eingeschüchtert.

»Und du bist Fernsehredakteurin?«, fragt er vorsichtig weiter.

Dunja sagt nichts, aber wahrscheinlich nickt sie huldvoll, jedenfalls erhebt sie keinen Einspruch.

»Gut«, sagt Eule, »also, erste Frage: Wie ist deine momentane Situation? Beruflich, meine ich.«

»Du meinst wegen des ganzen Zirkus, der da draußen gerade abgeht?«, fragt Dunja zurück, und dabei klingt sie ganz schön lässig.

Ich stelle mir vor, dass sie mit langen übereinander geschlagenen Beinen zurückgelehnt auf ihrem Stuhl sitzt, einen Arm weit von sich gestreckt, mit dem sie eine Zigarette hält oder sich vielleicht mit der Speisekarte Luft zufächert.

»Exakt«, krächzt Eule.

Mein lieber Schwan, diese Dunja setzt ihm richtiggehend zu. Die Frau muss was an sich haben. Wahrscheinlich ist sie ein Männer mordender Vamp und verschlingt Eule soeben mit ihren rußig geschminkten Augen, um die sich so lange Wimpern ranken, dass sie nur den Kopf senken müsste, um damit ein hübsches Muster in den Milchschaum ihres Kaffees zu fräsen.

»Na ja«, sagt Dunja, und dabei klingt sie gar nicht wie ein Vamp, sondern ziemlich nüchtern, »sie beginnt gerade zu wackeln, meine berufliche Situation. Die Ersten werden soeben von Bord geschmissen.«

Eule: »Aber du bist noch an Deck?«

Dunja lacht heiser. »Noch, ja. Nur leider wahrscheinlich nicht mehr lange.«

Eule klingt ganz geschäftsmäßig, er fängt sich wieder, und das macht mich froh. Ich will ihn nicht schwach erleben.

»Wie lange gibst du dir noch?«

»Ein halbes Jahr, dreiviertel vielleicht. Der Letzte macht das Licht aus, sag ich mal.«

»Und? Hast du Angst?«

»Natürlich habe ich Angst«, sagt Dunja entrüstet.

»Wovor? Verhungern wirst du ja wahrscheinlich nicht.«

»Ich werde wohl über kurz oder lang meine einzige Sicherheit verlieren, das reicht mir.«

Eule, knapp: »Warum brauchst du diese Sicherheit?«

Dunja, ebenso knapp: »Das ist nun mal mein Wesen. Manche lieben das Risiko, aber ich nicht.«

Juchhei, denke ich, da haben sich zwei gefunden, es ist fast wie beim Tennis, nur dass ich nicht nach links und rechts gucken muss, um dem Ball zu folgen.

»Könntest du dir vorstellen, dich selbständig zu machen?«, fragt Eule.

Dunja klingt fast verächtlich, als sie antwortet. »Nur in der größten Not«, sagt sie, und dazu schnaubt sie ein bisschen. »Das hat auch wieder mit Risiko zu tun, und noch dazu hasse ich es, Klinken zu putzen. Das wäre für mich die allerletzte Alternative.«

»Aber hast du als Freie nicht vielleicht mehr Möglichkeiten?«, bohrt Eule.

»Wenn's nach der momentanen Situation geht, bestimmt«, räumt Dunja ein. »Überall werden die Festangestellten rausgeschmissen, um Kosten zu sparen, und dann werden sie hintenrum als Freie wieder angeheuert.«

Stimmt, denke ich, genauso wird's in meinem alten Laden auch laufen. Wenn da ein neues Projekt an den Start kommen sollte, müssen auch ganz schnell wieder Leute her, hopplahopp, nach dem »Am besten vorgestern«-Prinzip. Im Moment haben die ja vermutlich noch nicht mal genügend Kräfte, um das übrig gebliebene Tagesgeschäft zu stemmen. Vielleicht versuchen sie's sogar bei mir und bei den anderen neununddreißig, die sie gerade auf die Straße gesetzt haben. Dann sind wir ihnen bestimmt wieder gut genug – als Freie, für einen Hungerlohn. Oder, in Ausnahmefällen, sogar als befristet angestellte Stumpfschergen, die man so zuballern kann, dass sie sechzehn Stunden am Tag ohne Extrarechnung keulen. Von uns Ehemaligen wissen sie ja, dass wir's können, ohne zusammenzubrechen, und dass wir's tun, ohne eine Revolte anzuzetteln.

Aber das Allerschlimmste ist, wenn dieser Anruf kommt, dann werden die meisten von uns vor Freude im Dreieck springen. Sie werden sagen, »Mensch, danke, super, dass ihr an mich gedacht habt, ich kann ja vorher schon mal vorbeikommen und mich in das Projekt reinfuchsen«, statt sich an die Stirn zu tippen und zu sagen, »leckt mich, ihr Wichser, ihr habt mich rausgeschmissen, jetzt seht zu, wo ihr bleibt, ich habe wirklich keine Lust, mich bei euch totzuackern und zum Dank dafür als eine elende Bürde behandelt zu werden, die in euren Augen ja doch nur eine finanzielle Belastung ist. Holt euch auf eure verfickten Kostenstellen doch alleine einen runter.«

Gott, wie gerne würde ich all das sagen, wenn besagter Anruf käme, aber ich ahne schon jetzt, dass mir dazu etwas fehlen dürfte. Die Frage ist nur, ob es der Mut sein wird oder das Geld. Wenn es beides ist, bringe ich mich vielleicht um.

»Jedenfalls«, fährt Dunja fort, »ich werde den Teufel tun und das auch noch unterstützen, aber auch davon abgesehen wäre die Selbständigkeit wirklich nichts für mich.«

Ich seufze. Diese Dunja hat's gut. Die weiß, was sie will.

Oder vielmehr, was sie nicht will, aber nach dem Ausschlussprinzip ist das ja irgendwann dasselbe.

»Was bedeutet dir deine Arbeit überhaupt? Also neben der Sicherheit?«, erkundigt sich Eule.

»O Hilfe«, sagt Dunja, und dann überlegt sie eine Weile und schiebt währenddessen, den Geräuschen nach zu urteilen, ihre Kaffeeschale auf dem Tisch hin und her.

»Ich glaube, meine Arbeit hat für mich extrem viel mit Integration zu tun«, erklärt sie dann zögernd. »Ich verstehe mich bestens mit meinen Kollegen und verbringe mit ihnen nicht nur im Büro viel Zeit. Ich mag das Gefühl, dass wir zusammen eine Aufgabe haben. Platt gesagt: Ich weiß eben einfach, wofür ich am Morgen aufstehe.«

»Das sind aber alles Umstände«, kommentiert Eule leicht tadelnd. »Was ist mit den Inhalten deiner Arbeit?«

»Sie sind okay«, sagt Dunja leichthin. »Mehr nicht. Was ich an den Umständen sehr schätze, ist, dass ich mich nicht zu verstellen brauche. Ich kann im Job genauso sein, wie ich nach Feierabend auch bin. Aber die Arbeit an sich, also die Inhalte – da könnte ich mir doch was Schöneres vorstellen. Ein anderer Job mit den gleichen Kollegen – das wäre eher das Ideale.«

»Aber ist das nicht frustrierend – eigentlich doch lieber einen anderen Job zu wollen?«

Eules Logik ist knochentrocken.

»Nein«, widerspricht Dunja ebenso trocken. »Ich glaube nicht, dass es einen Job gibt, wo alles stimmt. Und überhaupt, in der momentanen Situation habe ich einfach keine Auswahl. Außerdem finde ich ja auch nicht *alles* zum Kotzen. Teile meiner Arbeit machen mir Spaß, und andere Teile eben nicht. Ich glaube, das ist überall so, ob ich mir jetzt was anderes suche oder nicht.«

Ganz schön pragmatisch, diese Dunja, denke ich neidisch. Nicht schlecht. Pragmatismus ist super. Wenn man den hat, dann ist es im Grunde egal, was passiert. »Ist eben so«, sagt sich der Pragmatiker, und statt zu hadern, guckt er sich die Situation ganz gelassen an und geht dann so gut zum Tagesgeschäft über, wie sie es erlaubt. Das kann nicht jeder.

Auf der anderen Seite, wenn wir alle Pragmatiker wären, vielleicht würde dann nie etwas passieren. Vielleicht gäbe es dann keinen Fortschritt und keine Veränderung, weil Pragmatismus auch immer etwas von Anpassung hat und von Passivität. Vielleicht sollte ich mich freuen, keine Pragmatikerin zu sein.

»Glaubst du, dass Frauen bald lieber wieder Kinder kriegen, als arbeiten zu gehen?«

»Ja, und mit *wem* sollen wir die Kinder kriegen?«, fragt Dunja verächtlich zurück. »Mit einem arbeitslosen Versager, oder was? Die Männer trifft's auch alle naselang. Da beißt sich die Katze doch in den Schwanz.«

»Aber«, versucht Eule sich zu rechtfertigen, »es ist erwiesen, dass Frauen jobtechnisch als Erste leiden in Rezessionen. Die werden am ehesten rausgekegelt. Gerade, wenn sie vielleicht verheiratet sind und einen verdienenden Mann haben.«

»Pah«, macht Dunja empört. »Deshalb krieche ich noch lange nicht hinter den Herd zurück und lasse mir vom Nächstbesten einen Braten in die Röhre schieben«, verkündet sie entschieden. »Wenn eine Frau wirklich ein Kind will, dann soll sie verdammt noch mal schwanger werden, *bevor* sie die Kündigung auf dem Tisch hat. *Das* wäre schlau.«

»Gut«, fährt Eule fort, »lassen wir das mit dem Schwangerwerden mal außen vor«, und ich pruste ein wenig vor mich hin, weil »Schwangerwerden« und »außen vor lassen« ja nun so gar nicht zusammengehen. »Betrachte das mal ganz allgemein. Wenn die Jobwelt jetzt so schwierig ist –

wird die Arbeit dann zukünftig unwichtiger? Also setzen sich die Leute in unserem Alter vielleicht wieder andere Prioritäten als Job und Karriere?«

Dunja schnaubt schon wieder. »Das glaube ich nicht«, grunzt sie nachdrücklich, gar nicht mehr damenhaft, und rückt mit ihrem Stuhl quietschend näher an den Tisch, wie um ihre Aussage zu unterstreichen. »Die Arbeit wird mit Sicherheit nicht unwichtiger werden. Eher im Gegenteil. Ich glaube, dass es für fast jeden Menschen wichtig ist, so eine Sicherheit zu haben. Die meisten ziehen sich doch so gut wie alles, was sie sind und haben und darstellen, aus ihrer Arbeit. Und außerdem«, fügt sie hinzu, »alles, wovon es wenig gibt, wollen auf einmal alle haben. Das war schon immer so.«

»Aber kann es nicht sein«, quengelt Eule, »dass wir uns diese Sicherheit dann aus etwas anderem ziehen?«

»Und woraus?«, fragt Dunja zurück, und ich bin mir ziemlich sicher, dass sie dazu eine Augenbraue hochzieht oder sogar alle beide.

»Freundschaften zum Beispiel«, antwortet Eule.

Dunja lacht rau. »Du meinst, dass wir dann plötzlich wieder den wahren Wert von Freunden und Familie erkennen, und dann fassen wir uns alle an den Händen und machen Ringelreihen und so?«

»So ungefähr«, sagt Eule behutsam. »Sehr vereinfacht ausgedrückt.«

»Das ist doch völlig naiv«, stellt Dunja kategorisch fest. »Das wäre doch nur aus der Not heraus geboren. Allein durch eine finanzielle Schieflage oder so was werden solche Werte nicht wiedererlangt. Und außerdem: Dazu ist die Situation einfach nicht schlecht genug.«

Du hast gut reden, denke ich. *Du* hast ja noch einen Job.

»Wenn es jetzt vielleicht so wäre, dass wir zu fünfzehnt nur noch einen Ofen hätten«, argumentiert Dunja lebhaft,

»dann könnte das ja vielleicht passieren. Aber solange noch Strom für den Fernseher aus der Dose kommt, kann ich mir das echt nicht vorstellen. Man pflegt die Freundschaften doch nur wieder, weil man plötzlich mehr Zeit hat und die nicht allein verbringen will. Und das wiederum ist im Grunde purer Egoismus, dadurch werden die Freundschaften auch nicht intensiver.«

Berit fällt mir ein, und ich fühle mich ertappt. Berit ist verfügbar, ebenso wie ich jetzt verfügbar bin, und das macht uns irgendwie zu Leidensgenossinnen, und wahrscheinlich kann ich sie nur deshalb seit neuestem ertragen. Trotz ihrer selbst gestrickten Stulpen. Wenn ich nicht arbeitslos wäre und Berit ebenso, dann wäre ich niemals mit ihr einkaufen gegangen für ihre Silvesterparty. Vielleicht hätte sie mich noch nicht einmal dazu eingeladen, und ich wäre auch kaum auf den Gedanken gekommen, sie wie neulich an einem Donnerstagabend anzurufen, um mit ihr auszugehen.

Wobei mir einfällt, dass genau das jener Abend war, an dem ich Moritz begegnet bin, und dass ich mir *das* sowieso hätte schenken können. Der Scheißkerl war immer noch nicht da. Der hat echt die Ruhe weg.

»Also keine neue Bescheidenheit unter den Menschen? Und keine Ringelreihen?«, fragt Eule abschließend.

»Nein«, bestätigt Dunja, und Eule und ich seufzen gleichzeitig.

»Das sind ja keine schönen Aussichten«, sagt Eule.

»Tja, nun«, entgegnet Dunja, »da kann ich auch nichts für«, und dann ist die Audienz beendet, klonk, auf dem Tape rauscht es nur noch, und ich erhebe mich ebenfalls, aber bevor ich die »Stop«-Taste drücken kann, blockiert das Kassettenlaufwerk von ganz allein, weil die Seite zu Ende ist.

12.

»Alles kann anders werden. Es liegt an uns.«
Papst Johannes Paul II.

Später im Bett muss ich lange nachdenken über das, was David und Dunja gesagt haben. Über die Sache mit der Identifikation und der Integration. Einerseits haben sie Recht: Wer arbeitet, der weiß, wer er ist.

Aber andererseits ist es doch so, dass man wegen der Arbeit oft auch *nicht* mehr weiß, wer man ist. Weil man zum Beispiel wegen ihr so viele Dinge nicht tun kann, die man tun *möchte*.

Arbeit macht beides: Sie schafft Identität, und gleichzeitig haut sie sie wieder kaputt. Wie soll man da glücklich werden? Vielleicht ist es lediglich eine Frage des Gleichgewichts. Vielleicht braucht man beides, das Schöpferische und das Zerstörerische, in einem ganz bestimmten Verhältnis. Nur, wie muss dieses Verhältnis aussehen? Und kann man sich dieses Verhältnis überhaupt noch schaffen, wenn man erst mal angefangen hat, darüber nachzudenken? Oder ist es besser, gar nicht darüber nachzudenken und stattdessen einfach zu arbeiten und die wenigen freien Momente zu genießen?

Wie also soll es sein: Leben, um zu arbeiten? Arbeiten, um zu leben? Ohne Arbeit kein Ich? Oder ohne Arbeit das pure, das wahre Ich? Oder mit Arbeit mal mehr Ich und mal weniger?

Ob Eule darauf eine Antwort wüsste? Schade, dass ich so ein Problem mit ihm habe. Sonst könnte ich ihn bei unserem nächsten Zusammentreffen einfach danach fragen.

Als ich endlich einschlafe, träume ich wirres Zeug von Eule, der mich mit seinem Diktiergerät durch das Viertel jagt, und von seltsamen Geräuschen in Lüttjes Wohnung. Mitten in der Nacht wache ich auf, erleichtert, dass alles nur ein Traum war; doch dann bemerke ich, dass die Geräusche noch da sind. Ich reiße die Augen auf. Aus Flurrichtung scharrt und kratzt es; Metall schlägt leicht gegen Metall; es klimpert und klirrt, da ist jemand draußen an der Wohnungstür, und ich bin wie erstarrt.

Einbrecher! Hilfe! Das Herz klopft mir bis zum Hals, so doll, dass ich Angst habe, dass es gleich aus mir heraushüpfen und um das Bett herumkullern wird. Was tun?

»Scheiße«, murmele ich leise und versuche, mich aus meiner Erstarrung zu lösen. Meine Beine zittern, als ich aufstehe. Lüttjes Bett knarrt, und ich atme schwer. »Reiß dich zusammen, Marnie«, befehle ich mir, »noch sind sie nicht drin, es reicht völlig, wenn du das Licht im Flur anmachst, dann hauen die von allein ab«, also schleppe ich mich in den Flur, aber mein Hirn ist so außer sich, dass es sich nicht daran erinnern kann, wo der Lichtschalter ist in der fremden Wohnung.

Immer noch scharrt und kratzt es. Panisch taste ich mich durch die Dunkelheit, immer an der Wand entlang, aber nirgendwo die rettende Wölbung. Ich stolpere über ein Paar Schuhe; stechender Schmerz im rechten großen Zeh; ich schreie leise auf. Das einzige Licht in dieser gottverdammten dunklen Bude ist ein heller Punkt in der Mitte der Wohnungstür; durch den Spion fällt der schwach weißliche Schein der Treppenhausbeleuchtung.

Komische Einbrecher, die Licht anmachen, denke ich. Dann ist der Lichtschein mit einem Mal verschwunden; Taschenlampe, natürlich war das eine Taschenlampe!, aber jetzt höre ich Schritte, das Licht ist wieder da, und das Licht bewegt sich nicht. Es ist zweifellos die Treppenhausbeleuchtung, und die hat eine Zeitschaltung; eine Taschenlampe benutzen Einbrecher wahrscheinlich nur im Film.

Zögernd setze ich einen Fuß vor den anderen; lautlos schleiche ich mich bis zur Tür und werfe einen ängstlichen Blick durch den Spion. Da ist nichts zu sehen, obwohl das Scharren weitergeht, nur ein paar Millimeter von mir entfernt; ich höre einen ganzen Bund von Dietrichen klirren, genau auf Höhe meines Bauchnabels. Der Einbrecher ist bestens ausgestattet, und offensichtlich ist er vor dem Schloss bereits in die Knie gegangen. Eines seiner Werkzeuge steckt darin, und damit rüttelt und fuhrwerkt er ungeduldig in der Öffnung herum, die noch blockiert ist, weil der Schlüssel von innen steckt.

Ich taste nach dem Schlüssel und drücke leicht dagegen, damit er nicht aus dem Schloss herausrutschen kann. Mit der anderen Hand schlage ich suchend um mich. Wo ist die Kommode?, da ist die Kommode, und auf der Kommode liegt Lüttjes Regenschirm mit der fiesen metallenen Spitze.

Ich drohe vor Angst in Ohnmacht zu fallen. Mein linkes Augenlid zuckt ohne Unterlass, und meine Beine sind wie Wackelpudding, aber dann kriege ich endlich den Regenschirm zu fassen, und sobald ich ihn in der rechten Hand habe, drehe ich mit der linken Hand blitzschnell den Schlüssel um und reiße laut schreiend die Tür auf, den Regenschirm hoch erhoben und fertig zum Losschlagen. Noch bevor ich etwas sehen kann, geht im Treppenhaus das Licht wieder aus, verfickte Zeitschaltung, elende!, aber es nützt ja nichts, also schlage ich einfach drauflos ins Dunkle, von oben nach unten und von links nach rechts und diagonal, als hätte ich das Fechten gelernt. Immer wieder steche ich mit der metallenen Spitze ins Ungewisse, aber manchmal scheine ich tatsächlich zu treffen, und das macht mich nur noch mutiger im Ausholen und im Zuschlagen, bis der

Einbrecher weibisch keifend und fluchend um Gnade winselt.

Dann geht das Licht wieder an. Mauro Philosophico steht schlaftrunken in seiner Wohnungstür, und ich traue meinen Augen nicht und schreie wieder auf und denke nur, ach du Scheiße, das kann ja wohl nicht wahr sein. Der Einbrecher ist Lüttje.

Sie hockt ächzend auf dem Fußboden neben ihrem Riesenrucksack, der vermeintliche Bund von Dietrichen ist nichts anderes als ihr Schlüsselbund, der ein paar Meter weiter auf dem Treppenabsatz gelandet ist, und während ihr Blick irritiert zwischen Mauro Philosophico und mir hin und her flackert, reibt sie sich sämtliche Körperteile und ist ebenso fassungslos wie ich.

»Was geht denn hier ab?«, murmelt Mauro Philosophico und fährt sich verwundert durch seinen zotteligen Schopf, und ich habe längst entsetzt den Regenschirm fallen lassen und weiß überhaupt nicht, was ich sagen soll. Aber irgendwas muss ich ja sagen.

»Ich dachte, du bist ein Einbrecher«, stammele ich und glotze Lüttje an wie eine Erscheinung, und Lüttje glotzt mich an wie eine Erscheinung, und das geht ungefähr eine Minute so, bis Lüttje schließlich trotz aller Schmerzen in brüllendes Gelächter ausbricht. Sie gackert und läuft rot an und schnappt nach Luft und kringelt sich auf dem Linoleum und trommelt mit den Fäusten wild darauf herum. Sie kriegt sich gar nicht wieder ein, sodass Mauro Philosophico und ich sorgenvolle Blicke tauschen. Das ist der Schock, denke ich schuldbewusst, aber dann muss ich mitlachen, und das Ende vom Lied ist, dass Lüttje und ich durch das Treppenhaus rollen und uns prustend die Bäuche halten, bis Mauro Philosophico gar nichts mehr kapiert und kopfschüttelnd wieder in seiner Wohnung verschwindet, aber das bemerken wir kaum.

»Was zum Teufel machst du hier?«, japse ich, als ich wieder sprechen kann.

»Was zum Teufel machst *du* hier?«, keucht Lüttje. »Mannomann, und ich dachte schon, der Vermieter hätte das Schloss ausgetauscht!«

»Nee«, sage ich, »aber der Schlüssel steckt von innen«, und Lüttje fängt wieder an zu prusten. »Was du nicht sagst, so weit bin ich jetzt auch«, kichert sie, und dann gackern wir wieder grölend, bis ein Stockwerk weiter oben die Tür aufgeht und jemand »Ruhe da unten, verdammt noch mal!« in den Flur schreit.

»Sie sollten uns dankbar sein!«, brüllt Lüttje zurück, »wir haben immerhin die Einbrecher verjagt!«, und dann steht sie auf und humpelt in die Wohnung, und ich trage ihren Riesenrucksack und den Regenschirm hinter ihr her, das ist das Mindeste, was ich tun kann.

»Ich muss unbedingt duschen«, stellt Lüttje drinnen fest, nachdem sie sich prüfend die Nase unter ihre eigene Achsel gesteckt hat, soweit das möglich ist bei ihren lädierten Gliedern. »Und dann erzähle ich dir alles. Mach uns doch einen Wein auf. Und zieh dir was an«, fügt sie glucksend hinzu, und ich laufe rot an, weil mir erst jetzt auffällt, dass ich mich in Slip und Top vor Mauro Philosophico gewälzt habe und in den riesigen, viel zu großen geringelten Wollstrümpfen, in denen meine Füße aussehen wie dicke runde Ostereier. Aber wenigstens wärmen sie; meine Füße sind der einzige Körperteil, an dem ich keine Gänsehaut habe. Wahrscheinlich habe ich mir bei der Aktion den Tod geholt.

Wie auf Kommando niese ich, also koche ich zum Wein noch eine riesige Kanne Tee. Wenig später duftet es in der ganzen Wohnung nach frisch gewaschener Lüttje; dann sitzen wir in der Küche und zählen die blauen Flecken, die ich ihr mit dem Regenschirm verpasst habe, und schlagen uns die ganze Nacht um die Ohren bis am nächsten Tag um sieben.

»Ich hatte die ganze Zeit über das Gefühl, dass ich etwas vergessen hätte«, erklärt Lüttje, als ich sie frage, warum sie wieder da ist, nach nur zweieinhalb Wochen und damit zweieinhalb Monate früher als geplant. »Irgendwas hat einfach nicht gestimmt. Ich konnte mich nie so richtig entspannen, egal, wie schön es war. Das kennst du doch: Man ist unterwegs und hat Angst, dass man den Herd angelassen hat oder das Bügeleisen. Das war ganz komisch.«

»Und *was* hast du vergessen?«, frage ich interessiert.

Lüttje zuckt mit den Schultern.

»Also, es ist nichts Konkretes wie eine Zahnbürste oder ein Kleidungsstück oder so«, sagt sie. »Aber ich hatte das Gefühl, dass ich weggelaufen bin vor etwas, das noch zu erledigen ist. Und deshalb habe ich beschlossen, wiederzukommen und es zu erledigen, und wenn ich das getan habe, dann kann ich immer noch wieder losfahren.«

»Aber du weißt nicht, *was* es ist?«, frage ich ungläubig.

»Doch. Schon«, sagt Lüttje zögernd. »Aber es ist ziemlich schwer zu erklären. Vielleicht hältst du mich für verrückt.«

»Das glaube ich nicht«, antworte ich schnell. »Ich hab auch sehr verquere Gedankengänge im Moment. Da kannst du einen drauf lassen.«

Lüttje grinst. »Stimmt«, sagt sie und zieht eine beängstigende Grimasse; dazu fuchtelt sie mit einem imaginären Regenschirm durch die Luft und macht komische Geräusche, die schwer an eine verstopfte Dampfmaschine erinnern, und ich habe sofort wieder ein schlechtes Gewissen. »Das Ding ist Folgendes«, erklärt sie, nachdem ich mich zum tausendsten Mal bei ihr entschuldigt habe, »irgendwie hatte ich Angst davor, nicht mehr zu wissen, warum ich überhaupt jemals zurückkommen soll, wenn ich für so lange weg bin. Ich meine, hier ist doch im Moment nichts. Gut, hier ist meine Wohnung, und hier bist du vielleicht und noch eine Hand voll anderer Freunde, aber die kommen auch bestens ohne mich klar. Und sonst –«

»Ich hab dich sehr vermisst«, werfe ich ein, und Lüttje lacht.

»Na klar«, sagt sie, »das ist ja auch gut so. Aber du brauchst mich doch nicht wirklich. Und deshalb reicht so was in diesem Fall nun mal nicht. Ohne etwas, wohin man ganz gezielt zurückmöchte, macht Reisen nur halb so viel Spaß. Finde ich jedenfalls.«

»Und was heißt das jetzt?«, erkundige ich mich. »Wohin möchtest du denn zurück? Was hast du vor?«

»Mir einen Job suchen«, erklärt Lüttje und lehnt sich genüsslich zurück. »Ich will mir schlicht und einfach einen neuen Job suchen. Wenn ich den in der Tasche habe und noch ein bisschen Zeit, dann eiere ich noch mal los. Und wenn nicht – Urlaub gibt's ja auch noch. Aber einfach so losziehen und nicht wissen, was danach kommt«, erklärt sie nachdrücklich, »da hab ich mich schlicht vertan. Ich kann das nicht. Ich will das auch gar nicht. Ich will lieber wieder einen Beruf.«

»Wow«, sage ich beeindruckt. »Das ist eine Ansage.« Kann es wirklich so einfach sein?

»Jepp«, erwidert Lüttje, »das ist eine Ansage, und die brauchte ich auch. Ansagen sind nämlich eigentlich super. Wenn man sie sich selbst macht«, fügt Lüttje hinzu, als ich skeptisch die Nase kräusele und seufze. »Und du?«, fragt sie, als hätte sie meine Gedanken erraten. Gierig stopft sie sich ein Stück Milka-Schokolade in den Mund, die gab es in Südamerika nicht, deshalb hat Lüttje sich vom Flughafen gleich vier Tafeln mitgebracht. »Was hast du für Pläne?«

»Gar keine bis jetzt«, sage ich kläglich, und Lüttje sieht mich prüfend an.

»Das klingt ja so gar nicht nach Marnie Hilchenbach«, stellt sie fest, aber ich möchte nicht weiter darüber sprechen.

»Erzähl mir lieber von deiner Reise«, bitte ich sie, und das tut Lüttje gern.

Sie erzählt davon, wie sie Trickdieben aufgesessen ist und anschließend auf der Polizeiwache erst Papier kaufen musste, bevor darauf ein Protokoll für die Versicherungsmeldung aufgenommen werden konnte. Von Coca-Tee in Massen. Davon, dass die Brasilianer nur Flip-Flops tragen und dass sie allein für das »i« in »tranquiiiiiillo« (was so viel heißt wie »immer mit der Ruhe«) so viel Zeit brauchen wie ein Deutscher, wenn er sagt, »das muss aber in einer Stunde fertig sein«. Sie erzählt von Lars, dem Dänen, der seit siebzehn Jahren unterwegs ist, und von Ami, dem ältesten Backpacker, den sie getroffen hat (er ist achtundsiebzig und hat gesagt, dass er bei der nächsten Reise auf jeden Fall seine Frau wieder mitnehmen will). Sie erzählt von dem Franzosen, der mit dem Fahrrad alle Kontinente bereist (Lüttje durfte das Fahrrad mal anfassen), und von den Delphinen, die so nah an Lüttje herankamen, dass sie sie schnaufen gehört hat. Und von den Kühen, die im unbeleuchteten brasilianischen Örtchen Jeri nachts immer im Weg herumstehen, sodass Lüttje mehr als einmal in eine hineingelaufen ist, wobei die Kühe diese Begegnungen wesentlich gelassener gesehen haben als Lüttje.

Lüttje erzählt und erzählt und erzählt, und dabei leuchten ihre Augen. Manchmal vergisst sie zwischendurch sogar die Schokolade, und für mich ist es ein wenig so, als wäre ich selbst dabei gewesen.

»Und du bist wirklich nicht traurig, dass du deine Reise

einfach abgebrochen hast?«, frage ich sie irgendwann verwundert.

»Doch, sehr«, sagt Lüttje vergnügt. »Gleich beim Einschlafen werde ich sogar ein bisschen weinen. Aber das gehört nun mal dazu.«

13.

»Auf einer Party wird kein Job vergeben!«
Harald Schmidt

Als wir am nächsten Tag zusammen in Lüttjes Bett aufwachen, das schlimmer knarzt als je zuvor, ist es nach vier. Es wird schon wieder dunkel, wenn man denn behaupten will, dass es vorher hell war. »Was ist *das* denn?«, motzt Lüttje, und ich erinnere sie vorsichtig daran, dass sie sich wieder in Deutschland befindet und dass es hier nun mal so ist im Dezember, woraufhin Lüttje ziemlich schlechte Laune bekommt.

»Auch das noch«, zetert sie, als sie die Wachsflecken auf dem Teppich sieht, und ich ziehe die Schultern ein und tue so, als wüsste ich von nichts, aber Lüttje schimpft weiter wie ein Rohrspatz.

»Ich geh dann vielleicht mal nach Hause«, schlage ich vor, aber davon will Lüttje nichts wissen.

»Nichts da«, gähnt sie, »wir machen es uns im Wohnzimmer gemütlich, mit Pizza vom Bringdienst, und dann erzählst du mir, was hier so los war.«

»Nichts war hier los«, sage ich. »Obwohl«, füge ich schließlich hinzu, »ich hatte Sex. Immerhin.«

»Mit wem?«, kreischt Lüttje und vergisst ihre schlechte Laune sofort. »Mit diesem Eule? Ich hab's ja gleich gewusst!«, triumphiert sie, während sie, bäuchlings auf dem Wachsfleckenteppich liegend, den CD-Stapel vor dem Sofa nach ihrem Lieblingsalbum durchwühlt.

»Nicht Eule«, sage ich, und Lüttje stützt sich erstaunt auf ihre Ellbogen und dreht fragend den Kopf zu mir herum.

Schön, sie immer noch überraschen zu können.

»Er heißt Moritz, und vielleicht taucht er heute noch hier auf«, erkläre ich viel sagend, und dann erzähle ich Lüttje die ganze unheilvolle Begebenheit, woraufhin Lüttjes schlechte Laune sofort wiederkommt, und sie schwört, dem Typen ihren verwachsten Teppich mit Karacho durchs Gesicht zu ziehen, falls er die Frechheit besitzen sollte, vor ihrer Tür aufzukreuzen.

»Ach«, sage ich abwehrend, »ich würde das schon ganz gern selber regeln«, aber Lüttje schnaubt nur.

»Ich kenne dich, Marnie Hilchenbach«, weist sie mich zurecht, »du bist viel zu schwach in solchen Dingen. Du wärst viel zu nett zu ihm.«

»Trotzdem«, werfe ich ein, »manche Dinge muss man allein in die Hand nehmen«, aber Lüttje schnalzt daraufhin nur abschätzig mit der Zunge, und ich glaube nicht, dass ich das als uneingeschränkte Zustimmung werten kann. Dabei hätte alles so schön werden können.

Desillusioniert lasse ich mich in den nächstbesten Sessel fallen. Herrje, vom Sofa ins Bett auf den Fußboden im Treppenhaus in die Küche ins Bett auf den Sessel, welch eine Entwicklung.

»Warum kommt da nichts?«, jammert Lüttje ärgerlich und drückt wie wild auf ihrem CD-Player herum.

»Lass das mal die Marnie machen«, sage ich gönnerhaft, schiebe sie zur Seite und drücke am Verstärker, da, wo bisher das Tapedeck angewählt war, die CD-Taste.

Lüttje wundert sich. »Hast du Kassetten gehört?«, fragt sie erstaunt. »Wie kommt das denn? Ich hab doch gar keine mehr.«

»Hab ich mitgebracht«, erkläre ich, »deshalb bin ich eigentlich hier«, und dann komme ich nicht umhin, Lüttje von Eules seltsamen Fragerunden zu berichten und davon, wie mir sein Tape in die Hände gefallen ist.

»Uuuuh«, macht Lüttje nach meinem Vortrag und schnalzt wieder so komisch mit der Zunge.

Ob sie das wohl aus Brasilien hat?

»Das ist ja total spannend. Und du weißt wirklich nicht, wofür der das macht?«

»Keine Ahnung«, sage ich bedauernd. »Der antwortet ja noch nicht mal darauf, wenn er von seinen Gesprächspartnern direkt danach gefragt wird.«

»Komischer Typ«, sinniert Lüttje und wiegt den Kopf. »Glaubst du, der ist irgendwie ein bisschen gaga?«

»Nee«, sage ich. »Die Fragen, die er stellt, die haben schon alle Hand und Fuß. Der weiß genau, was er da tut.«

»Ich will mal hören«, verlangt Lüttje. »Das ist doch bestens. Machen wir Hörspielabend! Ich ruf den Pizzadienst«, und schwupps!, hat sie sich das Telefon geschnappt und zwei Calzone und Tiramisu geordert. Danach plumpst sie aufs Sofa, von dem sie mich jetzt erwartungsvoll ansieht, wie ich augenrollend und wie festgetackert im Sessel hänge.

»Na los«, sagt sie munter. »Auf geht's. Hopp, hopp!«

Ich stöhne. Schon wieder? Wo ich mich doch gerade erst von Dunja und David und wie sie alle heißen erholt habe? Andererseits, zuhören heißt nicht reden müssen, erst recht nicht über so unsägliche Menschen wie Moritz, und das kann beim derzeitigen Stand der Dinge nur gut sein, schließlich fühle ich mich schon jetzt wieder erschöpft. Also ist es das Beste für alle Beteiligten, Lüttje intensiv mit etwas anderem zu beschäftigen. Ächzend erhebe ich mich aus dem Sessel und drehe die Kassette um, während Lüttje sich genüsslich auf die Seite rollt und die Beine fast bis unters Kinn zieht.

»Hach, gemütlich«, seufzt sie und macht die Augen zu, »auch ohne Sonne«, und ich haue mich ergeben vor dem Sofa auf den Teppich mit den Wachsflecken.

Als die Wiedergabe beginnt, merke ich sofort, dass das

Rauschen anders ist als sonst. Lüttje kann es nicht wissen, weil sie das andere Rauschen nicht kennt, aber ich bemerke den Unterschied gleich. Diesmal ist da kein Geschirrklappern und kein Stühlerücken. Es ist ganz still. Nur einmal klingelt entfernt ein Telefon, ganz kurz; es geht sofort jemand ran.

Wahrscheinlich ein Büro, denke ich, das muss ein Büro sein. Vielleicht sogar ein großer leerer Konferenzraum, mit schicken Möbeln und lauter Kaffee und Tee und Orangensaft und Mineralwasser auf dem Tisch. Und Keksen. Hunger! Hoffentlich kommt die Calzone bald.

Eule prokelt irgendwie an dem Gerät herum; dann sagt er wieder einmal »Test! Test! Test, Test, eins, zwo«, klonk, Gerät aus, klonk, Gerät an.

»Ist er das?«, fragt Lüttje fast ehrfürchtig.

»Mmmh«, mache ich.

»Welch eine Stimme«, sagt Lüttje schwärmerisch. »Ich habe noch nie jemanden mit einem solchen Timbre ›eins, zwo‹ sagen hören.«

»Wart's ab«, erkläre ich ihr, »das wird noch viel besser. Wart's ab, bis er ganze Sätze spricht.«

»Wow«, flüstert Lüttje.

Eule räuspert sich, jetzt hat sich ihm jemand genähert.

»Entschuldigung«, sagt der Jemand, »da war noch ein Kunde am Telefon.«

Ich verschlucke mich, obwohl ich gar nichts im Mund habe, und muss dermaßen husten, dass Lüttje mir besorgt auf den Rücken klopft. Das kann doch wohl nicht sein! Oder? Natürlich kann das sein. Allein schon wegen Mauro Philosophico.

»Eigentlich haben wir ja Büroschluss, aber das passiert immer mal, auch um diese Zeit«, fügt der Jemand höflich hinzu, »ich bin der Letzte hier heute, also bitte nicht irritieren lassen, wenn ich zwischendurch mal ans Telefon muss.«

»Ist klar«, sagt Eule freundlich, »kein Problem.«

Ja, ist klar. Klar wie Kloßbrühe. Es gibt keinen Zweifel. Moritz' Stimme hat für mich einen ähnlich hohen Wiedererkennungswert wie das Ricola-Pony mit der roten Lampe auf dem Kopf. Das ist eindeutig Moritz, und Hamburg ist keine Großstadt, sondern ein Kuhdorf, voll gestopft mit lauter Immer-und-überall-Menschen und mit ein paar mehr Bushaltestellen und Pizzabringdiensten als sonst auf dem Dorf üblich, aber das ist verdammt noch mal auch der einzige Unterschied.

»Das ist er«, sage ich verdattert.

»Pssst«, macht Lüttje. »Weiß ich doch.«

»Nein, weißt du nicht. Das ist *er*«, wiederhole ich ungeduldig, und dabei ist es mir völlig egal, dass ich mit meiner Stimme das beginnende Gespräch auf dem Band übertöne.

»Jetzt halt doch mal die Klappe«, zischt Lüttje.

»Manno«, zische ich zurück, »schnallst du das denn nicht? Das ist Moritz! Moritz, das Arschloch!«

»Ach«, erwidert Lüttje abwesend, »also ich finde, er klingt ganz nett«, und erst, nachdem ich sie daran erinnert habe, dass sie ebenjenem Moritz vor wenigen Momenten noch ihren Teppich durchs Gesicht ziehen wollte, begreift Lüttje wirklich.

»*Der* Moritz?«, fragt sie verdutzt, und ich nicke heftig.

»*Der* Moritz«, bestätige ich, und Lüttje klatscht begeistert in die Hände. »Das ist ja besser als Kino!«, krakeelt sie und lacht sich halb kringelig.

»Was soll daran gut sein?«, maule ich, während im Hintergrund Moritz und Eule längst in ihr Gespräch vertieft sind. Moritz redet und redet und redet. Dummschwätzer.

»Ach komm«, frohlockt Lüttje begeistert. »Sieh es so, vielleicht erfährst du was, mit dem du ihn so richtig in die Pfanne hauen kannst.«

»Das glaube ich nicht«, antworte ich bockig, »dass er seit Jahren Steuern hinterzieht, wird er wohl kaum sagen«, aber Lüttje ist schon längst aufgesprungen und hockt vor dem Gerät, um das Band ein Stück zurückzuspulen. »Und jetzt Ruhe«, befiehlt sie streng. »Himmel, wie aufregend. Das gefällt mir ja sehr.«

Ich hingegen kann Moritz' Hände auf mir fühlen, während ich seine Stimme höre, und das gefällt mir gar nicht.

»Reden wir über die Agentur«, sagt Eule gerade, »wie lange gibt es euch schon? Wie hat das angefangen?«

»Was für eine Agentur?«, flüstert Lüttje und zupft mich am Ärmel. »Was für eine Agentur?«

»Internet«, flüstere ich knapp zurück. »Moritz ist der Chef.«

»Echt?«, kiekst Lüttje. »Das hast du ja gar nicht erwähnt.«

»Ist das so wichtig?«, gebe ich knapp zurück.

»Na ja«, setzt Lüttje an, aber dann hält sie den Mund, weil Moritz seinen endlich aufmacht.

»Ich versuche, es kurz zu machen«, sagt er.

»Danke«, knurre ich, und Lüttje stößt mich erbost in die Seite.

»Mich mit dem Internet zu beschäftigen«, sagt Moritz, der Dummschwätzer, und dabei klingt er viel netter und vernünftiger, als er eigentlich ist, »damit hab ich ziemlich früh angefangen. So um 1990 muss das gewesen sein. Mein Bruder, der hat damals zu den totalen Freaks gehört. Zu denen, die ihr Telefon neben dem Rechner stehen hatten und sich noch über die Wählscheibe eingeklinkt haben ins Netz. Das war ja damals nur für Forschung und so, da war noch nichts mit Publikumsverkehr in dem Sinne. Jedenfalls, der hat über das Netz sogar irgendwann eine Stelle in Japan gekriegt. Das war damals noch völlig absurd, eine ganz aufregende Sache, und wenn man das so mitgekriegt hat, da war einem schon klar, dass da irgendwie was kommen wird. Ein neues Geschäftsfeld sozusagen. Na ja, und für mich stand sowieso von Anfang an fest, dass ich Unternehmer werden würde.«

»Wieso das denn?«, fragt Eule.

»Weil ich keine Chefs mag«, antwortet Moritz, wie aus der Pistole geschossen, und Lüttje gluckst amüsiert.

Was ist daran so lustig? Aber das hat Moritz jetzt davon. Ich mag nämlich auch keine Chefs, und damit ist er raus, na Gott sei Dank, ein Argument mehr.

»Jetzt bist du selbst Chef. Ist das nicht ein komisches Gefühl?«, fragt Eule. »Ich meine, vielleicht triffst du da auf Leute, die dich nur deshalb von Anfang an nicht mögen.«

»Man kann nun mal nicht von allen gemocht werden«, sagt Moritz.

In der Tat, in der Tat.

»Das ist doch immer so. Aber solange ich der Chef bin, muss ich mir von denen ja auch nichts sagen lassen. Wenn ich keine *Angestellten* mögen würde, *dann* hätte ich ein Problem.«

Lüttje lacht schon wieder. »Irgendwie ist der doch ganz cool«, bemerkt sie unbedarft.

»Soll ich dir ein paar reinhauen?«, frage ich, und Lüttje sagt lieber nichts mehr.

»Und dann wusstest du also, Mensch, da mach ich doch in Internet?«, erkundigt sich Eule nüchtern bei Moritz.

»Also die Stimme ist wirklich toll«, raunt Lüttje, »aber dieser Satzbau ist ein bisschen befremdlich, findest du nicht?«

Ich verdrehe die Augen.

Moritz lacht kurz. »Nein, nein, das wusste ich da überhaupt noch nicht. Am Anfang wollte ich in eine ganz andere Richtung gehen. Eigentlich wollte ich Kunst machen, Videoinstallationen und solche Geschichten.«

Dummschwätzer, wiederhole ich in Gedanken, ich hab's ja immer gesagt. Wetten, dass er dabei Mauro Philosophico kennen gelernt hat – beim Installieren dämlicher Videokunst?

Moritz: »Ich war da auch im Studium sehr aktiv, habe aber natürlich ziemlich schnell gesehen, dass man davon nie und nimmer leben kann.«

Gut, gut, ist ja gut. Halbdummschwätzer dann eben.

»Und dann kam diese Euphorie in Sachen Neue Medien, dieser beginnende Boom, wo jeder auf den Zug aufspringen wollte.«

Lüttje seufzt. »Das waren noch Zeiten«, murmelt sie.

»Wegbereiter war da für alle Geschäftemacher auch diese simple Wirtschaftsgrundregel, die besagt, dass das, was in den Staaten passiert, zwei Jahre später auch hier rüberschwappt«, fährt Moritz fort. »Von daher war dieser Boom ziemlich berechenbar, und den haben dann ja auch ganz viele für sich genutzt. Auf einmal waren die ganzen großen Agenturen da, Pixelpark, ID Media, Kabel New Media, was weiß ich, wie sie alle hießen, die ganzen großen Player.«

»Und dann?«, fragt Eule begierig. »Wie hast du angefangen?«

»Eine ganze Zeit lang habe ich mit meinen Partnern auf extrem kleiner Flamme gekocht«, sagt Moritz. »Ich hatte einen Job, mit dem ich meinen Lebensunterhalt verdienen konnte, und die Netzgeschichten habe ich so nebenbei gemacht. Dann, eines Tages, sind wir einen Schritt weiter gegangen und haben uns ein kleines Büro gemietet. Von da an war natürlich alles anders; da waren auf einmal Kosten da und Verpflichtungen, das ist schon eine ganz andere Nummer.«

Ja, ja, die Verpflichtungen. Damit nimmst du es doch sonst auch nicht so genau, du Ehebrecher.

»Wir haben uns dann als OHG gegründet, also als offene

Handelsgesellschaft, was den Vorteil hat, dass der Name geschützt war, aber wir kein großes Kapital mitbringen mussten. Der Nachteil ist allerdings der, dass ich auch haftbar bin, wenn ich Mist baue. Was ich natürlich nicht vorhabe«, fügt Moritz hinzu.

Zu spät, denke ich. Zu spät. Ätsch. Was würde der eigentlich machen, wenn ich ihn morgen anriefe und sagte, du, Moritz, dumm gelaufen, ich bin jetzt auch schwanger, und du bist zweifelsohne schuld, weil *ich* nämlich immer nur *einen* im Bett habe?

»Tja«, sagt Moritz abschließend, »und dann ging's eben los.«

»Du warst von Anfang an der Geschäftsführer?«, fragt Eule.

»Ja«, sagt Moritz und lacht. »Ich weiß noch genau, wann ich mir zum ersten Mal ein Gehalt ausgezahlt habe. Das war im September 1999, da konnte ich ganze tausendzweihundert Mark nach Hause tragen.«

»Boarh«, staunt Lüttje, »tausendzweihundert Mark, das ist aber nicht viel. Also ich hab im Studium ja schon mehr gebraucht. Oder?«

»Oooooh. Eine Tüte Mitleid für den kleinen Moritz«, zische ich sarkastisch, aber Lüttje ignoriert es.

»Und heute geht es euch gut?«, fragt Eule.

Lüttje sieht mich an und grinst. »Sehr gut«, sagt sie und rollt sich wieder auf den Rücken und fährt Fahrrad mit ihren Beinen in der Luft. »Wenn ich nicht so einen Hunger hätte, würde es mir allerdings noch besser gehen«, quengelt sie dann. »Wo bleibt die Pizza?«

Ja, wo bleibt die Pizza?

»Ja«, sagt Moritz, und dabei klingt er ein wenig stolz, »uns geht es gut. Wir sind kontinuierlich gewachsen, heute haben wir zwanzig Angestellte, und unser Laden steht auf sicheren Beinen. Das war ja auch das Ziel: Wir wollten zuallererst eine breite Basis von Stammkunden. Damit wir keine Leerlaufzeiten haben. Die können einen nämlich Kopf und Kragen kosten, wenn man ausschließlich projektbezogen arbeitet. Da braucht nur ein Kunde zu spät seine Rechnung zu begleichen, und schon kann man seinen Angestellten kein Gehalt mehr zahlen. So was passiert wirklich oft. Gerade im Moment. Aber wenn man die Kunden langfristig begleitet, hat man eine stabile Grundlage.«

»Also ich weiß gar nicht, was du hast«, flüstert Lüttje und rollt sich wieder auf ihren kleinen Bauch, »der hat doch völlig Recht mit dem, was er sagt. Der ist bestimmt ziemlich schlau.«

»In Geschäftsdingen vielleicht«, gebe ich zurück. »Aber schon mal was von Soft Skills gehört? Emotionale Intelligenz und so? Das ist auch wichtig. Und da ist er nun mal eine Niete!«

»Nieten in Nadelstreifen«, kichert Lüttje, und ich widerspreche ihr nicht, auch wenn Moritz mit Sicherheit keine Nadelstreifen trägt, sondern nur eine Glatze.

»Abgesehen davon«, sagt Eule, »was habt ihr noch anders gemacht als die anderen?«

Moritz lacht. »Da gibt es viel«, sagt er. »Wir haben von Anfang an Vertrieb gemacht zum Beispiel. Guten alten stockkonservativen langweiligen Vertrieb. Da waren sich viele andere schlicht zu schade für.«

»Was noch?« Eule klingt fordernd.

Moritz lacht verächtlich. »Das Lieblingskind von diesen ganzen Möchtegern-Start-ups, das war doch zum Beispiel das so genannte Venture-Kapital, also Fremdkapital. Man verkauft Anteile an seinem Geschäft, kriegt dafür einen Haufen Kohle, und das sieht am Anfang vielleicht ganz gut aus, aber irgendwann merkt man dann, Überraschung!, dass das Geschäft gar nicht mehr einem selbst gehört, sondern nur noch den Anteilseignern.«

So wie bei uns!, denke ich und vergesse für einen Moment, dass Moritz ein Dummschwätzer ist. Genau das ist bei uns passiert! Ein Börsengang ist doch nichts anderes! Oder? Plötzlich waren da jedenfalls der Aufsichtsrat und die Aktionäre, und die waren auf einmal alle wichtiger als wir Angestellten. Denen haben sie Schnittchen kredenzt, und wir mussten hintenrum gehen ins Büro, damit wir im Foyer nicht stören während der Aktionärsversammlung. Das allein ist doch schon völlig verquer, weil die Arbeit ja immer noch *wir* machen und nicht die Aktionäre. Auf einmal werde ich ganz schön ärgerlich, und Lüttje geht es nicht anders.

»Genau!«, schreit sie wütend und schlägt mit der flachen Hand mehrere Male aufs Sofa, dass es staubt. »Genau! So war das! Und damit der Scheißaufsichtsrat seine Kohle fürs Nichtstun kriegt, stampfen sie unsere Abteilung ein!«

Ich muss grinsen, als ich sehe, wie Lüttje anschließend die Fäuste ballt und aufgeregt gen Zimmerdecke wirft. Ich wette, das hat sie auch bei den Brasilianern gelernt.

»Und was machen die ganzen Idioten noch obendrein?«, ereifert sich Moritz weiter, »die denken sich, wow, geil!, Bares!, streichen die Kohle ein und zahlen sich als Allererstes mal selbst ein fettes Gehalt und kaufen sich den dicken Firmenwagen, obwohl sie noch nicht mal Kunden am Start haben und sowieso von nichts eine Ahnung, sondern höchstens an 'ner Tüte gezogen und die Vision von einer Wahnsinns-Internetplattform.«

Das Wort »Vision« spuckt Moritz geradezu mit Ekel aus, es klingt fast wie »Fissiooon«, ich muss an Fisimatenten denken und daran, was für ein komisches Wort das ist.

»Und dann noch die Banken«, fährt Moritz fort. »Die Banken haben ihr Übriges dazu getan und mal schnell ganz großzügig die Kreditrahmen erweitert. Das war richtiggehend Ansage bei denen: Internet ist die Zukunft, haut die

Kohle raus!, da haben die Filialleiter doch mit der Peitsche hinter den Sachbearbeitern gestanden und gesagt, bringt mir Internetunternehmer, damit wir denen die Kohle in den Arsch blasen können. Das war der komplette Irrsinn! Obwohl niemand einen Schimmer hatte, wie sein Unternehmen überhaupt aussehen sollte. Und das Bekloppte ist, es hat auch niemand danach gefragt.«

»Aber irgendwas müssen die sich doch gedacht haben«, wirft Eule ein.

»Jahaaaa«, posaunt Moritz, »›irgendwas‹ haben die sich schon gedacht. ›Flache Hierarchien, flache Hierarchien‹, das haben sie alle rausgetrötet, wenn man sie nach ihrer Firmenführung gefragt hat, und dann hat man zurückgefragt, ›ja, und wie soll das funktionieren, wer hält den Kopf hin in der Krise?‹, darauf hieß es meistens, ›ach ja, das diskutieren wir dann aus‹. Nur dass in der Krise dafür gar keine Zeit ist, das haben sie nicht bedacht. Stattdessen haben sie lieber darüber nachgegrübelt, in welches Loft sie einziehen mit ihren fetten Macs, was auch total bekloppt ist, weil wenn man sich den Markt anguckt, dann surfen die meisten Leute nun mal auf dem PC, aber *die* entwerfen natürlich auf Mac, weil's cooler ist, und hinterher wundern sie sich, dass ihre Scheiße nicht läuft. Völlige Selbstüberschätzung!«, japst Moritz empört, und wahrscheinlich hat er ein ganz rotes Gesicht, und seine Glatze glänzt im Neonlicht des Konferenzraums. »Die hatten alle keinen Plan! Wie auch? Eben noch an der Uni, und dann auf einmal IT-Kundenberater oder Art-Director, ha!, nicht mal einen Grundkurs in Typographie haben die teilweise gehabt, aber sich Art-Director genannt.«

»Und das ist an euch vorbeigegangen?«, fragt Eule sanft.

»Schwachsinn«, bollert Moritz, und Lüttje und ich grunzen vergnügt, »natürlich nicht. Das ging uns teilweise sogar selbst so, dass wir total unterbelichtete Typen eingestellt haben, nur weil die ein bisschen was gefaselt haben und sich gut verkaufen konnten. Es gab ein richtiges Agenturhopping, ein halbes Jahr hier, ein halbes Jahr da, ›ich war sechs Monate hier und hier‹, hieß es dann im Bewerbungsgespräch mit stolzgeschwellter Brust, ›so ein cooler Laden‹, aber wenn man die dann gefragt hat, ja, warum bist du denn nicht da geblieben, dann kam da nix mehr. Unsere Mitarbeiter, die sind alle geblieben bisher. Alle. Die meisten von den Frischlingen, die dachten doch, die Arbeitswelt ist wie die Uni: Man trifft sich mal so 'n bisschen im Rechenzentrum, und dann macht man da so 'n bisschen an 'nem Projekt rum, und das Gehalt wird schon kommen. Die Freaks, die haben sich wirklich auseinander gesetzt, und die machen das auch heute noch, die fuchsen sich rein in neue Entwicklungen und Programme, aber diese ganzen Mitschwätzer und Mitläufer, die haben jetzt echt ein Problem.«

Hilfe, denke ich. Bin ich ein Mitläufer? Wann habe ich mich eigentlich das letzte Mal in irgendetwas Neues reingefuchst? Scheiße. Ich kann mich nicht daran erinnern.

»Lüttje?«, flüstere ich. »Wann hast du dich das letzte Mal in was Neues reingefuchst?«

»Die letzten Wochen ständig«, flüstert Lüttje zurück. »Ich musste Spanisch sprechen, schon vergessen?«

»Was passiert denn mit denen jetzt?«, will Eule wissen. »Also mit den Mitschwätzern und Mitläufern?«

Moritz seufzt inbrünstig. »Das ist eine ganz große Tragödie«, verkündet er. »Das werden Langzeitarbeitslose.«

Herzlichen Dank.

»Obwohl sie studiert haben«, sagt Eule, und das klingt nicht wie eine Frage, sondern wie eine Feststellung, was mich nicht glücklicher macht. Ich beiße mir auf die Unterlippe, und Lüttje sieht auch nicht gerade erfreut aus.

»Obwohl sie studiert haben«, bestätigt Moritz. »Wenn man etwas studiert hat, dann ist man ja nicht automatisch qualifiziert für jeden Job. Im Gegenteil, eigentlich ist man überhaupt erst mal gar nicht qualifiziert. Die Uni ist doch nicht mehr als ein Flächenbrand. Wenn man direkt da rauskommt, holterdiepolter, dann ist man eigentlich noch gar nicht bereit fürs Arbeitsleben. Aber so haben die nun mal ihre Löcher gestopft, wenn zwanzig Leute an einem Projekt saßen, und das Ding wurde nicht fertig: Dann haben sie eben Leute aus dem Praktikum heraus gleich fest angestellt, um sie auszulutschen, für siebentausend Eier und mehr. Was die da teilweise an Gehältern gezahlt haben, da fasst man sich doch nur an den Kopf.«

»Der meint ja wohl hoffentlich Mark«, stoßen Lüttje und ich gleichzeitig hervor.

»Mark?«, fragt auch Eule, und Moritz atmet hörbar ein.

»Natürlich Mark!«, poltert er. »Immer noch viel zu viel für jemanden, der unter Umständen noch nichts anderes gemacht hat als acht Stunden am Tag copy and paste.«

Ach komm, denke ich. Ein bisschen mehr war's schon.

»Solche Leute sind heute die Verlierer, und wahrscheinlich kann man es ihnen noch nicht mal zum Vorwurf machen. Weil sie vielleicht sogar an ihr Unternehmen geglaubt haben. Nur, wenn die Chefs sie dann bescheißen, können sie noch so sehr an die Sache glauben, es wird ihnen nichts helfen. Und plock!, dadurch sind viele jetzt eben durchs Netz gefallen.«

»Im wahrsten Sinne des Wortes«, ergänzt Eule.

»Wow«, seufzt Lüttje.

»Wie machst *du* das denn?«, fragt Eule. »Also deinen Mitarbeitern gegenüber. Wissen die immer, was Sache ist?«

»Aber hunnert«, sagt Moritz, und Lüttje prustet los und schlägt wieder auf das Sofa ein, bis sie fast von ihm runterkugelt.

»Aber hunnert!«, wiederholt sie entzückt. Und noch mal. »Aber hunnert! Der ist gut!«, und dazu prustet sie, bis ihr die Luft wegbleibt.

Du lieber Himmel. Verliert Lüttje den Verstand? Jetlag vielleicht. Oder Unterzuckerung! Wo zum Teufel bleibt die Pizza?

»Die Leute hier, die wissen genau, wie es aussieht«, sagt Moritz. »Im Moment ist die Situation doch total beängstigend, überall nur Horrormeldungen, da ist es noch viel wichtiger als sonst, dass jeder informiert ist. Sonst wäre auch gar kein entspanntes Arbeiten mehr möglich. Bei uns werden die Zahlen offen gelegt, und wenn wir mal sagen müssen, passt auf, Leute, diese und jene Rechnung wurde noch nicht bezahlt, und es kann sein, dass ihr euer Geld erst zum Achten kriegt statt zum Ersten, dann passiert das erstens nur auf Ansage, und zweitens kann man sich bei der Buchhaltung die Außenstände genau zeigen lassen, wenn man gegenchecken will. Bei uns weiß auch jeder, was der andere verdient. Alles andere ist doch völlig affig.«

»Das habe ich übrigens nie verstanden«, raune ich Lüttje schnell zu. »Warum man im Arbeitsvertrag immer stehen hat, dass man nicht über sein Gehalt reden darf. Ich meine, unter der Hand tun es ja doch alle. Oder etwa nicht?«

»Aber hunnert!«, sagt Lüttje und quietscht vor Begeisterung. Da ist wirklich Hopfen und Malz verloren.

»Und die, bei denen das nicht so war und die verscheißert worden sind von ihren Möchtegernchefs, die sitzen jetzt eben auf der Straße«, fährt Moritz fort. »Die haben die Arschkarte gezogen. Es ist ja nun mal so: Man stellt als Chef doch lieber biegsame Fünfundzwanzigjährige ein als verbogene Fünfunddreißigjährige.«

Geiler alter Sack, denke ich, das sieht dir ähnlich.

»Nur leider trifft es genau die zwischen dreißig und

fünfunddreißig am härtesten. Die standen unter Umständen gerade vor ganz wichtigen Entscheidungen, wollten vielleicht heiraten oder Kinder haben«, ja genau, aber vorher noch mal ein bisschen durch die Gegend poppen, »nur die Kohle ist auf einmal nicht mehr da, und plötzlich brechen Welten zusammen, und sie landen entweder arbeitslos zu Hause oder in irgendeinem bekloppten Dumpfbacken-Callcenter. Das ist doch ekelhaft.«

»Hätten die denn was dagegen tun können?«, erkundigt sich Eule. »Ich meine, hatten sie überhaupt eine Chance?«

»Man muss eben genau hingucken«, sagt Moritz hart. »Immer. Egal, was sie einem erzählen. Ich bin der Meinung, man spürt das, wenn man auf einem sinkenden Schiff sitzt.«

Ich sehe Lüttje an, und Lüttje sieht mich an, und an ihrem Gesicht kann ich sehen, dass sie sich das Gleiche fragt wie ich: Ob wir auch schon früher hätten ahnen müssen, dass es bergab geht mit unseren Ställen. Vielleicht hätten wir uns schon vor einem Jahr nach einer neuen Stelle umsehen müssen. Aber woran, zum Henker, sollen wir denn noch alles denken?

Moritz spricht unermüdlich weiter, die Sätze sprudeln wie von selbst aus ihm heraus; es scheint, als hätte er nur auf Eule gewartet, um sich mal so richtig auszukotzen.

»Das Absurde ist ja«, ergänzt er sarkastisch, »sosehr sie sich hier am Anfang alle auf den Boom in den USA gestützt haben, so wenig haben sie sich dann für die Vorzeichen der Krise interessiert. Der Niedergang hat da ja auch schon zwei Jahre früher eingesetzt als hier, das alte Gesetz eben. Darauf hat niemand geguckt, auf die Gründe für die ganzen Pleiten und Entlassungen, und da hat auch niemand mal gesagt, huch, vielleicht ist das Medium jetzt an eine Schwelle gestoßen, was ja vielleicht auch ganz logisch wäre und ganz normal nach dem großen Hype, also lass uns lieber etwas genauer nachdenken, wie es weitergehen soll.«

»Und warum nicht?«, fragt Eule.

Ach, Eule.

»Warum? Zum Nachdenken ist doch gar niemand mehr gekommen!«, motzt Moritz. »Das wurde doch schön wattiert und vernebelt, durch die Kohle und durch die Zudröhnerei. Da bist du von Agenturparty zu Agenturparty, wenn du erst mal drin warst. Mann, das waren Open-Air-Bordelle par excellence, das kannst du dir kaum vorstellen. Richtiggehende Kontakthöfe, Schnaps inklusive. Da wurde wild durcheinander gesoffen und noch mehr gebumst, kreuz und quer.«

Das sagt ja der Richtige.

»Da waren lauter schicke Miezen, die dir das Ohr voll geschnackt haben und die es nicht gekümmert hat, ob du was kannst oder ob sie was können, und du warst der Superstar, weil Razorfish, oder wie auch immer dein Drecksladen hieß, dich mal eben nach Las Vegas geflogen hat für ein versoffenes Wochenende. Dieser ganze Soft-Skills-Scheiß eben.«

»Soft Skills!«, entfährt es Lüttje. »Das hast *du* doch eben –«

»Ich will nichts davon hören«, knurre ich böse.

Moritz: »Ich meine, die war schon auch sexy, die Zeit. Aber danach ist es wie nach dem Saufen: Man hat einen Kater. Oder man kann einfach nicht mehr.«

Schönes Bild, denke ich. Genauso ist es. Katerstimmung, wo man hinguckt, nur dass Aspirin diesmal nicht hilft und der saure Hering auch nicht. Höchstens der saure Apfel vielleicht, in den wir jetzt alle beißen müssen, wenn wir kürzer treten.

»Was bringt einem denn der Trip nach Las Vegas?«, ereifert sich Moritz weiter. »Oder ein Flipper im Büro? Oder ein Kicker? Oder ein gemeinsames Frühstück jeden Montag? Oder der Masseur zum Feierabend? Was soll denn das?«

Ja, genau. Was soll das? Und was soll das, dass du dich hier als Moralapostel aufspielst und dich gleichzeitig durch fremde Betten drückst, während deine Frau sich daheim das Bäuchlein reibt?

»Wieso sind die da überhaupt alle so drauf abgefahren?«, fragt Eule. »Also nicht nur die Angestellten, sondern vor allem die Chefs? Die mussten das doch überhaupt erst mal entdecken und einführen.«

»Das hat auch wieder was mit diesem ›flache Hierarchie‹-Bullshit zu tun«, erklärt Moritz aufgebracht. »Die wollten unbedingt eine Gegenkultur zur herrschenden Old Economy. Auf Biegen und Brechen zeigen, dass sie anders sind. *New* eben. Aber die Firma als Familie, so ein Scheiß, was will man denn damit? Ich will meine eigenen Kinder kriegen und mich hier nicht auch noch um welche kümmern müssen.«

»Na«, sagt Lüttje zufrieden und nuckelt an ihrem rechten Daumen, »das haste ja jetzt bald am Hacken, dein eigenes Kind.«

»Deshalb«, ergänzt Moritz, »will ich nach halb acht zum Beispiel auch niemanden mehr hier sehen. Die Leute sollen ihr Privatleben haben. Wer kein Privatleben hat, der bringt auch keine Impulse für die Firma. Und wenn was nach halb acht noch nicht fertig ist, dann ist es eben noch nicht fertig. Sechzehn Stunden am Tag schuften, das ist nicht cool, das ist nur bekloppt. Und es bringt mir nichts, wenn ich dann am nächsten Tag jemanden hier sitzen habe, der schlecht gelaunt ist oder unausgeschlafen, weil er die halbe Nacht geackert hat.«

Oder gesoffen und fremdgebumst, ergänze ich heimlich.

»Arbeitet ihr auch mit Freien?«, fragt Eule.

»Nö«, sagt Moritz. »Das funktioniert auf Dauer auch gar nicht. Wir haben unsere Festangestellten, und mit denen versuchen wir auszukommen. Die sind ja das

Rückgrat der Firma, die vertreten das Unternehmen nach außen, und mit etwas Glück haben die auch verstanden, worum es geht, und können die Zukunft des Ladens mitentwickeln. Das kannst du von Freien nicht erwarten. Mit Festangestellten kannst du kontinuierlich arbeiten, die lernen mit dir, und irgendwann hast du wen, der kann das eine besonders gut, und noch einen, der wieder für was anderes talentiert ist, und so ergänzt sich das dann. Außerdem sind die Festen vielseitig einsetzbar, und wenn es meinetwegen das Beschriften von Ordnern ist, falls doch mal irgendwo Leerlauf sein sollte.«

»Pah«, schnauft Lüttje und haut erbost auf die »Stop«-Taste des Tapedecks. »Damit soll der mir mal kommen. Ordner beschriften, ich glaub's ja wohl nicht. Für so was hat man doch Praktikanten, oder? Ich meine, ich hab doch wohl nicht studiert, um Ordner zu beschriften!«

»Da kommst du schon noch hinter«, belehre ich sie mild. »Wenn es nach der Hartz-Kommission geht, dann kann man uns das demnächst jedenfalls ohne weiteres zumuten – Jobs, für die wir eindeutig überqualifiziert sind.«

»Alles klar«, sagt Lüttje und setzt sich ruckartig auf, »ich werde Pizzafahrerin. Dann werde ich alle durch meine Schnelligkeit beeindrucken, und mein Pizzadienst wird der erfolgreichste der Stadt. Wo bleibt das verdammte Essen? Ich muss mal.«

»Bring was zu trinken mit«, murmele ich ihr hinterher und genieße für einen Moment die Ruhe, ohne den brabbelnden Moritz, aber sie währt nicht lange, die Türklingel geht.

Die Pizza. Endlich.

»Ich geh schon!«, schreit Lüttje aus dem Bad.

Das kommt mir gelegen, träge, wie ich bin; wohlig strecke ich alle viere von mir, schließe die Augen und warte auf den typischen Duft lauwarmer Bringdienst-Pizza.

»Äh. Ist Marnie noch hier?«, sagt von weiter weg eine zögerliche Männerstimme. Eine zögerliche, extrem wohl bekannte Männerstimme. Ich erschrecke zu Tode. Moritz. Ausgerechnet jetzt. Ich will aufstehen, aber ich bin nicht schnell genug.

»Nein«, höre ich Lüttje flöten. »Ist sie nicht. Bist du Moritz?«

»Ähm, ja«, sagt Moritz verdattert.

»Dann glaube ich auch nicht, dass sie dich jemals wieder sprechen will, du oller Fremdficker«, sagt Lüttje mit Genugtuung, und dann knallt sie Moritz die Tür vor der Nase zu mit dem gleichen Karacho, mit dem sie ihm eigentlich ihren Teppich durchs Gesicht ziehen wollte. Ich stöhne auf. O nein. Bockmist. Lüttje. Also echt. Das hätte ich wirklich lieber selbst erledigt. Und überhaupt. Wer weiß, vielleicht hätte Moritz ja doch noch –

»Na, wie habe ich das gemacht?«, fragt Lüttje triumphierend von der Wohnzimmertür, die Hände in die Hüften gestemmt und stolz wie Oskar, ein eins fünfundfünfzig kleiner Racheengel. Aber mit Karacho. »So ein Dreckschwein«, schimpft sie und stampft energisch mit dem Fuß auf, »taucht auch noch mit Blumen hier auf. Was bildet der sich eigentlich ein?«

Noch mehr Blumen!? Das verstehe, wer will.

»Ganz toll, Lüttje«, ächze ich resigniert, und ich fühle, wie mir die Hitze ins Gesicht steigt.

»Dem haben wir es jedenfalls gezeigt«, sagt Lüttje zufrieden und rollt sich wieder auf ihrem Sofa ein, und ich kann mich einfach nicht entscheiden, ob ich sie bestialisch anschreien oder mich bei ihr bedanken soll.

Schon wieder die Türklingel. Diesmal bin ich schneller, ich springe auf, so schnell es mir mein eingeschlafenes linkes Bein erlaubt.

»Du bleibst da!«, befehle ich Lüttje scharf. »Du bleibst

da und rührst dich nicht. Der weiß genau, dass ich noch hier bin. Ich regel das selbst. Verstanden?«

»Huch«, macht Lüttje erstaunt. »Wenn du meinst?«

»Meine ich«, sage ich knapp und rausche aus dem Raum.

»Aber bleib hart!«, schreit Lüttje mir hinterher.

Ja, ja. Schneller Kontrollblick in den Flurspiegel, da ist nichts mehr zu retten, war klar, dann wenigstens eloquent gucken. Mit Herzklopfen stehe ich vor dem Spiegel und übe, aber das eloquente Gesicht will mir nicht wirklich gelingen.

Dann klingelt es wieder an der Tür, ungeduldiger diesmal, kürzer, dafür aber gleich dreimal. Ha. Wart's nur ab, du Blödmannsgehilfe. Mein großer Auftritt. Endlich.

»Was willst du noch?«, keife ich im selben Moment, in dem ich schwungvoll und möglichst wütend die Tür aufreiße. Aber da ist kein Moritz.

»Prego«, murmelt jemand, der noch kleiner ist als Lüttje. Ich kann ihn kaum sehen hinter seinen Pizzakartons, was vermutlich damit zusammenhängt, dass er zusätzlich zu seiner geringen Körpergröße auch noch den Kopf eingezogen hat, und jetzt reicht er mir völlig eingeschüchtert die Kartons und traut sich kaum, mich dabei anzusehen. Gut gemacht, Marnie Hilchenbach. Prost Mahlzeit.

»Hätte ich den etwa reinlassen sollen?«, schmatzt Lüttje ein paar Minuten später mit dem Mund voller Calzone.

Ich seufze.

»Ich weiß auch nicht«, sage ich müde. »Ich hätte schon gern mit ihm gesprochen.«

»Er ist ein Arschloch«, erinnert mich Lüttje, »das hast du selbst gesagt.«

»Mmmh«, mache ich und stochere lustlos in meinem Pappkarton herum. Irgendwie ist mir der Appetit vergangen.

»Also«, belehrt mich Lüttje, »sei froh, dass du ihn los bist. Andere Mütter haben auch schöne Söhne. Apropos! Was machen wir eigentlich Silvester?«

»Party bei Berit«, sage ich nur, und Lüttje rollt mit den Augen.

»Bei Berit?«, mault sie. »Da müssen wir doch nur wieder die Schuhe ausziehen, und laute Musik machen kann man bestimmt auch nicht.«

»Hast du was Besseres?«, frage ich zurück.

»Nö«, sagt Lüttje. »Natürlich nicht. Normalerweise hätte ich ja an der Copacabana gefeiert.«

»Hier ist nun mal nicht die Copacabana«, zicke ich, und Lüttje zwickt mich in die Seite.

»Na komm«, meint sie aufmunternd, »jetzt sei mal nicht so. Bernd lädt bestimmt ein paar nette Jungs ein. Und hinterher gehen wir halt woandershin. Das wird schon.«

»*Du* hast dich doch beschwert«, will ich sagen, aber irgendwie fehlt mir dazu die Energie.

»Hören wir jetzt weiter Moritz?«, fragt Lüttje nach dem Essen und reibt sich zufrieden ihren Miniaturbauch.

»Bloß nicht«, sage ich. »Da hab ich jetzt wirklich keinen Bock mehr drauf. Ich glaub, ich geh nach Hause.«

»Ooooch«, macht Lüttje. »Echt?«

»Ja«, antworte ich, »echt. Nicht böse sein.«

»Aber hunnert«, entgegnet Lüttje grinsend, und zehn Minuten später habe ich meine Tasche geschultert und ziehe auf einsamen dunklen Pfaden meines Weges.

14.

»Risiko-Jahr 2003: Die Hoffnung und die Angst. Wie die Deutschen ihre Krise überwinden können«
Spiegel

Den Montag verbringe ich überwiegend am Telefon. Als Erstes ruft meine Mutter an.

»Marnie«, fragt sie streng, »was ist zwischen dir und deinem Vater vorgefallen?«

»Wieso?«, antworte ich scheinheilig. »Ist irgendwas?«

»Und ob«, sagt meine Mutter. »Dein Vater sorgt sich um dich. Normalerweise ist das mein Part, wie du weißt. Aber dieser Tage rennt er wie Falschgeld durchs Haus, und wenn ich deinen Namen erwähne, hat er hinterher drei Stunden schlechte Laune. Kannst du mir das bitte erklären?«

»Da war nichts«, sage ich schwach. »Wirklich nicht.«

»Tsa«, macht Mama wegwerfend. »Das kannst du deiner Großmutter erzählen. Also. Worüber habt ihr gestritten? Hat es mit deiner – ähm, mit deiner *Situation* zu tun?«

Ich atme tief ein. Na gut. »Papa hat sich eingemischt«, erkläre ich. »Zu viel, wie ich finde. Er hatte schon wieder alles geplant. Was ich machen soll und wie und wann und wo und mit wem. Und überhaupt.«

»Das ist doch nett von ihm«, sagt Mama. »Oder etwa nicht?«

»Schon«, entgegne ich hilflos. »Aber ich will das nicht. Ich will das allein schaffen. Ich bin schon groß, weißt du?«

»Ach«, sagt meine Mutter unbeeindruckt. »Ist das so. Und was hast du dafür schon getan, dass du das allein schaffst?«

»Mama«, stöhne ich. »Es ist der dreißigste Dezember. Ich bin noch nicht einmal offiziell arbeitslos. Erst ab übermorgen. Und ich brauche ein bisschen Zeit, um zu wissen, was ich jetzt tun will. Ich muss überlegen.«

»Überlegen«, schnaubt Mama. »Davon zahlt sich dein Bafög auch nicht zurück.«

»Mama, bitte«, antworte ich. Ich werde wütend und kriege Herzklopfen. »Für euch sieht das vielleicht alles ganz einfach aus. Aber das ist es nicht.«

»Wo ist denn die Schwierigkeit?«, fragt Mama. »Kindchen, du brauchst einen neuen Job, also setz dich gefälligst auf den Hosenboden und schreib Bewerbungen. Das kann doch nicht so schwer sein!«

»Kann es wohl«, brause ich auf. »Es ist *sehr* schwer! Erstens gibt es gerade keine Stellen in meinem Job, zweitens fällt mir keine Alternative ein, und drittens weiß ich sowieso nicht mehr, was das alles soll. Warum muss man überhaupt arbeiten?«

»Also jetzt hört sich doch alles auf«, murmelt Mama. »Dir ist das Nichtstun wohl schon zu Kopf gestiegen.«

»Ich habe zum ersten Mal Zeit nachzudenken, Mama«, entgegne ich. »Zum allerersten Mal in meinem Leben weiß ich nicht, wo es hingeht. Und ob du's glaubst oder nicht, das ist sehr anstrengend.«

»Kokolores«, sagt Mama schroff. »Wenn du nicht weißt, wo es hingeht, musst du dich trotzdem einfach auf den Weg machen. Die Richtung kannst du immer noch korrigieren. Rumhocken und Trübsal blasen, das bringt's auch nicht.«

»Ich blase kein Trübsal«, erkläre ich ernsthaft. »Ich versuche lediglich, ein paar wichtige Fragen zu klären.«

»Die einzige Frage, die im Moment wirklich zählt«, entgegnet Mama, »ist doch die, wie du demnächst deine Miete zahlst. So ist das nun mal im Leben, Marnie. Mühsam nährt sich das Eichhörnchen. Arbeiten gehört dazu. Das zu hinterfragen, damit darf man gar nicht erst anfangen.«

Dumm gelaufen, denke ich. Den Ratschlag hätte mir vorher mal jemand geben sollen. Jetzt ist es dafür eindeutig zu spät.

»Marnie?«, bölkt Mama prüfend in den Hörer. »Bist du noch da? Soll Papa dich später mal anrufen, damit ihr euch vertragen könnt?«

Um Himmels willen. Bloß nicht. Es ist noch nicht an der Zeit.

»Nein, Mama«, sage ich. »Ich rufe ihn selbst an, wenn es so weit ist. Bitte versteh das.«

Mama ächzt, als laste das Leid dieser Welt auf ihren Schultern. »Wie du meinst«, sagt sie. »Dann muss ich das Häufchen Elend also mit ins neue Jahr rüberschleppen. Ihr mit euren Dickköpfen!«

»Ja nun«, antworte ich friedlich. »So sind wir.«

Mama seufzt wieder. »Ja, so seid ihr«, wiederholt sie. »Also. Feier schön morgen. Und kümmer dich. Hast du verstanden?«

»Ja, Mama«, bestätige ich gehorsam.

»Gut«, sagt Mama. »Ich muss jetzt los, deinen Vater abholen, er hat sein Auto in die Werkstatt gebracht. Soll ich ihn wenigstens von dir grüßen?«

»Ja, mach das. Guten Rutsch.«

»Guten Rutsch«, sagt Mama, »und trink nicht so viel.«

Dann hat sie aufgelegt, und ich brauche dringend einen Schnaps.

Ob es wirklich Sinn macht, loszulaufen, ohne sein Ziel zu kennen? So wie Mama gesagt hat? Weil man die Richtung ja immer noch korrigieren kann? Ich weiß nicht.

Noch bevor ich den Prosecco geöffnet habe, klingelt erneut das Telefon. Berit. »Hast du einen Cocktailshaker?«, fragt sie statt einer Begrüßung.

»Äh«, mache ich überrumpelt. »Nein, nicht dass ich wüsste. Für morgen, oder was?«

»Jawohl«, sagt Berit. »Ich sag's dir, wir machen richtig einen drauf. Ich werde meine Verlobung mit Bernd bekannt geben.«

»Hui«, wundere ich mich. »Das ging aber schnell. Also mit dem Heiratsantrag.«

»Na ja«, sagt Berit, »er kam nicht in die Puschen, da hab ich's eben selbst gemacht. Und er hat ›ja‹ gesagt«, fügt sie überflüssigerweise hinzu.

»Toll«, sage ich beeindruckt.

»Manchmal muss man die Dinge selbst in die Hand nehmen«, stellt Berit befriedigt fest und klingt dabei exakt wie meine Mutter.

»Genau«, bestätige ich halbherzig. »Manchmal muss man das. Ach ja«, ergänze ich, »ich habe übrigens auch einen Überraschungsgast.«

»Meinst du Lüttje?«, fragt Berit und lacht. »Zu spät. Die hat mich eben schon angerufen. Aber ich hab ganz vergessen, sie zu fragen, ob *sie* vielleicht einen Cocktailshaker hat.«

»Blöde Kuh«, konstatiere ich enttäuscht. »Also Lüttje. Nicht du natürlich.«

»Sei froh«, erwidert Berit trocken, »nur wegen ihres Anrufs hat Bernd noch ein paar von seinen Kumpels eingeladen. Lüttje hat sich da ziemlich unmissverständlich ausgedrückt. Nur mit uns würde sie sich wohl langweilen«, ergänzt Berit leicht pikiert.

Ich grinse. Gute alte Lüttje. »Wann geht's denn los?«, erkundige ich mich.

»So ab acht. ›Dinner for One‹ gibt's auf Video«, verkündet Berit stolz.

»Gut gemacht«, antworte ich höflich, »dann bis morgen.«

»Bis morgen«, bestätigt Berit, »hach, ich hab ja noch so viel zu tun«, klack, aufgelegt.

Bestens. Jetzt nichts wie ran an den Prosecco, denke ich, aber irgendwie soll es nicht sein, als Nächstes habe ich Lüttje an der Strippe.

»Glühen wir heute Abend im Familieneck vor?«, will sie wissen. »Damit wir morgen in Form sind. Ich bin ja ein bisschen aus der Übung.«

»Nee«, wehre ich ab, »bloß nicht. Ich muss mir dringend einen ruhigen Abend machen. Ehrlich, ich kann nicht.«

»Faules Stück«, sagt Lüttje empört. »Ich hab nichts zu tun. Eules Kassette ist auch schon alle.«

»Wie«, frage ich, »schon zu Ende gehört?«

»Jawohl. Die eine Seite jedenfalls, war eh nur noch Moritz drauf. Das reicht mir erst mal.«

»Und? Was hat er noch erzählt?«

»Dass zusätzlich zu den ganzen gierigen Idioten die Unternehmensberater schuld sind an der Misere«, erklärt Lüttje eifrig. »Moritz sagt, die wären faul, inkompetent und hinterhältig. Und völlig überflüssig, weil das ein Geschäftszweig wäre, der keinerlei Wertschöpfung beinhaltet. Einen von denen verklagt er jetzt sogar.«

»Ach«, mache ich.

»Ja«, berichtet Lüttje weiter, »und dann hat er noch gesagt, dass der Kapitalismus von allen Gesellschaftsformen diejenige ist, die am wenigsten funktioniert. Weil es nun mal kein unbegrenztes Wachstum gibt. Deshalb glaubt Moritz, dass das demnächst alles kollabiert. Weil der Kreislauf der Gier zusammenbricht.«

Der Kreislauf der Gier. Wie das klingt.

»Und?«, frage ich. »Geht dann die Welt unter?«

»Nein«, entgegnet Lüttje überzeugt. »Moritz sagt, dass es zwei unterschiedliche Arten geben wird, damit umzugehen.«

»Ja, und?«, frage ich. »Was sind das für zwei Arten?«

Lüttje genießt es sichtlich, mit fremden Theorien hausieren zu gehen.

»Also«, hebt sie an, »Moritz behauptet, dass es eine Schere geben wird, die im Laufe der Zeit immer weiter auseinander klafft.«

»Schere wovon?«

»Na, von Leuten. Die einen sind weiter gierig, und die werden weiterhin über die Stränge schlagen und über ihre Verhältnisse leben und irgendwann insolvent sein. Und die anderen, die kommen auch mit weniger aus. Die erfüllen nur ihre primären Bedürfnisse und geben auf die gemachten Bedürfnisse keinen Pfennig mehr. Pardon, keinen Cent natürlich. Und denen geht's dann auf Dauer viel besser.«

»Und«, frage ich, »woher weiß ich, welche meiner Bedürfnisse primär sind und welche nur gemacht?«

Schweigen am anderen Ende. »Das hat Moritz nicht erklärt«, gibt Lüttje dann zu.

Huch und nanu. Hat Eule denn nicht nachgefragt? Sollte er etwa einen schwachen Moment gehabt haben?

»Aber fest steht, sagt Moritz, dass das alles gar keine so große Katastrophe ist, weil die Menschen lernfähig sind und weil sich das alles fließend entwickeln wird. Seiner Meinung nach wird es wieder mehr Tauschgeschäfte und so was geben.«

»Muss man dann nicht mehr arbeiten?«, frage ich hoffnungsfroh.

»Natürlich muss man das«, sagt Lüttje entrüstet. »Geld verdienen muss man immer noch. Aber Moritz sagt, Teile der Geschäftsabwicklung werden auch anders funktionieren. Er sagt, die Leute werden sich vielleicht wieder gegenseitig helfen.«

Hmmm.

»Apropos helfen«, fällt mir ein, »hast du einen Cocktailshaker?«

»Mumpitz«, antwortet Lüttje. »Ich mixe in meinem Bauch, das reicht mir völlig. Wieso?«

»Nur so«, antworte ich, »ein gemachtes Bedürfnis wahrscheinlich«, und dann verabschiede ich mich schnell und stelle mein Telefon ab, weil man irgendwann auch mal seine Ruhe haben muss. Aber da habe ich die Rechnung ohne Moritz gemacht.

Um Punkt acht steht er vor der Tür. Er hat eine lustige Schneehaube auf seiner Wollmütze und dampft vor Kälte, in der Hand hat er einen weiteren Blumenstrauß, und noch bevor ich weiß, wie mir geschieht, habe ich ihn bereits hereingelassen.

»Sind aber nicht die gleichen wie gestern«, beteuert er, als er mir die Blumen entgegenstreckt, »ich nehme an, Florentine hat dich bereits informiert, dass ich da war.«

»Ich saß nebenan im Wohnzimmer«, sage ich scharf, obwohl meine Eloquenz längst den Bach runter ist und meine Wut sowieso. Ich bin sogar froh, dass Moritz da ist, denn ungeklärte Situationen sind eine meiner größten Schwächen, und das ist mir nicht erst seit meiner Kündigung klar.

»Ich möchte mit dir reden«, sagt er und sieht mir dabei direkt in die Augen, bis ich mich abrupt abwende. »Es ist wichtig.«

»Na dann«, antworte ich und schiebe ihn ins Wohnzimmer.

»Cooler Kamin«, stellt Moritz mit einem Blick auf den Fernseher fest, in dem munter ein Feuerchen vor sich hin flackert. Künstlich natürlich, von einer Videokassette, mein ganzer Stolz; nur das Bärenfell fehlt mir noch, um die winterliche Idylle zu komplettieren.

Ich biete Moritz nichts zu trinken an. Strafe muss sein. Aber das kümmert ihn offenbar wenig. »Setz dich«, sagt er einladend, obwohl das hier doch *mein* Wohnzimmer ist, und plötzlich ist sie wieder da, diese Selbstsicherheit, mit der er mich drangekriegt hat.

Sei's drum, mir sein Geschwätz im Stehen anzuhören ist wahrscheinlich auch nicht das Wahre, also tue ich, wie mir geheißen, und setze mich hin, gegenüber von Moritz, der längst am Tisch Platz genommen hat und seine Hände auf der Tischplatte faltet wie zum Gebet.

»Also«, sagt Moritz zögernd, und diesmal sieht er mich nicht an dabei, »ich hab Scheiße gebaut. Das mit dir, das war so eine Art – sagen wir mal, so eine Art Kurzschlusshandlung.«

Empört starre ich ihn an. Das klingt ja fast danach, als würde Moritz sich selbst stellen wollen! Und das, bevor ich ihm den Kopf gewaschen habe. Das ist ärgerlich. Es ist, wie wenn man jahrelang die große Rache plant und der Feind einem dann, wenn man sich entschieden hat, noch beim Anlaufnehmen in den Weg tritt und einem zuwinkt und sagt, »schlag mich doch, ach bitte, bitte, schlag mich, ich hab's verdient«, und dann macht die Rache keinen Spaß mehr, egal, wie gut man sie vorbereitet hat.

»Das klingt jetzt doof«, erklärt Moritz weiter, »und total kindisch und albern und alles, aber das Ding war – na ja, meine Frau hat mir an dem Tag, als wir uns getroffen haben, gesagt, dass sie schwanger ist.«

Ich kann nichts sagen. Ich gucke.

»Unsere Beziehung ist sowieso manchmal ein bisschen schwierig«, fährt Moritz fort, »und in dem Moment hab ich – ich hab halt Panik gekriegt, und deshalb bin ich ins Familieneck gegangen, um mich zu betrinken, und dann warst du da.«

Moritz »Einsicht« Gersten. Mir bleibt aber auch nichts erspart.

»Normalerweise mache ich so was überhaupt nicht, nie, ich hab meine Frau noch nie betrogen, seit wir verheiratet sind –«

Seit wir verheiratet sind? Ja, und vorher?

»– und ich will das auch nie wieder machen, und es tut mir wirklich Leid, und wenn ich könnte, würde ich es gern ungeschehen machen, aber das geht nun mal nicht.«

Moritz' Buch fällt mir ein. »Die Korrekturen«, sage ich leise, und Moritz nickt. Verdammte Axt, das hatte ich nun wirklich anders verstanden.

»Jedenfalls«, fährt er fort, »es tut mir Leid, wenn ich dich verletzt habe, das war Scheiße, ich hätt's dir wenigstens vorher sagen sollen, aber ich liebe meine Frau und das Baby natürlich auch, und deshalb muss ich das mit dir klären, damit du mich nicht für ein Schwein hältst.«

Noch bist du nicht raus aus der Nummer, denke ich, so leicht kommst du mir nicht davon. Ich lehne mich zurück und zünde mir eine Zigarette an. »Das sagst du doch nur«, sage ich dann fast genüsslich, und ich muss gestehen, es fühlt sich gut an, für einen Moment die Zügel in der Hand zu halten, »das sagst du doch alles nur, damit ich dich bei deiner Frau nicht verpetze.«

Stille. Dann zuckt Moritz mit den Schultern.

»Das wäre auch nicht weiter schlimm«, sagt er. »Sie weiß eh längst Bescheid. Ich bin ja nicht bekloppt. Irgendwann kommt so was doch immer ans Licht, irgendwie. Das Risiko gehe ich lieber nicht ein.«

Vernünftig, denke ich und bin ein bisschen beeindruckt, vielleicht auch ein bisschen mehr; sehr vernünftig eigentlich, der Moritz, objektiv betrachtet. Aber ich sage etwas anderes, weil mir das mit der Objektivität noch ein wenig schwer fällt.

»Ich wusste das alles schon längst«, platzt es aus mir heraus, »Mauro Philosophico hat sich verplappert.«

»Mauro – wie?«, fragt Moritz perplex, und zum ersten Mal müssen wir beide lachen.

»Mauro eben«, erkläre ich. »Ich hab ihn noch mal im Treppenhaus getroffen.«

»Olle Klatschtante«, motzt Moritz.

»Wie hat deine Frau reagiert?«, frage ich dann.

Moritz wiegt den Kopf. »Weißt du doch«, erklärt er, »erst mal hat sie mich an die Luft gesetzt. Deshalb war ich ja bei Mauro. Aber dann – wir haben ziemlich schnell ziemlich viel drüber geredet, ich glaube, das war ganz gut, und ein bisschen hat sie mich vielleicht sogar verstanden. Jedenfalls sind die Eiszeiten zu Hause gerade wieder vorbei.«

Eiszeit. Gutes Stichwort. Mich fröstelt, also greife ich hinter mich und drehe die Heizung ein Stück weiter auf, das Kaminfeuer im Fernseher ist nicht sehr effektiv.

»Sie weiß sogar, dass ich jetzt hier bei dir bin«, erklärt Moritz, »und sie hat gesagt, ein Mann muss tun, was ein Mann tun muss, und dann hat sie sogar noch zwanzig Schichten Zeitung um die Blumen gewickelt, damit sie nicht erfrieren.«

Ach du je. Die Blumen. Sie liegen noch dick eingepackt auf dem Küchentisch, wahrscheinlich schwitzen sie sich tot, aber manche Dinge müssen eben warten.

»Gute Frau«, sage ich, »klingt nett«, und Moritz lächelt und nickt.

»Obwohl«, fügt er mit tiefer Stimme hinzu, »die Nacht mit dir war auch toll«, und dann sieht er mir verheißungsvoll in die Augen, bis ich entrüstet nach Luft schnappe, aber im nächsten Moment rutscht er auf seinem Stuhl nach hinten und zwinkert mir zu und sagt demütig, »war nur 'n Scherz, die Nacht war schon schön in dem Moment und lustig und alles, aber eine Wiederholung gibt's nicht, basta.«

»Dein Glück«, entgegne ich knapp, und Moritz hält mir die Hand hin.

»Freunde?«, fragt er.

Tja. Warum eigentlich nicht? Was bleibt mir anderes übrig? Worüber sollte ich noch sauer sein?

»Freunde«, sage ich also und schlage ein, obwohl es mir ein wenig Leid tut, dass Moritz nicht meiner ist. Und obwohl mir dieser blöde Spruch einfällt, dass Männer und Frauen niemals Freunde sein können, aber der gilt wahrscheinlich nicht mehr, wenn man den anderen längst gehabt hat und sich erst danach entscheidet, Freunde zu werden. Hoffe ich zumindest.

»Da ist noch eine Sache«, hebt Moritz noch einmal an, und dabei flackern seine Augen, außerdem ruckelt er ganz komisch auf seinem Stuhl herum.

Hilfe. Was kommt denn jetzt noch? »Ich bin HIV-positiv«? »Der Vater meiner Frau wird dich leider umbringen, um die Ehre der Familie zu retten«? »Du hast einen ganz dicken Popel in der Nase«?

»Du darfst das nicht falsch verstehen«, bittet Moritz, »ich will mich nicht freikaufen oder so was, aber –«

»Ich nehm kein Geld«, sage ich brüsk, aber Moritz lacht und winkt ab.

»Das meine ich auch nicht. Aber – also ich hab dir ja erzählt, da ist meine Agentur. Und in der Agentur wird zum März eine Stelle frei, auf die du vielleicht ganz gut passen würdest. Der Sprinter hat gesagt, du wärst gut und zuverlässig und überhaupt.«

Der Sprinter? Was hat der denn damit zu schaffen? Das Einzige, was der über meine Zuverlässigkeit weiß, ist, dass ich meine Zettel regelmäßig zahle. Aber wer weiß, vielleicht ist das heutzutage schon ein Qualitätsmerkmal erster Güte.

Schließlich heißt das ja auch, dass ich mich immer daran erinnern kann, dass ich noch einen Zettel offen habe. Egal, in welchem Zustand ich den Laden verlasse. Und das wiederum ist gerade im Familieneck alles andere als selbstverständlich.

Moritz: »Und deshalb wollte ich – also, wenn du willst, kannst du dir unseren Laden ja mal angucken.«

Mir fällt fast die Zigarette aus der Hand. »Ich denke, bei euch bleiben sie alle, wieso gibt's da auf einmal eine freie Stelle?«, murmele ich.

»Hä?«, macht Moritz.

»Ach nichts«, sage ich und drücke die Zigarette aus. »Ich weiß ja nicht, ob unsere Geschichte so ein guter Start wäre in ein Chef-Schergen-Verhältnis.«

Moritz grinst: »Das klappt bestens«, beteuert er, »glaub mir, ich hab das bisher mit allen so gemacht«, und dazu zieht sich sein Mund von einer Glatzenseite zur anderen, und seine Augen funkeln, und er gluckst vergnügt.

»Idiot«, sage ich, aber ganz ernst bleiben kann ich dabei auch nicht.

»Also?«, fragt Moritz erwartungsvoll. »Was ist?«

Ich zögere. Himmel. Auf der einen Seite wäre das die Lösung all meiner Probleme. Ich könnte zwei Monate freimachen, juchhei, und vielleicht auf Reisen gehen wie Lüttje mit der Abfindung, wenn nach dem Bafög noch was übrig bleibt, und im März würde ich dann in Moritz' Laden anfangen, wo ich spätestens um halb acht abends wieder raus wäre, und mit etwas Glück würde ich ab und zu sogar schon um sieben die Anrufe meiner Mutter annehmen können. Meine Eltern wären glücklich, ich brauchte nicht weiter nachzudenken und zu hadern, und ich brauchte auch nicht darauf zu hoffen, dass mein alter Stall demnächst wieder nach mir schreit, wo ich denen doch am liebsten in den Arsch treten würde.

Aber auf der anderen Seite sind da noch so viele Fragen offen, die ich wirklich gern geklärt hätte, bevor mir meine Zeit wieder genommen wird. Ich wüsste so gern, was es auf sich hat mit der Bedeutung von Arbeit und mit der Identität und mit der Frage, ob die Arbeit denn nun etwas Gutes ist oder etwas Schlechtes. Und soweit ich das überblicken kann, braucht es eine Menge Zeit, darüber nachzudenken, und die hat man nun mal nicht mehr, wenn man arbeitet. Beziehungsweise wenn man dann noch Zeit hat, dann verbringt man sie wahrscheinlich viel lieber mit der Erfüllung gemachter Bedürfnisse als mit dem Nachdenken.

Ich seufze unentschlossen.

»Los«, sagt Moritz freundlich, »lass dich nicht bitten.«

»Ich lasse mich nicht bitten«, sage ich. »Ich denke. Und dafür brauche ich noch ein bisschen länger.«

»Wie lange?«, fragt Moritz.

»Hm«, mache ich, »mindestens bis zum nächsten Jahr, glaube ich«, und Moritz feixt.

»Das ist ja nicht so lang«, antwortet er und steht auf. »Also, gib mir die Tage Bescheid.«

»Aber hunnert«, verspreche ich, und Moritz setzt seine Mütze wieder auf, die mittlerweile klitschnass ist vom geschmolzenen Schnee und mit der er aussieht wie ein begossener Pudel.

»Bis dann«, sagt Moritz und drückt kurz meine Hand, und dann verschwindet er winkend um die Ecke.

»Ach ja«, rufe ich ihm noch hinterher, bevor die Haustür zuklappt, »der Kapitalismus ist tot! Es lebe der Kapitalismus!«, und dann trinke ich den Prosecco in einem Rutsch aus und denke zum ersten Mal seit Tagen, dass vielleicht doch alles gar nicht so schlimm ist, solange das Primärbedürfnis »Durst« nicht überhand nimmt.

15.

»Was jetzt folgen muss«
Die Welt

In der Nacht schlafe ich tief und traumlos. Vielleicht liegt es an der Flasche Prosecco; vielleicht liegt es aber auch daran, dass es nach dem Gespräch mit Moritz eine ungeklärte Situation weniger gibt in meinem Leben. Jedenfalls fühle ich mich am Silvestermorgen frisch und erholt. So erholt, dass ich mich sogar traue, im voll gestopften Viertel auf die Suche nach Wunderkerzen zu gehen. Ich finde sie schließlich in einem alteingesessenen Drogeriemarkt, in dem es auch kleine Glücksbringer fürs neue Jahr zu erstehen gibt, kitschige, winkende Schornsteinfeger in einer winzigen Schneekugel zu einem Spottpreis. Ich kaufe gleich fünf davon, um sie am Abend auf der Party zu verteilen. Nett von mir.

Auf dem Rückweg will ich einen Abstecher in den Kiosk machen und mich für die Party mit Zigaretten eindecken, aber ich sehe schon von draußen, dass Eule da steht, im Nebenraum mit den Molchen, und an seinem Kaffee schlürft. Wie bei unserer ersten Begegnung. Er hat mir den Rücken zugedreht, aber ich erkenne ihn sofort.

Genau wie damals steht er einfach nur da, mit leicht geneigtem Kopf, das Aquarium beobachtend, und ich denke, der Kerl ist doch nicht normal, jeder sonst würde andersherum stehen mit dem Gesicht zum Fenster und nach draußen auf die Straße starren.

Sein Anblick macht mir sofort ein schlechtes Gewissen. Das Tape. Eule vermisst es bestimmt. Ich könnte jetzt zu ihm gehen und ihm sagen, hör mal, ich hab da was gefunden, ich glaube, das gehört dir. Ich *könnte*. Aber ich will nicht, deshalb kaufe ich meine Zigaretten lieber in der »Ente« gegenüber und sage mir, dass ab morgen noch genug Zeit sein wird, sich vorbildlich zu verhalten.

Den Nachmittag verbringe ich alles andere als vorbildlich vor dem Fernseher, dazu esse ich Chips und lese das *Abendblatt*, das ich am Samstag im Aurel geklaut habe. Darin steht genau, was alles anders wird im neuen Jahr mit der Erhöhung der Sozialversicherungsbeiträge und der Streichung der Eigenheimzulage und der erhöhten Besteuerung von Dienstwagen. Wie gut, dass mich das alles nicht betrifft, denke ich. Meine Sozialversicherungsbeiträge zahlt ab sofort das Arbeitsamt, eine Immobilie kann ich mir sowieso nicht leisten, und das mit dem Dienstwagen hat sich ja wohl auch erledigt.

Eigentlich habe ich es doch ganz gut getroffen, sage ich mir also, darauf einen Cognac aus meiner neuen Hausbar, und als ich um halb sieben endlich das Sofa verlasse, um mich für die Party zurechtzumachen, befinde ich mich bereits in allerbester Feierlaune.

Um halb neun treffe ich bei Berit ein und falle fast vom Glauben ab. Berit muss die letzten Tage damit verbracht haben, die Wohnung zu schmücken; überall hängen Luftschlangen und Girlanden, auf denen »Frohes neues Jahr« steht, und obwohl Weihnachten längst vorbei ist, baumelt über dem Durchgang zur Küche ein Mistelzweig.

»Geschickt platziert, Berit«, kichert Lüttje, denn in der Küche sind alle Getränke und das Essen deponiert, deshalb muss früher oder später jeder den Zweig passieren. Außerdem ist der Raum so klein, dass es wirklich schwierig ist, *nicht* in Türnähe zu stehen, sobald man sich darin aufhält.

»Knutschen für alle!«, ruft Lüttje entzückt.

»Extra für dich, Lüttje«, entgegnet Berit trocken und verstaut meinen mitgebrachten Sekt (ebenfalls trocken) im Kühlschrank.

Leider fehlen noch die Jungs, die man küssen könnte, aber Bernd versichert uns, dass wir uns darum keine Sorgen machen müssten.

»Die sind unterwegs«, sagt er, den Mund voller Kartoffelsalat. »Ihr solltet auch was essen, *bevor* die kommen«, rät er uns, »die lassen selten was über.«

So praktisch, der Bernd.

»Danke für den Hinweis«, sagt Lüttje und lädt sich den Pappteller voll, bis er sich biegt unter seiner Last. Wenn *ich* so viel essen würde, hätte man mich wahrscheinlich nur mit dem Lastenaufzug hier hochhieven können.

Ein paar Minuten später steht der Sprinter in der Küchentür, direkt unter dem Mistelzweig.

»Bingo«, schreit Lüttje und drückt ihm einen dicken Kuss auf die Wange, und der Sprinter grinst verlegen.

»Aaaah«, mache ich, »*du* bist also der Überraschungsgast«, und der Sprinter guckt verwirrt aus der Wäsche.

»Nee«, sagt Berit und drückt ihm ein Bier in die Hand, »der kommt noch«, und von da an bin ich diejenige, die verwirrt ist. Wen sonst könnte Berit so geheimnisvoll angekündigt haben?

»Gäste!«, schreit Lüttje, als es erneut an der Tür klingelt, und Minuten später ist die Küche so voll, dass ich mich dezent ins Wohnzimmer zurückziehe. Ich will der ständigen Küsserei unter dem Mistelzweig wenigstens so lange entgehen, bis ich mich betrunken genug dafür fühle.

Etwa eine Stunde später sitzt Lüttje auf meinem Schoß, flankiert von zwei Ingenieuren mit karierten Hemden (*in* die Jeans gesteckt), die Lüttje nicht mehr aus den Augen lassen, und wir gucken »Dinner for One«.

»S-s-s-ame procedure as last year?«, fragt der Butler, und

Miss Sophie neigt ihr silbrig schimmerndes Haupt und sagt huldvoll, »same procedure as every year, James«, und der Butler macht sich seufzend an die Arbeit.

Wie in jedem Jahr dreht er unermüdlich trinkend seine Runden, und wir trinken fleißig mit.

Ich bin Sir Toby, Lüttje ist Admiral von Schneider, Kariertes Hemd I ist Mr. Winterbottom und Kariertes Hemd II Mr. Pomeroy. Noch dazu müssen wir jedes Mal trinken, wenn der Butler über den Tigerkopf stolpert, und deshalb ist es nicht verwunderlich, dass ich vor lauter Schreck einen sehr lauten Schluckauf bekomme, als plötzlich Eule im Zimmer steht.

Hinter ihm taucht Berits erhitztes Gesicht auf; sie geht völlig auf in ihrer Rolle als Gastgeberin und ist zunehmend gestresst. »*Das* ist der Überraschungsgast«, japst sie triumphierend und wirft mir einen verschwörerischen Blick zu, und noch bevor ich unter Lüttje aufspringen und Berit erwürgen kann, ist sie schon wieder um die Ecke.

»Hallo, Überraschungsgast«, sagt Lüttje und strahlt Eule an, »dich kenn ich doch, bist du nicht auch manchmal im Eck?«, und Eule sagt höflich, »ja, ich erinnere mich, du warst mit *ihr* da«, und gar nicht so höflich zeigt er mit dem Finger auf mich.

Ich laufe rot an und will am liebsten im Erdboden versinken. »Ich hol mir noch was zu trinken«, murmele ich, schiebe Lüttje von meinem Schoß und verschwinde in die Küche, wo sich Bernd und Berit unter dem Mistelzweig aneinander festgesaugt haben wie die wabbeligen Plastikhandtuchhalter in meinem Badezimmer an den Wandfliesen.

»Was ist das denn für eine Aktion?«, zische ich Berit zu, aber das tangiert sie überhaupt nicht, sie knutscht einfach weiter und macht hinter ihrem Rücken mit der freien Hand komische Zeichen, die ich nicht verstehe.

Im nächsten Moment stößt Kariertes Hemd II zu uns; er hat Lüttje schweren Herzens seinem Kameraden überlassen und versucht sein Glück jetzt bei mir. Halbherzig lasse ich mir ein Gespräch über Lichtwellenleiter aufdrängen und versuche dabei, möglichst nicht in die Nähe des Mistelzweiges zu gelangen, was nicht mehr so leicht ist, nachdem Berit und Bernd den Platz wieder freigegeben haben.

Irgendwann kommt auch Eule dazu. Er drückt sich am Buffet entlang und dreht sich dabei immer wieder zu mir um. In diesen Momenten hat Kariertes Hemd II meine ungeteilte Aufmerksamkeit, weil ich Eule möglichst keine Gelegenheit geben will, sich einzumischen; und das karierte Hemd nutzt diese wenigen Momente schamlos aus, um mich unauffällig weiter Richtung Mistelzweig zu drängen.

Als ich sogar Gelüste nach den sauren Gurken am anderen Ende des Raumes vorgeben muss, um mich wieder aus der Gefahrenzone zu bringen, ist meine Feierstimmung von einer Sekunde auf die andere plötzlich völlig im Arsch. Mir ist zu warm, mein Kleid zwickt, und es gibt keinen Aschenbecher, obwohl meine Zigarette fast heruntergebrannt ist. Die Musik ist Scheiße und macht mir schlechte Laune, und ich trete nervös von einem Bein aufs andere, weshalb mir schon bald meine Füße wehtun.

Dann muss das karierte Hemd aufs Klo. Endlich. Erleichtert atme ich auf.

Eule zwinkert mir verschwörerisch zu, und ich lächele unsicher zurück und beschäftige mich von da an eingehend mit dem Stickmuster auf meinen Ausgehstiefeln, die mich langsam umzubringen drohen.

»Es ist gleich zwölf!«, ruft jemand, »wo gehen wir eigentlich hin?«

»Runter«, schreit Berit, »der Balkon ist zu klein für uns alle.«

Stimmt, es ist ja Silvester. Gleich wird das Geböller und Getöse losgehen, und dann liegen sie sich unten auf den Straßen in den Armen und spritzen mit den Sektflaschen durch die Gegend, und ich habe keine Lust darauf. Ich, Marnie Hilchenbach, weiß auf einmal gar nicht mehr, warum ich überhaupt hier bin und was ich feiern soll.

Ich stehe in Berits Küche und starre durch die Balkontür ins Dunkle. Ich mache einen Schritt vor, dann noch einen, dann kippe ich die Balkontür.

Ein Schwall kalter Luft ergießt sich in den verqualmten Raum.

Berit sucht in einem der Küchenschränke panisch nach ihren Miniböllern.

»Hummeln«, erklärt sie hektisch, »die heißen Hummeln. Die böllern nicht richtig, die pupsen nur so durch die Gegend. Verdammt, wo habe ich die denn hingetan?«

»Wo sind die Wunderkerzen?«, brüllt Lüttje aus dem Flur, der voll gestopft ist mit Leuten, die ihre Jacken suchen.

»In meiner Tasche an der Garderobe«, brülle ich zurück, aber ich mache keinerlei Anstalten, Lüttje beim Suchen zu helfen.

»Ich geh mal aufs Klo«, murmele ich vor mich hin und kämpfe mich unauffällig durch das Getümmel, und dann bleibe ich im Bad, bis ich höre, wie die versammelte Mannschaft mit lautem Getöse die Treppen hinunterstiefelt.

Irgendwann ist es ganz ruhig, und ich schleiche mich über den Flur zurück in die Küche. Ob Lüttje und dem karierten Hemd und allen anderen wohl auffallen wird, dass ich gar nicht dabei bin im Pulk der schnapsseligen Krachmacher? Fünf vor zwölf, sagt die Küchenuhr, und ich wünschte, es wäre schon vorbei und ich läge im Bett.

Was ist los mit dir, Marnie Hilchenbach? Jetzt mal nicht sentimental werden. Ist doch alles roger. Alles easy. Hey, neues Jahr und so. Neues Jahr, neues Glück. Und die guten Vorsätze nicht vergessen.

Die Balkontür steht mittlerweile sperrangelweit offen; wahrscheinlich hatte Berit da ihre geheimen Sektvorräte gebunkert, die sie jetzt allesamt dem armen Bernd in den Arm gedrückt hat, um sie die Treppen hinunter zu schleppen, weil er ja der Mann ist und sie die Frau, da ist Berit altmodisch. Genau wie in Sachen Heiratsantrag.

Ich muss grinsen, obwohl ich mich allein fühle und ein bisschen hilflos, und dann atme ich tief durch und gehe raus auf den Balkon. Draußen zischen längst vereinzelte Raketen durch die Luft. Noch riecht es nicht nach Qualm und Rauch und Schwefel, die Nacht ist klar und frisch. Ich trete ins Dunkle an die Brüstung.

»Ganz schön eigentlich«, denke ich, »ganz schön, ein bisschen allein zu sein und nicht da unten zu stehen und Angst zu haben, durch einen Böller das Augenlicht zu verlieren.«

»Ich mag das Geballer auch nicht«, sagt plötzlich eine Stimme neben mir, und ich fahre zusammen.

Eule. Ich kann ihn nur schemenhaft erkennen, aber dann zischt eine besonders große Rakete durch die Luft, und ich sehe seine Augen funkeln.

»Mmmmh«, mache ich und überlege kurz, ob ich es wagen kann, mich im nächsten Moment umzudrehen und der Partygesellschaft hinterherzustürzen. Aber dann wird mir klar, wie albern das wäre, also reiße ich mich zusammen und bleibe einfach stehen.

»Setz dich doch«, sagt Eule und schiebt mir eine umgedrehte Bierkiste hin.

Ich setze mich tatsächlich, also schnappt Eule sich eine weitere Kiste und tut es mir gleich. Dabei fällt eine Bierflasche auf den Balkonboden; scheppernd kullert sie über den Beton und bleibt zu meinen Füßen liegen.

»Hoppla«, sage ich und hebe sie auf. »Leer«, füge ich hinzu, »prima zum Reinaschen«, und dann biete ich Eule eine Zigarette an.

Als wir den ersten Zug genommen haben, ist es zwölf. Wusch, zisch, wusch; dazwischen klirrende Flaschen und Gejubel, hallo, neues Jahr.

»Frohes Neues«, sagt Eule.

»Frohes Neues«, antworte ich.

Wir stoßen an, und ich gewöhne mich allmählich an Eules Gegenwart und stelle fest, dass sie gar nicht mehr so schlimm ist.

»Habe ich dir eigentlich irgendwas getan?«, fragt Eule dann ruhig, und es klingt nicht wie ein Vorwurf, sondern wie eine der nüchternen Fragen, die er in seinen seltsamen Gesprächsrunden stellt.

»Wieso?«, stottere ich perplex.

»Nur so«, sagt Eule. »Hatte so das Gefühl.«

»Nee«, antworte ich ausweichend und pule am Etikett der Bierflasche herum.

Schnell das Thema wechseln. »Was machst du eigentlich so?«, erkundige ich mich souverän.

»Das Gleiche wie du«, erwidert Eule und lacht. »Arbeitslos sein.«

»Woher weißt du –?«, gebe ich erstaunt zurück.

»Hab gelauscht«, sagt Eule. »Neulich, im Familieneck, als du mit deiner Freundin da warst. Ich war direkt hinter dir, am Tresen.«

»Ach ja«, mache ich.

Also kein Geheimdienst, keine wissenschaftliche Studie, keine Therapien und kein zukunftsweisendes Projekt? Irgendwie bin ich enttäuscht. Obwohl, die Geheimdienstnummer ist genau genommen noch im Rennen. Schließlich darf man es ja nicht sagen, wenn man Geheimagent ist.

»Und, wie geht's dir so damit?«, frage ich.

»Gut«, sagt Eule. »Sehr gut eigentlich.«

Direkt vor uns steigt ein Riesending in die Luft und schreibt bunte Muster in den Himmel.

»Volltreffer«, kräht jemand von unten. Lüttje, eindeutig.

»Das war Lüttje«, sage ich.

»Ja«, sagt Eule. »Niedlich, die Kleine.«

»Ach ja?«, brumme ich.

Das war ja wieder klar. Und ich hatte gedacht, Eule wäre anders. Ich seufze leise.

»Und?«, fragt Eule amüsiert.

Was zum Donner ist so lustig?

»Schon reingehört in das Tape?«

Bitte was?

»Bitte was?«, krächze ich erschrocken.

»Ach komm«, sagt Eule und lacht wieder, »natürlich hast du es schon gehört. Sonst hättest du neulich nicht so verstört reagiert, als ich dich angesprochen habe. Außerdem, dass du hinter mir hergerannt bist mit dem Ding in der Hand, das hab ich schon noch mitgekriegt, weißt du. Aber ich dachte –«

»Was dachtest du?«, brause ich auf. »Dass du mich gleich mal austesten könntest auf meine Ehrlichkeit? Was ist das denn für eine miese Nummer?«

»Nein, das nicht«, wehrt Eule beschwichtigend ab. »Aber ich dachte, vielleicht könntest du das Tape gebrauchen.«

»Wie kommst du denn darauf?«, motze ich.

»Na ja«, erklärt Eule und streckt seine langen Beine aus, »auch wenn du mit deiner neuen Freiheit im Eck hausieren gegangen bist – dass du alles andere als glücklich bist, das hat man schon gemerkt.«

»Ach«, brumme ich.

»Ja, ach«, bestätigt Eule. »Aber das ist doch ganz normal.

Und ganz richtig. Wer ein bisschen Grips in der Birne hat, der fängt in so einer Situation nun mal an zu grübeln. Wie du, und wie ich auch. Und dann hilft es eben zu hören, wie andere das sehen. Mir hat es jedenfalls sehr geholfen.«

»Mir nicht«, erkläre ich brüsk. »Ich bin verwirrter als vorher. Ich weiß überhaupt nichts mehr. Vielleicht habe ich eben einfach keinen Grips in der Birne«, füge ich süffisant hinzu.

Eule gluckst leise. »Wohl kaum«, entgegnet er. »Aber vielleicht gehst du die Sache falsch an«, ergänzt er dann.

Ich hebe überrascht den Kopf. »Wie meinst du das?«, frage ich lauernd.

»Vielleicht willst du zu viel auf einmal«, sagt Eule bestimmt.

Pah.

»Ich will nicht viel«, quengele ich. »Ich will doch nur eine Antwort. Ich will ja nur wissen, wie es weitergeht und was ich tun soll.«

Eule schweigt herausfordernd.

»Aber es gibt viel zu viele Möglichkeiten«, fahre ich fort, »und viel zu viele Antworten. Alle sind irgendwie schlüssig, wie soll ich also entscheiden, welches die richtige ist?«

»Das ist genau der Punkt«, stellt Eule belustigt fest. »Die eine Antwort gibt es nun mal nicht. Ich sag's ja. Du willst zu viel.«

Das ist doch die Höhe.

»Aber *du* suchst doch auch danach«, sage ich triumphierend. »Du willst sie doch auch. Sonst würdest du diesen ganzen Zirkus nicht veranstalten.«

»Das ist so nicht ganz richtig«, sagt Eule friedlich. »Ich suche nicht nach der einen Antwort, ich *sammele* Antworten. Ganz einfach. Ich sammele sie, das ist ein Unterschied.«

»Und was machst du dann damit?«, frage ich und stupse meine Zigarettenkippe in die Bierflasche. Es zischt leise. »Ich meine, irgendwo muss das doch hinführen.«

Eule zuckt mit den Schultern. »Nicht unbedingt«, antwortet er. »Es beschäftigt mich, das ist die Hauptsache. Ich habe was zu tun. Das ist meine Aufgabe im Moment. Meine Arbeit, quasi.«

Ich schnaufe empört. »Das macht doch überhaupt keinen Sinn.«

»Muss denn alles Sinn machen?«, fragt Eule zurück.

»Natürlich«, sage ich entrüstet.

»Ich sag's ja«, erwidert Eule lapidar, »du willst zu viel. Den Sinn in dem Sinne, den gibt es nicht. Den auszugraben, das solltest du gar nicht erst versuchen.«

»Nicht?«, frage ich perplex.

»Nein«, bestätigt Eule sanft, und ich frage mich erneut, woher um alles in der Welt er diese Ruhe nimmt.

»Es ist doch so, dein und mein Leben auf diesem Planeten und alle anderen Leben, die haben an sich überhaupt keinen Sinn«, erklärt Eule. »An der Problematik haben sich schon ganz andere Leute die Zähne ausgebissen. Und sie sind alle nicht glücklich dabei geworden. Weil es *die* Antwort eben nicht gibt. Sinnsuche ist der Tod.«

Ich schiele über die Brüstung. Wenn das so ist, kann ich mich dann nicht gleich hier runterstürzen?

»Und warum soll ich dann überhaupt leben?«, frage ich. »Und währenddessen auch noch arbeiten?«

Eule lacht.

»Du sollst leben, weil du geboren bist. Und arbeiten gehört nun mal dazu.«

»Das finde ich keine sehr befriedigende Antwort«, gebe ich zurück.

»Die Antwort liegt doch in dir selbst«, sagt Eule.

Ach ja? Tut sie das?

»Aber das ist *deine* Sache«, fährt er fort. »Das kannst du

machen, wie du willst. Du kannst damit hadern und dein Dasein und deine Arbeit nur als Pflichterfüllung begreifen und dich da durchquälen und unglücklich sein. Oder du kannst versuchen, dir dein eigenes Stückchen Sinn zu erfinden. Vielleicht sogar *gerade* mit deiner Arbeit.«

»Und wie soll das gehen?«, frage ich verzweifelt. »Ich denke, es gibt keinen Sinn!«

»Keinen allgemein gültigen«, korrigiert mich Eule sacht. »Du kannst dein eigenes Leben natürlich schon mit Sinn füllen. Aber dieser Sinn, der ist komplett dein eigenes Ding. Erwarte niemals, dass andere ihn verstehen oder dass er als Begründung herhalten kann für deine Existenz oder die der Menschheit überhaupt.«

»Und wie kann ich diesen Sinn erfinden, ohne eine Antwort auf meine Fragen zu haben? Ich meine, irgendwie muss ich doch anfangen mit meinem eigenen Sinn. Dafür brauche ich doch Anhaltspunkte. Eine Grundlage. Oder eine Richtung.«

Bin ich zu besoffen, oder warum komme ich nicht so richtig hinterher?

»Ich sag's noch mal«, sagt Eule geduldig, »*du* bist die Antwort. Deinen Sinn erschaffst du dir schon, indem du nicht nur zweckmäßig agierst. Da wo der Zweck aufhört, fängt der Sinn an. Oder andersrum. Völlig egal.«

»Hä?«, mache ich konfus.

Eule grinst. »Ganz einfaches Beispiel«, sagt er, »pass auf. Du und dein Chef und ein Kollege. Du magst den Kollegen nicht, aber der Chef liebt ihn über alles. So weit klar?«

»So weit klar«, murmele ich.

»Also. Jetzt arbeitest du mit diesem Typen zusammen, den du eigentlich überhaupt nicht leiden kannst, aber du weißt, der hat beim Boss einen Stein im Brett. Also bist du nett und freundlich zu ihm, damit er sich nicht beim Chef über dich beschweren kann.«

»Jepp«, sage ich.

So weit, so gut.

»Siehst du?«, antwortet Eule zufrieden. »Das war's eigentlich schon. In dem Fall verhältst du dich nur zweckgemäß, und der Sinn, *warum* du es tust, ist weg. Und das wird dich auf Dauer nicht glücklich machen.«

»Wahrscheinlich nicht«, murmele ich.

Langsam, ganz langsam, dämmert's.

Unten zerschlägt jemand eine Flasche auf dem Bürgersteig. Allmählich wird es ruhiger.

»Und wenn du dann«, erläutert Eule abschließend, »lieber so agierst, dass du wieder einen Sinn siehst, dann ist das auch eine Art Antwort. Sie hilft dir vielleicht nicht bei allem, was dich so beschäftigt, aber du bist ein Stückchen vorangekommen. So einfach ist das.«

Na ja, denke ich, einfach ist es bestimmt nicht. Aber vielleicht machbar.

»Bist du auch schon vorangekommen?«, frage ich.

»O ja«, sagt Eule und lacht wieder. »Sehr sogar.«

»Und womit?«, frage ich.

»Mit der Erkenntnis, dass ich keine Angst haben muss. Es gibt keinen Grund dafür, Angst zu haben. Nicht vor Arbeitslosigkeit und nicht vor Statusverlust und nicht vor dem, wie es weitergeht. Irgendwie *wird* es weitergehen. Das ist eigentlich ganz simpel. Und das trifft auf jeden zu, der nicht gleich die Flinte ins Korn wirft.«

»Mir ist kalt«, sage ich.

»Oder der rumjammert«, fügt Eule streng hinzu. »Oder«, ergänzt er weiter und wirft mir einen schnellen Blick zu, »der mit der Sinnsuche anfängt. Sinnsuche lähmt. Du sollst nicht denken, du sollst machen.«

»Das haben meine Eltern auch gesagt«, seufze ich.

»Deine Eltern sind kluge Leute«, erwidert Eule.

»Aber stumpfe ich dann nicht ab?«, fällt mir ein. »Ich

meine, es heißt doch immer, man *soll* denken. Wer nicht denkt, ist doof und tumb und ignorant.«

»Es reicht völlig«, sagt Eule, »wenn du dir der Fragen bewusst bist. Ohne Fragen bist du wahrlich arm dran, das stimmt. Also bewahr sie dir. Und außerdem«, trumpft er auf, »mit Antwort ist bestimmt superlangweilig.«

Klingt logisch. Ob ich von selbst hätte drauf kommen müssen? Müssen wahrscheinlich nicht. Können vielleicht. Aber spielt das eine Rolle? Wichtig ist doch nur, dass es mir den Weg frei macht.

Ich hole tief Luft, bis mir fast die Lungenflügel platzen, und danach fühle ich mich frisch und aufgeräumt.

Eine Zeit lang sitzen wir, ohne zu sprechen. Die Kälte sitzt mir in den Gliedern, und ich zittere schon. Aber Eule ist warm; wenn ich mich nur ein bisschen nach links beuge, dann berührt mein Arm seine Schulter, und ich kann noch ein bisschen aushalten, indem ich seine Wärme einfach in mich aufsauge und weiterleite in den Rest meines Körpers, bis er wieder genug Energie hat, sich selbst zu wärmen.

Was Eule sagt, klingt richtig. Es ist vielleicht kein sehr einfaches Prinzip, aber ich habe es verstanden, und ich glaube, es ist ein Anfang. Es ist gut.

»Weißt du, wozu ich Lust habe?«, entfährt es mir dann unvermittelt.

»Na?«, fragt Eule.

»Mich in was Neues reinzufuchsen«, sage ich.

»Klingt gut«, sagt Eule anerkennend. »Habe ich auch schon drüber nachgedacht.«

Entfernt tobt ein Haufen Winterstiefel durchs Treppenhaus.

»Die Meute kommt wieder«, stellt Eule fest.

»Sollen sie mal«, sage ich. »Ich glaube, ich brauche sowieso ganz dringend einen Schnaps. Zum Aufwärmen.«

»Und worauf willst du trinken?«, erkundigt sich Eule.

»Auf die Fragen«, sage ich vergnügt. »Und auf das neue Jahr, natürlich.«

»Na dann los«, erwidert Eule, »aber erst muss ich mal aufs Klo«, und wir stehen auf.

»*Hier* seid ihr«, kreischt Lüttje, als sie mit roten Wangen in die Küche stürmt.

Eule drückt sich grinsend an Lüttje vorbei, ohne ihr und dem Mistelzweig die gebührende Ehre zu erweisen. Es geschehen noch Zeichen und Wunder.

»Ihr habt die Verlobung verpasst!«

Berit stößt Lüttje in die Seite.

»Hab ich's nicht gesagt?«, wispert sie viel sagend und sieht erst mich an und dann Eule hinterher, der längst im Flur verschwunden ist, und im nächsten Moment streckt sie mir stolz ihre Hand entgegen, an der ein schlichter Ring steckt.

»Herzlichen Glückwunsch«, sage ich ehrlich und nehme Berit in den Arm. »Darauf trinken wir jetzt aber einen.«

»Aber hunnert«, bestätigt Lüttje.

Mir fallen die Glücksbringer ein. Es ist der rechte Moment, sie zu verteilen, denke ich und sprinte in den Flur zu meiner Tasche. Während ich die Schornsteinfeger zutage fördere, fällt mir mein Telefon in die Hände. Ich nehme es mit. Ich habe noch etwas zu erledigen.

In der Küchentür stoße ich mit Eule zusammen.

»Küssen, küssen!«, quietscht Lüttje und klatscht in die Hände.

Ich sehe Eule an, und Eule sieht mich an, und wir lachen. Eule küsst mich nicht, aber warum sollte er auch, das Jahr ist ja noch jung.

»Später vielleicht«, sage ich zuversichtlich und strecke meine Hände aus, in denen die Schornsteinfeger lustig durcheinander kullern.

»Hier, die sind für euch, und jetzt muss ich mal kurz

telefonieren«, verkünde ich, und dann stehe ich wieder auf dem Balkon und wähle die Nummer meiner Eltern, um ihnen ein frohes neues Jahr zu wünschen. Und außerdem muss Papa wissen, dass ich außer Gefahr bin.

Nachtrag

»Die Frage aller Fragen: Wie wichtig ist es, schön zu sein?«
Allegra

Ich danke allen, die mir für dieses Projekt Rede und Antwort gestanden haben. Mein besonderer Dank gilt Ekke O. und dem Hamburger Salon Digital.

www.parallelwelt-roman.de

Steffi von Wolff

Fremd küssen

Roman

Band 15832

Teilkörperbräunung am Barzahlertag oder warum bei einer Frau eigentlich nur die inneren Werte zählen.

»Carolin hatte Sex«, brüllt mein lieber Kollege ins Mikro, »und der Typ hat so laut gestöhnt, dass die Pfandflaschen von der Spüle gefallen sind!« Im Studio klingelt das Telefon. Yvonne aus Ettrichshausen wünscht sich für ihren verstorbenen Wellensittich das Lied ›Time to say good-bye‹. Und übrigens, was ich gern noch mal wissen wollte: Fragt mich jemand, ob ich ihn heiraten möchte, wenn ich verspreche, nein zu sagen? Hallo? Hallo ...?

»Lesen Sie dieses Buch nicht im Bett.
Sie werden vor Lachen rausfallen.«
Susanne Fröhlich

Fischer Taschenbuch Verlag

fi 15832 / 1

Steffi von Wolff
Glitzerbarbie
Roman

Band 16077

Neue Abenteuer für Carolin Schatz: Ein Karibikurlaub endet mit Schiffbruch – und einem Angebot für eine eigene Talkshow. Caro überwindet Schlager singende Guerillakommandos, Säure spritzende Psycho-Frauen und wird berühmt. Doch ihre Freunde sind genervt und in ihre Beziehung mit Marius schlägt der Blitz ein. Caro schlägt zurück …

Ein Buch fürs Leben: Sie werden sich totlachen. Mit Daumenkino!

Fischer Taschenbuch Verlag

fi 16077 / 1

Daniel Bielenstein

Die Frau fürs Leben

Roman

Band 15929

Der »Mondscheintarif« aus Männersicht

»Ich bin Single. Ich gucke zuviel fern und treibe zu wenig Sport. Außerdem starre ich stundenlang auf mein Telefon und wünsche mir, dass irgendjemand anruft und mich fragt, ob ich ihn heiraten möchte.«

Gregor Hamdorf will sein Leben ändern. Denn ständig wechselnde Bettgenossinnen hinterlassen selbst bei einem Mann Gefühle von existenzieller Leere.

»Knapp, knackig und herzzerreißend.
Ein tolles Buch.«
Petra

Fischer Taschenbuch Verlag

fi 15929 / 1

Susanne Fröhlich

Frisch gemacht!

Roman

Band 15734

Kind frisch, Job frisch, alles frisch? Schlagfertig, witzig und großherzig wie immer erzählt Susanne Fröhlich in ihrem neuen Roman vom Wahnsinn des Alltags – frisch gemacht!

»In dieser hochtourigen Allroundsatire fährt Susanne Fröhlich den gängigen Superweib-Klischees rasant an den Karren. Pädagogisch garantiert wertlos. Aber superlustig.«

shape

»Susanne Fröhlich schreibt, wie sie spricht: schnell, geradeaus, plakativ, zugespitzt und unterhaltsam.«

FAZ

Fischer Taschenbuch Verlag

fi 15734 / 1

Lea Wilde

Venus trifft Mars

Originalausgabe

Band 15878

Viviane ist nicht umsonst eine gute Staatsanwältin: Mit eiserner Hand fegt sie ihre männlichen Kollegen zur Seite, wenn die wieder einmal schwächeln. Tobias ist ein Macho alter Schule, der sich von einer Frau gar nichts sagen lässt. Doch als Tobias die taffe Viviane kennen lernt und sich sofort in sie verliebt, ändert er sein Image und wird zum sensiblen Softie. Ob das Viviane überzeugen wird?

Fischer Taschenbuch Verlag

fi 15878 / 1

Gabriel Barylli

Butterbrot

Roman

Band 10403

Der Wiener Schauspieler und Autor von Theaterstücken hat einen Roman über die Liebe geschrieben und über die Sehnsucht nach Glück und Verläßlichkeit in einer Zeit, in der allenthalben Beziehungen zerbrechen. Sein Held Martin, Architekt, 35, ehe- und beziehungserfahren, reist mit Maria nach Venedig, um vor dem Hintergrund der alten Lagunenstadt den Beginn einer neuen Liebe zu wagen. Eingeflochten wird die Geschichte von Martins Ehe mit Susanne, die an Illusionen und unrealistischen Glückserwartungen scheiterte, und die Geschichte der Männerfreundschaft zwischen Martin, Peter und Stefan, von denen jeder auf seine Weise mit den Verletzungen des Lebens fertig wird. So ungewöhnlich wie der Titel – die Metapher ›Butterbrot‹ steht hier für Realismus, Bescheidenheit, Alltagspoesie – ist dieser Liebesroman eines Mannes zum Thema ›Abschied vom Märchenprinzen‹. Ein zauberhaftes, prickelndes, exhibitionistisch ehrliches, vor Wortlust sprühendes Buch, das die Liebe endlich wieder auf humorvolle Weise ernst nimmt.

Gabriel Barylli

Denn sie wissen, was sie tun

Roman

Band 14346

Rom. Piazza Navona. Emanuel lernt Maria kennen. In ihrem hellen, kurzen Sommerkleid ist sie sich vollkommen klar, welche Wirkung sie auf die Männer dieses Planeten ausübt. Eine Torta di Mandorla und ein Averna besiegeln die Liebe, die so ganz anders, so besonders und außergewöhnlich ist – und doch jäh endet, weil Maria nicht treu sein kann. Enttäuscht und verzweifelt findet Emanuel sich nicht mehr zurecht in dieser Welt der Lieblosigkeit, in der das Glück auf Dauer nicht möglich zu sein scheint. Wieder flüchtet er nach Rom, wieder auf die Piazza Navona, und hat eine unbestimmte Ahnung, daß sich sein Leben radikal verändern wird. Scheinbar zufällig lernt er einen Mann kennen, der den Kampf gegen die Gleichgültigkeit und Zerstörungssucht der Menschen aufgenommen hat. Am Ende liegt ein Revolver zwischen ihnen auf dem Tisch, und Emanuel muß sich entscheiden...

Fischer Taschenbuch Verlag

fi 2016 / 10